CHRIS LANDOW

PARCEVAL

Auf der Flucht

Autor

Chris Landow ist das Pseudonym eines erfolgreichen deutschen Bestsellerautors, dessen Romane sich über eine Million Mal verkauft haben und in ein Dutzend Sprachen übersetzt wurden. Mit »Parceval« legt er die actiongeladene Thrillerreihe um Ex-Bundespolizist Ralf Parceval vor.

Von Chris Landow bereits erschienen
Parceval – Seine Jagd beginnt

CHRIS LANDOW

PARCEVAL

AUF DER FLUCHT

THRILLER

blanvalet

Sollte diese Publikation Links auf Webseiten Dritter enthalten, so übernehmen wir für deren Inhalte keine Haftung, da wir uns diese nicht zu eigen machen, sondern lediglich auf deren Stand zum Zeitpunkt der Erstveröffentlichung verweisen.

Für C. und Sternennächte, egal wo.

MIX
Papier aus verantwortungsvollen Quellen
FSC® C014496

Verlagsgruppe Random House FSC® N001967

1. Auflage

Dieses Werk wurde vermittelt durch die Literarische Agentur
Thomas Schlück GmbH, 30161 Hannover.
Redaktion: René Stein
Umschlaggestaltung und -motiv:
© Johannes Wiebel | punchdesign,
unter Verwendung von Motiven von Malivan_Iuliia/
Shutterstock.com und dima_gerasimov/photocase.de
WR · Herstellung: sam
Satz: Uhl + Massopust, Aalen
Druck und Bindung: GGP Media GmbH, Pößneck
Printed in Germany
ISBN 978-3-7341-0590-6

www.blanvalet.de

1

Das Massaker begann keine zehn Minuten, nachdem Parceval seinen Kaffee bestellt hatte.

Zu diesem Zeitpunkt überlegte er gerade, ob er sich einen zweiten gönnen sollte. Er war unschlüssig, weil das Gebräu wirklich gut war. Aber es hatte schon ziemlich lange gedauert, bis man ihm den Kaffee endlich an seinen Platz gebracht hatte, und Parceval war niemand, der gerne lange am selben Platz ausharrte.

Doch da waren noch die drei Soldaten auf dem gegenüberliegenden Bürgersteig. Dort war gleich nach seiner Ankunft ein schwarzer SUV vorgefahren, ein bulliger Toyota Land Cruiser, und hatte auf dem Bürgersteig gehalten. Der SUV trug das deutsche Militärkennzeichen, ein Y, das der Bundeswehr vorbehalten war, gefolgt von einer sechsstelligen Zahlenfolge. Links vor dem Y prangte die deutsche Flagge. Das Kennzeichen war schief montiert und passte nicht in die dafür vorgesehene Aussparung im Stoßfänger des Toyota. Dass die Bundeswehr ein derartiges Fahrzeug geleast hatte, empfand Parceval als ungewöhnlich. Die drei Soldaten, die ausgestiegen waren, mussten zu einer besonderen Einheit gehören.

Der Kellner hatte in einer zeitraubenden Prozedur die Bestellung in sein mobiles Orderterminal eingegeben. Er hämmerte mit seiner Stiftspitze auf die Oberfläche ein, als wollte er die Bestellung für die Ewigkeit ins Glas gravieren. Bis er Parcevals Tisch wieder verließ, war eine ganze Minute vergangen.

Die Soldaten gegenüber bestanden aus einer Frau und zwei Männern. Parceval konnte über die Straße an den Rangabzeichen erkennen, dass es sich um zwei Stabsunteroffiziere – die Männer – und einen Hauptfeldwebel handelte. Die Frau war damit ihre Vorgesetzte. Sie hatten sich gereckt und gestreckt und waren dann an den geöffneten Wagentüren stehen geblieben. Parceval schätzte, dass sie auf einen höherrangigen Offizier warteten, den sie hier abholen sollten. Er hatte während seiner Zeit in Afghanistan genug Angehörige der Bundeswehr kennengelernt, um die Dienstgrade identifizieren zu können; mehr noch: Es waren so etwas wie Respekt und kollegiale Gefühle für die Soldatinnen und Soldaten entstanden. Er beobachtete die drei mit freundlicher Neugier, trotz seines Instinkts, so schnell wie möglich seinen Platz wieder zu verlassen.

Das Café hatte Stühle und Tische auf den Bürgersteig gestellt, um Gäste in der Herbstsonne anzulocken. Die Strategie war erfolgreich, auch deshalb kam der Kellner nicht mit den Bestellungen hinterher.

Es hatte fünf Minuten gedauert, bis Parcevals Kaffee serviert wurde – in einer dickschaligen, italienischen Kaffeetasse mit dem Schriftzug des Lokals. Parceval trank seinen Kaffee schwarz, aber er war sicher, dass er, hätte er ihn mit Milchschaum bestellt, eine kleine Verzierung darin vorgefunden hätte – ein Blattmuster oder ein Herz oder sonst etwas, womit ein guter Barista bewies, dass er auch in der größten Hektik seinem Berufsstolz treu blieb.

Parcevals Rastlosigkeit hatte einen Grund: Er war seit Sommer auf der Flucht und Deutschlands meistgesuchter, entflohener Strafgefangener. Es war nicht sehr schwer, unerkannt zu bleiben, wenn man sich unauffällig gab, nirgendwo lange verweilte, sich auf Plätzen mit Videoüberwachung immer inmitten der Menge hielt oder eine Kopfbedeckung trug, keine Bankschalter oder Geldautomaten benutzte und für die unvermeidlichen Einkäufe nur Geschäfte betrat, bei denen er sich halbwegs sicher sein konnte, dass keine Überwachungskameras installiert waren.

Die Fahndungsplakate wiesen nur noch marginale Ähnlichkeit mit ihm auf. Die Fotos waren sechs Jahre alt, Parcevals Gesicht war härter geworden und hatte eine Narbe davongetragen, die seine rechte Braue teilte und nicht auf den Fahndungsfotos abgebildet war. Mithilfe der Identi-Kits hatten die Phantomzeichner der Polizei Parceval mit verschiedenen Haar- und Barttrachten dargestellt, wobei sie derart übertrieben hatten, dass sie eine Wiedererkennung Parcevals eher noch erschwerten.

Dennoch musste man aufpassen. Parceval konnte es sich nicht leisten, wieder geschnappt zu werden. Seinetwegen nicht – und nicht wegen der Mission, die er sich auferlegt hatte.

Parceval hatte den Kaffee in zwei Minuten getrunken. Als er die leere Tasse abstellte, hörte er von fern das Gehupe einer Autokavalkade – ein Hochzeitskorso. Er wusste, dass der Korso hier am Café vorbeikommen würde. Tatsächlich saß er nur deshalb hier. Er hatte vor zwei Tagen mit dem Fahrer des Brautwagens telefoniert. Dieser hatte ihm erklärt, dass alle Autos zwei- oder dreimal den Friedrichsplatz umkreisen würden, so sei es in Mannheim üblich. Dann ging es für die Gäste in ein exklusives Hotel in der Nähe, das Brautpaar würde mit dem Fotografen am Wasserturm posieren, und er – der Fahrer – hätte dann eine halbe Stunde Zeit, um Parcevals Fragen zu beantworten. Man konnte dabei gemeinsam um die Wasserspiele schlendern. Der unauffälligste, weil alleröffentlichste Platz in ganz Mannheim.

Der Hauptzweck des Treffens war allerdings nicht eine zwanglose Unterhaltung. Zwar hatte der Fahrer bereits erklärt, dass er nur über wenige Informationen verfügte; aber er hatte einen guten Kontakt zu jemandem, der angeblich wusste, was aus Parcevals Schwester Birgit und seiner Nichte Miray geworden war. Die beiden waren vor sechs Jahren entführt worden und seitdem spurlos verschwunden. Parceval war fest entschlossen, sie wiederzufinden. Das Treffen mit dem Fahrer sollte dazu dienen, Parceval und den Informanten zusammenzubringen.

Der Fahrer kam aus Afghanistan, genauer gesagt aus Kunduz. Parceval kannte ihn nicht persönlich, doch er hatte seine Familie gekannt, damals, vor sieben Jahren. Auch der Fahrer wusste, wer Parceval war, womit das Treffen zum Risiko wurde. Aber Parceval war sich sicher, dass der Mann ihn nicht verraten würde. Sein älterer Bruder war einer von Parcevals Polizeischülern gewesen. Parceval erinnerte sich an ihn. Er erinnerte sich auch, wo er gelegen hatte in dem Schlachthaus, in das sich die einstige Polizeistation verwandelt hatte. Er erinnerte sich an jeden einzelnen Toten in den blutbespritzten Räumen. Von manchen der Leichen hatten sich zwei Standorte in seinem Gedächtnis eingeprägt – der des Körpers und der des Kopfes.

Noch drei Minuten in diesem Countdown, von dem Parceval nichts wusste. Er rückte die Tasse auf ihrem Unterteller so zurecht, dass sie genau in der Mitte der Mulde stand. Das Hupen wurde lauter. Es war früher Samstagnachmittag, der normalerweise dichte Verkehr um den Friedrichsplatz floss spärlich dahin. Parceval dachte daran, dass er aller Voraussicht nach niemals wieder in einem Brautauto sitzen würde. Nicht als Fahrer und schon gar nicht als Bräutigam. Er war der Fahrer gewesen, als seine Schwester Birgit und sein bester Freund Saïf geheiratet hatten. Saïf war einer der Toten in der Polizeistation gewesen, und von Birgit und ihrer Tochter fehlte seit sechs Jahren jede Spur.

Eine Mitarbeiterin der Mannheimer Verkehrsüberwachung trat nun auf den Land Cruiser zu, und die Soldatin sprach mit ihr. Beide lächelten und zuckten mit den Schultern. Die Politesse nickte und zog wieder ab, ohne die Soldaten zur Weiterfahrt aufzufordern.

Zwei Minuten. Das Hupen des Konvois war jetzt so laut, dass überall Passanten stehen blieben und sich nach den Fahrzeugen umdrehten. Die meisten grinsten, ein paar schüttelten genervt die Köpfe. Parceval blickte nach unten, als er eine Berührung an seinem

Stuhl spürte. Ein höchstens zweijähriger Junge stand neben ihm und hielt sich an seinem Stuhlbein fest. Er nuckelte an einem Schnuller und starrte mit ernster Miene zu Parceval hoch. Seine Mutter saß zwei Tische weiter und tippte auf ihrem Smartphone herum. Parceval lächelte den kleinen Jungen unsicher an. Der Junge blinzelte, ohne seine ernste Miene zu verziehen.

Die Soldatin drüben telefonierte. Es war ein kurzes Telefonat. Sie steckte das Telefon weg und gab ihren Untergebenen ein knappes Zeichen. Alle drei stiegen wieder in den Toyota. Wahrscheinlich hatte der Offizier, den sie abholen sollten, Bescheid gegeben, dass sie woanders auf ihn warten sollten. Oder dass er sich verspätete. Oder dass er sie nicht mehr brauchte. Parceval kannte den Spruch, der in abgewandelter Form auch in der Bundeswehr kursierte und nichts als Resignation ausdrückte: Die Hälfte seines Lebens wartet der Soldat vergebens.

Eine Minute. Der kleine Junge verlor das Interesse an Parceval und stapfte auf unsicheren Beinen weiter. Seine Mutter merkte nicht, dass er sich noch mehr von ihr entfernte. Parceval fragte sich, ob er sie darauf aufmerksam machen oder den Jungen aufhalten sollte. Es lief seinem Instinkt, möglichst wenig Kontakt mit der Öffentlichkeit zu haben, völlig zuwider, doch wie es aussah, steuerte der Kleine direkt auf die Straße zu. Die Friedrichstraße war eine Einbahnstraße, die dort, wo das Café lag, nur in nordwestlicher Richtung befahren werden konnte. Direkt vor dem Café verlief die Busspur – aber dennoch drohte Gefahr.

Vor allem, wenn der Konvoi vorbeifuhr, der sich von

der Augustaanlage her näherte. Die Fahrer würden abgelenkt sein und einen Zweijährigen, der zwischen parkenden Fahrzeugen heraus auf die Fahrspur lief, mit Sicherheit zu spät erkennen.

Parceval warf der unachtsamen Mutter einen Blick zu, dann stand er auf, um den Jungen aufzuhalten.

Der Konvoi bog in die Friedrichstraße ein. Die Fahrer hatten die Fenster und Autodächer geöffnet und brüllten und jubelten, die Hupen gellten ihm in den Ohren. Das Brautauto war ein Audi A8 mit nachtblauer Perl-Lackierung und riesigem Blumen-Bukett auf der Motorhaube. Die nachfolgenden Fahrzeuge waren ebenfalls große Limousinen. Hier hatten sich keine armen Leute das Ja-Wort gegeben. Er versuchte unwillkürlich, durch die getönten Scheiben den Fahrer zu erkennen, während er sich gleichzeitig zwischen den Tischen hindurchschob, dem kleinen Jungen hinterher, den das Gehupe jetzt dazu veranlasste, an Tempo zuzulegen.

Die Minute war vorüber. Die Türen des Land Cruisers öffneten sich – in dem Moment, als das Brautauto gleichauf war. Die plötzliche Bewegung veranlasste Parceval aufzublicken.

Der weibliche Hauptfeldwebel und die beiden Unteroffiziere schwangen sich aus dem Fahrzeug. Sie trugen Waffen – kompakte, schwarze Maschinenpistolen mit einem langen, nach vorn gekrümmten Magazin. Parceval kannte das Fabrikat nicht. Die Waffen mussten auf den Markt gekommen sein, als er noch im Gefängnis gesessen hatte.

Er dachte das, während er sich gleichzeitig fragte, was solche Waffen hier zu suchen hatten. Zu diesem

Zeitpunkt hatte sein Körper bereits reagiert: konditioniertes Verhalten, das auch die sechs Jahre im Knast nicht hatten ausradieren können.

Die drei Soldaten eröffneten das Feuer auf den Brautwagen. Parceval machte einen langen Schritt auf den kleinen Jungen zu und riss ihn mit sich, sodass er ihn mit seinem Körper schützte. Dann setzte er ihn dem nächstbesten Gast auf den Schoß und stieß beide mitsamt Stuhl zu Boden. Den Tisch kippte er mit einer raschen Handbewegung um, sodass die Tischplatte wie eine Schutzwand vor den beiden auf dem Gehsteig zu liegen kam. Der überraschte Gast hatte nicht einmal Zeit zu protestieren.

Dann fuhr Parceval herum, warf sich zu Boden und ging zwischen den parkenden Fahrzeugen in Deckung. Das laute metallische Schnurren der Automatikwaffen hallte über die Straße. Überall ertönten jetzt Schreckensschreie. Parceval sah mit weit aufgerissenen Augen, wie die Feuerstöße aus den Maschinenpistolen das Brautauto durchsiebten. Glassplitter von den zerschossenen Scheiben stoben auf wie eine glitzernde Wolke. Ausgestoßene Patronenhülsen wirbelten davon. Blüten, Blätter und Fetzen von der Hochzeitsdekoration bildeten einen wirbelnden Halo um den Wagen. Die Reifen platzten. Die schwere Limousine tanzte, rollte und ruckte unter den Einschlägen; außerdem musste es den Fahrer sofort getroffen haben, der Wagen hatte noch einen Satz gemacht, bevor der Motor erstarb. Eines der nachfolgenden Fahrzeuge fuhr auf und schob den Audi noch ein Stück weiter. Die Beifahrertür schwang auf.

Hinter der Einmündung der Augustaanlage war immer

noch das fröhliche Hupen des Konvois zu hören, dort hatte man von dem Überfall noch nichts mitbekommen. Hier vorn herrschte ein Chaos aus Kreischen, Schreien, den Einschlaggeräuschen der Kugeln, aufheulenden Motoren, als die dem Brautauto folgenden Fahrer versuchten, dem Kugelhagel zu entkommen, Klirren, Knallen, den Feuerstößen aus den Waffen.

Der Beschuss hörte keine Sekunde lang auf. Die drei Soldaten arbeiteten präzise wie ein eingespieltes Team. Lud einer von ihnen nach, verfügten die anderen beiden noch über Munition in den Magazinen. Wenn das Magazin leer war, klinkte der Schütze es aus und hatte ein neues aus den Beintaschen seiner Hose eingeschoben, noch während das alte über den Boden hüpfte.

Ein Mann in einem dunklen Anzug fiel aus der Beifahrertür. Er rappelte sich auf, torkelte ein paar Schritte vom Brautauto weg, drehte sich dann um und holte zu Parcevals Überraschung eine Waffe unter seinem Sakko hervor. Beidhändig zielte er auf die Soldaten. Er kam aber nicht mehr dazu, auch nur einen Schuss abzugeben. Ein Feuerstoß, der ihn in den Oberkörper traf, schleuderte ihn nach hinten. Parceval sah sein Sakko in Fetzen gehen, als die Kugeln seinen Körper durchschlugen. Rings um Parceval herum platzten Autoscheiben, und mit einem Knall explodierte das große Fenster des Cafés hinter ihm.

Der Mann mit der Waffe prallte gegen ein geparktes Auto, das direkt vor Parceval stand, und rutschte daran herunter. Die Pistole, eine Walther P99, entglitt seiner Hand und fiel auf den Boden. Parceval warf sich nach vorn und nahm sie an sich. Die Augen des Mannes waren offen, aber er blinzelte nicht mehr, selbst dann nicht, als ihm Glassplitter ins Gesicht regneten. Parceval holte einmal tief Luft, dann richtete er sich zwischen den Fahrzeugen auf, schob die linke Schulter nach vorn und hob die linke Hand, legte die rechte Hand mit der erbeuteten Waffe in die linke Handfläche, zielte und drückte ab.

Die Walther des toten Mannes – was war er gewesen: ein Leibwächter, der im Brautwagen auf dem Beifahrersitz mitgefahren war? – besaß einen sogenannten Anti-Stress-Abzug. Sie war zwar ständig feuerbereit, aber für den ersten Schuss musste man beträchtliche Kraft aufweisen, um den Abzug durchzudrücken. Für die weiteren Schüsse war das Abzugsgewicht geringer, dafür war der Weg weiter, um den der Abzugshebel durchgedrückt werden musste. Der Hersteller war davon ausgegangen, dass Personen, die vor Stress oder im Schock zitterten, nicht ohne Weiteres in der Lage wären, einen so gesicherten Abzug zu betätigen.

Parceval fühlte den Stress, dem jeder ausgesetzt war, der sich urplötzlich in einem Feuergefecht wiederfand. Aber er hatte jahrelang trainiert, um in solchen Situationen zu bestehen, und von Natur aus lagen ihm solche Szenarien. Er zitterte nicht. Er würde hinterher zittern, wenn alles vorbei war – und falls er überlebte. Aber niemals mitten in der Aktion.

Er feuerte zwei Schüsse ab, direkt hintereinander. Bang Bang. Die P99 hatte einen starken Rückschlag. Parceval kannte die Waffe und war darauf vorbereitet. Die erste Kugel traf den vor dem SUV stehenden Soldaten in die Brust, die zweite in den Hals. Der Einschlag stieß ihn zurück und durch die offene Beifahrertür in die Fahrerkabine des Land Cruisers hinein, die Beine hingen leblos aus dem Wagen. In seinen Muskeln war schlagartig jeder Tonus erloschen. Er musste tot gewesen sein, noch bevor er auf dem Sitzpolster aufschlug. Mit einer Sekunde Verspätung hörten seine beiden Kameraden auf zu schießen und starrten schockiert auf die Stelle, an der der Schütze eben noch gestanden hatte.

Dann bewiesen sie, dass sie auch mit Gegenwehr zurechtkamen, und gingen sofort hinter dem SUV in Deckung. Sie hatten nicht überprüft, woher die Schüsse gekommen sein mochten. Parceval unterdrückte den Impuls, trotzdem zu feuern und der Regel zu gehorchen, dass man einen in Deckung gegangenen und bewaffneten Gegner dort festnagelte, indem man mit ständigem Beschuss jeglichen Angriff unterband. Doch er konnte es nicht riskieren. Mit den Schüssen auf den einen Soldaten hatte er aus einer sicheren Stellung gefeuert. Wenn er ziellos auf den SUV schoss, flogen seine Kugeln sonst wohin. Der Park jenseits des Toyotas war voller Menschen, die panisch umherliefen. Jede Menge mögliche Kollateralschäden. Parceval zog die Waffe zurück und ging zwischen den geparkten Wagen wieder in Deckung.

Das Knallen der Schüsse war verstummt. Still wurde es trotzdem nicht – Schreie, Gebrüll, lautes Weinen, Rufe nach Polizei, noch immer das Hupen derjenigen, die hinter der Einmündung standen und nicht einmal ahnten, was sich gerade hier abspielte. Als nächstes Geräusch würden Martinshörner erklingen.

Parceval erkannte, dass er sich in eine negative Situation manövriert hatte. Wenn die beiden überlebenden Schützen eins und eins zusammenzählten, musste ihnen halbwegs klar sein, von wo auf sie gefeuert worden war. Dann konnten sie ihn ihrerseits unter Feuer nehmen. Und hinter ihm lagen über- und nebeneinander die Gäste des Cafés schluchzend auf dem Gehweg in Deckung. Er wusste nicht, ob ein Querschläger bereits einen von ihnen getroffen hatte. Er wusste nur, dass seinetwegen niemand getroffen werden durfte.

Die einzige Chance bestand darin, wie ein wilder Stier aus der Deckung hervorzubrechen und auf den SUV loszurennen, in der Hoffnung, dass die beiden Schützen davon lange genug überrascht waren, um ihn an sich herankommen zu lassen. Die Kalkulationen rasten durch Parcevals Hirn – fünfzehn Meter Strecke, übersät mit Glasscherben, der zerschossene Brautwagen mitten im Weg… Die Schützen brauchten nur hinter dem Toyota hervorzukommen und konnten ihn in aller Ruhe anvisieren. Zwar würde er im Laufen zurückschießen, aber auch treffen…? Es waren fünfzehn Meter für einen Lebensmüden.

Er atmete ein wie jemand, der sich auf einen langen Tauchgang vorbereitet, und spannte die Muskeln an.

Als er Autotüren schlagen und einen Motor aufheulen hörte, sprang er aus seiner Deckung auf und sah, wie der Toyota mit qualmenden Reifen beschleunigte. Er machte eine Hundertachtzig-Grad-Drehung und raste in der Gegenrichtung davon, auf die Einmündung der Augustaanlage zu. Die Beine des toten Soldaten wurden ins Wageninnere gezogen, die Beifahrertür von innen zugeschlagen. Der Wagen fuhr am Rondell vor dem Parkeingang vorbei, schleuderte mit quietschenden Pneus über die betonierte Fläche vor dem Rondell, mähte zwei, drei Absperrpoller nieder, dass Teer- und Betonbrocken in die Luft flogen, schoss auf die südöstliche Fahrbahn der Augustaanlage und röhrte davon.

Parceval rannte auf die Straße hin zu dem zerschossenen Brautwagen. Er nahm das Geschrei der schockierten Passanten um ihn herum wahr, aber immer noch kein Martinshorn.

Er bückte sich und spähte zur offenen Beifahrertür ins Wageninnere. Es war vollkommen ruiniert. Der Fahrer hing in seinem Gurt und besaß nur noch ein halbes Gesicht. Parceval wusste nicht, wie sein Kontaktmann aussah, aber was vom Gesicht des Fahrers übrig und nicht voller Blut war, zeigte braune Haut und blaue Bartstoppeln. Die leblos in seinem Schoß liegenden Hände waren ebenfalls braun, an einem Finger steckte ein Ring mit einem großen schwarzen Turmalin in einer silbernen Fassung. Parceval hatte ähnliche Ringe an vielen Männern in Afghanistan gesehen.

Er wollte es eigentlich nicht, aber dann spähte er doch auf die Rücksitzbank. Der Bräutigam war ein junger Mann und trug ein Oberlippenbärtchen wie die früheren Stummfilmhelden. Er lag mit offenen Augen im Schoß der Braut, weil er nicht angeschnallt gewesen war. Es war überflüssig, ihm den Puls zu fühlen, denn die Schädeldecke fehlte. Das hochgeschlossene weiße Brautkleid der Braut war vollkommen mit Blut durchtränkt. Ihr Kopf war nach vorn gesunken, sie trug einen Schleier und hatte zwei Einschusskanäle in Höhe des Schlüsselbeins, aus deren Austrittswunden das Blut stammen musste. Allem Dafürhalten nach war sie ebenfalls tot, aber Parceval musste sich vergewissern. Er streckte die Hand aus, um den Puls zu fühlen. Überrascht hielt er inne, dann fasste er nach kurzem Zögern in den Nacken der Braut und zog ihren Kopf nach hinten, bis er ihr ins Gesicht blicken konnte.

Die Augen waren halb offen und ohne Leben. Sie trug keine Schminke, aber dafür einen bleistiftdünnen, schwarzen Bart, der ihren Kiefer, ihr Kinn und ihre Oberlippe umrahmte.

Die Braut war keine Frau. Sie war ein Mann.

Und das Sakko des Bräutigams wölbte sich über seinem Herzen in der charakteristischen Weise, in der sich Stoff wölbt, wenn er auf dem Schulterhalfter einer Pistole liegt.

Jetzt erklangen erste Martinshörer. Parceval zog den Kopf aus dem Wagen. Er sah ein paar Männer in Festtagskleidung auf den zerstörten Brautwagen zutaumeln. Das Fahrzeug, das auf den Brautwagen aufgefahren war, war ebenfalls unter Feuer genommen worden. Auch in ihm regte sich nichts. Die Männer, die heranliefen, waren aus den Wagen weiter hinten ausgestiegen.

Parcevals Fingerabdrücke waren überall auf der Walther P99, er musste sie erst einmal behalten und steckte sie ein. Dann winkte er die Männer heran und rief mit gespielter Panik: »Schnell, kommen Sie, ich glaube, da lebt noch jemand!«

2

Eine Viertelstunde später saß Parceval auf einer Bank im Mannheimer Schlosspark und rief Ksenia Orian an. Parceval selbst telefonierte mit einem billigen Mobiltelefon ohne jegliche Eigenschaften, außer dass man damit telefonieren konnte – und Fotos schießen, die selbst auf dem winzigen Bildschirm grob und verrauscht aussahen. Der Vorteil des Geräts war, dass ihm mit den Eigenschaften eines Smartphones auch alle Features fehlten, die ein Anpeilen des Telefons relativ leicht ermöglicht hätten.

Ksenia meldete sich nach ein paar Klingeltönen. »Warst du das?«, fragte sie.

»War ich was?«, fragte Parceval zurück. Von der Innenstadt her drang gedämpft das Jaulen vieler Martinshörner zu ihm herüber – Polizei, Rettungswagen, Feuerwehr. Nach der ersten kurzen Schockstarre war Mannheims Exekutive in vollem Einsatz. Es hörte sich an wie in einem Kriegsgebiet. Wie in Afghanistan, wenn eine Bombe explodiert war, nur dass das, was heute passiert war, für Mannheim eine totale Ausnahme darstellte. Bombenexplosionen in einer afghanischen Stadt waren hingegen fast schon Routine. Als Parceval vor sechs Jahren mit dem deutschen Kontingent in Kunduz stationiert gewesen war, hatte es noch anders ausgesehen. Die Zeiten hatten sich, was Afghanistan betraf, massiv verschlechtert.

Ksenias ungeduldige Stimme holte Parceval in die Gegenwart zurück. »Die Schweinerei in Mannheim. Du bist doch in Mannheim, oder?«

»Seit heute Morgen.«

»Und?«

»Ich war es nicht. Aber ich war mittendrin, sozusagen.«

Ksenia seufzte. »Warum ist das immer so mit dir?«

»Woher weißt du eigentlich, was hier passiert ist? Es ist noch keine zwanzig Minuten her …«

Statt einer Antwort hörte Parceval das schnelle Geklacker auf einer Computertastatur. Es war Ksenias Standard-Reaktion auf die Frage, wie sie etwas herausgefunden hatte, was nach menschlichem Ermessen noch niemand wissen konnte, der im sechshundertfünfzig Kilometer entfernten Berlin saß. Sie bedeutete, dass Ksenias Hackerkenntnisse sie mit allen aktuellen Informationen versorgten, die auf irgendeine Art in irgendeiner elektronischen Form über das Internet verbreitet wurden. »Seit du mir gesagt hast, dass du nach Mannheim willst, habe ich mich in die Kommunikation der dortigen Polizeibehörden gehackt«, erklärte Ksenia.

»Dann weißt du wahrscheinlich mehr als ich darüber, was hier vorgefallen ist.«

»Hast du etwas abbekommen?«, fragte Ksenia.

»Nein.«

»Ist jemand anderem was passiert?«

Parceval dachte an die Toten und Verletzten in den unter Beschuss geratenen Fahrzeugen. Dann dachte er an den vermeintlichen Bundeswehrsoldaten, den er erschossen hatte. Er betrachtete seine rechte Hand, die mittlerweile aufgehört hatte zu zittern. »Ja«, antwortete er. »Und mindestens einer davon hatte es verdient.«

»Bist du gesehen worden?«

»Machst du Witze? Halb Mannheim hat die Schießerei mitgekriegt!«

»Ich meine damit: Besteht die Gefahr, dass jemand dich erkannt hat?«

»Nein.«

»Na gut. Erzähl mir, was du weißt.«

Parceval schnaubte. »Ich weiß nichts, außer dass drei Wahnsinnige, die sich mit Bundeswehr-Tarnklamotten verkleidet haben, einen Hochzeitskonvoi unter Feuer genommen haben. Und dass ich einen von den Kerlen erledigt habe.« Als Ksenia schwieg, fuhr Parceval fort. »Mein Kontaktmann ist tot. Er hat das Brautauto gefahren. Sie haben ihm den halben Kopf weggeschossen.«

»Das tut mir leid, Parceval. Andererseits: Was tust du dann noch in Mannheim? Sieh zu, dass du dich so schnell wie möglich absetzt!«

»Erzähl mir erstmal, was passiert ist.«

»Ich ruf dich zurück. Ist sicherer, wenn wir die Verbindung neu aufbauen.«

Während Parceval auf Ksenias Rückruf wartete, überlegte er, wie er nun weiter vorgehen sollte. Von der Stelle aus, wo er saß, konnte er über den Rhein blicken. An einer Stelle am gegenüberliegenden Ufer zweigte ein schmaler Kanal vom Fluss ab. Wie der Kanal oder das Viertel am gegenüberliegenden Ufer hießen, wusste Parceval nicht, er besaß nur geringe Kenntnisse über die Mannheimer Topografie. Er hatte nicht geplant, länger als einen Tag zu bleiben, und nicht gedacht, dass er sich hier würde zurechtfinden müssen. Die Ereignisse hatten diesen Plan zunichtegemacht. Er wusste schon jetzt, dass er Mannheim noch eine Weile treu sein würde. Und er wusste, was Ksenia davon hielt.

Ksenia Orian hatte mit ihm in Afghanistan gedient – damals, als Parcevals Welt noch in Ordnung war. Sie war eine Kollegin, eine Ausnahmepolizistin, geschickter und entschlossener als alle anderen Kollegen zusammen. Sie hätte mehr für Parceval sein können als nur eine Kollegin, aber er und sie hatten alle Gedanken daran als unprofessionell abgetan. Sie hatten beide daran geglaubt, dort unten Gutes bewirken zu können.

Was dabei herausgekommen war, hatte man in allen Zeitungen nachlesen können: das Massaker, das vermeintliche Taliban-Terroristen in Parcevals Polizeistation angerichtet hatten; und die blutige Vergeltung, die Parceval verübt hatte. Der Angriff auf die Polizeistation war, wie sich herausstellte, kein terroristischer Akt, sondern ein Beutezug gewesen. Die Beute: die Frauen und Töchter der Polizisten, die in der Station einen Tag der offenen Tür gefeiert hatten. Parceval hatte gewusst, dass Menschenraub immer noch als probates Mittel diente, um die heimlichen Sklavenmärkte der Welt zu beschicken. Er hatte jedoch nicht gedacht, damit einmal wirklich in Berührung zu kommen, schon gar nicht während seines Einsatzes in Afghanistan. Er war eines Besseren belehrt worden. Alles, was er noch an Familie hatte – seine Schwester und seine Nichte –, war Opfer des Raubzugs geworden. Seinen Schwager hatten die Terroristen zusammen mit den anderen afghanischen Polizisten an Ort und Stelle massakriert. Parceval wäre es ähnlich ergangen, wenn Ksenia ihm nicht das Leben gerettet hätte.

Das Telefon summte.

»Ich sollte dir das alles gar nicht erzählen«, begann Ksenia.

»Weshalb?«

»Weil du jetzt eigentlich schon unterwegs in irgendeine Richtung sein und Mannheim vollkommen vergessen solltest.«

»Ksenia …«

»Ja, ja. Erspar mir deine Argumente. Du bist sowieso verrückt – und ich ebenso, weil ich dir immer helfe.«

»Ich bin verrückt und dankbar für deine Hilfe.«

Ksenia machte eine Pause. Offenbar las sie etwas von ihrem Monitor ab. »Bisher sechs Tote«, sagte sie dann. »Und drei Schwerverletzte, wovon einer nicht zum Hochzeitskorso gehörte, sondern ein unbeteiligter Passant war. Wie es scheint der Kellner des Cafés, vor dem der Anschlag geschah.«

»Verdammt«, sagte Parceval betroffen. Er erinnerte sich an den Mann, der Parcevals Bestellung in sein Mobilgerät gehackt hatte. »Verdammt«, wiederholte er. Er fühlte, wie hilflose Wut in ihm hochstieg, vermischt mit Erleichterung, dass es nicht noch mehr Unbeteiligte erwischt hatte. Der kleine Junge fiel ihm ein, und seine unachtsame Mutter. Das Gefühl, das er auch während des Anschlags gehabt hatte – dass er für die Menschen vor dem Café verantwortlich war –, meldete sich ebenfalls. Er nahm das Telefon vom Ohr und lauschte auf das ferne Geheul der Martinshörner. Keine Veränderung. Parceval betrachtete erneut seine rechte Hand. Sie war immer noch ruhig, doch in seinem Inneren herrschte alles andere als Ruhe.

»Ist das der aktuelle Stand?«, fragte er.

Ksenia ahnte offenbar, worauf er hinauswollte. »Nicht mehr und nicht weniger. Bei dem Chaos, das jetzt in der Innenstadt herrscht, ist es ein Wunder, dass es diese Zahlen schon gibt. Sie können noch höher ausfallen.«

»Welche Kommunikationskanäle belauschst du da überhaupt?«

»Alle«, sagte Ksenia trocken.

»Na gut. Was wolltest du mir erzählen?«

»Hast du was zu schreiben?«

»Nein.«

»Dann musst du's dir merken. In Mannheim und Umgebung gibt es ein paar schwerreiche Unternehmerfamilien – Schaller, Reimann, Röchling; das sind nicht alle, und die Namen spielen auch keine Rolle. Das sind alles alteingesessene Familien, seit Generationen in der Region und über jeden Zweifel erhaben. Dann gibt es das neue Geld, das nicht zuletzt mit der Musik zusammenhängt – Naidoo zum Beispiel, der zwar in Heidelberg lebt, aber …«

»Söhne Mannheims«, unterbrach Parceval sie.

»Du hast ja doch ein bisschen was von der Welt mitgekriegt im Knast.«

»Wenn man von den *Söhnen Mannheims* nichts mitgekriegt hat, muss man bereits tot sein.«

»Wie auch immer; es gibt also das alte Geld, das neue Geld – und das zweifelhafte Geld, bei dem nicht ganz klar ist, wo es herkommt und wie viel es ist. Man weiß nur mit Sicherheit, dass es da ist und dass es die besten Anwälte bezahlt, die dafür sorgen, dass es auch so bleibt.«

»Gibt es dazu auch einen Namen?«

»Die Familie Palechiaro«, antwortete Ksenia.

»Du sagst das so, als müsste ich den Namen kennen.«

»Du kennst zumindest ein paar Angehörige der Familie. Du hast vor einer halben Stunde einen der Typen umgelegt, die auf sie geschossen haben.«

»Der Autokorso war …?«

»… die Hochzeit von Enzio Palechiaros jüngster Tochter. Dein Kontaktmann war ein Angestellter Palechiaros.«

Parceval war ein paar Momente lang still. »Palechiaro – der Name klingt italienisch«, sagte er dann.

»Sizilianisch.«

»Kann man dann annehmen, dass Palechiaros Clan zur *ehrenwerten* Familie gehört?«

»Cosa Nostra«, bestätigte Ksenia. »Nur, wenn du das laut sagst, hast du zehn Anwälte im Nacken, die dich wegen Verleumdung und übler Nachrede verklagen.«

»Gibt es Beweise dafür, dass Palechiaro in Mafia-Geschäfte verwickelt ist?«

»Natürlich nicht. Es gibt nur jede Menge Verdachtsmomente, von denen bisher keiner ausgereicht hat, ihm das Handwerk zu legen.«

»Das hast du alles in der kurzen Zeit rausbekommen, bist du mich zurückgerufen hast?«

»Das meiste wusste ich schon vorher. Wie gesagt, ich habe mich auf deinen verrückten Plan vorbereitet, in Mannheim aufzukreuzen. Die Hochzeit heute hatte ich nicht auf dem Schirm, und dass die Braut Palechiaros Tochter war ebenso wenig. Und ganz gleich, was ihr Vater auf dem Kerbholz hat – dass die junge Frau an ihrem Hochzeitstag erschossen wird, haben weder sie noch er verdient.«

»Palechiaros Tochter ist nicht tot«, sagte Parceval.

»Es gibt bereits Handyaufnahmen von dem durchsiebten Brautwagen im Netz …«

»Im Wagen saßen zwei Männer, als Braut und Bräutigam verkleidet. Der Bräutigam – ich weiß nicht, ob er es wirklich war – trug eine Waffe. Hat ihm zwar nichts genützt, aber trotzdem. Aber ich gehe eher davon aus, dass es sich um zwei Bodyguards handelte.«

»Dann sind Palechiaros Tochter und sein Schwiegersohn …«

»… wahrscheinlich in einem anderen Wagen weit hinten im Konvoi mitgefahren. Palechiaro war auf einen Anschlag vorbereitet. Er muss Feinde haben, die nicht in der Polizei und der Staatsanwaltschaft zu finden sind.«

»Schau an. Hut ab vor dem alten Don. Wirst du es dir vor diesem Hintergrund nochmal überlegen?«

»Was überlegen?«

»In Mannheim zu bleiben und zu versuchen, an den eigentlichen Informanten heranzukommen? Dein Kontaktmann hat ja immerhin nicht für einen unschuldigen Unternehmer, sondern für einen Mafia-Boss gearbeitet.«

»Fragst du, weil du davon ausgehst, dass der andere Afghane auch für Palechiaro arbeitet?«

»Ich frage das, weil ich weiß, dass du manchmal unzurechnungsfähig bist.«

»Ksenia – Palechiaros Fahrer hat mir versprochen, dass sein Landsmann Informationen über das Schicksal der damals Entführten hätte. Glaubst du wirklich, ich lasse mich davon abschrecken, dass die beiden Afghanen für einen Mafioso arbeiten? Oder gearbeitet haben?«

»Du lässt dich von überhaupt nichts von deinen Plänen abbringen, schon gar nicht von der Vernunft.«

»Gibt es noch etwas, das ich wissen müsste? Über Enzio Palechiaro und seinen Clan?«

»Die Cosa Nostra und damit der Palechiaro-Clan beherrschen die Mannheimer Unterwelt – bis vor Kurzem unangefochten. In den Neunzigern sah es allerdings so aus, als würde sich die Mafia intern aufreiben, weil sich die Cosa Nostra mit einer Splittergruppe namens Stidda bekämpfte. Dieser Bandenkrieg führte auch in Mannheim zu ein paar spektakulären Morden. Aber das ist Vergangenheit.«

»Wer macht den Palechiaros dann jetzt das Revier streitig?«

»Die Libanesen oder, besser gesagt, ehemalige kurdische Auswanderer aus Anatolien, die im Libanon eine neue Heimat suchten und während des Krieges in den Achtzigern von dort vertrieben wurden. Sie leben in großen Familienclans; einige davon sind schwer kriminell, wie die Familien Al-Zein, Remmo, Omeirat …«

»Ich kenne die Namen aus dem Knast.«

»Weil die fast alle in Berlin sitzen. Der Weihnachtsüberfall 2014 aufs KaDeWe? Das waren die, genauso wie der Überfall 2010 auf das Pokerturnier in Berlin …«

»Und diese Clans wollen sich nun in Mannheim ins Geschäft drängen?«

»Nur einer: der Rizla-Clan. Deren Standort ist Heilbronn. Das Oberhaupt heißt Revan Rizla. Als ich vorhin sagte, die Cosa Nostra beherrscht die Mannheimer Unterwelt, meinte ich damit hauptsächlich Waffenhandel, Schutzgelderpressung und Immobilienbetrug. Die Libanesen machen das Geschäft, das den Italienern zu schmutzig ist: Drogen, Prostitution, Menschenhandel.«

»Denkt irgendjemand, der Anschlag auf die Hochzeit geht auf das Konto von Revan Rizla?«

»Ich könnte mir vorstellen, dass Enzio Palechiaro das vermutet, aber was die Polizei denkt – keine Ahnung. Dafür ist es auch noch zu früh, die kämpft noch mit dem Chaos in Mannheim … Oh Mann, es gibt noch einen weiteren Toten und zwei zusätzliche Schwerverletzte, und die Polizei hat bereits das Auto der Schützen gefunden … Respekt.«

»Nur das Auto?«

»Offensichtlich. Die hatten ein …«

»… zweites Fluchtfahrzeug. Der Land Cruiser, mit dem sie zum Anschlagsort gefahren sind, war vermutlich gestohlen. Und mit gefälschten Bundeswehr-Kennzeichen versehen. Die Attentäter waren zwei Männer und eine Frau, wie gesagt, verkleidet in Bundeswehr-Uniformen.«

»Das mit den Uniformen weiß die Polizei auch – Augenzeugenberichte. Dass einer der Schützen eine Frau war, ist allerdings aus der bisherigen Kommunikation nicht ersichtlich …« Da Parceval schwieg, fuhr Ksenia fort. »Du denkst doch nicht im Traum daran, oder?«

»Woran denke ich denn?«

»Deine Informationen der Polizei zur Verfügung zu stellen, um die Fahndung nach den Attentätern voranzubringen. Du bist kein Polizist mehr, Parceval. Hat man dir das nicht oft genug gesagt? Wenn du auf irgendeinem Polizeirevier aufkreuzt, nimmt man dich sofort fest.«

»Ich könnte einen anonymen Tipp abgeben …«

»Wie willst du die Information so untermauern, dass man dir glaubt? ›Guten Tag, ich bin der Typ, der einen der Attentäter abgeknallt hat. Wollen Sie wissen, wie die anderen beiden aussahen?‹«

»Ksenia, wir sind auch immer wieder anonymen Tipps nachgegangen.«

»Ja, in Afghanistan. Weil es da nur anonyme Tipps gab. Hast du eine Vorstellung, warum die Attentäter sich ausgerechnet als Bundeswehrsoldaten verkleidet haben?«

»Vielleicht, um eine falsche Fährte zu legen und die Ermittler in der Anfangsphase zu verwirren? Vielleicht, weil eine Uniform ihren Träger so anonym macht, dass die Augenzeugen sich an kein Gesicht erinnern können? Vielleicht ist es eine Botschaft an Enzio Palechiaro, die wir nicht verstehen?«

»Vielleicht ist es ja auch eine Botschaft an alle – dich eingeschlossen –, sich rauszuhalten.«

»Ich muss an den zweiten Informanten rankommen.«

»Herrgott, Parceval …« Ksenias uncharakteristischer

Ausbruch dauerte nur zwei Sekunden, dann hatte sie sich wieder unter Kontrolle. »Was soll's. Du tust eh, was du willst.«

Parceval grinste. »Und du würdest es an meiner Stelle nicht anders machen.«

»Was brauchst du?«

»Eine Bleibe ... und eine gute Idee, wie ich Enzio Palechiaro dazu bringen kann, mich in seine Dienste zu nehmen.«

»Nach dem heutigen Anschlag muss er zumindest Personal aufstocken«, meinte Ksenia trocken. »Bewerbungen würden also wahrscheinlich nicht gleich abgelehnt. Also pass auf – ich suche dir eine Unterkunft und melde mich dann wieder. Behalt das Handy so lange noch.«

»Danke, dass du mir hilfst.«

»Ich kann dich nicht von deinem Plan abbringen?«

»Nein.«

»Kennst du den Spruch: Für Dummheit gibt es keine Kur, außer den Tod?«

»Ist das eine Weisheit aus deiner Heimat?«

»Wir Russen haben nur traurige Weisheiten. Es ist ein Filmzitat.«

»Eines Tages schauen wir diesen Film gemeinsam an.«

»Ja«, sagte Ksenia. »Und der Osterhase und der Weihnachtsmann begleiten uns.«

3

Nach dem Gespräch mit Ksenia blieb Parceval auf der Parkbank sitzen. Er vergewisserte sich, dass er allein war; dann nahm er die erbeutete Walther P99 aus der Jacke und zerlegte sie mit schnellen Griffen. Die P99 diente als klassische Polizeiwaffe – mehrere Bundesländer in Deutschland sowie andere europäische Staaten benutzten sie. Die Pistole war abgegriffen, aber gut erhalten. Sie war vermutlich durch mehrere Hände gegangen, bis ihr letzter Benutzer sie erhalten hatte. Parceval verstaute die Einzelteile in seinen Taschen und spazierte dann ein-, zweihundert Meter flussaufwärts, wobei er nach und nach die Einzelteile in den Fluss warf. Schließlich wanderte er am Schloss vorbei und kehrte wieder zurück in die Innenstadt.

Es beunruhigte ihn, wie sehr er auf Ksenia Orian angewiesen war, auch wenn er sich sagte, dass daran eigentlich nichts Beunruhigendes sein sollte; in Afghanistan hatte er es als ganz natürlich empfunden, dass sie beide perfekt zusammengearbeitet hatten. Doch das hatte damals auch für andere Kollegen gegolten. Sie hatten zusammengehalten und sich gegenseitig den Rücken freigehalten – bis zu dem Zeitpunkt, an dem

Parceval erschöpft und mit irrem Blick aus den Bergen zurückgekehrt war und sich von seinen Kollegen ohne Widerstand verhaften ließ. In den Bergen zurückgelassen hatte er dreizehn tote Männer, die er eigenhändig erschossen hatte, wofür ihn die Kollegen allerdings nicht verhafteten – von diesen Toten hatten sie zu diesem Zeitpunkt noch nichts gewusst. Sie hatten ihn verhaftet, weil er zwei bereits gefangen genommene Kämpfer in der Polizeistation erschossen hatte, nachdem er gesehen hatte, was sie und ihre Kumpane den afghanischen Polizeischülern und ihren Söhnen angetan hatten.

Er hatte gedacht, das Richtige zu tun, indem er die Attentäter in die Berge verfolgt hatte. Er hatte gehofft, die Entführten auf diese Weise befreien zu können. Wen er töten musste, um dieses Ziel zu erreichen, darüber hatte er sich keine Gedanken gemacht; er war zu diesem Zeitpunkt lange genug in Afghanistan, um zu wissen, dass unter den Kämpfern, die sich mal als Taliban, mal als Straßenräuber, mal als Entführer und fast immer als Drogen- und Waffenschmuggler betätigten, keiner ohne Blut an den Händen war.

Dennoch beging er einen Fehler, er tötete die falschen Männer. Strohmänner. Diejenigen, die ihn hatten aufhalten sollen, damit die eigentlichen Drahtzieher der Entführung mit ihrer Beute davonkommen konnten. Er wusste bis heute nicht, ob es stimmte, was er diesen Sommer in Berlin erfahren hatte: dass er nur zweihundert Meter von dem Versteck der Frauen und Mädchen entfernt war, die er hätte befreien können, wenn er sich nicht das Gefecht mit den Kämpfern geliefert hätte. Es machte Parceval schier wahnsinnig, an diese Möglichkeit auch nur zu denken. Fünfzehn tote Männer. Man hatte ihn dafür lebenslänglich weggesperrt. Ja, es war ein Fehler gewesen, was er getan hatte.

Er hätte stattdessen ruhig bleiben und die Männer, die ihm aufgelauert hatten, umgehen sollen. Und dann die eigentlichen Schweinehunde erschießen, die ein Dutzend Frauen und Mädchen in die Sklaverei verkauft hatten.

Aus Richtung des Friedrichsplatzes drangen immer noch Geräusche, die nahelegten, dass Mannheim sich im Kriegszustand befand. Mittlerweile kreisten zwei blau-weiße Polizeihubschrauber über der Stadt. Passanten standen in Gruppen herum und diskutierten – entweder erregt oder besorgt. Die Gassen der Innenstadt wirkten deutlich leerer als noch heute Vormittag.

Das Telefon in Parcevals Tasche vibrierte.

»Ich hab eine Adresse für dich«, begann Ksenia ohne Umschweife. Sie nannte ihm eine Hausnummer in der Werftstraße.

Parceval erinnerte sich, wie Ksenia auf die Unterkunft gekommen war, die sie ihm in Berlin vermittelt hatte. »Was ist diesmal mit dem eigentlichen Wohnungsbesitzer? Urlaub, Krankenhaus oder Knast?«

»Die Wohnung steht seit ’ner Ewigkeit leer. Dort findet dich kein Mensch. Ist vielleicht nicht so ganz gemütlich, aber du bist ja hart im Nehmen.«

»Wie hast du die Wohnung gefunden, wenn sie schon so lange leer steht? Über Immobilienscout bestimmt nicht.«

»Der Hauseigentümer hat kein Interesse daran, sie zu

vermieten. Das gesamte Gebäude steht leer und verfällt. Die Stadtverwaltung versucht seit Jahren, ihn zu Sanierungsmaßnahmen zu zwingen.«

»Und weil das Haus dadurch gerichtskundig ist, hast du es gefunden.«

Als Antwort ertönte wieder das Klackern der PC-Tastatur.

»Na gut. Wie komm ich rein?«

»Seit wann hindert dich eine verschlossene Tür?«

»Wo finde ich die Werftstraße?«

»Frag einfach nach der Pop-Akademie, die kennt in Mannheim jedes Kind. Die Werftstraße läuft direkt darauf zu. Und jetzt nimm den Akku und die SIM-Karte aus dem Handy, und setz erst wieder alles ein, wenn du mich anrufen willst.«

4

Das Mannheimer Polizeipräsidium wurde von einer Frau geleitet: Karin Feldmann. Sie war klein und dünn und trug eine randlose Brille und ein beständiges nervös wirkendes Lächeln, das vollkommen über ihre wahre Natur hinwegtäuschte. Sie war die erste weibliche Polizeipräsidentin Baden-Württembergs und hatte sich aus dem gehobenen Polizeidienst in diese Stellung emporgearbeitet. Ihre Mitarbeiter hatten ihr den Spitznamen Joker verpasst – nach der Figur in den BATMAN-Comics, die wie Feldmann stets lächelte und vor nichts zurückschreckte, um ihre Ziele zu erreichen. Der Unterschied zwischen dem Joker und Karin Feldmann war der, dass die Ziele des Jokers kriminell waren. Es gab allerdings nicht wenige im Polizeipräsidium Mannheim, die der Meinung waren, dass Karin Feldmann auch eine hervorragende Mafia-Patin abgegeben hätte.

Abgesehen von den Gestalten, die es in jeder hierarchischen Struktur gab und die Loyalität nur vortäuschten, um heimlich am Stuhl eines Vorgesetzten zu sägen, standen die Angestellten und Beamten der Mannheimer Polizei mit voller Überzeugung hinter ihrer Chefin.

Der Anschlag auf den Hochzeitskonvoi war gegen

drei Uhr nachmittags verübt worden, nun war es 17 Uhr. In einem der Konferenzräume des Polizeipräsidiums wurde bereits eine Pressekonferenz vorbereitet. Die Lage auf dem Friedrichsplatz war unter Kontrolle, der Tatort großräumig abgesichert und alle Geschäfte im näheren Umkreis geschlossen. Eine Umleitung für die Autofahrer war ausgeschildert, die Verletzten im Krankenhaus und die Toten in der Pathologie im Uniklinikum Mannheim. Ein paar von den Teilnehmern des Hochzeitskonvois befanden sich in Untersuchungshaft, nachdem sie am Tatort randaliert hatten oder mit Waffen angetroffen worden waren, für die sie zunächst keinen Waffenschein vorweisen konnten.

»Sonst noch was?«, fragte Karin Feldmann. Sie war die Liste zusammen mit ihren Abteilungsleitern durchgegangen. In ihrem Büro drängten sich über ein halbes Dutzend Leute: die Leiter der Stabsstelle Öffentlichkeit und der Verkehrspolizeidirektion, eine Mitarbeiterin des Social Media Teams, die Direktoren der Kriminalinspektionen 1, 4, 6 und 7 – Kapitaldelikte, Organisierte Kriminalität, Politisch motivierte Kriminalität und Ermittlungsunterstützung – und Karin Feldmanns Sekretärin.

»Die Leute vom Palechiaro-Clan, mit denen wir gesprochen haben, sind übereinstimmend der Meinung, dass der Anschlag von Revan Rizla ausging«, erklärte der Direktor der Kriminalinspektion 4.

»Ist irgendwer *nicht* dieser Meinung?«, fragte Karin Feldmann sarkastisch.

»Palechiaro hat viele Feinde, aber das sind alles kleine Fische, die so ein Ding niemals hätten durchziehen können.«

»Irgendein halbseidener Immobilienhai, den Palechiaro ausgebootet hat?«

»Das würden wir wissen«, sagte der Leiter der Kriminalinspektion 4.

»Ein Waffenschmuggler, der mit Palechiaro über Kreuz geraten ist?«

»In so großem Umfang dealt Palechiaro nicht.«

»Oder wir wissen nichts darüber.«

Der Leiter der Kriminalinspektion 4 zuckte mit den Schultern. *»Wissen«*, betonte er langsam, »tun wir ohnehin überhaupt nichts. Wir ahnen nur.«

»Kann es was Politisches sein?«

»Mit welchem Hintergrund?«, fragte der Leiter der Kriminalinspektion 6. »Fremdenfeindlich? Palechiaro ist deutscher Staatsbürger, abgesehen davon nehmen selbst die Wirrköpfe von der AfD einen Italiener nicht als Fremden wahr.«

»Reichsbürger? Die sind in der Regel bis an die Zähne bewaffnet – und die Uniformen würden zu denen passen. Gut vernetzt sind sie auch.«

»Dann hätten sie wohl eher Wehrmachtsuniformen getragen. Außerdem richten sich die Drohungen der Reichsbürger hauptsächlich gegen die Repräsentanten des Staates. Aber ich habe schon Order gegeben, den bekannten Reichsheinis auf den Zahn zu fühlen.«

»Also bleibt Revan Rizla …«

»Gegen den«, brummte der Leiter der Kriminalinspektion 4, »es wie üblich keine handfesten Anhaltspunkte geben wird – und sollte sich doch wider Erwarten ein Zeuge finden, wird er spätestens bei der Gerichtsverhandlung umkippen.«

»Man kann es den Leuten nicht mal verdenken«, mischte sich der Leiter der Kriminalinspektion 1 ein. »Wer erinnert sich an das einzige Mal, als jemand gegen Rizla aussagen wollte?«

»Der Typ, dessen Frau vor der Verhandlung im Krankenhaus mit zertrümmerten Hand- und Ellenbogengelenken landete?«

»Was bei einem Fahrradunfall passiert sein soll …«, sagte der Leiter der Kriminalinspektion 7 verächtlich.

»Ich bin überzeugt, Rizla hat dem Zeugen erklärt, dass er sich auch die Knie- und Fußgelenke der Frau vornimmt, wenn er aussagt.«

»Lieber Gott, was sind das für Menschen?«, flüsterte die Kollegin aus dem Social-Media-Team.

»Die leben nach der Prämisse: Wenn du zu schwach bist, dich zu wehren, schaden wir dir. Und da die Typen alle zusammenhalten, betrachten sie jeden als zu schwach. Die Polizei eingerechnet.«

»Na gut«, sagte Karin Feldmann. »Wir kommen nicht weiter, wenn wir über die Dinge reden, die wir ohnehin alle wissen. Was ist mit den Aussagen, nach denen ein Passant in den Überfall eingegriffen und einen der Angreifer erschossen haben soll?«

»Wenn wir die Leiche des angeblich erschossenen Angreifers hätten, könnten wir eine ballistische Untersuchung anstellen – gesetzt den Fall, dass das Projektil noch in seinem Körper steckt. Dann könnten wir einen Vergleich mit den Waffen anstellen, die wir bei den Palechiaro-Leuten gefunden haben, und herausfinden, ob den Schuss nicht doch einer von ihnen abgegeben hat und nicht ein unbekannter Passant. Es lässt sich aber jetzt ohnehin schon sagen, dass aus den Waffen, die wir bei den Palechiaros sicherstellen konnten, nicht geschossen wurde.« Der Leiter der Kriminalinspektion 7 räusperte sich. »Wir haben allerdings eine männliche Leiche aus dem Palechiaro-Umfeld, bei der sich ein Pistolenhalfter fand, aber nicht die dazugehörige Waffe. Er ist bereits als einer der Leibwächter des Clans identifiziert und besaß einen Waffenschein.«

Karin Feldmann wandte sich ab, klickte auf ihrem Bildschirm die Transkripte der bisher aufgenommenen Zeugenaussagen an und überflog die Schilderungen zu dem unbekannten Schützen. Sie waren nicht sehr hilfreich.

»Es könnte also mindestens zwei Szenarien geben«, sagte sie. »Der unbekannte Schütze – wenn es ihn überhaupt gibt – ist ein Angehöriger der Palechiaros, der abgehauen ist, weil er einen der Angreifer erschossen hat; oder er ist ein Unbeteiligter, der sich die Waffe des toten Leibwächters gegriffen und ein bisschen John Wick gespielt hat.«

»Und alle anderen Szenarien dazwischen«, sagte der Leiter der Kriminalinspektion 7 trocken.

»Wenn wir vom zweiten Szenario ausgehen: Warum sollte jemand so etwas tun? Und warum war der Kerl überhaupt vor Ort? Hat er auf den Konvoi gewartet? War er so was wie ein Außenposten Palechiaros, um den Konvoi zusätzlich abzusichern? Oder war er ein Passant, der sich dachte: Heißa, da mach ich doch mit und ballere fröhlich mit in der Gegend herum?«

»Was schlagen Sie vor?«, fragte der Leiter der Kriminalinspektion 1.

»Wir arbeiten in zwei Richtungen: Wir versuchen auf Teufel komm raus, Rizla was anzuhängen; und wir fahnden auf Hochdruck nach dem unbekannten Schützen.«

»Öffentlich?«

»Wo denken Sie hin? Damit jeder selbsternannte Blockwart seinen Nachbarn anzeigt, weil der zur Zeit des Anschlags nicht zu Hause gewesen ist?«

»Womöglich hat das Eingreifen des unbekannten Schützen ein noch größeres Blutbad verhindert«, warf der Leiter der Kriminalinspektion 1 ein. »Soweit es sich aus den Zeugenaussagen zusammenreimen lässt, haben die Angreifer nach den Schüssen auf ihren Kumpan das Weite gesucht.«

»Schlagen Sie vor, dass wir ihm einen Orden verleihen, wenn wir ihn geschnappt haben?«

»Was machen wir bezüglich Revan Rizla und Enzio Palechiaro?«, fragte der Leiter der Kriminalinspektion 4.

»Für morgen früh vorladen. Bestimmen Sie den Termin. Ich nehme mir auf jeden Fall Zeit.«

Der Leiter der Stabsstelle Öffentlichkeitsarbeit fischte sein summendes Handy aus der Tasche und meldete sich leise. Dann hob er die Hand und sagte laut in den Raum: »Die Pressevertreter sind jetzt vollzählig versammelt.«

Karin Feldmann nickte. Sie stand auf. »Gut. Sie und ich sowie die Kollegin von Social Media beantworten alle Fragen. Für alle anderen gilt – überlassen Sie bitte uns das Reden. Wenn jemand Sie anspricht, wenden Sie sich einfach an uns. Alles klar?«

Die junge Frau vom Social Media Team musste schlucken, doch Karin Feldmann lächelte ihr zu. »Sie beantworten nur Fragen bezüglich der Darstellung des Vorfalls in unseren sozialen Medien – wie oft, in welchem Medium, mit welchem Bildmaterial und so weiter. Alle inhaltlichen Aussagen nehmen die Stabsstelle für Öffentlichkeitsarbeit und ich vor.«

»Und was ist der Inhalt unserer Aussagen?«, wollte der Leiter der Stabsstelle für Öffentlichkeitsarbeit wissen.

»Dass wir die Lage unter Kontrolle haben, dass es erste Anhaltspunkte für die Täter gibt, dass unser Mitgefühl den Angehörigen der Opfer und Enzio Palechiaro gilt, dass seine Tochter und sein Schwiegersohn wie durch ein Wunder nicht verletzt wurden und dass wir den Fall in Kürze aufgeklärt haben werden.«

»Fragen zu Revan Rizla?«

»Beantworten wir nicht.«

»Fragen zum unbekannten Schützen?«

»Dabei handelt es sich unseren Kenntnissen nach um eine Fehlinformation.«

»Also mauern wir«, sagte der Leiter der Öffentlichkeitsarbeit.

»Nein«, sagte Karin Feldmann. »Wir sorgen dafür, dass die Kollegen hier unbehelligt ihrer Arbeit nachgehen können. Haben wir bereits eine Personalie für den Leiter der Soko?«

Die Sekretärin hielt einen Zettel hoch, während der Leiter der Kriminalinspektion 7, der die blitzartige Zusammenstellung der Soko organisiert hatte, nickte.

»Gut. Ist ihm klar, dass er nur der Frontmann ist? Die eigentliche Leitung der Soko habe ich.«

»Ist ihm klar.«

»Hat die Soko auch schon einen Namen?«

»Wir dachten an: Soko Hochzeitsnacht.«

»Geschmacklos, Herr Kollege. Denken Sie sich bitte was Neues aus.«

»Soko Hochzeitstag?«

Karin Feldmann grinste schief. »Gut, dass keiner von uns für Kreativität bezahlt wird. Den Namen nehmen wir. Also dann, meine Damen und Herren – stellen wir uns der Meute.«

5

Gleich nach seiner Flucht aus dem Gefängnis in Berlin hatte Parceval versucht, in einem Hotel unterzutauchen. Es war ein extrem großes Risiko gewesen, und Ksenia hatte die Idee sofort verworfen. Mithilfe ihrer Fähigkeiten als Hacker und der Netzwerke, die ihr als Inhaberin eines Sicherheitsunternehmens zur Verfügung standen, hatte sie sich Zugang zu Immobilienplattformen der anderen Art verschafft. Waren Personen auf irgendeine Weise von der Justiz erfasst, konnte sie zurückverfolgen, wo sie wohnten – und wo sie sich gerade aufhielten, wenn auch dies datentechnisch erfasst war. Urlaub fiel nicht darunter, Krankenhausaufenthalte, Kuren, Haftstrafen und Auslandsaufenthalte von Staatsbediensteten und Geheimnisträgern hingegen schon. Festzustellen, dass die Immobilie eines Eigentümers leer stand, der sich wegen unterlassener Sanierungen im Streit mit der Verwaltungsbehörde befand, war für Ksenia ein Klacks.

Eine der verlassenen Wohnungen als Unterschlupf zu verwenden schadete niemandem – oder wie im Fall des Hauses in der Werftstraße allerhöchstens einem Immobilienhai, der es verdiente.

Parceval fühlte sich dennoch nicht ganz wohl. Es war ihm auch nicht recht gewesen, die Wohnung in Berlin zu beziehen, aber er stand damals unter Zeitdruck und hatte nicht gewusst, wo er sonst bleiben sollte. Ein Problem, das sich mit anderen Bewohnern des Mietsblocks ergeben hatte, hatte ihn auf eine Idee gebracht. Wenn er schon bei irgendwelchen nichtsahnenden Menschen Unterschlupf fand, wollte er sich wenigstens dafür mit einer Hilfeleistung revanchieren. Sein Eingreifen im Mietshaus in Berlin hatte die gesamten Machtverhältnisse dort verändert – im Grunde hatte er jedem der Mieter geholfen.

Seit er Berlin verlassen hatte, hatte Parceval mehrfach im Freien geschlafen und in zwei Fällen Ksenias Wohnungsvermittlungsdienste in Anspruch genommen: Einmal war er zwei Nächte geblieben und hatte während seines Aufenthalts die Zimmerrenovierung fortgesetzt, die der Wohnungsbesitzer wegen eines Herzinfarkts nicht hatte weiterführen können. Parceval hatte sich gesagt, dass der Mann nach seiner Entlassung aus dem Krankenhaus wahrscheinlich glauben würde, die Renovierung doch abgeschlossen zu haben, bevor er den Infarkt bekam … und dass er sich nur nicht mehr daran erinnerte. Jedenfalls hatte Parceval drei Zimmer im Rekordtempo gestrichen und geweißelt und hatte danach verstanden, wie man von dieser Arbeit einen Herzinfarkt bekommen konnte.

Im zweiten Fall war er in einem alten Siedlungshaus untergekommen, dessen Eigentümer, ein älteres Ehepaar, zusammen einen Kuraufenthalt angetreten hatten. Er musste feststellen, dass der Keller nach einem schweren Gewitter offenbar schon seit Tagen unter Wasser stand. Zusätzlich waren die Äste einiger Bäume abgebrochen. Parceval hatte die Schäden an den Bäumen ignoriert, um sich nicht im Garten zeigen zu müssen; aber er hatte eine Pumpe entdeckt, die bewies, dass das Haus nicht zum ersten Mal geflutet worden war. Mit der Pumpe beförderte er das Wasser nach draußen – mehr hatte er nicht tun können. Ein Gerät zu leihen, das die feuchten Wände trocknete, hatte außer Frage gestanden. Er konnte nur so weit helfen, dass es ihn nicht der Gefahr der Entdeckung aussetzte.

Wie er in seiner jetzigen Situation für einen Ausgleich sorgen sollte, war Parceval ein Rätsel. Wahrscheinlich gab es nichts, was er tun konnte – selbst wenn der Hauseigentümer jemand wäre, dem er hätte helfen wollen.

Die Wohnung war trostlos, aber wenigstens nicht kalt. Die Sommerwärme stand noch hinter den staubblinden Scheiben. Es roch nach Mäusekot und alten Tapeten. Die rechteckigen hellen Felder an den Wänden zeigten, dass hier einmal Bilder gehangen hatten, dass hier einmal jemand gelebt hatte. Die Zimmerdecken waren hoch, die Fenster hatten Fensterkreuze. Man hätte aus diesem Haus ein Schmuckstück machen können. Der finanzielle Einsatz wäre hoch gewesen, wahrscheinlich höher, als das Gebäude verfallen zu lassen und dann einen gesichtslosen Neubau aus Beton hinzustellen.

Parceval dachte diese Gedanken mit einer seltsamen Distanz. Er war noch nie der häusliche Typ gewesen, aber mittlerweile konnte er sich weniger als je zuvor vorstellen, eine feste Bleibe zu haben und sich mit den täglichen Anforderungen eines normalen Lebens herumzuschlagen. Die Rettung von Birgit und Miray war alles, was er für seine Zukunft plante. Bis diese Mission erfüllt war, musste er der Polizei einen Schritt voraus sein.

Ksenia meldete sich nicht mehr, und er sah keinen Grund, sie anzurufen. Er hatte eine Bleibe und einen Plan. Es gab im Moment nichts, was sie für ihn tun konnte.

Am Abend meldete sich sein Magen und sagte ihm, dass er seit dem Frühstück nur den Kaffee zu sich genommen hatte. Er machte eine Bestandsaufnahme. Von dem Geld, das er in Berlin erbeutet hatte, war fast nichts mehr übrig. Er hatte versucht, es so gut es ging zusammenzuhalten, war getrampt oder hatte billige Überlandbusse genommen, um sich fortzubewegen. Gegessen hatte er wenig. Als er zum ersten Mal nach sechs Jahren Knast wieder im Freien gewesen war, hatte er gemerkt, wie sehr er außer Form geraten war. Dampfkost und mangelnde Bewegung an der frischen Luft hatten ihn träge werden lassen. Mittlerweile fühlte er sich wieder so fit wie eh und je. Die Hose hing zu locker auf seinen Hüften, während Jacke und Hemd an den Schultern zu eng wirkten.

Das leerstehende Haus war ein Eckgebäude. Parceval hatte die unmittelbare Umgebung schon überprüft, als er dort eingedrungen war. In nördlicher Richtung öffnete sich nach knapp fünfzig Metern eine Ausfallstraße, die zu einer Neckarbrücke führte und auf der der Abendverkehr stadtein- und stadtauswärts lärmte. In südliche Richtung führte eine langgestreckte Gasse:

Hausfassaden mit den unvermeidlichen Graffiti, zwei Baumreihen, die tagsüber einen rissigen Straßenbelag beschatteten, am Straßenrand parkende Autos, von denen die Mehrzahl auf ihren letzten Gang zum TÜV wartete. Einige der Häuser waren wirklich ansehnlich, aber völlig heruntergekommen.

Keine hundert Meter die Gasse hinunter erkannte Parceval, was seine Nase ihm bereits vorhin verraten hatte: ein kleines Restaurant. Der Bratenduft besaß eine orientalische Note, aller Wahrscheinlichkeit nach handelte es sich um ein türkisches Lokal. Parceval machte sich auf den Weg.

Das Lokal war früher offenbar ein Laden gewesen. Eine Tür, ein großes Schaufenster, davor auf der Straße ein winziger Tisch und zwei wackelige Stühle. Im Inneren: links zwei Vierer- und zwei Zweiertische, rechter Hand die zur Bar umfunktionierte Ladentheke, hinter der ein grauhaariger Mann stand, der nicht viel Platz hinter seiner Theke hatte. Die Wand in seinem Rücken entlang zog sich eine Ablage, in die mehrere rechteckige Herdplatten eingelassen waren, wie in einem amerikanischen Diner. Wer nicht an den Tischen sitzen und essen wollte, konnte dies auch an einem brusthohen Bord tun, das vor der Fensterscheibe angebracht war und unter dem ein halbes Dutzend Barstühle in Reih und Glied standen.

Der Mann hinter der Bar richtete sich auf und lächelte Parceval an. Er hatte dunkle Gesichtsfarbe, strahlend blaue Augen, eingerahmt von dichten, pechschwarzen Wimpern, und war frisch rasiert. Er war schlank, hielt sich aufrecht und trug ein weißes Hemd. Hätte er darüber ein Anzugsakko getragen, hätte er sich gut in einer Anwaltskanzlei gemacht: Er besaß eine elegante, würdevolle Ausstrahlung. Das Lächeln legte sein strenges Gesicht in viele Falten und machte es Parceval auf Anhieb sympathisch. Sympathisch war ihm auch die Abwesenheit eines Döner-Grills.

»Schon geöffnet?«, fragte Parceval.

»Schon seit einer Stunde«, erwiderte der Mann hinter der Bar. Er sprach akzentfrei. »Kommen Sie rein. Freie Platzwahl. Oder wollen Sie was zum Mitnehmen bestellen?«

Parceval sagte sich, dass diese Option die bessere gewesen wäre. Je weniger er sich in der Öffentlichkeit aufhielt, desto besser. Er hätte etwas mit in seine Bleibe nehmen und es zwischen Staubflusen und Mäusedreck verzehren können, in Gesellschaft der unsichtbaren Geister der früheren Wohnungsbesitzer, deren Leben und Hoffen nun völlig bedeutungslos geworden war. Wie groß war die Wahrscheinlichkeit, dass er in diesem menschenleeren Lokal enttarnt würde? Spontan deutete er auf einen der Zweiertische im Hintergrund. »Der wäre mir recht.«

»Sie können auch einen der großen Tische am Fenster …«

»Ich will den Tisch nicht blockieren.«

Der Mann hinterm Tresen schnaubte. »Wenn so viele Gäste kämen, dass Sie einen Tisch blockieren würden, würde ich Ihnen das Essen spendieren.«

»Läuft nicht viel?«, fragte Parceval.

»Es geht rauf und runter«, sagte der Mann. »Unter der Woche ist mehr los.«

»Man möchte meinen, dass es genau umgekehrt wäre.«

Der Wirt zuckte mit den Schultern. »Kommt auf die Klientel an. Und die Umgebung. Ich hab Sie noch nie hier gesehen. Kommen Sie aus Mannheim?«

»Sie haben wohl immer die gleichen Gäste.«

»So ziemlich. Sind Sie Musiker? Haben Sie was in der Pop-Akademie zu tun?«

»Ich bin nur auf der Durchreise«, sagte Parceval. »Bin heute Nachmittag angekommen – mitten hinein ins Chaos.« Er setzte sich an den Tisch, streckte die Beine aus und freute sich von Herzen auf ein warmes, würziges Essen.

Der Wirt verzog das Gesicht. »Ja, das war schlimm, was da passiert ist. Meine Frau hat mich gebeten, das Lokal heute nicht zu öffnen, weil sie Angst hat. Aber man muss ja von was leben, oder?« Parceval wollte fragen, was die Öffnung des Lokals mit dem Anschlag auf den Hochzeitskonvoi zu tun hatte, doch der Wirt sprach gleich weiter. Er lächelte erneut. »Und sehen Sie? Es hat sich gelohnt. Wir haben beide Glück gehabt!«

»Was *ist* denn genau passiert?«

Der Wirt, der zwischenzeitlich hinter dem Tresen hervorgekommen war und eine DIN-A4-Seite in der Hand hielt, gab eine kurze Schilderung der Vorgänge. Offenbar hatte es inzwischen eine Pressekonferenz gegeben, die irgendein Fernsehsender übertragen hatte. Parceval erkannte in den Informationen, die der Wirt an ihn weitergab, die Handschrift eines polizeilichen Pressesprechers, der nicht zugeben will, dass die Ermittlungsbehörden noch völlig im Dunkeln tappen.

Oder man hatte ihn angewiesen, vor der Öffentlichkeit zu mauern. Von Parcevals Eingreifen war überhaupt keine Rede.

»Das ist ja 'ne üble Geschichte«, sagte Parceval. »Man möchte nicht glauben, dass so etwas hier geschehen kann.«

»Ja«, seufzte der Wirt. Parceval hatte kurz den Eindruck, dass er hinzufügen wollte: Hier geschehen noch ganz andere Dinge! Stattdessen lächelte er wieder, reichte Parceval das Din-A4-Blatt und sagte: »Kann ich Ihnen schon was zu trinken anbieten?«

Parceval musterte das Blatt, das der Wirt ihm gegeben hatte. Es war die Speisekarte. Sie war handgeschrieben, aber das war nicht das eigentlich Bemerkenswerte an ihr. In jeder freien Fläche zwischen den einzelnen Speiseangeboten fanden sich Kinderzeichnungen von gefüllten Gläsern, Geschirr und Besteck, strahlenden Sonnen, Bäumen und Häusern. Es waren Originale. Der Wirt erkannte offenbar Parcevals Erstaunen, denn er sagte: »Hat meine Tochter gezeichnet. Jede meiner Speisekarten ist ein Unikat. Ich schreibe die Speiseangebote, sie malt die Bilder.«

»Wie viele von diesen Speisekarten haben Sie denn?«

»Sechs«, sagte der Wirt stolz und wies zur Theke, wo Parceval weitere bemalte Blätter erblickte. »Eine für jeden Tisch und zwei weitere für die Gäste, die am Fenster sitzen.«

»Die sind schön«, sagte Parceval. »Ihre Tochter ist 'ne Künstlerin.«

Der Wirt strahlte und nickte. »Wenn ich neue Speisekarten mache, hebe ich die alten für sie auf. Wenn sie erwachsen ist, lasse ich sie alle zu einem Buch binden und schenke sie ihr.«

»Jedes Mal, wenn Sie neue Speisekarten anfertigen, bemalt Ihre Tochter die aufs Neue?«

Der Wirt raunte verschwörerisch: »Ich würde die Speisekarte viel seltener wechseln, aber sie nötigt mich förmlich dazu.« Er lachte. »Sie ist so stolz auf ihre Arbeit.«

Parceval gab die Speisekarte dem Wirt zurück. »So stolz wie ihr Vater auf seine Kochkunst, nehme ich an. Wie wäre es, wenn Sie mir einfach was empfehlen?«

Der Wirt zögerte nicht. »Eine rote Linsensuppe vorneweg, und dann eine schöne Portion Manti mit Joghurtsoße? Ich hab sie heute Nachmittag frisch zubereitet.«

»Dann verlasse ich mich voll und ganz auf Sie.«

»Welches Getränk? Ich lade Sie ein.«

»Warum das denn?«, fragte Parceval und lächelte.

Der Wirt erwiderte sein Lächeln. »Keine Ahnung«, sagte er. »Weil Sie heute mein erster Gast sind? Weil Sie die Zeichnungen meiner Tochter gelobt haben? Weil Sie nicht nach einem Döner gefragt haben?«

»Na dann: Danke.«

»Ich rühre Ihnen einen Ayran an. Und für den Durst ein Pils?«

»Wenn es keine Umstände macht.«

Eine Stunde später war Parceval immer noch der einzige Gast in dem kleinen Lokal. Er war satt und hatte den Eindruck, selten so gut gegessen zu haben. Die Manti – winzige Teigtäschchen mit einer Hackfleischfüllung – waren köstlich gewesen und die Suppe ein Gedicht. Die Rechnung kam auf einem handgeschriebenen Zettel. Zum Abschied überreichte der Wirt feierlich eine Visitenkarte.

Parceval studierte sie. »Emre Kaveci? Hab ich den Namen richtig ausgesprochen?«

»Das i am Ende sollte man kaum hören, aber sonst … perfekt.«

Parceval streckte die Hand aus. Dass er sich mit einem falschen Namen vorstellen musste, kam ihm nach der Freundlichkeit des Wirts wie eine Beleidigung vor. »Paul Wegener«, erwiderte er. »Hat mich gefreut.«

Paul Wegener war ein deutscher Regisseur der Zwanziger- und Dreißigerjahre gewesen. Während der Nazi-Zeit hatte er Widerstandsgruppen unterstützt und Verfolgte des Regimes in seiner Wohnung versteckt. Sein wichtigster Film, in dem er auch selbst die Hauptrolle gespielt hatte, war *Der Golem* – eine Geschichte über ein mystisches, aus Lehm geformtes Wesen, welches das bedrohte jüdische Ghetto in Prag beschützt hatte.

Auf dem Weg zu seiner Unterkunft kamen Parceval zwei Männer in Sportkleidung entgegen; Trainingshosen mit Adidas-Streifen und Windbreaker-Blousons mit mehr Werbeaufdrucken als auf dem Overall eines Formel-1-Piloten. Sie unterhielten sich mit raumgreifenden Gesten und zwangen Parceval dazu, ihnen auszuweichen. Er wandte sich um, als sie an ihm vorbei waren. Sie blieben vor Emre Kavecis Lokal stehen; einer fischte sein Handy aus der Jackentasche und erweckte es zum Leben. Er spähte darauf, als würde er eine Information überprüfen, vielleicht Emres Adresse? Dann nickten sie sich zu und betraten das Lokal.

Parceval ging weiter, auf den schmalen Durchlass zu,

durch den man von der Straße in den Hinterhof seines leerstehenden Gebäudes gelangen konnte. Parceval hatte die Hintertür geknackt, als er eingestiegen war. Sie besaß ein einfaches Schloss, das ihm nur wenige Augenblicke Widerstand geleistet hatte – nicht länger, als jemand mit ungeschickten Fingern gebraucht hätte, die Tür mit dem Schlüssel aufzusperren. Er öffnete die Tür und dachte an die leere Wohnung, die auf ihn wartete, und an die hellen Flecken an den Wänden, wo einst Bilder gehangen hatten. Diese Gedanken führten ihn zu den Speisekarten, die Emre Kavecis Tochter geschmückt hatte, und an den türkischen Wirt.

Vielleicht war heute doch ein guter Tag für Emre. Die beiden jungen Männer waren groß und breitschultrig gebaut und hatten ausgesehen, als könnten sie einiges vertilgen. Mit ihren dünn rasierten Bartlinien, den gegelten Haaren und der Sportkleidung hatten sie ausgesehen wie die Karikaturen von jungen Deutschtürken. Womöglich waren sie sogar Stammkunden.

Nur dass selbst in der Zeit, in der aus dem Bundespolizisten Ralf Parceval der Lebenslängliche Ralf Parceval geworden war, junge Deutschtürken nicht dermaßen karikaturenhaft ausgesehen hatten. Eigentlich hatten so nur deutsche Möchtegernkabarettisten ausgesehen, die versuchten, junge Deutschtürken zu imitieren und mit ihnen Kasse zu machen.

Die beiden Männer waren auf keinen Fall deutsche Möchtegernkabarettisten.

Plötzlich beunruhigt, trat Parceval wieder ins Freie und marschierte zurück zu Emre Kavecis Lokal.

6

Einer der beiden Männer saß zusammen mit Emre Kaveci an dem Tisch, an dem Parceval gegessen hatte. Auf den ersten Blick sah es aus wie eine Unterhaltung zwischen zwei Vertrauten, denn der junge Mann hielt Emres Hände fest wie jemand, der sich einen Rat in einer emotionalen Angelegenheit holt. Doch ein Blick in Emres Gesicht sagte Parceval, dass es kein Gespräch unter Vertrauten oder Freunden war.

Der zweite junge Mann stand hinter dem Tresen. Er hatte eines der Backbleche vor sich stehen, auf denen Emre die Mantis aufgereiht hatte. Als Parceval eintrat, griff er sich gerade ein Teigtäschchen und bewarf Emre damit. Zwei weitere Teigtäschchen lagen bereits zu seinen Füßen wie traurige kleine Häufchen.

Der junge Mann an Emres Tisch sah nur kurz auf. »Ist geschlossen, Mann«, knurrte er. Er sprach akzentfrei.

»Bitte gehen Sie, Herr Wegener«, murmelte Emre. In seinem Gesicht standen Angst und Resignation. Seine linke Wange war geschwollen und rot. »Das Lokal ist geschlossen.«

»Ja, hau ab, Mann!«, sagte der Typ am Tisch.

»Bitte«, sagte Emre.

Parceval betrachtete die Szene. Vor dem Tresen glitzerten die Scherben von Ketchup- und Soßenflaschen in den zugehörigen Lachen. Die Speisekarten waren zerrissen, ihre Fetzen lagen auf dem Tresen und am Boden, zum Teil in den Soßenlachen. Die Kasse war offen, die Geldschublade leer. Parceval musterte die beiden jungen Männer ohne Eile.

»Wird's bald, Mann?«, stieß der Typ am Tisch hervor.

»Es ist alles gut«, sagte Emre. »Wir unterhalten uns nur. Deshalb ist das Lokal jetzt geschlossen.«

Parceval nickte. »Na gut«, sagte er. Er wandte sich an den Typ hinterm Tresen. »Ich hoffe, du wischst die Sauerei nachher wieder auf, sonst zieht dir Mami den Hosenboden stramm.«

Der Typ hinterm Tresen starrte Parceval an. »Redest du mit mir?«, fragte er. »Hä? Redest du mit mir?«

Parceval lächelte, drehte sich um und verließ das Lokal.

7

Die beiden jungen Männer verließen Emres Lokal eine Viertelstunde später. Sie gingen mit wiegenden Schritten unter Parceval vorbei, der sich an einem Fenster im Haus auf die Lauer gelegt hatte. An der Einmündung zur Ausfallstraße kletterten sie in einen schwarzen Audi TT, der mit den beiden Hünen an Bord plötzlich wie ein Spielzeugauto wirkte, wendeten und fuhren davon. Parceval machte sich wieder auf den Weg.

Emre kniete auf dem Boden und wischte die Soßenlachen auf. Die Tür des Lokals war geschlossen. Parceval klopfte an das Glas. Dumpf hörte er, wie Emre rief: »Heute schon geschlossen. Tut mir leid!«

Parceval klopfte erneut.

Emre spähte zu Parceval heraus. Seine Schultern sanken herab. Er zögerte.

Parceval klopfte zum dritten Mal.

Emre kam zur Tür. »Es tut mir leid!«, rief er. »Bitte gehen Sie wieder.«

»Machen Sie auf, Herr Kaveci«, sagte Parceval.

Emre ließ resigniert den Kopf hängen. Schließlich sperrte er auf. Parceval betrat das Lokal. Er schob die Ärmel seines Hemdes nach oben. »Haben Sie noch einen zweiten Eimer?«, fragte er. »Ich helfe Ihnen beim Saubermachen.«

»Das ist doch nicht nötig.«

Parceval betrachtete den Wirt, ohne etwas zu erwidern. Emre begann zu zittern. Seine Gesichtsfarbe wurde so grau, dass die geschwollene linke Wange aussah wie geschminkt. Parceval ging hinter den Tresen, zog die Getränkeschublade unter dem Abfluss heraus und öffnete eine Flasche Coca-Cola. Er goss ein Glas voll und reichte es dem Wirt.

»Trinken Sie«, sagte er.

Emre gehorchte, musste das Glas aber mit beiden Händen festhalten. Als er es geleert hatte, stellte Parceval zwei Schnapsgläser mit Raki auf den Tisch. Den Schnaps hatte er in einem Regal an der Wand hinter der Theke gefunden. Er nahm eines und gab Emre das andere. »Und den hier gleich hinterher – *şerefe!*«

Emre lächelte schwach. »Man betont es auf der zweiten Silbe«, flüsterte er. Dann verzog er das Gesicht, als müsse er gleich anfangen zu weinen.

Parceval zog einen zweiten Stuhl heraus und setzte sich zu Emre. »Das waren Schutzgeldeintreiber, stimmt's?«, fragte er.

Emre schüttelte den Kopf. »Nein, so ist das nicht.«

»Wie ist es dann?«

Emre schwieg.

»Ich war mal Polizist«, sagte Parceval. »Ich erkenne eine Schutzgelderpressung, wenn ich sie sehe.«

»Bitte gehen Sie wieder«, flehte Emre. »Das Ganze geht Sie nichts an.«

»Natürlich haben die Ihnen gesagt, Sie dürfen nicht

zur Polizei gehen, sonst wäre Ihre Familie in Gefahr. Ich bin aber nicht die Polizei. Also können Sie mit mir reden. Reden Sie, Herr Kaveci. Ich kann Ihnen helfen.«

»Wie können Sie mir helfen? Sie sind doch nur auf der Durchreise. Was kümmert Sie diese Angelegenheit?«

»Was haben die zu Ihnen gesagt, was sie Ihrer Familie antun?«

In Emres Augen traten Tränen. Parceval sah erst jetzt, dass Emre einen Fetzen von den zerrissenen Speisekarten in der Hand zerknüllt hatte. »Nafia ist erst acht…«, murmelte er.

Parceval erinnerte sich an das, was er von Ksenia erfahren hatte.

»Sie brauchen mir nichts zu erzählen«, sagte er. »Ich erzähle Ihnen eine Geschichte, und wenn Sie mir nachher nicht widersprechen, wissen wir beide, woran wir sind. Also – Sie werden erpresst, sollen Schutzgeld zahlen. Vermutlich schon, seit Sie das Lokal eröffnet haben. Ich nehme nicht an, dass Sie mit den Zahlungen im Rückstand waren. Dieser Besuch war keine Mahnung wegen ausstehender Forderungen, sondern die Ankündigung einer Tariferhöhung. Und sie fiel deshalb so grob aus, weil der Auftraggeber der zwei Schutzgelderpresser beweisen muss, dass er noch alles im Griff hat und nicht geschwächt ist. Ihm ist nämlich heute ein empfindlicher Schlag versetzt worden. Der Hochzeitskonvoi seiner Tochter wurde angegriffen. Insofern ist der Besuch der beiden Kerle zu diesem Zeitpunkt auch kein Zufall. Wahrscheinlich haben alle Mannheimer Gastronomen, die Ihr Schicksal teilen, heute einen ähnlichen Besuch erhalten. Enzio Palechiaro sichert sein Revier.«

Emre schwieg und starrte den zerknüllten, verschwitzten Fetzen in seiner Hand an, sagte aber nichts.

»Und?«, fragte Parceval. »Irgendwelche Einwände?«

»Ja«, sagte Emre kaum hörbar.

Parceval schnaubte.

»Ihre Schlussfolgerungen sind falsch«, sagte Emre.

Parceval schüttelte den Kopf. »Meine Güte, Sie können mir vertrauen! Ich kann Ihnen helfen.«

»Ihre Schlussfolgerungen sind falsch«, wiederholte Emre. »Jedenfalls bis zu einem gewissen Grad.« Er hob den Kopf und sah Parceval in die Augen. Parceval konnte Emres Konflikt darin erkennen. Wenn er verriet, dass er erpresst wurde, und Parceval ging mit diesem Geheimnis nicht sorgsam um, war Emres Familie in Gefahr. Parceval war zwar sicher, dass ein Großteil der Drohgebärden niemals umgesetzt würde. Die drastischen Worte dienten nur dazu, das Opfer einzuschüchtern. Aber Repressalien würde es dennoch geben, wenn Emre nicht bei der Stange blieb, und sie würden sich genauso gegen ihn als auch gegen seine Familie richten. Mit zerstochenen Reifen würde es anfangen … einem zerstörten Kinderfahrrad … nächtlichen Drohanrufen … besaßen die Kavecis ein Haustier, konnte es sein, dass es eines Tages tot vor der Tür lag …

Parceval sagte nichts. Er wartete, bis Emre seine Entscheidung traf. Dem, was er bereits gesagt hatte, war nichts hinzuzufügen. Wenn Emre beschloss, ihm zu vertrauen, dann nicht, weil Parceval es mehrmals wiederholt hatte.

»Als ich das Lokal aufgemacht habe, wurde ich tatsächlich ziemlich bald mit Schutzgeldforderungen konfrontiert«, sagte Emre schließlich kaum hörbar. »Natürlich wurden keine Namen genannt, aber ich hörte mich um und erfuhr, dass die Forderungen vom Palechiaro-Clan ausgingen. Zuerst war es nur …«

»… das übliche Muster, oder? Ein anonymer Telefonanruf, bei dem einem geraten wird, sich Schutz vor möglichem Schaden zu suchen. Danach kommt ein harmloser Anschlag auf den Laden; Leim im Türschloss oder Schmierereien auf der Scheibe … Und nach ein paar Tagen, in denen man ratlos und voller Beklommenheit darauf wartet, was als Nächstes passiert, steht plötzlich eine freundliche Person in der Tür und bittet um eine Spende …«

»Und man bezahlt«, fuhr Emre fort. »Weil man Angst hat, was geschehen könnte, wenn man es nicht tut.«

»Wie viel bezahlen Sie?«

»Tausend Euro pro Quartal.«

Parceval pfiff durch die Zähne. »Das muss man erstmal auftreiben. Und auf wie viel hat Palechiaro die Summe jetzt erhöht?«

»Sie irren sich«, sagte Emre. »Die beiden waren keine Abgesandten von Palechiaro. Sie haben nicht damit hinterm Berg gehalten, wer sie geschickt hat.«

»Wer?«

»Revan Rizla.« Emre ließ den Kopf plötzlich in die Hände sinken. »Mit den Italienern kann man klarkommen. Die wollen nur ein Geschäft machen. Aber die Libanesen, das sind alles …« Er beendete den Satz nicht und hob auch nicht den Kopf.

Revan Rizla, dachte Parceval. Er hatte tatsächlich die falschen Schlussfolgerungen gezogen. Wenn man überlegte, machte der Schachzug des libanesischen Clanchefs durchaus Sinn. Der Palechiaro-Clan war durch den Anschlag in der Defensive. Wenn Rizla der Cosa Nostra nun das Revier streitig machte, bedeutete dies eine weitere Schwächung Palechiaros. Natürlich würden sich Palechiaros Schäfchen beim Paten beschweren, aber dieser würde zumindest in den Wochen direkt nach dem Anschlag nichts gegen Rizla unternehmen können, weil die Polizei ihm genau auf die Finger schauen würde. Und wenn sich erst herumsprach, dass man Palechiaro ungestraft ein Stück vom Kuchen klauen konnte …

Wenn Revan Rizla wirklich darauf aus war, Palechiaro in seinem Königreich Mannheim zu bedrängen, hatte er taktisch richtig gehandelt. Das Auftauchen der beiden Schutzgeldeintreiber war in diesem Licht betrachtet erst recht kein Zufall gewesen. Und dass Parceval es mitbekommen hatte, auch nicht. Er hätte sich schon in seinem Unterschlupf vergraben müssen, um nicht damit konfrontiert zu werden. Wahrscheinlich war es schwer, in diesem Viertel einen Ladenbesitzer zu finden, der *nicht* bezahlte …

»Was haben die zwei Typen zu Ihnen gesagt?«, fragte Parceval.

»Dass sie morgen wiederkommen und das Geld abholen. Ich habe ihnen gesagt, dass ich doch schon an Palechiaro bezahle und dass die Italiener es bestimmt nicht gern sehen, wenn die Rizlas hier auch noch abkassieren wollen. Das hat die nicht gejuckt. Ich soll morgen das Geld bereithalten, sonst …«

»Wie viel verlangt Rizla?«

»Auch tausend Euro.«

»Wann wollen sie wiederkommen?«

»Um zwölf Uhr. Ich soll den Laden nur für sie aufsperren.«

»Sie werden ihn auch für mich aufsperren.«

»Was? Wie soll ich das …?«

»Ihr Essen ist ausgezeichnet«, sagte Parceval. »Ich weiß schon jetzt, dass ich morgen um zwölf einen Riesenappetit auf alles entwickeln werde, was Sie aus dem Ofen ziehen.«

»Aber …«

Parceval goss sich und Emre noch einen Raki ein. »Vertrauen Sie mir«, sagte er. »Ich helfe Ihnen.«

»Warum sollten Sie das tun?«

»Weil es das Richtige ist. Und weil Sie dafür mir helfen.«

»Und wie kann ich Ihnen helfen?«

»Indem Sie mir morgen um zwölf ein schönes Essen servieren.« Parceval grinste.

»Ich verstehe nicht …«

»Keine Sorge. Wie viel machen die vier Raki? Dieses Mal sind Sie eingeladen.«

»Nein, ich … nein, ich möchte nicht, dass Sie das bezahlen …«

Parceval zuckte mit den Schultern. »Na gut, dann schlage ich es morgen aufs Trinkgeld drauf. Wir sehen uns um zwölf, Herr Kaveci.«

Parceval war schon draußen auf der Straße, als Emre ihn einholte. Er packte ihn am Arm. Der türkische Gastronom sah aus, als durchlebe er die Hölle. »Meine

Familie…«, stammelte er. »Ich tue alles, um sie zu schützen. Zur Not bezahle ich zweimal. Meine Familie ist das Wichtigste für mich…«

»Ich weiß«, sagte Parceval und dachte an Birgit und Miray. »Ich weiß.«

8

Parceval war nun klar, warum Emre Kaveci so betroffen auf die Nachrichten vom Anschlag auf Palechiaros Hochzeitskonvoi reagiert hatte. Der Gastwirt hatte vorhergesehen, dass diese Sache Auswirkungen haben würde, die auch ein kleiner Lokalbesitzer wie er zu spüren bekam. Dass die Dinge sich so rasant entwickelten, war allerdings auch für ihn eine Überraschung gewesen, dessen war Parceval sich sicher. Wieder allein in seiner Wohnung, überlegte er, ob er das Richtige tat.

Sicher war es eine gute Sache, Emre morgen vor den Forderungen der Rizlas zu beschützen. Aber half er ihm damit auch langfristig? Und vor allem – war er sicher, dass Emre für ihn nicht nur ein Mittel zum Zweck war? Noch während er mit dem Gastwirt gesprochen hatte, war eine Idee in ihm aufgekeimt, wie er sich Zugang zum Palechiaro-Clan verschaffen konnte; jenen Zugang, ohne den er nicht an den zweiten Afghanen herankam, der die für ihn so wichtigen Informationen über Birgit und Miray besaß. Emres Problem war der Schlüssel dazu.

Parceval ging seinen Plan im Kopf durch. Das Risiko war beträchtlich. Nicht nur für Emre und seine Familie, sondern für ihn selbst. Er konnte sowohl getötet als auch der Polizei ausgeliefert werden – in beiden Fällen wäre Birgit und Mirays Schicksal ein für alle Mal besiegelt. Eine zweite Chance zu fliehen bekam er hinter Gittern nicht mehr. Und wenn er tot war …

Andererseits befand er sich in einer Sackgasse. Wenn er die Informationen nicht erhielt, kam er mit seiner Mission auch nicht weiter. Er musste etwas tun, und sein Vorhaben schien die einzige erfolgversprechende Möglichkeit.

Er fragte sich, ob er Ksenia anrufen sollte, aber er wusste genau, was sie ihm raten würde. Unterstützung konnte sie ihm zu diesem Zeitpunkt keine geben. Es war seine Entscheidung, ganz allein. Und eigentlich hatte er sie schon gefällt, als er Emre versichert hatte, er würde morgen um zwölf in seinem Lokal sein.

Er konnte nichts weiter tun als warten, also legte er sich auf den harten, rissigen Parkettboden und schlief ein.

9

Die Vorladung für Revan Rizla und Enzio Palechiaro war für acht Uhr morgens angesetzt. Karin Feldmann hatte dem Leiter der Kriminalinspektion 4 freie Hand bei der Terminwahl gegeben, und er hatte eine Uhrzeit gewählt, von der er wusste, dass sie den beiden Vorgeladenen ungelegen kam. Sonntagmorgen, acht Uhr … Selbst Mafiabosse drehten sich da gerne noch einmal im Bett um. Seine Chefin hatte dagegen nicht mit der Wimper gezuckt. Sie pflegte spätestens um sieben Uhr an ihrem Arbeitsplatz zu sein, egal, an welchem Tag.

Revan Rizla war ein massiger Mann mit kurzen, gepflegten Haaren, fleischigen Lippen und einem blauen Bartschatten, der auch nach einer sorgfältigen Rasur noch zu sehen war. Seine Hände waren manikürt, die Nägel der kleinen Finger lang und spitz zugefeilt. Er trug eine eckige Sonnenbrille, die er auch im Gebäude nicht abgenommen hatte. Aus ihren Unterlagen wusste Karin, dass Revan Rizla Ende vierzig war. Angesehen hätte man es ihm nicht. Er trug einen maßgeschneiderten dunkelgrauen Dreiteiler mit schwarzem Hemd und grauer Krawatte. Karin saß dem libanesischen Clanchef zum ersten Mal persönlich gegenüber.

Enzio Palechiaro kannte sie hingegen von mehreren früheren Begegnungen. Er war in ein sandfarbenes Sakko und eine dunkelblaue Hose gekleidet; sein weißes Hemd trug er offen. Seinen Sinn für elegantes Understatement demonstrierte er mit einem kupferfarbenen Einstecktuck und Wildlederschuhen. Er war etwa im selben Alter wie Rizla, aber sein Haar war bereits grau. Zusammen mit dem ebenfalls silberfarbenen Schnurrbart, dem gebräunten Teint und den vielen Lachfalten in den Augenwinkeln verlieh es ihm die Aura eines gutgelaunten und vermögenden Privatiers, der seine Zeit auf Golfplätzen von Mallorca bis Florida verbringt.

Die beiden Männer waren in Begleitung ihrer Anwälte erschienen. Karin Feldmann hatte deren Anwesenheit nicht verhindern können. Die Anwälte saßen zwischen den beiden Clanführern, als müssten sie einen Puffer bilden. Revan Rizla machte aus seinem Abscheu gegen Enzio Palechiaro und seiner Verachtung gegenüber den deutschen Behörden kein Hehl. Seine ganze Körperhaltung verriet, dass er sich nur mühsam beherrschen konnte, nicht aufzuspringen und wüste Drohungen auszustoßen. Palechiaro hingegen verströmte eine gelassene Überlegenheit, aber wenn Karin Feldmann die versteckten Signale richtig interpretierte, war auch er so wütend, dass ein Fünkchen genügen würde, um ihn zur Explosion zu bringen.

Der Anwalt Revan Rizlas hieß Nada Al-Shadal und hatte eine Kanzlei in Heidelberg. Er war schlank und blass und glatzköpfig und trug eine wuchtige Brille. Seine Visitenkarte war auf so schwerem Papier gedruckt, dass sie sich anfühlte wie ein Ziegelstein. Er hatte einen Echtleder-Ordner überreicht, in dem Unterlagen über seine Kanzlei, seine Zulassung und eine Liste seiner Klienten verzeichnet war. Nun ergriff er als Erster das Wort.

»Mein Mandant wünscht zu Protokoll zu nehmen, dass er diese Vorladung und die damit verbundene Implikation, er könnte in irgendeiner Weise in den tragischen und sehr bedauerlichen Vorfall verwickelt sein, der sich gestern zugetragen hat, als beleidigend und ehrenrührig empfindet. Nur sein Respekt vor den deutschen Justizbehörden und sein Begehren, diese Sache aufzuklären, haben ihn dazu gebracht, dieser Vorladung nachzukommen. Ich persönlich, möchte ich anmerken, habe ihm davon abgeraten.«

Revan Rizla demonstrierte seinen Respekt vor den deutschen Justizbehörden, indem er Karin Feldmann unverwandt anstarrte und dabei mit dem Nagel seines kleinen Fingers in seinen Zähnen herumbohrte.

Karin Feldmann gab seinen Blick zurück. Schließlich wandte sie sich an den Anwalt. »Versteht Ihr Mandant Deutsch?«

»Herr Rizla ist stets bemüht, sich in die Gesellschaft zu integrieren, die ihn vor so vielen Jahren als Gast aufgenommen hat.«

»Heißt das jetzt Ja oder Nein? Oder: ein bisschen?«, fragte Karin sarkastisch.

»Mein Mandant versteht Sie sehr gut«, sagte Al-Shadal.

»Schön.« Karin Feldmann wandte sich an Rizla. »Nehmen Sie Ihre Sonnenbrille ab.«

Rizla starrte sie durch die dunklen Gläser an, rührte aber keinen Finger.

»Nehmen Sie die Sonnenbrille ab«, wiederholte Karin Feldmann. »Ich betrachte Ihr Verhalten als Respektlosigkeit. Und ich will meinem Gesprächspartner in die Augen sehen, wenn ich mit ihm rede.«

»Es gibt sicher keine gesetzliche Handhabe…«, begann der Anwalt.

»Nein, gibt es nicht. Es gibt nur den Wunsch der Polizeipräsidentin von Mannheim, sich mit einem Blick in die Augen Herrn Rizlas von seiner Unschuld zu überzeugen.«

Der Anwalt beugte sich zu Rizla und redete auf Arabisch auf ihn ein. Karin hob sofort die Hand. »Wenn Ihr Mandant trotz seiner Bemühungen, sich dem Land anzupassen, das ihm damals in der Not Asyl gewährte, Schwierigkeiten mit der deutschen Sprache hat, werden wir ihm einen offiziellen Dolmetscher zur Seite stellen.«

»Das ist doch Schwachsinn!«, explodierte Palechiaro. »Ich bin sicher, der Libanese kann so gut Deutsch wie Sie und ich!«

Während sein Anwalt ihm begütigend die Hand auf den Arm legte, schenkte Karin ihm ein kühles Lächeln. »Seit wann sprechen Sie denn ungefragt, Herr Palechiaro? Bisher habe ich eher das Gegenteil bei Ihnen erlebt – dass sie nicht einmal dann geredet haben, wenn wir Sie darum gebeten haben.«

»Sie haben einfach die falschen Fragen gestellt, Frau Präsidentin«, sagte Palechiaro und gab das Lächeln zurück. »Entschuldigen Sie meine emotionale Reaktion. Sie wissen ja…«

»Ja, ja – der temperamentvolle Sizilianer in Ihnen …«

»Nein«, sagte Palechiaro, aber dieses Mal lächelte er nicht. »Der Vater, dessen Tochter beinahe an ihrem Hochzeitstag ermordet worden wäre.«

Karin Feldmann wandte sich wieder Revan Rizla zu. Dieser saß immer noch mit der Sonnenbrille im Gesicht da und musterte sie unverwandt. Karin gab den Blick schweigend zurück. Nada Al-Shadal blickte von ihr zu seinem Mandanten und zurück, bevor er ihn schließlich sanft am Ärmel zupfte. Rizla nahm mit einer angewiderten Geste die Sonnenbrille ab und legte sie auf den Tisch. Karin Feldmann hatte dunkle Augen erwartet; tatsächlich waren sie meergrün und schienen in ihrem pechschwarzen Wimpernkranz von innen heraus zu leuchten.

»Weder ich noch meine Familie«, sagte Rizla mit schwerem Akzent, »haben mit dem Anschlag auf den Hochzeitskonvoi etwas zu tun. Die Eheschließung ist in unserem Glauben eine heilige Angelegenheit. Wer ihren Frieden verletzt, begeht ein Sakrileg. Ich habe Herrn Palechiaro eigenhändig eine Beileidskarte gesendet und gestern noch von einem Boten überreichen lassen, in der ich mein Mitgefühl über den Vorfall ausgedrückt habe.«

»Mitgefühl! Pah!«, knurrte Palechiaro.

Rizlas Gesicht wurde hart. »Sie hören, wie meine mitmenschliche Güte von Herrn Palechiaro aufgenommen wird. Ich wasche meine Hände in Unschuld. Ich habe alles getan, was der Anstand gebietet.«

»Hören Sie doch auf!«, rief Palechiaro. »Man erstickt ja bei so viel Scheinheiligkeit. Kann jemand das Fenster öffnen?«

Karin wandte sich an Palechiaros Anwalt. »Herr Dr. Lamb, können Sie Ihrem Mandanten bitte verdeutlichen, dass ich beleidigendes Verhalten hier nicht dulde? Gegenüber niemandem!«

Der Leiter der Kriminalinspektion 4, der neben Karin Feldmann saß, beugte sich zu ihr und flüsterte: »War es nicht unser Ziel, die zwei aufeinander zu hetzen, um zu sehen, ob sich einer verplappert?«

»Ich tue nichts anderes«, flüsterte Karin zurück und gestattete sich ein kurzes Grinsen.

Dr. Jan Lamb, Enzio Palechiaros Anwalt, war bullig gebaut, hatte einen olivfarbenen Teint und schwarzes, gelocktes, an den Schläfen graumeliertes Haar. Im Grunde genommen, dachte Karin, hätten die Namen der Anwälte vertauscht sein sollen – oder jedenfalls hätte jemand, der nur in den Kategorien seiner eigenen Vorurteile dachte, dies erwartet. Die beiden Rechtsanwälte waren lebende Beispiele dafür, dass es so etwas wie ein typisches Aussehen nicht gab und dass jeder Versuch, Menschen anhand ihrer Physiognomie einzuordnen, ein lächerliches Unterfangen war.

»Mein Mandant und ich würden es begrüßen«, sagte nun Dr. Lamb, »wenn Sie dem Zynismus von Herrn Rizla ebenso ungeduldig gegenüberstehen würden wie den nur allzu verständlichen emotionalen Ausbrüchen meines Mandanten.«

»Wie weit ist die Polizei überhaupt mit den Ermittlungen? Wäre es nicht besser, Sie würden Ihre Kräfte darauf konzentrieren, anstatt zu implizieren, dass Sie meinen Mandanten verdächtigen?« Nada Al-Shadal rückte seine Brille zurecht. »Immerhin sind nicht nur

Angehörige der Familie von Herrn Palechiaro zu Schaden gekommen, sondern auch Unbeteiligte. Die Bürger Mannheims haben ein Recht darauf, dass die Polizei diese Sache mit allem gebotenen Ernst aufklärt.«

»Verlassen Sie sich darauf, dass wir hier alle mit dem gebotenen Ernst arbeiten«, sagte Karin Feldmann schneidend.

»Haben Sie die Verbindungen zu einem möglichen rechtsradikalen Anschlag bereits untersucht?«

»Ich glaube nicht, dass wir Ihre Ratschläge benötigen, wie wir unsere Arbeit machen.«

Karin spürte, wie der Leiter der Kriminalinspektion 4 unterm Tisch seinen Fußknöchel gegen den ihren drückte. Sie stutzte innerlich, dann war sie ihm dankbar. Sie hatte sich von der Überheblichkeit des Anwalts anstecken lassen. *Cleveres Kerlchen*, dachte sie. *Dir werden wir noch gesondert auf den Zahn fühlen, Herr Al-Shadal.* Sie zuckte mit den Schultern und lächelte. »Was nicht heißt, dass wir nicht dankbar jeden belastbaren Hinweis annehmen, den Sie oder Ihr Mandant uns geben können.«

»Mein Mandant ist mit der rechtsradikalen Szene in Deutschland nicht vertraut«, sagte Nada Al-Shadal.

»Natürlich nicht.«

Karin wandte sich abrupt an Enzio Palechiaro. »Herr Palechiaro, Ihre Tochter und Ihr Schwiegersohn entgingen dem Anschlag nur, weil sie nicht im Brautwagen saßen. Ihren Platz haben zwei Ihrer Mitarbeiter eingenommen, die dafür mit dem Leben bezahlt haben. Auch im Namen dieser beiden Männer und der anderen, die gestorben sind oder verletzt wurden, wird die Mannheimer Polizei alle Hebel in Bewegung setzen, um die Täter zu finden. Ihnen möchte ich für Ihre Voraussicht gratulieren, mit der Sie Ihrer Tochter und Ihrem Schwiegersohn das Leben gerettet haben.«

»Danke«, sagte Palechiaro.

»Zugleich möchte ich Sie fragen, woher diese Voraussicht kam. Haben Sie im Vorfeld Drohungen erhalten, oder gab es sonstige Indizien, dass Gefahr droht?«

»Nein«, knurrte Palechiaro. »Ich war einfach nur vorsichtig, das ist alles. Gott sei Dank.« Karin war sicher, dass er nicht die ganze Wahrheit sagte. Es musste Anzeichen gegeben haben. Keine direkte Warnung, sonst hätte Palechiaro die Hochzeit verschoben, ob es seiner Tochter gepasst hätte oder nicht. Karin wusste auch, was diese Anzeichen gewesen waren. Revan Rizla versuchte, sich in Palechiaros Geschäfte zu drängen. Bis jetzt war der Polizei noch nichts Konkretes dazu zu Ohren gekommen, aber das hieß nicht, dass es nicht im Untergrund schon erste Vorfälle gegeben hatte.

Sie lehnte sich zurück. Dann nickte sie dem Protokollbeamten zu. Es war ein vereinbartes Zeichen. Der Beamte verließ den Raum, verfolgt von den misstrauischen Blicken der beiden Vorgeladenen und ihrer Anwälte.

»Reden wir mal außerhalb des Protokolls«, sagte sie. »Und ganz offen. Sie, Herr Rizla, sind vorgeladen worden, weil wir Hinweise darauf haben, dass Sie versuchen, mit Ihren Geschäften hier in Mannheim ansässig zu werden. Damit geraten Sie in direkte Konkurrenz zu Herrn Palechiaro …«

Rizla breitete die Arme in einer Geste aus, die die

reinste Verblüffung signalisierte. Sein Anwalt übernahm das Reden für ihn. »Soweit wir wissen, beschäftigt sich Herr Palechiaro hauptsächlich mit Immobilien. Mein Mandant importiert Obst und Gemüse in höchster Qualität. Ich weiß nicht, wo hier eine Konkurrenzsituation entstehen soll.«

»Ja«, sagte Karin mit unverhohlenem Sarkasmus. »Der freundliche Immobilienhändler und der ehrliche Gemüseverkäufer. Zwei Stützen der Gesellschaft.«

»Ich darf annehmen, dass Sie dies wörtlich meinen, Frau Feldmann?«, fragte Al-Shadal.

»Was ich wörtlich meine, ist Folgendes: Die Zeiten wie in den Neunzigern sind vorbei, in denen die Polizei wie gelähmt war und die – ich nenne sie mal *Familien* – dachten, die Stadt gehöre ihnen. Dass wir bisher keine Beweise für Ihre illegalen Betätigungen gefunden haben, heißt nicht, dass das auch so bleibt. Und wenn Sie meinen, dass Sie hier einen Bandenkrieg anzetteln können wie damals, dann sind Sie schief gewickelt. Sie, Herr Rizla, wenn Sie glauben, dass Sie hier einen Übernahmekampf führen dürfen, und Sie, Herr Palechiaro, wenn Sie planen, sich mit Gewalt zu wehren. Es wird nicht wieder Schießereien in den Straßen Mannheims geben, keine No-go-Areas und keine Szenarien, in denen das Gesetz irgendein selbst ernannter Friedensrichter in die Hand nimmt.«

Karin Feldmann hatte laut gesprochen, und sie hatte dabei abwechselnd in die Gesichter von Revan Rizla und Enzio Palechiaro gestarrt. Rizla saß mit mahlenden Kiefern da, seine Augen zu Schlitzen zusammengekniffen. Dass eine Vertreterin der verachteten deutschen Polizei – und eine Frau noch dazu – so mit ihm umging, schien er offensichtlich nur schwer verdauen zu können.

Enzio Palechiaro zog nur die Augenbrauen hoch und sagte mit sanfter Stimme: »Die Schießereien haben wir doch schon wieder, oder haben Sie gestern schon vergessen? Und was den Friedensrichter betrifft .. «

»Vielleicht gibt es ja in Ihren Kreisen eine andere Bezeichnung dafür«, zischte Karin Feldmann.

»In *meinen* Kreisen«, nahm Palechiaro den Faden, ohne zu stocken, auf, »wendet man sich an das Gesetz, wenn man etwas zu klären hat. Was das nun betrifft: Können Sie uns etwas zu dem geheimnisvollen Schützen sagen?«

»Es gibt keinen geheimnisvollen Schützen«, versetzte Karin Feldmann. »Die diesbezüglichen Aussagen sind unzutreffend.«

»Schade. Ich hätte mich gern bei ihm bedankt. Im Übrigen, Herr Rizla, ich habe Ihnen auch eine Beileidskarte geschrieben für den Verlust eines Ihrer Mitarbeiter. Sie dürfte Sie erst morgen erreichen. Ich habe Sie der deutschen Post anvertraut.«

»Ich hatte keine Verluste«, knurrte Rizla. »Ich habe mit dem verdammten Angriff auf Sie nichts zu tun. Ihre Anspielungen können Sie sich sonst wohin stecken, zusammen mit Ihrer Karte.«

10

Eine Viertelstunde und weitere aggressive Bemerkungen später standen die beiden Clanchefs mit ihren Rechtsanwälten wieder auf der Straße vor dem Präsidium. Schräg gegenüber, vor der Universität, parkte ein neuer Audi A 8 mit getönten Scheiben und einer dunklen Lackierung, die im Prospekt der Autofirma Sevillarot-Metallic genannt wurde. Der Wagen hatte Heilbronner Nummernschilder. Zwei Männer stiegen aus und platzierten sich mit breitbeiniger Pose links und rechts vor der Hintertür. Einer von ihnen öffnete sie, während der andere die zu dieser Zeit vollkommen verkehrsfreie Bismarckstraße abscannte, um sicherzustellen, dass sich niemand näherte.

Revan Rizla wandte sich brüsk ab; der Wagen wartete auf ihn. Enzio Palechiaro ballte die Fäuste.

»Rizla, du Bastard!«, rief er. »Ich weiß genau, dass es deine Killer waren. Wenn meiner Tochter auch nur ein Haar gekrümmt worden wäre, würde ich dich eigenhändig auf die *cassetta* schnallen!« Dr. Lamb hielt seinen Mandanten zurück, während Nada Al-Shadal seinen Mandanten schnell über die Straße schob.

»Du versuchst mir hier das Wasser abzugraben, du

anatolischer Schaftreiber, aber das lasse ich nicht zu! Hörst du? Das lasse ich nicht zu! Woanders mag die Polizei vor euren Clans kuschen – hier hast du es mit Enzio Palechiaro zu tun, und der sagt dir: Auge um Auge. Wir weichen nicht! Du bekommst hier keinen Fuß auf den Boden!«

Revan Rizla war schon in der Mitte der Straße, wo eine Lücke im begrünten Trennstreifen einen Richtungswechsel ermöglichte. Jetzt schüttelte er seinen Rechtsanwalt ab und eilte wieder zurück, auf den vor Wut kochenden Enzio Palechiaro zu. Seine Leibwächter trabten erschrocken über die Straße, um ihrem Chef beizustehen. Enzio Palechiaro war ohne Leibwächter gekommen, aber er zuckte nicht einmal zusammen, als sich Rizla vor ihm aufbaute. Der libanesische Clanchef war einen halben Kopf kleiner als er. Dr. Lamb versuchte dazwischenzugehen, wurde aber einfach beiseitegeschoben; mittlerweile hatten auch die Leibwächter aufgeschlossen, wussten aber nicht, was sie tun sollten.

Rizla streckte sich und zischte Palechiaro ins Gesicht: »Du scheinheiliger Itaker! Du versuchst doch, in meine Geschäfte reinzupfuschen! Ich zeig dir nur, wie das ist! Hör auf damit, dann hör ich auch auf!«

»Ich pfusche nicht in deine Geschäfte rein!«, brüllte Palechiaro. »Ich will damit gar nichts zu tun haben! Menschenschmuggel, Drogen und Nutten! Damit mach ich mir nicht die Finger schmutzig! Das ist was für deinesgleichen! Und ich warne dich. Du hast ein halbes Dutzend von meinen Leuten auf dem Gewissen. Lässt sich auch nur einer von deinen hier in meinem Revier blicken, schick ich ihn dir tot zurück. Jeden einzelnen von ihnen!«

Die wenigen Passanten, die jetzt schon unterwegs waren, hielten ausreichend Abstand. Hunde, die Gassi geführt wurden, knurrten und bellten.

Palechiaro sah sich schwer atmend um und schien wie aus einem Rausch zu erwachen. Er schüttelte sich und zupfte seinen Hemdkragen gerade. Sein gebräuntes Gesicht war hochrot. »Das hast du nicht umsonst getan, Rizla«, flüsterte er. »Du wirst dir noch wünschen, nie nach Mannheim gekommen zu sein.«

»Und du wirst dir noch wünschen, bei dem geblieben zu sein, wovon du was verstehst, Palechiaro. Du willst mir den Krieg erklären? Du wirst schon sehen, was du davon hast.«

11

Parceval fand sich bereits um halb zwölf vor Emres Lokal ein, weil er keinesfalls nach den Schutzgeldeintreibern eintreffen wollte. Emre stand in seiner Schürze hinter dem Tresen und starrte ins Leere. Als Parceval an das Glas klopfte, zuckte er zusammen. Dann machte er abwehrende Handbewegungen. Parceval klopfte erneut. Emre schloss die Augen. Schließlich schlurfte er heran und öffnete die Tür einen Spalt.

»Bitte gehen Sie«, flehte er. »Ich werde bezahlen.«

»Was ist passiert?«, fragte Parceval. »Gestern waren Sie doch noch mit mir einer Meinung.«

»Ja, aber heute ... bitte, gehen Sie, Herr Wegener. Ich bringe Ihnen nachher eigenhändig etwas zu essen vorbei. Auf meine Kosten. Sie wohnen doch irgendwo in der Nähe, oder?«

Parceval legte seine Hand über die von Emre, mit der er sich an der Türkante festhielt. Emres Haut war eiskalt.

»Was ist passiert, Emre?«, fragte er ruhig. »Haben Sie mit Ihrer Frau gesprochen?«

»Nein, ich ... ich wollte sie nicht noch mehr ängstigen. Seit dem Anschlag auf Palechiaro ist sie ein Nervenbündel.«

»Das sind Sie auch«, sagte Parceval trocken. »Jetzt lassen Sie mich schon rein, dann schaffe ich Ihnen die Kerle vom Hals.«

»Nein, Sie verstehen nicht. Die Situation hat sich geändert.«

Parceval kniff die Augen zusammen. »Waren die Typen schon da? Nein, dann hätten Sie nicht gesagt, dass Sie zahlen wollen. Haben die Leute von Palechiaro sich gemeldet? Haben Sie doch die Polizei angerufen?«

»Nein, ich ...« Emre versuchte, die Tür zuzudrücken, doch Parceval hielt dagegen. Emres Panik war ein schlechter Ratgeber. Der Gastwirt würde, wenn er an beide Seiten zahlte, über kurz oder lang pleitegehen. Was wurde dann aus ihm und seiner Familie?

Unter Emres Arm hindurch sah er plötzlich, wie ein Mädchen aus dem Toilettenbereich kam. Es blieb mitten im Raum stehen. »Papa, da ist ein Gast!«, hörte er sie rufen. Sie lachte. »Du musst ihn schnell reinlassen, dann kochen wir ihm was!« Sie rannte hinter die Theke. Sie war so klein, dass sie dahinter nicht mehr zu sehen war.

Emre schloss die Augen. Parceval sah eine Träne zwischen seinen Wimpern hervorquellen.

»Verstehen Sie?«, flüsterte er. »Das ist die veränderte Situation. Sie wollte unbedingt mitkommen und neue Speisekarten machen. Ich habe ihr erzählt, dass die alten durch meine Ungeschicklichkeit kaputtgegangen sind. Mir fiel keine Ausrede ein, warum sie zu Hause bleiben sollte. Bitte gehen Sie jetzt, Herr Wegener. Sie können uns nicht helfen.«

»Mein Name ist nicht Paul Wegener«, hörte Parceval sich sagen. »Ich habe Sie angelogen.«

Emre blinzelte verwirrt. Er hatte aufgehört, gegen die Tür zu drücken, aber hielt sie immer noch fest. Parceval hatte ebenfalls innegehalten. »Warum?«, fragte er schließlich.

»Mein wirklicher Name ist Ralf Parceval«, erklärte Parceval. »Wenn Sie in den letzten Wochen Fahndungsplakate betrachtet haben oder *Aktenzeichen XY* geguckt, ist Ihnen dieser Name geläufig.« Parceval seufzte. »Bitte lassen Sie mich rein«, sagte er. »Sie denken vielleicht, dass Paul Wegener Ihnen nicht helfen kann. Aber wenn Sie wissen, wer ich bin, dann wissen Sie auch, dass Ralf Parceval dazu durchaus in der Lage ist.«

»Sie sind aus dem Gefängnis ausgebrochen …«, sagte Emre tonlos.

»Ich habe einen ungeplanten Freigang dazu benutzt, mich abzusetzen«, korrigierte Parceval.

»Sie waren als deutscher Polizist in Afghanistan.«

Parceval nickte.

»Sie haben über ein Dutzend Menschen getötet.«

»Ja«, sagte Parceval.

»Warum?«

»Weil ich eine Gruppe von Frauen und Mädchen befreien wollte, die von diesen Leuten in die Sklaverei verkauft werden sollten, darunter Kinder im Alter Ihrer Tochter.«

Emre schwieg so lange, dass Parceval sich fragte, ob es nicht besser war, einfach zu gehen. Womöglich hatte er einen Fehler gemacht, Emre seine Identität zu verraten. Womöglich wäre es das Beste, Mannheim so schnell wie möglich zu verlassen. Vielleicht fand sich anderswo eine neue Gelegenheit, die Spur Birgits und Mirays aufzunehmen. Aus dem Lokal hörte er das Scheppern von Tellern und Besteck, als Emres Tochter hinter der Theke versuchte, ihrem Vater bei der Bewirtung seines unwillkommenen Gastes zu helfen.

»Davon stand nirgendwo etwas in der Zeitung«, sagte Emre schließlich wie in Trance.

»Damals, als meine Verhandlung war, schon. Sie können sich in jedem Online-Archiv davon überzeugen.«

»Haben Sie die Entführten befreien können?«

»Nein.«

»Warum wollten Sie sie befreien? Was haben sie Ihnen bedeutet?«

»Sie waren unschuldig«, sagte Parceval heftiger, als er beabsichtigt hatte. »Und sie waren Familienangehörige der Polizeischüler, die ich damals ausgebildet habe. Und meine Schwester und meine sechsjährige Nichte waren unter ihnen.«

»Sie konnten keinen von ihnen befreien?«

»Nein«, antwortete Parceval bitter. »Aber diesen Fehler werde ich eines Tages wiedergutmachen.«

Emre ließ plötzlich die Tür los und trat beiseite. Seine Tochter kam hinter dem Tresen hervor und trug einen Teller und eine Handvoll Besteck zu einem Zweiertisch. Auf dem Tisch lagen ein Schulfedermäppchen und ein paar Buntstifte. Sie nahm die Stifte und klemmte sich das Mäppchen unter den Arm. Dann musterte sie Parceval mit freundlicher Neugier. »Willkommen in unserem Lokal«, sagte sie mit bezaubernder Förmlichkeit. »Haben Sie Hunger?«

Emre flüsterte, als Parceval an ihm vorbeiging: »Bitte, schützen Sie sie, falls die Kerle grob werden. Bitte schützen Sie meine Familie. Und lassen Sie mich einfach bezahlen, ja?«

Parceval antwortete nicht, sondern blieb ein paar Schritte vor dem Mädchen stehen und lächelte es an. Das Mädchen lächelte zurück. Er versuchte, sich an den Namen zu erinnern, den Emre gestern erwähnt hatte.

»Hallo, Nafia«, sagte er schließlich. »Ich bin …«, er zögerte einen Moment. Emre seinen wahren Namen zu verraten und darauf zu vertrauen, dass der Gastwirt ihn nicht verriet, war eine Sache. Sich darauf zu verlassen, dass ein achtjähriges Mädchen das auch tat, war etwas ganz anderes.

»Das ist Herr Wegener«, rief Emre über seine Schulter. »Er hat gestern gesagt, dass er heute großen Hunger haben wird.«

Parceval schluckte, als er die Anstrengung vernahm, mit der Emre versuchte, eine leichtherzige Bemerkung zu machen. Was ihm ebenfalls einen Kloß in der Kehle verursachte, war die Notwendigkeit, ein offenherziges, freundliches Kind anzulügen. »Ich bin Paul«, sagte er. »Du kannst einfach Paul zu mir sagen.«

»Papa sagt, ich muss immer höflich sein.«

»Da hat dein Papa nicht unrecht.«

»Ich werde Sie Herr Paul nennen«, sagte Nafia. »Haben Sie wirklich so großen Hunger?«

12

Die beiden Geldeintreiber aus dem Rizla-Clan kamen ein paar Minuten nach zwölf. Zu diesem Zeitpunkt saß Parceval vor einem großen Teller Tavuklu Pilav, einem Gericht aus Huhn, Reis und Kichererbsen. Nafia war in die Damentoilette geschickt worden, mit der strikten Anweisung, erst wieder herauszukommen, wenn ihr Vater oder Herr Paul sie dazu aufforderten. Sie hatte es anfangs als Spiel betrachtet, war dann aber still geworden, als sie die Angst ihres Vaters gespürt hatte.

Es waren dieselben Typen wie vom Vortag, die immer noch dieselbe Kleidung trugen. Sie blieben gleich hinter der Tür stehen. Parceval hatte Emre gebeten, hinter der Theke zu bleiben. Er selbst saß scheinbar gelassen auf seinem Stuhl und hatte sich halb zurückgelehnt. Einen Fuß hatte er auf die Querverstrebung der Tischbeine gestellt, die sich zwei Handbreit über dem Boden befand und den Tisch stabilisierte. Nur die Vierertische besaßen diese Verstrebung, weshalb Parceval an einen dieser Tische gewechselt war. Er saß genau in der Mitte einer der beiden langen Seiten. Er nickte den beiden Männern zu, die ihn mit großen Augen betrachteten.

»Hey Mann«, blaffte einer der beiden Emre an. »Ich

hab doch gesagt, du sperrst nur für uns auf.« Parceval nannte ihn im Geiste Adidas, denn seine Sporthosen wiesen die drei charakteristischen Streifen auf. Sein Kumpan wurde nach seinen blütenweißen Sportschuhen Reebok getauft. Adidas war offenbar der Anführer; er war es gewesen, der gestern mit Emre am Tisch gesessen und ihm wahrscheinlich den Schlag ins Gesicht verpasst hatte.

»Ich bin nur kurz vorbeigekommen«, sagte Parceval und gestikulierte fröhlich mit der Gabel. »Ich bin auf der Suche nach dem Glück.«

Adidas und Reebok starrten erst ihn, dann sich überrascht an.

»Und wenn ich euch so ansehe«, sagte Parceval, »denke ich, ihr solltet auch auf die Suche gehen. Ihr beide habt nämlich keines.«

»Du Wichser warst doch gestern schon da«, erkannte Adidas. »Und hast 'ne dicke Lippe riskiert.«

»Und dein Kumpel«, sagte Parceval, »hat vergessen, seine Sauerei aufzuwischen. Ich hab doch gesagt, dass Mami ihm den Hosenboden strammzieht.«

»Was willst du?«, fragte Adidas. »Hau ab, sonst gibt's auf die Fresse, Mann.«

»Nein, ihr haut ab«, sagte Parceval. »Dies ist das Revier von Enzio Palechiaro, und das bleibt es auch.«

Adidas und Reebok sahen sich an. Beide grinsten.

»*What the fuck*, Mann?«, sagte Adidas. Er wandte sich an Emre, der hinter der Theke einen Schritt zurückwich. »Du bist petzen gegangen? Das war keine gute Idee, nee, wirklich nicht.«

»Er hat nicht gepetzt, du Schwachkopf«, sagte Parceval. »Wir haben euren Achselschweiß bis zu uns gerochen. Und da unsere Leute sich alle regelmäßig duschen, wussten wir, dass der Geruch von zwei Rizlas gekommen sein muss.«

»Du hältst dich für witzig, Mann!«, stieß Adidas hervor. Er nickte seinem Kumpel zu. »Mach den Kerl platt, dann kümmern wir uns um den Wirt.«

Reebok grinste und beugte sich über den Tisch, um Parceval am Kragen zu packen. Er war ein hoffnungsloser Amateur. Wahrscheinlich verließ er sich darauf, dass seine üblichen Opfer vor Angst erstarrt waren. Wäre er um den Tisch herumgekommen und hätte Parceval den Stuhl unter dem Hintern weggetreten – was Parceval getan hätte –, hätte er vielleicht mehr Chancen gehabt. So aber brauchte Parceval nur zwischen den ausgestreckten Armen Reeboks hindurchzugreifen, ihn an den Ohren zu packen, sich die Kraft seiner Vorwärtsbewegung zu Nutze zu machen und ihn mit dem Gesicht in sein Mittagessen zu tunken. Mit aller gebotenen Grobheit.

Reebok fuhr in die Höhe. Der Teller klebte noch eine Sekunde in seinem Gesicht, dann fiel er herab und enthüllte eine Maske aus Reis, Hähnchengeschnetzeltem und Soße, die sich von Reeboks Haaransatz bis zu seinem Bart zog.

Adidas, der um die Theke hatte herumgehen wollen, blieb stehen und gaffte. Reebok brüllte auf und trat einen Schritt zurück. Er riss ein Butterfly heraus und fuchtelte damit herum. Noch bevor er die schlackernden Teile in eine tödliche Stichwaffe verwandelt hatte, trat Parceval gegen den Tisch und traf Reebok mit der

Kante in der Leiste. Reebok knickte nach vorne, schlug mit dem Oberkörper auf die Tischplatte und ließ das Messer zu Boden fallen. Parceval gab dem Tisch einen weiteren Tritt. Reebok flog nach hinten, in den zweiten Vierertisch hinein, und ging mit den Stühlen zu Boden. Es sah schmerzhaft aus, wie er auf die Stuhlkanten prallte und dann unter den Tisch rollte.

Bis zu diesem Zeitpunkt hatte Parceval alles unter Kontrolle gehabt. Er hatte nicht vor, die beiden Geldeintreiber schwer zu verletzen. Sie sollten noch imstande sein, die Botschaft an ihren Boss zu übermitteln: Emres Lokal stand auch weiterhin unter dem Schutz von Enzio Palechiaros Leuten. Sie sollten aus eigener Kraft nach Hause laufen können. Parceval hatte kein Problem damit, Gewalt bei denjenigen anzuwenden, die sonst keine andere Sprache verstanden. Aber sie musste angemessen sein. Ein Krankenhausaufenthalt für etwas zerbrochenes Geschirr und eine Sauerei auf dem Boden war unnötig.

Doch dann geschah etwas, das ihm die Kontrolle über die Situation entriss. Nafia schoss aus dem Damenklo heraus, von dem Gepolter erschreckt, und schrie: »Papa, ist dir was passiert?«

13

Das Mädchen rannte direkt in Adidas hinein. Selbst wenn er noch langsamer von Begriff gewesen wäre, hätte die Zeit für ihn gereicht, sie zu greifen und festzuhalten. Nafia schrie auf und zappelte.

»Lass sie los«, sagte Parceval, der sofort reagiert hatte und von seinem Stuhl aufgesprungen war.

Adidas grinste.

Nafia zappelte wie ein Fisch und versuchte, Adidas zu treten. Adidas schüttelte sie grob. »Hör auf!«, brüllte er.

»Bitte lassen Sie sie gehen!«, rief Emre, der hinter der Theke hervorgekommen war. Er hielt ein schmales Geldbündel in der ausgestreckten Hand, braune Fünfzig-Euro-Scheine. »Hier, nehmen Sie! Das Geld, das Sie wollten.«

»Setz das Kind ab, und dann geh hier raus«, sagte Parceval ruhig. »Ohne das Geld, aber mit heilen Knochen. Das ist mein Angebot.«

»Nein, nehmen Sie!«, stöhnte Emre. Das Geld entglitt seinen zitternden Händen und flatterte zu Boden. Fünfzig-Euro-Scheine breiteten sich auf den Fliesen aus.

Nafia wand sich noch immer wie verrückt. Parceval

war beeindruckt vom Mut des Kindes. Sie trat Adidas erneut.

Der massige junge Mann musste den Tritt kaum spüren, aber seine Augen blitzten dennoch vor Wut auf. Er verpasste Nafia eine Ohrfeige, dass ihr Kopf nach hinten flog. »Scheißmiststück!«, röhrte er. Nafias Augen rollten nach oben. Der Schlag hatte sie halb betäubt.

Emre starrte mit offenem Mund, das Gesicht vor Entsetzen verzerrt.

Adidas sah wieder auf und wollte Parceval angrinsen.

Das Grinsen kam nicht über den ersten Ansatz hinaus.

Adidas' einzige ungedeckte Stelle war sein rechtes Bein. Links hielt er Nafia fest, für den Schutz seines Oberkörpers hatte er seine rechte Hand. Parceval war in Reichweite, bevor Adidas blinzeln konnte. Er drehte sich auf dem rechten Fuß zu einem Roundhouse-Kick, bei dem er seinen Oberkörper parallel zum Boden beugte; Adidas' rechte Hand, mit der er Parceval packen wollte, griff über ihm ins Leere. Dann traf Parcevals linker Fuß das Knie des Schlägers mit aller Wucht, die Parceval in den Tritt gelegt hatte.

Das Knie knickte nach innen ein, als habe es vergessen, dass es eigentlich nur nach hinten abknicken konnte. Sehnen rissen mit einem vernehmbaren, dumpfen Knall. Adidas ließ Nafia los und kippte nach rechts um, den Mund zu einem lautlosen Schrei geöffnet und die Augen weit aufgerissen. Nafia taumelte. Emre war mit einem Sprung bei ihr und fing sie auf, als sie zusammensackte. Adidas prallte schwer auf den Boden. Geldscheine flatterten in die Höhe.

Parceval war über ihm, noch bevor der junge Mann anfangen konnte zu brüllen. Er zog ihn am Kragen seines T-Shirts eine Handbreit vom Boden weg und schlug ihm die Faust unters Kinn. Adidas' Kopf schnappte zurück und knallte gegen den Boden. Der Kragen des T-Shirts riss unter Parcevals Hand. Adidas verdrehte die Augen und wurde schwer. Parceval ließ ihn zurücksinken.

»Achtung…«, keuchte Emre.

Parceval sprang auf. Reebok hinkte heran, das Gesicht zu einer Fratze verzogen. Er hielt einen der Barhocker wie einen Baseballschläger. Parceval wich nach hinten aus. Reebok ließ den Barhocker wie eine Sense hin und her schwingen und drängte Parceval damit gegen die Wand neben der Toilette. Als Parceval mit dem Rücken dagegen stieß, ließ er sich fallen. Der Barhocker krachte über ihm gegen die Wand und zerbrach. Parceval trat Reebok die Beine weg und rappelte sich auf, als sein Gegner zu Boden krachte.

Reebok war zwar nicht der Hellere der beiden jungen Totschläger, aber er konnte einstecken. Er kam in die Höhe und hielt eines der abgebrochenen Stuhlbeine des Barhockers in der Hand. Es war eine viel gefährlichere Waffe als der Barhocker selbst, und Reebok konnte damit umgehen. Er wechselte es von einer Hand in die andere und machte große Rückhandschwünge. Parceval hatte nur eine Möglichkeit, den Schwüngen zu entgehen – rückwärts in Richtung der Theke.

Aus dem Augenwinkel sah er, wie Emre seine Tochter aus der Gefahrenzone zerrte. Adidas lag auf dem Boden, sein rechter Unterschenkel in einem Winkel abgeknickt, der für Kniegelenke nicht vorgesehen war. Er war wieder halbwegs bei Bewusstsein und griff nach Parcevals Knöchel. Parceval trat ihm auf das Handgelenk. Adidas keuchte.

Das Stuhlbein kam in einem tödlichen Bogen heran. Parceval unterdrückte die instinktive Reaktion, es mit dem linken Arm abzuwehren. Das harte Holz hätte ihm den Unterarm zertrümmert. Er rollte sich herum, zog den Kopf ein und ließ es von seinem Rücken abprallen, was weh tat, aber keinen großen Schaden anrichtete. Er rollte sich weiter herum, bis er wieder mit dem Gesicht zu Reebok stand. Er hatte richtig gedacht. Reebok hatte einen seiner Rückhandschwünge angewendet, mit der linken Hand. Für einen Augenblick war seine Deckung weit offen. Parceval griff den Kragen seines Hoodies, zog ihn ruckartig zu sich heran und gab ihm einen Kopfstoß, mit dem Stirnknochen genau auf die Nasenwurzel.

Reebok sackte zusammen, als wäre er eine Marionette, deren Fäden durchtrennt worden waren. Er streckte sich auf dem Boden aus und rührte sich nicht mehr.

Adidas hielt sein Handgelenk mit der anderen Hand und starrte Parceval hasserfüllt an.

Parceval gab seinen Blick zurück. Dann zuckte er mit den Schultern. »Ich sagte doch, ihr habt heute kein Glück.« Er trat ihm mit genau bemessener Wucht gegen die Schläfe. Adidas wurde schlaff.

»Er war doch schon außer Gefecht gesetzt«, keuchte Emre. »Warum haben Sie das getan?« Er hielt Nafia an sich gepresst.

Parceval trat über Adidas' reglosen Körper zu Reebok. Er klaubte das Stuhlbein auf, zielte und schlug Reebok damit ebenfalls gegen die Schläfe. Dann wischte er das Stuhlbein sorgfältig ab und rollte es zu Emre hinüber, der mit Nafia auf dem Boden saß. »Hier, nehmen Sie es und greifen Sie ein paarmal den Stiel.«

»Warum?«, stöhnte Emre.

»Damit Ihre Fingerabdrücke drauf sind. Sie sind in Ihrem Lokal überfallen worden – von Reebok. Er hat Sie angegriffen. Sie konnten sich wehren. Danach haben Sie die Polizei verständigt.«

»Wann habe ich die Polizei verständigt?«, fragte Emre, wirr im Kopf vor Panik und Entsetzen.

»Jetzt, aber erst, nachdem ich Adidas weggebracht habe. Und nachdem Sie Enzio Palechiaro haben wissen lassen, dass gerade ein Übernahmeversuch Rizlas stattgefunden hat, sie ihn aber abwehren konnten und jetzt ordnungsgemäß die Polizei anrufen.«

»Adidas? Reebok? Ich verstehe nicht ...«

Parceval trat zu Emre und hockte sich vor ihn und seine Tochter auf den Boden. Nafia wand sich im Arm ihres Vaters, bis sie Parceval in die Augen schauen konnte.

»Hat der grobe Kerl dir wehgetan?«, fragte Parceval. Er sah, dass Nafias linke Gesichtshälfte schon jetzt geschwollen und knallrot war.

»Ja«, sagte Nafia. »Aber du hast ihm auch wehgetan, Herr Paul.«

»Weil er dir wehgetan hatte. Und weil er deinem Vater Böses wollte.«

»Ist schon gut«, sagte Nafia. »Er tut mir nicht leid.«

Sie sah Parceval unverwandt in die Augen. »Danke, dass du uns geholfen hast, Herr Paul.«

»Gern geschehen«, sagte Parceval und lächelte.

»Wie weit von hier entfernt wohnen Sie?«, fragte Parceval und wandte sich dabei an Emre.

»Fü… fünf Minuten zu Fuß. Es ist nicht weit…«

»Bringen Sie Nafia nach Hause. Ich halte hier die Stellung. Dann kommen Sie wieder und rufen die Polizei.«

Emre starrte auf die reglosen Körper. »Großer Gott«, sagte er, als würde er es erst jetzt verstehen. »Sie haben zwei Angehörige des Rizla-Clans krankenhausreif geschlagen. Meine Familie und ich sind erledigt. Man wird mir die Schuld geben, weil es in meinem Lokal passiert ist…«

»Nein«, sagte Parceval. »Hören Sie mir zu und reißen Sie sich zusammen. Sie zahlen Schutzgeld an Palechiaro. Das ist im Normalfall nicht viel wert, aber unter diesen Umständen – im Fall eines Bandenkrieges – wird der Palechiaro-Clan Ihre Bude tatsächlich beschützen. Was Sie und Ihre Familie angeht, habe ich einen Plan. Aber dafür müssen Sie zuerst Nafia nach Hause schaffen, und ich muss mich um die zwei Idioten hier kümmern. Die bleiben nicht ewig besinnungslos.«

Nach einigem weiteren Hin und Her stolperte Emre mit seiner Tochter los, nicht zuletzt, weil Nafia ihn dazu nötigte, auf Herrn Paul zu hören. Parceval hängte das »Geschlossen«-Schild vor die Tür. Nach einer kurzen Suche entdeckte er hinter der Theke dicke Spülhandschuhe. Er streifte sie über und schleifte Adidas in die Toilette, außer Sichtweite für jemanden, der durch die Scheiben blickte. Sie hatten Glück gehabt, dass während des Kampfes kein Gast oder Passant vorbeigekommen war, und es brachte nichts, das Glück noch weiter zu strapazieren. Mit den Klobürsten aus den beiden Toiletten und zwei Handtüchern fixierte Parceval das zertrümmerte Knie Adidas'. Er würde ihn nachher transportieren müssen und wollte nicht riskieren, dass der Schmerz, wenn das kaputte Knie noch weiter belastet wurde, den jungen Mann aufweckte. Das Knie war hinüber, so viel war sicher. Adidas standen mehrere Operationen, wochenlange Fixierung des Gelenks, ein Vierteljahr auf Krücken und eine lange Reha bevor. Gehen würde er eines Tages wieder können, aber Laufen war höchst unwahrscheinlich.

Parceval nahm es gleichgültig zur Kenntnis. Adidas hatte sich freiwillig dafür entschieden, einer der Totschläger von Revan Rizla zu werden, und damit auch für das Risiko, auf jemanden zu treffen, der besser war als er. Parceval fragte sich, wie viele Leute Adidas wohl schon ins Krankenhaus befördert hatte. Aber ihm ging es nicht um ausgleichende Gerechtigkeit. Er hatte die brutale Ohrfeige vor Augen, die Adidas einem Kind verabreicht hatte. Für ihn reichte das, um das kaputte Knie zu rechtfertigen.

Reebok war als Nächster an der Reihe. Er fand einen Platz neben Adidas in der Toilette. Als Nächstes wischte Parceval alle Flächen ab, auf denen er Abdrücke hinterlassen haben konnte, und spülte den zerbrochenen Teller und sein Besteck ab. Den Teller warf er in den Müll.

Als Parceval gerade damit beschäftigt war, Reeboks Taschen zu leeren, kehrte Emre zurück. Adidas hatte er schon kontrolliert. Beide Männer hatten – im besten Gangsta-Style – das Geld zusammengerollt in den Hosentaschen getragen, nur gehalten von einem Gummiband.

»Was tun Sie da?«, fragte Emre perplex. Er schien sich ein bisschen erholt zu haben.

»Dem Sieger die Beute«, sagte Parceval. Er zählte das Geld auf den Tresen. »Nicht schlecht. Zusammen haben die beiden Vollidioten über dreitausend Euro mit sich rumgetragen. Zur Hälfte nagelneue Hunderter. Ich schätze, das gehört in ihren Kreisen zum Stil. Oder sie waren schon woanders und haben da abkassiert.«

Parceval nahm sich zehn Hundert-Euro-Scheine und schob den Rest Emre hinüber. »Hier«, sagte er. »Das ist für Sie. Klauben Sie Ihr eigenes Geld wieder zusammen und stecken Sie es zurück in den Sparstrumpf. Mit dem hier können Sie den Schaden in Ihrem Lokal ersetzen und Ihre Familie auf einen Kurzurlaub in die alte Heimat entführen.«

»Ich kann das nicht nehmen. Wir müssen es …«

»Was? Zurückgeben? Den Kerlen, die Sie berauben wollten und Sie und Ihre Tochter geschlagen haben? Oder irgendwelchen anderen armen Schweinen wie Sie, die bereits gezahlt haben? Wie wollen Sie die ausfindig machen? Keiner wird zugeben, dass er gezahlt hat. Die haben Pech gehabt. Sie hingegen hatten Glück.«

»Weil Sie hier waren«, sagte Emre. »Aber wenn ich mir ansehe, was Sie angerichtet haben, weiß ich nicht, ob man von Glück reden kann.«

»Was meint denn Nafia dazu?«

Emre blickte auf. »Sie ist ein Kind«, sagte er heftig. »Kinder denken in schwarz und weiß …«

»Kerle wie die beiden hier, und ihr Oberboss – die denken auch nur in schwarz und weiß. In den Kategorien: Das will ich haben – das hole ich mir. Heute haben sie nur ihre eigene Medizin zu kosten bekommen. Jetzt nehmen Sie schon das Geld. Wir haben nicht viel Zeit.«

»Aber… ich kann nicht… und ich kann nicht einfach wegfahren…« Emres Hände griffen nach den Geldscheinen und zuckten wieder zurück.

»Sagt wer? Ihr Chef? Sie sind doch Ihr eigener Chef.«

»Die Schule…«

»Melden Sie Ihre Kinder krank, und zwar mit der Begründung, die Sie auch der Polizei erzählen werden: dass man Sie überfallen hat. Kein Schuldirektor wird Schwierigkeiten machen, wenn Sie nach so einem Erlebnis Ihre Kinder ein paar Tage vom Unterricht abmelden.«

»Aber ich…«

Parceval legte Emre die Hände auf die Schultern. »Was Sie hier erlebt haben, ist der Anfang eines Bandenkriegs zwischen dem Palechiaro-Clan und der Rizla-Familie. Sie sind das unschuldige Opfer und stehen zwischen den Fronten. Ich habe nur dafür gesorgt, dass Sie keinen unmittelbaren Schaden erleiden. Aber dieser Krieg wird weitergehen.«

»Und wie lange?«, rief Emre. »Ich kann doch nicht ewig wegbleiben!«

»Nein«, sagte Parceval. »Nur so lange, bis der Konflikt die heiße Phase hinter sich hat. Das wird nur wenige Tage dauern.«

»Und danach?«, fragte Emre. »Was ist, wenn die Palechiaros verdrängt werden und Rizla gewinnt? Ich habe mich doch jetzt auf die Seite der Palechiaros geschlagen!«

»Sie haben gar nichts getan«, sagte Parceval. »Das war ich, schon vergessen? Ich habe mich Adidas und Reebok in den Weg gestellt und so getan, als wäre ich ein Mitglied des Palechiaro-Clans. Sollte Rizla diesen Konflikt wirklich für sich entscheiden, dann wird er annehmen, dass ich Sie gezwungen habe, Ihr Lokal als Schauplatz dieser Konfrontation zur Verfügung zu stellen. Schlimmstenfalls wird er glauben, dass Sie seinen Versuch, bei Ihnen abzukassieren, an Palechiaro weitergemeldet haben. Aber das würde er auch von einem der Leute erwarten, die zu seinem Revier gehören. Es geht mir nicht darum, dass ich Sie vor irgendwelchen Racheakten schützen will – die haben Sie nicht zu befürchten. Ich will nur vermeiden, dass Sie und Ihre Familie zufällig zwischen die Fronten geraten.«

»Warum tun Sie das alles?«, fragte Emre, während er schließlich zögerlich das Geld zusammenraffte.

»Das habe ich Ihnen gestern schon gesagt. Weil es das Richtige ist.«

14

Adidas und Reebok waren wieder mit ihrem Audi TT gekommen und hatten ihn an derselben Stelle geparkt. Mit dem Autoschlüssel, den er in Adidas' Hosentasche gefunden hatte, startete Parceval den Wagen und stellte ihn vor Emres Lokal ab. Er legte den Beifahrersitz so weit nach hinten um, wie er konnte, dann schleppte er mit Emres Hilfe Adidas aus dem Lokal und verfrachtete ihn auf den Beifahrersitz. Er setzte ihm eine der Sonnenbrillen auf, die er im Wagen gefunden hatte, und zog ihm eine Wollmütze aus dem Handschuhfach ins Gesicht. Die Wollmütze entsprach zwar nicht der Jahreszeit, aber sie gehörte wie die Sportklamotten zum Gangsta-Modestil und fiel daher nicht auf. Auf den ersten Blick sah es so aus, als wäre Adidas in der Wärme des sonnigen Herbsttages eingeschlafen.

»Haben Sie Kabelbinder?«, fragte Parceval.

»Ja.«

Er fesselte Adidas' Fußknöchel und die Handgelenke mit Kabelbindern zusammen und zog die Ärmel seiner Trainingsjacke möglichst weit darüber, um die Kabelbinder zu verstecken.

»Sie lassen im Lokal alles so, wie es ist«, sagte Parceval zu Emre. »Lassen Sie auch das Messer liegen, es weist ausschließlich Reeboks Fingerabdrücke auf. Rufen Sie die Polizei, sobald ich losgefahren bin.«

»Ich verstehe, dass der, den Sie Reebok nennen, von der Polizei abgeholt und verhaftet wird. Was ist mit dem anderen Kerl?«

»Der ist mein Botschafter«, antwortete Parceval und grinste. Er legte Adidas den Gurt an und fuhr los.

Unterwegs rief er Ksenia an. Er klemmte das Handy in der Mittelkonsole fest und stellte es auf Lautsprecher. Von einer Polizeistreife angehalten zu werden, weil er mit dem Handy am Ohr durch die Gegend fuhr, war so ziemlich das Letzte, was er sich für jetzt wünschte.

»Kannst du feststellen, wo ich Revan Rizla finde?«, fragte er statt einer Begrüßung.

»Warum willst du das wissen? Und wo bist du überhaupt? Was rauscht da so? Der Wind?«

»Ich bin in einem Audi TT und fahre in Richtung Norden – aber nur, bis du mir sagst, wohin genau ich muss.«

Ksenia schwieg. »Ich nehme an, wenn ich dich frage, was du in einem Audi TT verloren hast, bekomme ich zur Antwort, dass es kompliziert ist.«

»Es ist kompliziert, Ksenia.«

»Was hast du vor? Fährst du jetzt wenigstens endlich aus Mannheim weg?«

»Nein. Ich habe einen Weg gefunden, wie ich an den zweiten Informanten rankommen kann. Aber dazu muss ich wissen, wo ich Rizlas Hauptquartier finde. Bitte. Ich erkläre dir alles später.«

Ksenias Schnauben wurde von den Fahrtgeräuschen

verschluckt, aber Parceval konnte es dennoch hören. Nach einer kurzen Weile hatte Ksenia herausgefunden, was er wissen wollte.

»Er hat einen Import- und Export-Laden für Obst und Gemüse in Heilbronn. In einem Gewerbeareal namens Industriegebiet Neckar. Hast du was zu schreiben?«

»Nein. Sag mir die Adresse.«

Ksenia nannte ihm einen Straßennamen und eine Hausnummer. »Was willst du bei Rizla? Der Kerl ist noch übler als Palechiaro.«

»Ich bring ihm was zurück, was ihm gehört. Wie komme ich von Heilbronn mit dem Zug zurück nach Mannheim?«

»Verdammt nochmal, Parceval, weih mich ein!«

»Später, Ksenia. Vertrau mir.«

Der Audi hatte ein Navi an Bord, in das Parceval das Ziel eingab. Er musste umkehren; Heilbronn lag südöstlich von Mannheim. Die Fahrtdauer betrug etwas mehr als eine Stunde. Parceval bezweifelte, dass Adidas bis zu ihrer Ankunft bewusstlos blieb. Aber er hatte vorgesorgt. Er hielt neben der Straße, die zur Autobahn führte, und zog eine Rolle Panzertape hervor, die er sich von Emre geliehen hatte. Damit klebte er ein langes Stück auf Adidas' Mund, der stöhnte, sich aber nicht wehrte. Wenn das Tape abgenommen würde, erhielt Adidas gleichzeitig eine Trockenrasur. Er hatte es sich selbst zuzuschreiben. Danach verklebte Parceval den Verschluss des Sicherheitsgurtes auf der Beifahrerseite so mit dem Tape, dass man es nur noch mit einem Tapetenmesser würde ablösen können. Befriedigt, dass Adidas nur noch mit fremder Hilfe freikam, fuhr er weiter.

15

Das Gewerbegebiet, zu dem das Navi ihn leitete, war eine seltsame Mischung aus Mehrfamilienhäusern mit Gärten, einigen Wohnblocks und Fabrik- und Lagerhallen sowie kleineren Gewerbebauten. Ein Kraftwerk befand sich ebenfalls in der Nähe. Das Ganze wirkte auf ihn, als sei ein ehemaliges Wohngebiet umgewidmet worden, um auf Teufel komm raus Gewerbeplätze zu schaffen.

Adidas war erwacht und bäumte sich immer wieder wütend auf. Zwischen diesen Versuchen stöhnte er, vermutlich schmerzte sein kaputtes Knie höllisch. Parceval wagte nicht, ihn noch einmal k.o. zu schlagen. Adidas hatte schon genügend abbekommen, und Parceval wollte keine weiteren irreparablen Schäden anrichten.

Rizlas Firmengebäude war ein flacher Wellblech- und Betonsäulenbau mit einem weiten Hof, der direkt an einem der Industriekanäle lag. Parceval hielt weit genug davon entfernt, um vom Gebäude aus nicht gesehen zu werden. Er machte mehrere geschlossene Rolltore oberhalb von LKW-Entladerampen und eine normale Stahltür am Ende einer kurzen Treppe aus. Es regte sich nichts. Lastwagen waren keine zu sehen, Autos auch nicht. Das ganze Gelände war sonntäglich verwaist. Parceval blickte auf die Uhr. Es war kurz nach drei Uhr nachmittags.

Parceval fuhr an Rizlas Unternehmen vorbei, begleitet vom hektischen Gestöhne Adidas', der erkannt hatte, wohin Parceval ihn gebracht hatte. Er parkte den Audi zweihundert Meter abseits, ging zum Ufer des angrenzenden Kanals und warf den Autoschlüssel ins Wasser. Dann kehrte er zurück zu Adidas und nahm ihm die Sonnenbrille ab. Adidas' Augen waren gerötet vom Schmerz und der vergeblichen Anstrengung, sich zu befreien.

»Ich gehe davon aus, dass du bald gefunden und befreit wirst«, sagte er und tätschelte Adidas' Wange. »Dann wirst du erstmal verarztet. Das Schlimmste hast du also schon überstanden. Ich möchte, dass du deinem Boss einen schönen Gruß von Enzio Palechiaro ausrichtest. Er soll sich lieber darauf konzentrieren, Salatköpfe zu importieren, anstatt sich in Palechiaros Revier zu drängen. Das nächste Mal geht es nicht so glimpflich aus.«

Er setzte Adidas die Sonnenbrille wieder auf und ging gemächlich davon. Als er außer Sichtweite war, begann er zu joggen, bis er eine Bushaltestelle fand. Er stieg in den nächstbesten Bus ein und löste eine Fahrkarte bis zum Hauptbahnhof. Er musste einmal umsteigen, dann war er am Ziel. Jede Stunde fuhr ein Regionalexpress von Heilbronn nach Mannheim, der knapp eineinhalb Stunden unterwegs war. Dazwischen gab es langsamere Regional- und S-Bahn-Verbindungen. Parceval kaufte sich eine Fahrkarte und war um halb sieben Uhr abends wieder zurück in Mannheim.

16

Karin Feldmann hatte am Sonntagabend zu einer weiteren Runde in ihrem Büro geladen, nur dass von ihren Untergebenen dieses Mal lediglich die Sekretärin und der Leiter der Kriminalinspektion 4 dabei waren. Die anderen Gesprächsteilnehmer waren der Präsident des Landeskriminalamtes in Stuttgart – ein professoraler Typ, dessen Gesicht verriet, dass er eigentlich gern und viel lachte – sowie dessen Leiter der Dienststelle für Organisierte Kriminalität; außerdem Kriminaldirektor Mendler vom BKA in Wiesbaden, ein Spezialist für Schleuserkriminalität. Mendler war ein schlanker, sportlicher Endvierziger mit einem freundlich lächelnden Gesicht, das sich gut auf einem Werbeplakat für den Polizeinachwuchs gemacht hätte. Er war im Schlepptau des LKA-Präsidenten gekommen.

»Dass einer der libanesischen Familienclans versuchen würde, seinen Einfluss zu vergrößern, haben wir erwartet«, erklärte Mendler. »Sie sind alle in Schleusergeschäfte verwickelt, von der illegalen Einschleusung von Migranten nach Deutschland bis hin zur Zwangsprostitution von Flüchtlingen und Asylbewerbern. Die Leben von Menschen, die sich außerhalb ihres Clans befinden, betrachten sie als nachrangig. Die Familie ist alles, und wer nicht zur Familie gehört, hat keinen Wert – es sei denn als Ware. Das ist aber gar nicht das eigentlich lukrative Geschäft. Die große Kohle lässt sich auf den geheimen Sklavenmärkten machen, die nicht die Rotlichtszene beliefern, sondern die Haushalte der Diplomaten und Superreichen in Ländern, in denen man auch heute noch öffentlich Sklaven halten würde, wenn der Ansehensverlust in der Weltöffentlichkeit nicht schädlich fürs Geschäft wäre.«

»Welche Länder wären das?«, fragte Karin Feldmann.

Mendler zuckte mit den Schultern. »Lesen Sie keine Zeitungen?«

»Was hat diese Szene mit Revan Rizla zu tun?«

»Es gibt in Deutschland nur einige wenige – ich nenne sie jetzt mal: Zwischenhändler –, die sich auf dieses Geschäft verstehen. Sie sind hervorragend in die Länder vernetzt, aus denen die modernen Sklaven entführt werden – Zentralafrika, Thailand, Indien, die Philippinen und Afghanistan. Genauso gut verdrahtet sind sie in den Schleuserländern – wiederum Afghanistan, Pakistan, einige der nordafrikanischen Staaten … Sie sind selbst Teil eines weltweiten Netzwerks, an das sich über unzählige Umwege ein – sagen wir mal: Diplomat – aus einem der infrage kommenden Länder wendet, wenn er eine Nanny für seine Kinder braucht; oder ein Hausmädchen oder eine Zofe, die kein Wochenende und keinen Urlaub und keine Bezahlung außer Kost und Logis kennt. Sie arbeitet so lange dort, bis sie tot umfällt. Er bezahlt ein Vermögen für diese Unglückliche, aber danach gehört sie ihm auch mit Haut und Haar.«

»Kein Mensch kann jemand anderem gehören!«, stieß Karins Sekretärin hervor.

»Das ist die Einstellung, die alle Nationen auf der Erde vertreten und die die meisten auch wirklich teilen. Aber wie gesagt …« Mendler zuckte mit den Schultern. »Es gibt noch eine weitere Form der Ausbeutung, und die funktioniert so: Ein ›Unternehmer‹ kauft sich eine Anzahl von Sklaven und verleiht sie dann, natürlich gegen Gebühr. Auch hier geht es wieder hauptsächlich um Hausangestellte in reichen Häusern, die gleichzeitig an ihren Arbeitsplätzen wohnen, sodass es nicht auffällt, dass sie in Wahrheit kein wirkliches Leben führen. Dem Arbeitgeber, der die Sklavin ›gemietet‹ hat, fällt zwar irgendwann auf, dass seine Leihkraft Tag und Nacht für seine Familie da ist, aber da drückt er beide Augen zu und sagt sich, dass er sie dafür ja auch entlohnt. Im ersten Fall handelt es sich um kriminelle Absicht, im zweiten Fall um kriminelles Wegschauen; und in beiden Fällen um Sklaverei.«

Karin Feldmann starrte den Kriminaldirektor an. »Wenn ich nicht wüsste, dass es so etwas tatsächlich gibt, würde ich sagen, das stammt aus einem dystopischen Roman.«

»Die Papiere der modernen Sklaven sind immer einwandfrei – für dem Fall, dass mal jemand nachprüft. Natürlich sind sie alle gefälscht. Wir wissen nicht, wer diese Leute sind, die diese Relaisstationen führen, wir können nur nachvollziehen, dass es sie gibt. Sie arbeiten geräuschlos, effizient und unter einer Glocke äußerster Verschwiegenheit. Wenn nicht irgendein internes Missgeschick passiert, fliegen sie niemals auf. In diesem Sommer ist einer dieser Relaisstationen ein solches Missgeschick passiert.«

»Darüber wissen wir Bescheid«, sagte Karin.

»Darüber weiß jeder Bescheid«, erwiderte Mendler. Er lächelte. »Es hätte ja auch nicht spektakulärer ablaufen können. Jedenfalls ist dadurch ein Vakuum entstanden. Der Markt muss sich sozusagen neu sortieren. Wer sich dafür interessiert, das Geschäft an sich zu reißen, bringt sich jetzt in Position; erweitert seine Geschäftsgebiete und seine Territorien; beweist dem Netzwerk, dass er die nötige Power hat.«

»Und Sie glauben, dass darin Rizlas Motivation zu finden ist?«

Mendler nickte. »Er wird sein Ziel nie erreichen. Wir sind ziemlich sicher, dass keiner von den libanesischen Clans in diesem Geschäftsfeld tätig ist. Sie gehen nicht gerade subtil vor, sondern brutal und sind geradezu besoffen von ihren mittelalterlichen Vorstellungen hinsichtlich Familienehre und dem Recht des Stärkeren. Sie drücken ihre Verachtung gegenüber allen staatlichen Organisationen viel zu demonstrativ aus. Das Netzwerk weiß, dass die Polizei sie ständig unter Beobachtung hat, und für eine Relaisstation wäre das absolut tödlich. Diese Leute geben sich ganz still und brav, es sind Vorzeigebürger und erfolgreiche Unternehmer. Sie machen Charity-Events und möblieren Jugendtreffs. Wenn sie aus dem Ausland stammen, sind sie bestens integriert. Aber sie kommen nicht alle aus dem Ausland. Die Geschichte in Berlin war das beste Beispiel dafür. Gier ist ein universeller Antrieb, in allen Menschen.«

»Aber Rizla…«

»Rizla und Konsorten sind wie Hyänen. Sie schnappen nach allem, was nach gutem Braten riecht, und sind überzeugt, dass sie alles verdauen können, was zwischen ihre Fänge gerät. Sie sehen sich über dem Gesetz. Und weil die deutsche Justiz sie in der Vergangenheit mit Samtpfoten behandelt hat, finden sie sich auch noch darin bestätigt.«

»Also Sie denken, dass es Rizla gar nicht darum geht, Palechiaro rauszudrängen, sondern nur zu beweisen, dass er der Stärkere ist.«

»Oh, Rizla will durchaus Palechiaro vom Markt verdrängen und dessen Geschäfte übernehmen. Man könnte sagen, das nimmt er gerne als zusätzlichen Benefit mit.«

»Was raten Sie uns?«

»Stoppen Sie ihn. Diese Leute kann man nicht mit Argumenten überzeugen. Man muss ihnen zeigen, dass man selbst der Stärkere ist. Sie verstehen nur diese Sprache. Denken Sie immer daran, dass wir es mit Menschen zu tun haben, die seit Generationen auf der Flucht sind – vertrieben aus der Türkei, vertrieben aus dem Libanon, vertrieben aus Syrien. Die haben gelernt, dass die Welt ein Dschungel ist und man fressen muss, will man nicht selbst gefressen werden. Die Migranten, die in den Achtzigern und Neunzigern nach Deutschland kamen, sind schon die Enkelgeneration dieser Hoffnungslosen. Sie kamen ohne Vertrauen darauf, dass sie hier endgültig würden bleiben können, weil man ihnen von Anfang an klargemacht hat, wie fragwürdig ihr Aufenthaltsstatus sei. Sie sahen ein Paradies, zu dem sie keinen Zugang hatten; sie sahen Reichtümer, die die anderen besaßen, aber ihnen verwehrt bleiben sollten. Sie griffen irgendwann mal zu und nahmen sich, was sie wollten; und stellten fest, dass ihnen dieses Land, das sie nur mit Widerwillen aufgenommen hat, dafür nur lahm auf die Finger klopfte. Richter, die ihnen erklärten, dass man sie auf Bewährung freilassen würde, damit sie eine Chance hätten, sich eine normale Zukunft zu erarbeiten. Eine Zukunft ohne Aussicht, weil sie nur geduldet waren.« Mendler machte eine Pause und trank einen Schluck Wasser. »Was kann dabei anderes herauskommen als Verachtung für unsere Institutionen? Verstehen Sie – ich will diese Leute nicht in Schutz nehmen. Mittlerweile sind sie seit zwanzig, dreißig Jahren im Land und sollten gelernt haben, dass es hier anders zugeht und dass sie durchaus eine Chance hätten, wenn sie sich nur integrieren wollten. Irgendwann ist die Vergangenheit nicht mehr schuld an den Problemen der Gegenwart. Aber sie schauen nicht über ihren Tellerrand, sie verschanzen sich in ihren Clans und hinter ihren archaischen Gesetzen vom Fressen und Gefressenwerden. Sie sind Feinde unserer Gesellschaft, ohne Zweifel. Nur sind wir nicht ganz unschuldig daran, dass sie so geworden sind.«

»Sie bekommen jede Unterstützung von uns, die Sie benötigen«, versicherte der Präsident des LKA Karin Feldmann.

Die Polizeipräsidentin nickte. Eine Idee war in ihr entstanden, eine aberwitzige vielleicht – aber vielleicht auch nicht. »Ich würde gerne alle Unterlagen zu der

Geschichte in Berlin einsehen«, sagte sie. »Können Sie dafür sorgen?«

»Morgen bekommen Sie die Akten zugestellt«, sagte der Präsident des LKA.

17

Emre hatte mit seiner Behauptung nicht gelogen, unter der Woche wäre in seinem Lokal mehr los. Zur Mittagszeit waren alle Plätze am Fenster, ein Zweiertisch und ein Vierertisch besetzt. Am anderen Zweiertisch saß Parceval. Der zweite Vierertisch war reserviert – eine Idee von Parceval. Er erwartete Besuch, und er wollte sicherstellen, dass der Besuch erkannte, dass er erwartet wurde.

Emres übliche Kundschaft nahm es ihm nicht krumm. Zwei Männer in Monteurskleidung saßen auf den wackligen Stühlen vor dem Lokal in der Sonne und aßen dort. Emres Lokal war vielleicht keine Goldgrube, dafür war es zu klein, aber ein fleißiger und freundlicher Wirt mit einem guten Essen konnte gut davon seine Familie ernähren.

Als ein silberfarbener Mercedes-SUV vor dem Lokal hielt, war Parceval sofort klar, dass der Moment gekommen war. Parceval fragte sich, ob Enzio Palechiaro persönlich darin saß oder ob er einen Handlanger geschickt hatte. Wenn Letzteres der Fall war, würde es zumindest ein hochrangiger Handlanger sein, da war er sich sicher.

Zuerst stieg ein Mann aus, der »Leibwächter« ausstrahlte wie eine Tausend-Watt-Lampe. Er war zwar nicht wie ein Agent des Secret Service gekleidet, sondern trug eine leichte helle Hose und ein weißes, kurzärmliges Hemd. Aber die unvermeidliche, komplett schwarze Sonnenbrille war da sowie die breitbeinige Haltung, die er neben dem Fahrzeug einnahm. Die Ärmel seines Hemdes spannten sich über seinem Bizeps.

Der Fahrer – ähnlich lässig-elegant gekleidet, mit dunkler Jeans, einem weißen T-Shirt und einem im Rücken zerknitterten Sommersakko – kam um den Wagen herum und öffnete die Tür zum Fond. Schließlich bequemte sich auch der Fahrgast auszusteigen, ein Mann mit olivfarbenem Teint und schwarzen Haaren, der wie ein Banker angezogen war. War das Enzio Palechiaro? Fahrer und Leibwächter nickten sich kurz zu, dann nahm auch der Fahrer die Secret-Service-Pose neben dem Fahrzeug ein, während der Leibwächter voranging und vor seinem Schützling auf das Lokal zustapfte.

Parceval gratulierte Emre im Stillen dazu, dass er das große Schaufenster nicht mit Sonnenblenden oder Vorhängen zugehängt hatte. Trotz der Gäste, die auf den Barhockern saßen, hatte er einen exzellenten Blick nach draußen, genau wie die anderen Gäste. Ihre Reaktionen reichten von Amüsement über den filmreifen Auftritt bis zu Genervtheit

Das Duo betrat das Lokal und sah sich um. Emre, der ihre Ankunft nicht beobachtet hatte, warf Parceval einen verunsicherten Blick zu, dann begrüßte er die beiden Männer. Er bat sie an den reservierten Tisch und suchte erneut Blickkontakt mit Parceval, doch der schüttelte fast unmerklich den Kopf. Er wollte jetzt noch nicht als Emres Partner erkannt werden.

Der Mann im Anzug setzte sich, dann flüsterte er mit dem Leibwächter, der ihm den Stuhl zurechtgerückt hatte. Daraufhin schritt der Leibwächter zum Tresen.

»Alle mal herhören!«, rief er. »Heute ist 'n guter Tag, ihr seid eingeladen. Die Rechnung geht aufs Haus.«

Überraschtes Gemurmel, begleitet von einigen »Danke sehr!«-Rufen und spärlichem Applaus.

»Zum Ausgleich werdet ihr gebeten, nach dem Essen 'ne Fliege zu machen. Alles klar? Ruhig fertig essen und austrinken, und dann artig auf Wiedersehen sagen. Kaffee gibt's heute keinen.«

»Wer hat denn Geburtstag?«, rief ein Schlaumeier.

»Niemand. Aber hier findet gleich 'n wichtiges Gespräch statt. Alles klar?«

Die Gäste wechselten Blicke, die Befremden ausdrückten. Das Befremden wich der Erkenntnis, dass man unerwartet ein Mittagessen mit Getränken spendiert bekam, und wenn es auch nur ein Betrag um die zehn Euro war – einem geschenkten Gaul schaute man nicht ins Maul. Während Emre verwirrt, der Mann im Anzug lächelnd und der Leibwächter mit steinernem Gesicht zuschauten, leerte sich das Lokal nach und nach. Schließlich waren nur noch die drei Männer am reservierten Vierertisch übrig. Und Parceval, der gemütlich ein Glas Coca-Cola zwischen den Fingern drehte.

Der Leibwächter stand auf und ging auf Parceval zu. »Das gilt auch für dich«, sagte er drohend.

»Was gilt auch für mich?«, fragte Parceval.

»Dass du 'ne Fliege machen sollst.«

»Da ich nichts gegessen habe«, sagte Parceval freundlich, »dachte ich, ich sei nicht gemeint.«

»Du bist aber gemeint«, knurrte der Leibwächter. Er nahm Parceval das halbvolle Cola-Glas weg und drehte sich um, um es auf einem Nebentisch abzustellen. Als er sich wieder Parceval zuwandte, weiteten sich seine Augen vor Erstaunen, denn Parceval stand plötzlich vor ihm. Noch bevor er reagieren konnte, packte Parceval seinen linken Arm und drehte ihn auf den Rücken des Leibwächters, der sich instinktiv mitdrehte. Im nächsten Augenblick hatte Parceval ihn im Polizeigriff und drückte ihn mit der Wange auf die Platte des Tisches, an dem Emre und der Mann im Anzug saßen. Die Sonnenbrille schlitterte über die Tischplatte, und beide Männer zuckten erschrocken zurück. Der Leibwächter ruderte mit dem freien Arm und versuchte, Parceval zu greifen, aber als der ihm den Arm noch weiter nach oben presste, gab er ächzend auf.

»Ich weiß nicht, wer Sie sind«, sagte Parceval im Konversationston zu dem Mann im Anzug. »Ich jedenfalls bin derjenige, dem Sie es verdanken, dass dieses Lokal jetzt nicht zum Revier von Revan Rizla gehört. Also seien Sie schön kooperativ und schicken Sie Ihren Waldi ins Körbchen, damit er ein bisschen an einem Gummiknochen nagen kann. Dann unterhalten wir uns wie Männer.«

Der Anzugträger starrte Parceval an. Er blinzelte leicht, ansonsten zeigte er keine Anzeichen von Nervosität. Emre war wieder so grau im Gesicht wie gestern, als Parceval sich mit Rizlas Geldeintreibern angelegt hatte.

»Kein Grund, gleich grob zu werden«, sagte der Anzugträger schließlich. »Bitte lassen Sie meinen Mitarbeiter los.«

Parceval folgte seiner Bitte und schob den Leibwächter gleichzeitig von sich. Der Mann stolperte ein paar Schritte durch das Lokal, dann fing er sich und fuhr herum. Sein Gesicht war rot und verzerrt. Er machte einen langen Schritt auf Parceval zu.

»Schluss jetzt!«, befahl der Mann im Anzug scharf. »Fusto – geh nach draußen und sieh zu, dass niemand hereinkommt.«

Fusto schüttelte sich und brauchte einen Augenblick, um sich wieder unter Kontrolle zu haben. Seine Fäuste öffneten und schlossen sich. Parceval klaubte die Sonnenbrille auf und warf sie ihm zu. Fusto fing sie unwillkürlich auf.

»Setz die auf«, sagte Parceval zuvorkommend. »Sonst fürchtet sich niemand vor dir.«

»Fusto?«, ermahnte ihn der Anzugträger.

Fusto atmete schnaubend aus. Er warf Parceval einen Wir-sehen-uns-noch-Blick zu und baute sich dann draußen vor der Tür auf, mit dem Rücken zum Lokal.

Der Anzugträger wandte sich an Parceval. »War das nötig?«, fragte er ungeduldig.

»Sagen Sie es mir.«

Der Anzugträger dachte nach. Zwar konnte Parceval aus dem Pokerface keine Gedanken ablesen, aber er ahnte, wie sie aussahen. Hätte man Parceval geglaubt, wenn er einfach nur so behauptet hätte, dass er die zwei Geldeintreiber Rizlas unschädlich gemacht hatte? Er sah nicht aus wie jemand, der mit zwei Muskelprotzen auf einmal fertig wurde. Das taten echte Kämpfer zwar nie, doch ob der Mann im Anzug auch so weit dachte, bezweifelte Parceval. Er nahm an, dass der Anzugträger es Parceval wohl nicht abgekauft hätte. Daher war die Demonstration seiner Fähigkeiten ein guter Schachzug. Er hatte bewiesen, was er wert war.

Der Anzugträger lächelte. »Ich bin Dr. Jan Lamb«, sagte er. Er zog mit einer eleganten Bewegung ein Visitenkartenetui aus der Brusttasche seines Sakkos und reichte Parceval eine der Karten. »Ich vertrete unter anderem Herrn Enzio Palechiaro, dem einige Häuser hier in der Nachbarschaft gehören und der das Viertel für junge, vermögende Künstler, Banker und Manager aufwerten möchte. Herr Palechiaro war bestürzt zu hören, dass sich hier ein Fall von Erpressung ereignet hat, der allerdings glücklicherweise vereitelt wurde. Er hat mich darum gebeten, mich umzuhören, was eigentlich passiert ist.«

»Ich frage mich, wie Herr Palechiaro das wohl mitbekommen hat«, erwiderte Parceval.

»Herr Kaveci hier hat dankenswerterweise von dem Vorfall Meldung gemacht. Das Haus, in dem sich dieses Lokal befindet, ist eine Immobilie von Herrn Palechiaro.«

Parceval nickte. Es war alles so gelaufen, wie er es mit Emre abgesprochen hatte. Der Vorfall wäre zwar mit Sicherheit auch ohne diese Maßnahme Enzio Palechiaro zu Ohren gekommen, aber vielleicht erst in ein, zwei Tagen. So lange konnte Parceval nicht warten.

»Weshalb Herr Kaveci nicht die Polizei angerufen hat …?«, wunderte sich Parceval laut.

»Das hat er natürlich. Aber wir haben ihm geraten, keine Anzeige zu erstatten. Sie wissen ja – der Ruf des Viertels ist nicht der beste, und wir wollen es Herrn Palechiaro in seinen Bemühungen, es zu gentrifizieren, nicht noch schwerer machen. Von einer offiziellen Anzeige hätte vielleicht die Presse Wind bekommen.«

Parceval beugte sich nach vorn. »Wieso«, fragte er, »machen Sie sich eigentlich die Mühe, die Gäste alle nach draußen zu schicken, wenn wir dann doch wie die Katze um den heißen Brei herumschleichen? Reden wir Klartext: Herr Kaveci zahlt an das Unternehmen von Herrn Palechiaro Schutzgeld, daher gehört sein Lokal zum Revier von Herrn Palechiaro. Gestern wollte Herrn Palechiaros Konkurrent Revan Rizla in das Revier eindringen und Herrn Palechiaros Einfluss in Mannheim damit schwächen. Ich gehe davon aus, dass dieser Versuch nicht der einzige war, weiß aber natürlich nicht, wie die anderen Geschädigten reagiert haben. Was dieses Lokal betrifft, ist die Botschaft jedenfalls klar: Es gehört zum Palechiaro-Clan, und dort bleibt es auch.«

»Ich weiß leider nicht, wovon Sie reden«, sagte Dr. Lamb. »Aber ich habe das Gefühl, Sie kommen mir irgendwie bekannt vor.«

»Sie kommen mir nicht bekannt vor«, sagte Parceval. »Und ich bin hier nur auf der Durchreise. Aber ich habe das schon öfter gehört. Das Geheimnis ist: Ich sehe aus wie Dwayne Johnson, nur mit Haaren. Das verwirrt die meisten Leute.«

Aus dem Augenwinkel erkannte Parceval, wie Emre ein unwillkürliches Grinsen unterdrücken musste. Parceval glich dem Schauspieler und Wrestler Dwayne »The Rock« Johnson nicht die Bohne, weder mit noch ohne Haare.

Der Anwalt schüttelte den Kopf und rollte mit den Augen.

»Wollen Sie eigentlich etwas essen?«, fragte Parceval, um den Mann noch weiter aus dem Konzept zu bringen. »Wir laden Sie ein. Ist das Mindeste, nachdem Sie schon die Rechnung für die anderen Gäste übernehmen.«

»Ich glaube, ich ließ ausrichten, die Rechnung geht aufs Haus, nicht auf mich.«

»Und das Haus, haben Sie gesagt, gehört Herrn Palechiaro.«

»Lass nur, ist schon gut«, sagte Emre und legte Parceval die Hand auf den Arm. Gestern noch hatten sie beschlossen, die Förmlichkeiten untereinander sein zu lassen. Emre hatte zur Stärkung seiner Nerven ein paar Schluck Raki benötigt, und Parceval hatte die Gelegenheit benutzt, ihm das Du anzubieten. »Selbstverständlich geht das aufs Haus.«

»In welcher Beziehung stehen Sie eigentlich zu Herrn Kaveci, Herr… ich fürchte, mir ist Ihr Name entfallen.«

»Sie fürchten, dass ich ihn noch gar nicht gesagt habe, und da liegen Sie völlig richtig«, sagte Parceval und grinste. Er ließ so viel Zeit verstreichen, bis Dr. Lamb glauben musste, er würde seinen Namen niemals preisgeben. »Wegener«, sagte er dann. »Paul Wegener. Wie der UFA-Regisseur aus den Dreißigern. Leider nicht verwandt oder verschwägert.«

»Nun, Herr Wegener – Sie und Herr Kaveci, denen beiden wir übrigens sehr dankbar sind für Ihre Initiative gestern… woher kennen Sie sich?«

»Das ist ’ne lange Geschichte«, sagte Parceval. »Ich kam vorgestern in sein Lokal und habe ihn da zum ersten Mal gesehen.«

Dr. Lamb wartete ein paar Augenblicke, dann fragte er verwirrt: »Was soll an dieser Geschichte lang sein?«

»Nicht?«, fragte Parceval. »Ich finde das schon lang. Vorgestern! Ich lebe für den Augenblick, müssen Sie wissen.«

Dr. Lamb blinzelte erneut. »Ich werde aus Ihnen nicht schlau.«

»Müssen Sie auch nicht«, sagte Parceval. »Es reicht, wenn Ihr Boss aus mir schlau wird. Daher, wenn Sie partout nichts essen wollen, schlage ich vor, Sie lassen sich von Ihren beiden sportlichen Begleitern zu ihm fahren und richten ihm aus, dass ich gern mit ihm persönlich reden werde und mir sein Angebot anhöre, den Aderlass in seinen Reihen auszugleichen. Wir haben hier noch eine Menge Teller zu spülen, also wären wir dankbar, wenn wir mit unserer Arbeit weitermachen könnten. Auf Wiedersehen, Herr Dr. Lamb. Und vergessen Sie nicht, die Rechnung zu begleichen.«

18

Emre hatte schon wieder die Raki-Flasche in der Hand, als er und Parceval dabei zuschauten, wie der SUV draußen wegfuhr. »Du bist komplett verrückt«, sagte Emre.

»Und du wirst noch zum Alkoholiker, wenn du so weitermachst«, bemerkte Parceval und nahm die Schnapsflasche an sich.

»Wie konntest du den Mann so provozieren? Und seinen Leibwächter noch dazu?«

Parceval antwortete nicht. Er begann, die leergegessenen Teller abzuräumen. Nach kurzem Zögern half Emre ihm. Sie brachten die Teller und das Besteck hinter den Tresen und räumten die Spülmaschine ein. »Wie viel Zeche hättest du mit den Leuten gemacht, die Lamb rausgeschickt hat?«, fragte Parceval.

»Um die hundert Euro«, sagte Emre und spähte auf den Geldhaufen, der auf seinem Tresen lag. Dr. Lamb hatte nach Parcevals erneuter Aufforderung mit verächtlicher Miene seinen Geldbeutel gezückt und alles Papiergeld, das sich darin befand, ohne nachzuzählen, auf den Tisch gelegt. Parceval hatte es gezählt. Es waren über vierhundert Euro.

»Nettes Trinkgeld«, sagte er.

»Du bringst mich hier in die größten Schwierigkeiten«, stöhnte Emre. »Und dich auch. Der Anwalt hat gesagt, du kämst ihm bekannt vor. Bestimmt ist ihm mal ein Fahndungsplakat untergekommen.«

»Ja«, sagte Parceval. »Dass hier ein echter Anwalt auftaucht, damit habe ich nicht gerechnet. Aber ich sehe meinem Fahndungsplakat überhaupt nicht mehr ähnlich.« Er dachte daran, dass es nur diese eine Möglichkeit gab, an die Informationen des zweiten Afghanen über Birgit und Miray heranzukommen. »Das Risiko gehe ich ein. Wie hoch ist dein üblicher Tagesumsatz?«

»Äh... was?« Emre war vom plötzlichen Themawechsel verwirrt. »So um die dreihundert Euro.«

»Gestern haben wir Rizlas Gorillas insgesamt dreitausend Euro abgenommen.« Parceval hatte davon eintausend Euro eingesteckt und Emre zweitausend gegeben. Jetzt zählte er von dem Geldbündel aus seiner Hosentasche weitere vierhundert Euro ab und legte sie auf Dr. Lambs Geld. »Hier«, sagte er. »Zusammen mit deinem Anteil von gestern ist das der Gegenwert von neun Tagen Umsatz. Folgender Vorschlag: Du schnappst deine Familie, wirfst ein paar Klamotten in die Koffer, fährst zum Flughafen nach Frankfurt, buchst dort für das Geld last minute eine Woche Urlaub und lässt mich hier machen. Auf diese Weise bleiben dir sogar noch rein rechnerisch zwei Tagesumsätze übrig.«

Emre stierte ihn an. »Und das Lokal?«

»Das schließt du so lange. Dir entsteht ja kein Verlust.«

»Aber ich dachte...«

»Ja, ich habe gesagt, ich halte dir die Schwierigkeiten vom Hals. Das denke ich nach wie vor. Aber mir ist klargeworden, dass ich von dir und deiner Familie zu viel verlange. Mach ein paar Tage Urlaub, Emre. Wenn du zurückkommst, ist das alles hier ausgestanden.«

Emre diskutierte weniger hartnäckig, als Parceval erwartet hatte. Nur ihm einen Teil seines Geldes aufzudrängen war mühsam, doch Emre gab schließlich nach, als Parceval ihn aufforderte, für die vierhundert Euro am Flughafen Urlaubsklamotten für seine Frau und seine Kinder zu kaufen.

»Nafia war noch nie in der alten Heimat«, sagte Emre. »Ich habe dort keine Familie mehr, aber es wäre schön, ihr das Dorf zu zeigen, aus dem meine Eltern stammen. Sie sind hier nie ganz heimisch geworden.«

»Du schon?«, fragte Parceval.

Emre zuckte mit den Schultern. »Ich bin hier geboren. Nicht in Mannheim, sondern in Köln. Ich bin lieber mit meinen deutschen und italienischen und rumänischen Schulfreunden um die Häuser gezogen, anstatt mit meinen Eltern und deren Freunden darüber zu jammern, wie viel besser es in der Türkei war. Ich habe nicht gewartet, bis ich in Deutschland integriert werde. Ich habe mich selbst integriert.«

»War das leicht?«

»Was glaubst du?«

»Du hast es trotzdem durchgezogen«, sagte Parceval.

»Ich hab die Mittlere Reife geschafft, ich hab eine Lehre als Einzelhandelskaufmann gemacht, ich habe in Köln, dann in Essen und in Duisburg gearbeitet und bin nach Mannheim gekommen, weil meine älteste Tochter eine begabte Musikerin ist – und meine Frau seit jeher ein *Söhne*-Fan. Wenn man als Musiker was aus sich machen will, ist Mannheim der beste Ort in ganz Deutschland. Ich wollte nicht wieder unter irgendeinem Chef arbeiten, auch wenn ich nie schlechte Chefs hatte; ich wollte mein eigener Herr sein, daher hab ich das Klischee erfüllt und dieses Lokal aufgemacht. Ich verdiene damit weniger, als ich vorher als Angestellter verdient habe, und ich arbeite mehr, aber das ist es mir wert.«

»Emre«, sagte Parceval, »du solltest Seminare geben.«

»Ich bin nur ein ganz normaler Typ.«

»Wenn du zurückkommst«, sagte Parceval ernst, »wird der ganze Spuk hier vorbei sein, und du wirst weder an Palechiaro noch an Rizla je wieder irgendwas bezahlen müssen. Du bist dann wirklich dein eigener Herr.«

»Du kannst in meiner Wohnung bleiben, solange ich weg bin«, sagte Emre und legte Parceval die Hand auf die Schulter. »Es wäre mir eine Ehre. Ich weiß, dass du in dem leerstehenden Haus untergekrochen bist. Das ist deiner nicht würdig.«

Parceval grinste. »Kannst mir gern den Schlüssel geben, dann gieße ich die Blumen und füttere die Fische, wenn du welche hast. Ich habe 'ne Bleibe, und die passt genau zu mir.«

19

Enzio Palechiaros Anwesen war ein ehemaliger Gutshof aus dem 17. Jahrhundert. Es umfasste mehrere angrenzende Wirtschaftsgebäude, die sich an das Herrenhaus anschlossen wie Hunde, die sich um ihr Herrchen drängen. Das Haus besaß vier Stockwerke, wovon das oberste die ehemalige Etage für die Dienstboten war. Es war hell gestrichen, mit grünweißen Fensterläden vor hohen Sprossenfenstern, und hatte über dem Eingang einen ausgreifenden Mansarden-Schmuckgiebel mit barock geschnitzten Pfettenenden und durchbrochenem Maßwerk. Es beherbergte auf fünfhundert Quadratmetern Wohnfläche die Familie Enzio Palechiaros, seine Leibwächter, seinen Fahrer, eine Köchin sowie ein Hausmädchen und lag am Ende einer schmalen, geteerten Straße auf einer Lichtung, die sich mitten im Wald zwischen Lampertheim und Lorsch befand. Zur B47 im Norden und zur A67 im Osten waren es jeweils gut einen Kilometer, ebenso wie zur nächsten Ortschaft Neuschloß.

Im Erdgeschoss befand sich ein Saal, der zwei Fenster breit war und fast die gesamte Tiefe des Hauses einnahm. Dahinter schloss sich eine Küche an, die sich im

Vergleich zum Saal klein ausnahm, aber in einem normalen Haus das Wohnzimmer ausgefüllt hätte. Der Saal war durch die Möblierung in mehrere kleine Lounge-Bereiche eingeteilt. Die Lounge-Bereiche waren von der Küche durch den Essbereich getrennt, in dem sich eine riesige Tafel befand. Enzio Palechiaro hatte sie mit dem Haus zusammen gekauft, und sie war mit einer der Gründe, warum er das Haus hatte haben wollen. Wenn er seine engsten Mitarbeiter mit Anhang zum Essen einlud und seine eigene Familie sich auch noch um den Tisch gruppierte, blieben immer noch etliche Plätze frei. Die gewaltige Tafel war der wahr gewordene Traum eines Sizilianers, für den Essen immer auch Geselligkeit bedeutet; für Enzio Palechiaro war sie ein geistiges Verbindungsstück zu seiner Heimat, die er als Schuljunge verlassen hatte.

Jetzt saßen um eine Schmalseite des Tisches herum gruppiert: Enzio Palechiaro, Dr. Jan Lamb, Enzios Frau Robertinna und sein um fünfzehn Jahre jüngerer Bruder Antonino, den Enzio erst kennengelernt hatte, als er mit Anfang dreißig zu ihm nach Mannheim geschickt worden war. Antonino hatte alle Gene geerbt, die auch Enzio von seinen Eltern mitbekommen hatte. Er war ein um fünfzehn Jahre jüngeres Ebenbild seines großen Bruders, nur ohne den Schnurrbart.

Das Unternehmen Enzios in Mannheim war ein Ableger des Palechiaro-Clans, der in Enzios und Antoninos Heimat Agrigento das Sagen hatte. Befehligt wurde der Clan von Enzios Onkel Calogero, der Anfang achtzig war und – gesund wie ein Fisch im Wasser – noch keinen Nachfolger als Clanoberhaupt benannt hatte.

Anweisungen seitens Calogeros, die sich als väterliche Ratschläge tarnten, wurden durch Dr. Lamb übermittelt. Der Mannheimer Jurist schien in seiner Heimatstadt nur einer von vielen Rechtsanwälten zu sein; in Wahrheit war er die graue Eminenz hinter allen Deutschlandgeschäften der Familie.

Außer Antonino hatte jeder der Gesprächsteilnehmer eine Tasse Kaffee vor sich stehen; Nachschub befand sich in einer Thermoskanne, die neben einem Tablett mit einem Apfelkuchen stand. Antonino rührte in einem Tässchen Espresso herum.

»Ihr Onkel meint, Sie sollten gut darüber nachdenken, wie Sie auf die Provokation Revan Rizlas reagieren«, sagte Dr. Lamb in diesem Moment. »Er ist der Meinung, dass diese Leute nur sehr deutliche Maßnahmen verstehen, und lässt fragen, ob Ihre Erfahrungen diese Meinung stützen.«

»Mit anderen Worten«, sagte Antonino, der mit starkem italienischem Akzent, ansonsten aber fehlerfrei Deutsch sprach, »wir sollen den Kanaken einen Warnschuss verpassen.«

Enzio seufzte. »Calogero hat gut reden«, seufzte er. »In der Heimat tanzen die Lokalpolitiker nach seiner Pfeife, und die Polizei hat entweder Angst oder ist von ihm gekauft.«

»Das ist doch hier nicht anders«, sagte Antonino.

»Es ist hier schon anders. Du berufst dich immer noch auf das Halbwissen, das du in Agrigento aufgeschnappt hast, bevor du hierhergekommen bist. Aber die Zeiten haben sich geändert. Was du beschreibst, trifft für die Neunziger zu. Da haben wir uns mit der *Stidda* auseinandergesetzt, und die deutsche Polizei musste machtlos zusehen. Jeder Lokalpolitiker, der sich öffentlich gegen Ausländerkriminalität verwahrte und dagegen vorgehen wollte, wurde als Rassist gebrandmarkt. Die Richter, die über unsere Leute urteilten, wenn doch mal einer von uns verhaftet und vor den Kadi gestellt wurde, sprachen milde Urteile aus. Sie dachten an ihre Ferienhäuser in der Toskana und waren davon beseelt, dass alle Italiener gemütliche Lebenskünstler wären, von denen man *la dolce vita* lernen könnte – oder sie machten sich insgeheim Sorgen, dass ihre Ferienhäuser bei zu harten Urteilen in Flammen aufgingen.«

»Oder weil sie Angst hatten, ebenso in die Kritik zu geraten wie die Lokalpolitiker, die ein hartes Vorgehen gegen Ausländerkriminalität forderten«, ergänzte Dr. Lamb und lächelte.

Antonino schnaubte abfällig.

»Diese Zeiten sind vorbei«, sagte Dr. Lamb. »Ihr Bruder hat recht, Signore Palechiaro. Früher hat Ihre Familie ganz Mannheim beherrscht. Jetzt ziehen Sie nur noch im Hintergrund die Strippen.«

»Die Polizei lässt sich nicht mehr so leicht einschüchtern«, fügte Enzio hinzu.

»Pah«, sagte Antonino. »Die Libanesen stellen sich da geschickter an, oder? In Berlin und im Ruhrgebiet gibt es ganze Viertel, in die sich die Polizei gar nicht mehr reinwagt. Die Clans kontrollieren dort das Leben. Du denkst, ich lebe im Gestern, Bruderherz, aber ich weiß sehr gut, was vorgeht.«

»Streitet euch nicht«, sagte Robertinna. »Die Familie muss zusammenhalten.«

Antonino zuckte mit den Schultern. »Ich wollte nicht streiten. Ich will nur helfen, die Anweisungen aus Agrigento umzusetzen.«

Enzio, der sich an Dr. Lamb wandte, bemerkte, wie dessen Augen am Tablett mit dem Apfelkuchen hingen. Er warf seiner Frau einen Blick zu, doch sie tat so, als würde sie die stumme Bitte ihres Mannes nicht sehen. Daher griff Enzio selbst zu und legte Dr. Lamb ein großes Stück Kuchen vor. »Noch jemand?«, fragte er.

Robertinna und Antonino schüttelten die Köpfe. Enzio nahm sich selbst ein Stück.

»Hervorragend«, sagte Dr. Lamb nach dem ersten Bissen. »Kompliment an Ihre Köchin, Signora. Ich hatte wirklich Hunger. In Emre Kavecis Lokal wurde mir zwar etwas zu essen angeboten, aber das habe ich ausgeschlagen.«

»Warum?«, fragte Enzio. »Ich erinnere mich, dass unser Großvater Savio überall, wo er persönlich aufkreuzte, erst einmal etwas zu essen vorgesetzt bekam und es sich schmecken ließ – ob es nun ein Hotel oder Restaurant war, die mit irgendwelchen Zahlungen im Verzug waren, oder eine Familie, die eine persönlich überbrachte Warnung brauchten, weil der Herr des Hauses nicht spurte. Sich etwas zu essen geben zu lassen macht die Atmosphäre ruhiger und zeigt gleichzeitig, wer der Herr ist und wer der Diener. Der Herr ist der, der isst.«

»Ich bezweifle, dass Onkel Calogero das heute auch noch so handhabt«, meinte Antonino.

»Ich weiß, dass er es nicht tut«, sagte Enzio. »Und es ist schade. Er hat die wenigsten Ratschläge seines Vaters umgesetzt, als er das Familienoberhaupt wurde.«

»Es sind auch andere Zeiten«, sagte Antonino.

»Erzählen Sie uns von Ihrem Gespräch bei dem Türken, Dr. Lamb«, sagte Enzio. »Was mich betrifft, ist das der eigentliche Grund Ihres Besuchs. Dass mein Onkel Anweisungen wegen Revan Rizla für mich haben würde, war mir auch so klar.«

»Warte«, sagte Antonino. »Zuerst würde ich gern hören, was du zu tun gedenkst. Wenn dir klar war, was Onkel Calogero von dir will, hast du dir doch darüber schon Gedanken gemacht.«

Enzio lächelte. »Natürlich habe ich das. Und ich kann dir sagen, dass wir uns dabei im Hintergrund halten werden. Für alles Weitere brauche ich erst noch ein paar Informationen.«

»Du willst dich immer im Hintergrund halten. Willst du denn nicht, dass wir respektiert werden?«

»Ich will vor allen Dingen, dass meine Frau in Mannheim ausgehen kann, ohne dass sie schief angeschaut oder dauernd wegen Routinekontrollen von der Polizei belästigt wird.«

»Das würde nicht geschehen, wenn man uns respektiert«, erklärte Antonino, während Robertinna gleichzeitig murmelte: »Wann gehe ich schon mal aus?«

Enzio bemühte sich, sein freundliches Lächeln beizubehalten. Er fragte sich im Stillen, ob er Antonino einmal darauf hinweisen sollte, dass Respekt auch damit zu tun hatte, wie sich der jüngere Bruder gegenüber dem älteren verhielt, der zugleich noch das hiesige Familienoberhaupt war. Er hatte sich das schon mehrfach gefragt. Aber er mochte seinen Bruder, der ihm manchmal eher wie sein erwachsener Sohn vorkam. Er und Robertinna hatten keine Kinder. Antonino würde, wenn er nicht irgendeinen Fehler beging und in Agrigento in Ungnade fiel, Enzios Nachfolger werden, der plante, sich in spätestens zwanzig Jahren aus dem Geschäft zurückzuziehen. Dann wäre er Ende sechzig und Antonio Mitte fünfzig. Zugegeben, ein wenig spät für Antonino, das Oberhaupt des Ablegers zu werden, aber das ließ sich nicht ändern. Er agierte jetzt schon als Enzios rechte Hand und Vertrauter, das musste ihm als Ehre fürs Erste reichen und würde es auch. Antonino war nicht dumm. Er wusste, dass er nur warten musste, bis ihm die goldenen Eier von allein in den Schoß fielen.

»Die Informationen, von denen ich gesprochen habe, erhoffe ich mir nicht zuletzt von Ihnen, Dr. Lamb«, sagte Enzio. »Bitte erzählen Sie.«

Dr. Lamb schilderte das Zusammentreffen in Emres Lokal in allen Details. Er ließ nichts aus und gab einen Großteil des Gesprächs fast originalgetreu wieder. Nur Parcevals abschließende Worte, wer die Rechnung begleichen solle, verschwieg er.

»Jetzt verstehe ich, warum Fusto seit Ihrer Rückkehr im Fitnessraum ist und voller Wut einen Boxsack bearbeitet«, brummte Antonino. »Das hat er nicht verdient.«

Enzio ignorierte seinen Bruder und lächelte. »Wenigstens wissen wir jetzt, dass es nicht Emre Kaveci selbst war, der die Rizla-Typen in die Flucht geschlagen hat. Aber das war mir eigentlich klar. Ich habe einmal dort einen Imbiss genommen, ohne dass er mich erkannt hätte. Kaveci ist nicht der Kerl, der rotsieht, er lässt sich rumkommandieren. Aber er ist loyal das hat er bewiesen.«

»Loyal«, spottete Antonino. »Er wollte nur nicht an zwei Seiten bezahlen.«

»Er hätte sich auch den Rizlas unterwerfen können. Das wäre für ihn einfacher gewesen. Dann hätte er nur Rizla informieren müssen, wenn unsere Leute sich wegen der Vierteljahreszahlung angekündigt hätten, und die wären dann von einem Rizla-Empfangskomitee in die Mangel genommen worden. Nein, Kaveci hat den schwierigeren Weg gewählt, indem er uns treu geblieben ist.«

»Wer weiß, was er getan hätte, wenn er diesen neuen Schutzengel nicht gehabt hätte.«

»Und das ist der interessanteste Aspekt an der ganzen Sache«, sagte Enzio. »Wer ist der Kerl? Ich hatte zuerst angenommen, dass Kaveci ein paar Muskeln aus seiner türkischen Heimat hätte kommen lassen, aber erstens wären die nicht schnell genug hier gewesen, und zweitens hat Kaveci in der Türkei keine Verwandten mehr.«

»Woher willst du denn das wissen?«, fragte Antonino.

»Man kriegt einiges mit, wenn man an einem ruhigen Tag in einem kleinen Lokal isst und mit dem Wirt ein Gespräch beginnt.«

Antonino rollte mit den Augen, doch dann lachte er plötzlich. »Eins zu null für Großvater Salvios Methoden. Ich frage mich nur, was dir diese besondere Information nützt.«

»Mehr zu wissen nützt immer«, sagte Enzio.

»Sie haben die Möglichkeit, den Mann kennenzulernen, der Kaveci geholfen hat«, erklärte Dr. Lamb. Nun überbrachte er Enzio auch die Botschaft Parcevals. Enzio lächelte erneut.

»Das ist doch eine Frechheit«, empörte sich Antonino. »Der Mistkerl gehört …«

»… *an*gehört«, vollendete Enzio.

»Was? Du willst ihm diese Frechheit auch noch nachsehen?«

»Weißt du, Antonino«, sagte Enzio langsam, »ich stelle mir einfach Fragen. Ich frage mich: Wieso ist am Samstag plötzlich ein Unbekannter aufgetaucht und hat einen der Angreifer erschossen, der Silias Hochzeitskonvoi attackiert hat? Wieso hat er auf unserer Seite in diese Aktion eingegriffen?«

»Die Polizei behauptet, es gebe diesen unbekannten Schützen nicht«, sagte Dr. Lamb.

»Das sagen sie natürlich, weil sie keine Ahnung haben, wer das sein kann. Deswegen mauern sie. Aber ich glaube dem, was meine Leute berichtet haben, die in den Wagen gleich hinter dem Brautauto saßen. Ich glaube dem, was mein Bruder mir berichtet hat.«

»Den Kerl gibt es«, knurrte Antonino. »Ich habe ihn mit eigenen Augen gesehen.«

»Weiter frage ich mich: Kann es Zufall sein, dass am Tag darauf schon wieder ein Unbekannter auf unserer Seite eingreift, diesmal im Lokal von Emre Kaveci? Kann es Zufall sein, dass es in beiden Fällen ein offenbar absolut kaltblütiger Profi ist, der genau weiß, was er tut?«

Antonino blinzelte. »Du meinst, der unbekannte Schütze und Kavecis Schutzengel sind ein und dieselbe Person?«

»Das ist die Frage, die sich mir stellt«, bestätigte Enzio.

Antonino bewies, dass er tatsächlich nicht dumm war. »Du denkst daran, diesen unbekannten Schützen gegen die Rizlas einzusetzen ...!«

»Während wir uns im Hintergrund halten. Wenn er Erfolg hat, kann er gerne um ein paar zehntausend Euro reicher aus Mannheim verschwinden. Das ist mir die Sache wert. Wenn er sich dumm anstellt, lassen wir ihn fallen.« Enzio wandte sich an Dr. Lamb. »Hat der Mann auch einen Namen?«

»Paul Wegener.«

»Glauben Sie, dass das sein richtiger Name ist?«

»Ich weiß nicht. Wenn er erfunden ist, dann ist er dämlich. Ein ehemaliger deutscher Regisseur der Vorkriegszeit hieß so. Wenn man die Telefonbuch-Suchmaschine bedient, tauchen knapp zwanzig Paul Wegeners auf, verteilt über Deutschland. Wobei ich nicht glaube, dass unser Mann im Telefonbuch gelistet ist.«

Enzio spürte Dr. Lambs Zögern. »Ist noch was?«

»Ich hatte das Gefühl, dass der Mann mir bekannt vorkäme. Aber ich kann nicht sagen, woher. Er hat sich darüber lustig gemacht. Wahrscheinlich verwechsle ich ihn. Er hat ein Dutzendgesicht.«

»Dann laden Sie Herrn Wegener ein«, sagte Enzio. »Er soll sich mit Antonino und mir hier treffen.«

20

Karin Feldmann hatte sich durch die Unterlagen geklickt, die der Präsident des LKA ihr per Download-Link zur Verfügung gestellt hatte. Sie war zugleich abgestoßen und fasziniert. Was in Berlin geschehen war, hatte eine Relaisstation im dreckigen Geschäft der modernen Sklaverei nicht nur ausgeschaltet, sondern buchstäblich vernichtet.

Es hatte eine Schießerei gegeben. Als die Polizei am Tatort eingetroffen war, hatten die Beamten ein Dutzend Tote vorgefunden. Ein Teil von ihnen stand auf polizeilichen Fahndungslisten; die Männer waren mit allen möglichen Gewalttaten aktenkundig, aber nie geschnappt worden. Die Polizei vermutete, dass sie sich als Auftragsmörder und Söldner verdingt hatten. Die anderen stellten sich als illegal eingereiste Afghanen heraus. Mit den Waffen, die am Tatort gefunden worden waren, hätte man einen kleinen Krieg führen können.

Auf Seiten der Polizei war für den Einsatz Sabine Conrad verantwortlich gewesen, die zu dieser Zeit die kommissarische Leitung der Kripo innehatte. Mittlerweile hatte Berlin einen neuen Kripochef, einen Mann, und Sabine Conrad war seine Stellvertreterin. Die Beförderung zur Kriminaldirektorin, die sie erhalten hatte, war nichts als ein Trostpflaster dafür, dass sie einen Mann vor die Nase gesetzt bekommen hatte. Karin glaubte zu wissen, wie Sabine Conrad sich deswegen fühlen musste. Sie erinnerte sich, wie steinig ihr eigener Weg gewesen war, bis sie sich hatte durchsetzen können.

Sie überlegte eine Weile, dann schloss sie die Tür ihres Büros und wählte Sabine Conrads Nummer in Berlin.

»Guten Tag. Mein Name ist Karin Feldmann«, stellte sie sich vor, als Sabine Conrad sich meldete. »Ich bin …«

»… die Polizeipräsidentin von Mannheim«, vollendete Sabine. »Guten Tag, Frau Präsidentin. Was kann ich für Sie tun?«

Karin hatte auf die Zwischentöne geachtet. »Sie klingen nicht sehr überrascht.«

»Ich habe Ihren Anruf erwartet.«

»Kennen wir uns denn?«

»Nicht persönlich. Aber die einzige weibliche Polizeipräsidentin Deutschlands – da kennt man den Namen.«

»Na schön. Das erklärt immer noch nicht, warum Sie meinen Anruf erwartet haben.«

»Wegen der Sache am Friedrichsplatz am Samstag.«

Karin holte Atem. »Okay. Ich habe keine Zeit für Ratespielchen. Ich bin eine Kollegin, die Ihren Rat braucht, und an mir müssen Sie Ihren Unmut nicht auslassen, dass man Sie bei der Neubesetzung des Chefpostens übergangen hat. Mir ist das selbst oft genug passiert.«

Sabine Conrad schwieg. »Sie haben recht«, sagte sie schließlich. »Entschuldigen Sie. Worum geht es?«

»Es geht tatsächlich um den Angriff auf den Hochzeitskonvoi am Samstag in Mannheim. Es gibt da einen Aspekt, den wir aus der Presse herausgehalten haben – oder besser gesagt, wir haben diesbezüglich gelogen.«

»Der unbekannte Schütze«, sagte Sabine Conrad. »Von dem auf YouTube und in ein paar Wichtigtuer-Foren die Rede ist. Sie rufen an, weil Sie die Geschichte kennen, die hier im Sommer passiert ist, und glauben, dass Sie ein Muster sehen.«

»Tu ich das?«, fragte Karin Feldmann zurück. »Im Ernst: Jemand hat der Berliner Polizei einen Haufen Arbeit abgenommen und sich scheinbar unmotiviert ein Dutzend böse Jungs vorgenommen, die danach alle tot waren. Niemand weiß, wer das war. Als Sie und Ihre Beamten am Tatort eintrafen, wurde auf Sie geschossen, aber das war nicht derjenige, der das Massaker angerichtet hat. Hier in Mannheim hat ebenfalls jemand der Polizei Arbeit abgenommen und einen von den drei Angreifern auf den Autokorso erschossen. Er hat damit die überlebenden Angreifer in die Flucht geschlagen und vermutlich viele weitere Tote und Verletzte verhindert. Danach ist er spurlos verschwunden, und wenn es nicht ein paar Zeugenaussagen gäbe, die wir alle öffentlich diskreditiert haben, wüssten wir nicht mal, dass es ihn gegeben hat.«

»Ich sehe durchaus, dass man ein paar Aspekte dieser Fälle miteinander vergleichen kann«, sagte Sabine Conrad. Karin, die weiter auf die Zwischentöne achtete, hatte den Eindruck, dass die Kollegin am anderen Ende jedes einzelne Wort überlegte und das Gespräch führte wie ein Schachspiel mit einem unbekannten, gefährlichen Gegner.

»Es gibt da noch einen dritten Aspekt, der auch mit Berlin zu tun hat«, sagte Karin. »Direkt vor der Schießerei ist ein Häftling aus Berlin-Moabit entflohen. Ein ehemaliger Kollege. Sie hatten auch damit zu tun.«

»Man hat mir gesagt, diese Panne sei der Grund, warum man mit meiner Beförderung zum Kripochef dann doch noch warten wollte. Wobei ich sie nicht zu verantworten hatte. Und im Übrigen nur ein Vorwand, um einen schlechter qualifizierten, männlichen Anwärter in den Sessel zu hieven.«

»Wie gesagt, an mir müssen Sie Ihren Frust nicht auslassen. Ich kann nichts dafür. Also, soll ich den Namen dieses ehemaligen Häftlings nennen?«, fragte Karin.

»Wenn Sie unbedingt müssen …«

»Ex-Oberkommissar Ralf Parceval. Ex-Bundespolizist. Ex-Ausbilder in Afghanistan.«

»Und mittlerweile auch Ex-Knacki«, sagte Sabine trocken.

»Ich kenne Parcevals Profil und seine gesamte Akte. Ich weiß, warum er in Afghanistan durchgedreht ist und die ganzen Leute erschossen hat. Aus den Unterlagen zu Ihrem Fall weiß ich, dass es sich dabei um eine Relaisstation für Menschenhandel drehte: Parcevals Zielpublikum, um es mal salopp zu formulieren. Was unseren Fall hier angeht, haben wir begründeten Verdacht zu der Annahme, dass die Angreifer zu einem libanesischen Clan gehörten, der wahrscheinlich ebenfalls in Menschenhandel und Flüchtlingsschiebereien verwickelt ist. Auch wieder genau Parcevals Kragenweite.«

»Sie sind auf dem Holzweg, wenn Sie glauben, dass Parceval mit der Sache in Berlin zu tun hatte«, widersprach Sabine Conrad. »Seit er auf dem Rücktransport in den Knast entflohen ist, hat ihn hier keiner mehr gesehen. Von daher kann ich Ihnen nicht beantworten, ob Ihr unbekannter Schütze Parceval ist. Ich persönlich würde ihn für schön blöd halten, wenn er sich so exponiert. Ich glaube auch nicht, dass er noch im Land ist. Er ist in Afghanistan und sucht nach seiner Schwester und seiner Nichte – oder nach deren Gräbern.«

»Was haben Sie denn für einen Verdacht, wer das Massaker in Berlin angerichtet hat?«

»Steht im Bericht. Eine andere Organisation, die das Geschäft in Berlin übernehmen wollte.«

»Warum hat das Geschäft dann noch niemand übernommen? Sie wissen so gut wie ich, dass ein Vakuum entstanden ist, um das sich im Hintergrund etliche balgen. Der libanesische Clan, um den es hier in Mannheim geht, wahrscheinlich auch.«

»Wir wissen doch so gut wie nichts über dieses miese Geschäft«, sagte Sabine. »Ich würde mich nicht wundern, wenn die ausgefallene Relaisstation schon lange wieder arbeiten würde, vielleicht sogar auch hier in Berlin. Und diejenigen, die das Stück vom Kuchen abhaben wollen, sind nur Randfiguren, die auch keine Ahnung haben, was wirklich vorgeht.«

»Sie sind ja äußerst pessimistisch für eine Kriminalbeamtin.«

»Besuchen Sie mich mal hier, dann legen wir beide

Uniformen an und gehen nach Neukölln. Falls wir lebend wieder rauskommen, werden Sie nachher auch ein anderes Weltbild haben.«

Karin gab keine Antwort. Sie wusste, dass Mannheim im Vergleich zu Berlin eine Insel der Seligen war. Bisher. Aber wie es schien, waren die Berliner Verhältnisse ganz kräftig dabei, sich auch in Mannheim zu etablieren. »Können Sie mir wirklich nicht weiterhelfen? Ich werde das Gefühl nicht los, dass unser unbekannter Schütze Ralf Parceval sein könnte.«

»Was, wenn er's wäre?«

»Dann würden wir ihn gerne verhaften und ihm ein paar Fragen stellen.«

»Parceval ist ein Irrer«, sagte Sabine. »Hoffen Sie einfach nur, dass Sie sich täuschen, was ihn anbelangt.«

21

Revan Rizla saß mit hochgekrempelten Hemdsärmeln da und aß. Er aß immer, wenn er wütend war. Scharfe, zwiebelreiche Kost. Dazu trank er heißen, stark gesüßten Tee aus kleinen Gläsern. Und weil Revan Rizla dazu neigte, oft wütend zu werden, hatte seine in jungen Jahren athletische Figur irreparablen Schaden genommen. Er besaß zwar auch heute noch – in Hemd und Anzug – eine Figur, bei der sich die Hüften schmaler ausnahmen als die Schultern, aber das lag an den Künsten des Schneiders und an der strammen Bauchbinde, die er zwischen Unterhemd und Hemd trug. Sie machte seine Bewegungen eckig, aber er war überzeugt, dass niemand den Trick durchschaute und die steifen Bewegungen einem Zuviel an Muskelmasse an seinem durchtrainierten Körper zuschrieb.

Im Augenblick hatte Revan Rizla das Essen unterbrochen, weil er jemanden am Telefon anschrie. Seine Besucher, ein Mann und eine Frau, die er auf der anderen Seite seines Tisches warten und stehen ließ, sahen sich an. Die Frau neigte sich zu dem Mann und flüsterte kaum hörbar: »Ist dir schon aufgefallen, dass der Spinner 'n Korsett trägt, damit seine Wampe drinbleibt?«

Die Frau hatte kurze dunkle Haare und war mittelgroß. Das hervorstechendste Merkmal an ihr war, dass man ihr Gesicht sofort wieder vergaß. Es war eines jener Gesichter, das entsprechend geschminkt auch einem Model oder einer Schauspielerin gehören konnte; und ungeschminkt Lieschen Müller. Eine leere Leinwand, auf der ein Make-Up-Artist seine Kunst entfalten konnte.

Der Mann war einen halben Kopf größer und ebenso unscheinbar. Ihre Physiognomie machte sie perfekt für den Job, den sie sich ausgesucht hatten. Sie waren Killer, ausgebildet in verschiedenen Terroristenlagern im Nahen Osten, bevor sie sich in ihre Heimat nach Deutschland abgesetzt hatten, um allen politischen Irrsinn hinter sich zu lassen. Schließlich hatten sie angefangen, ihr eigenes Ding zu machen – jenseits aller Ideologien außer der einen, reich zu werden.

Bis vor Kurzem waren sie zu dritt gewesen. Ihren Kameraden hatten sie Samstagnacht in einem dichten Waldstück im Odenwald begraben, samt den drei gekauften Bundeswehruniformen. Dann waren sie wie verabredet zu ihrem Quartier in Heilbronn gefahren und hatten gewartet, bis Revan Rizla sie rufen ließ.

Sie waren überrascht, dass es bis zum Montagnachmittag gedauert hatte. Sie ahnten nicht, dass Revan Rizla den ganzen Montagvormittag damit beschäftigt gewesen war, jede nachvollziehbare Verbindung zwischen sich und dem von der Polizei verhafteten Reebok zu eliminieren. Außerdem hatte er dafür gesorgt, dass der am späten Sonntagabend in seinem Wagen gefundene Adidas ärztlich versorgt wurde, zusammen mit einer erfundenen Geschichte, wie alle Sehnen und Bänder im Knie hatten reißen können. Sie wussten auch nicht, dass Rizla gerade seinen Anwalt in Mannheim anbrüllte und diesen anwies, sich darum zu kümmern, dass Reebok auf keinen Fall sang.

Schließlich legte Revan Rizla angewidert das Telefon beiseite, spießte ein Fleischstück auf, schob es sich in den Mund, kaute zwei-, dreimal und spülte es mit einem Schluck Tee hinunter. Dann musterte er seine beiden Gäste.

»Das, was Sie am Samstag für mich erledigt haben«, sagte er mit seinem schweren Akzent, »war Business. Wenn ein Business beendet ist, bewertet man es nach Erfolg oder Misserfolg. Wie würden Sie Ihre Aktion bewerten?«

Solange sie nicht für einen Mann wie Rizla arbeiteten, hatte die Frau das Kommando über ihre Gruppe. Revan Rizla hatte schon genug damit zu kämpfen, eine Frau als Mitglied der Gruppe zu akzeptieren, aber als Anführerin? Also hatten sie vereinbart, dass bei Gesprächen mit ihrem Auftraggeber der Mann, der jetzt mit vor Rizlas Tisch stand, so tat, als hätte er das Sagen. Was er mit Rizla besprechen sollte, hatten sie vorher abgestimmt. Es war ziemlich klar, worauf das Gespräch hinauslief.

Die drei Killer, von denen jetzt einer tot war, betrachteten sich als Arbeitskollegen, nicht als Freunde. Sie wohnten an unterschiedlichen Orten und trafen sich außerhalb ihrer Einsätze niemals. Keiner wusste über das Sozialleben der anderen Bescheid. Sie hatten sich in einem Trainingslager der Hisbollah kennengelernt und gemeinsam beschlossen, die erlernten Fähigkeiten in ihren eigenen Dienst zu stellen anstatt in den irgendwelcher fanatischer Menschenverächter, die ihren Soldaten erzählten, es ginge um den Glauben, wo es ihnen in Wahrheit nur um ihren Hass, ihren Neid und das Geld ging.

Sie waren die Einzigen, die voneinander ihre wirklichen Namen wussten. Ihren Arbeitgebern stellten sie sich mit Decknamen vor, und die änderten sie oft. Revan Rizla kannte die beiden Überlebenden als Claus Gehrke und Inga Kesper. Für diesen Einsatz hatten sie beschlossen, die Namen von Sportlern als Alias zu verwenden. Auf früheren Missionen hatten sie sich nach obskuren Vorkriegspolitikern, Filmfiguren und Romancharakteren benannt. Es war ein kleiner, billiger Nervenkitzel abzuwarten, ob ihre Auftraggeber die Decknamen als das erkannten, was sie waren. Bislang war die Entdeckung ausgeblieben.

»Sie fragen nach Erfolg oder Misserfolg«, sagte Claus. »Dafür muss man die Aktionsziele unterteilen. Wenn es um das Ziel geht, Enzio Palechiaro einen Schreck einzujagen und zu verunsichern: Erfolg. Wenn es darum geht, ihm zu zeigen, dass er einen mächtigen Gegner hat: Erfolg. Wenn es darum geht, die Polizeibehörden in Mannheim unter Druck zu setzen: Erfolg. Das Gleiche gilt für das Ziel, die Stadt in Angst zu versetzen. Einen Misserfolg müssen wir für das Ziel konstatieren, Enzio Palechiaro einen Schlag zu versetzen, von dem er sich nicht mehr erholt, indem wir seine Tochter und seinen Schwiegersohn eliminieren, und weiterhin …«

»Eines der Hauptziele also nicht erreicht«, unterbrach Rizla grollend.

Claus sprach unbeeindruckt weiter: »... weiterhin müssen wir einen Misserfolg für das Ziel melden, alle drei wieder heil aus dieser Mission zurückzukehren.«

»Ja«, sagte Rizla und schien für einen kurzen Augenblick nachdenklich, »das stimmt. Auf der anderen Seite müssen Sie das Honorar jetzt nur durch zwei teilen.«

Den Gesichtern der beiden überlebenden Killer war nicht anzumerken, was sie dachten. Sie antworteten nichts darauf.

»Dass Sie Ihren dritten Mann verloren haben, war ein unvorhergesehenes Ereignis«, sagte Rizla. »Niemand konnte damit rechnen, dass irgendein Verrückter auf der Straße damit anfängt zurückzuschießen. Was das Verfehlen des Hauptziels angeht ...«

Claus wollte etwas sagen, doch Rizla hob die Hand. Er schob einen weiteren Fleischbrocken in den Mund. Kauen, Kauen, Schlucken. Er räusperte sich.

»... diesen Fehler schreibe ich mir selbst zu«, sagte er. »Ich hätte Palechiaros Trick durchschauen müssen. Sie trifft keine Schuld.«

Claus und Inga wechselten einen Blick, dann zuckten sie mit den Schultern.

»Das ist auch nicht mehr das alleinige Problem«, fuhr Rizla fort. »Es gibt eine neue Entwicklung. Gestern wurden zwei meiner Abgesandten bei einem Versuch, Schutzgeld von einem Lokal in Palechiaros Revier in Mannheim einzufordern, krankenhausreif geschlagen. Einer davon wurde der Polizei ausgeliefert, der andere mit seinem Auto fast direkt vor meiner Firma abgestellt.« Rizlas Stimme war immer lauter geworden. Den letzten Halbsatz hatte er geschrien und auf den Tisch gehauen, dass sein Handy, der Teller mit seinem Essen und das halb leergetrunkene Teeglas hüpften.

Claus ergriff das Wort und sagte: »Sollen wir dort intervenieren und dem Wirt auf den Zahn fühlen?«

»Nein«, erwiderte Rizla schroff. »Hören Sie auf, für mich denken zu wollen. Der Wirt ist nicht das Problem. Er wollte zahlen. Jemand hat ihn davon abgehalten. Jemand, der sich in meine Geschäfte einmischt und den niemand bisher auf dem Schirm hatte. Zum zweiten Mal.«

»Sie denken, der Unbekannte ist auch der Mann, der auf uns geschossen hat?«, hakte Claus vorsichtig nach.

Rizla griff in die Tasche seiner Weste und zog einen Zettel heraus, der vielfach gefaltet war, damit er in die kleine Tasche passte. Er warf ihn über den Tisch.

Claus hob ihn auf und faltete ihn auseinander. Der Zettel war mit großer, ungelenker Schrift beschrieben. Er hielt ihn so, dass Inga mitlesen konnte.

»Das ist eine Personenbeschreibung«, sagte Claus nach kurzer, mühsamer Lektüre.

»Sie stammt von meinem Mitarbeiter, der im Krankenhaus liegt. Der Unbekannte hat ihm das rechte Knie zertrümmert und außerdem eine Gehirnerschütterung beigebracht. Sie haben den Mann gesehen, der auf Sie geschossen hat. Besteht eine Ähnlichkeit?«

»Wir haben ihn nur kurz gesehen«, sagte Claus. »Als er auf uns losrannte. Da waren wir schon dabei, vom Tatort abzuhauen. Aber ja, die wesentlichen Merkmale stimmen überein. Schlank, mittelgroß, kurzes Haar …«

»Was auf ungefähr fünf Millionen Männer in Deutschland zutreffen dürfte«, sagte Inga sarkastisch.

Rizla ignorierte sie. Er starrte Claus an.

»Ich würde so weit gehen zu sagen«, sagte Claus nach kurzem Blickkontakt mit Inga, »dass die Beschreibung und das, was wir gesehen haben, einander nicht ausschließen.«

Rizla schnaubte. »Das reicht mir. Ich möchte, dass Sie den Kerl finden. Vielleicht hält er sich in der Nähe des Lokals auf, vielleicht nicht. Egal. Das ist jetzt Ihre neue Aufgabe. Finden Sie den Kerl und bringen Sie ihn zu mir. Wenn er auf eigene Rechnung arbeitet, möchte ich wissen, warum er sich gegen mich gestellt hat. Wenn er für Palechiaro arbeitet, möchte ich ihn in Einzelteilen an diesen Itaker zurücksenden. Als ich Sie drei angestellt habe, haben Sie mir gesagt, dass Sie nur zu dritt arbeiten. Jetzt sind Sie einer zu wenig. Deshalb stocke ich Ihre Mannschaftsstärke wieder auf. Jemand aus meinen Reihen wird das Kommando über Sie beide übernehmen, und Sie werden ihn unterstützen.«

»Sehr freundlich von Ihnen«, sagte Inga. Als Claus an Ihrer Stelle weitersprechen wollte, wehrte sie ihn ab. »Dazu gibt es zwei Dinge zu sagen. Erstens: Neuer Auftrag, neues Honorar. Zweitens: Der dritte Mann kann mit uns mitlaufen, aber die Befehle geben wir.«

Zum ersten Mal in diesem Gespräch reagierte Rizla auf Inga. Er sah sie mit einem Blick an, in dem ebenso viel Verachtung wie Empörung darüber lagen, dass eine Frau ihn anredete und auch noch Paroli bot.

»Ich dulde dich«, sagte er zu Inga, »weil du Teil des Teams bist, das ich angeheuert haben. Das heißt nicht, dass ich denke, der Platz eines Weibes ist woanders als zu Hause am Herd und im Bett des Mannes. Es wird so sein, wie ich sage. Der Mann, den ich euch zur Seite stelle, hat das Sagen. Wenn er einen Tee trinken möchte, machst du ihm einen. Wenn er sagt: Erschieß diesen Mann, erschießt du ihn.« Er wandte sich ab, ohne rückzufragen, ob Inga ihn verstanden hatte. Für ihn war es klar, dass sie sich seiner Anweisung fügen würde.

Inga stand stocksteif da. Auf ihren Wangen waren rote Flecken, der Rest ihres Gesichts bleich.

»Sie kennen unsere Zahlungskonditionen«, meinte Claus nur.

»Ich werde sie erfüllen«, sagte Rizla.

»Wie heißt der Mann, den Sie uns zur Seite stellen?«

Statt einer Antwort machte Rizla eine Kopfbewegung zu einem Bord, auf dem ein schnurloses Telefon in seiner Ladeschale steckte. Claus holte einmal kurz Luft, dann trat er zu dem Bord.

»Das Weib bedient die Männer«, sagte Rizla.

Inga schluckte, dann holte sie das Telefon und legte es mit ausgesuchter Vorsicht vor Rizla ab. »Hier, bitte, Effendi«, sagte sie. Ihre Stimme bestand aus Zuckerguss über Gletschereis.

Rizla reagierte weder auf die Anrede noch auf den Unterton. Er tippte eine einzige Zahl und bellte dann ins Telefon: »Schick mir Fausi.«

Nach wenigen Augenblicken kam ein Mann herein, so schwer und muskulös gebaut wie alle Mitarbeiter Rizlas, die Claus und Inga bisher gesehen hatten. Auf den zweiten Blick wurde klar, dass er noch keine zwanzig Jahre alt sein konnte. Er nickte den beiden Auftragskillern knapp zu und sagte dann zu Rizla: »Ich bin bereit.«

»Gut. Es ist keine Zeit zu verlieren. Nehmt einen der Wagen und fahrt nach Mannheim. Ihr übernachtet in der Wohnung, die wir dort angemietet haben. Du kennst die Adresse. Du hast das Kommando. Die beiden wissen Bescheid.«

Der junge Mann nickte knapp, drehte sich auf dem Absatz um und ging wieder hinaus. Claus und Inga folgten ihm. Es war klar, dass Rizla sie nicht verabschieden würde. Er hatte schon begonnen weiterzuessen.

»Ich ersticke gleich«, flüsterte Inga draußen ihrem Komplizen zu.

»Bleib ruhig. Er zahlt uns das Honorar, ohne zu feilschen. Denk an das Geld. Zwölf Riesen pro Tag und hundertachtzig für den Schuss. Wenn wir den Kerl erst nach fünf Tagen finden, sind das zusätzliche dreißig für jeden von uns. Da kann man schon mal was schlucken.«

»Du hast leicht reden. Ich ersticke trotzdem.«

Fausi, der von ihnen hergetrottet war, blieb plötzlich stehen, drehte sich um und lächelte breit. »Ich möchte Ihnen nur sagen, dass ich mich geehrt fühle, mit Ihnen zusammenzuarbeiten. Wenn nicht dieser Unbekannte aufgetaucht wäre und wenn Palechiaro seine Tochter und seinen Schwiegersohn nicht aus dem Brautauto entfernt hätte, hätten Sie Ihren Auftrag mit beispielloser Präzision erfüllt.« Er sah Inga an. »Bitte grämen Sie sich nicht bei dem Gedanken, wie Sie eben behandelt worden sind. Ich kann mir vorstellen, wie es war. Lassen Sie uns gut zusammenarbeiten.«

Er streckte der vollkommen überraschten Inga seine Hand hin. Als sie zögernd einschlug, sagte er: »Mein

Name ist Fausi Rizla. Es tut mir leid, dass mein Vater noch immer nicht verstanden hat, dass in diesem Land die Frauen emanzipiert sind.«

22

Parceval hatte den Anruf bei Ksenia lange genug vor sich hergeschoben. Er war stets hin und her gerissen, wie weit er sie involvieren sollte. Bislang wusste niemand, dass sie ihn unterstützte. Er neigte dazu, sein »Back-Up« für akute Notfälle zu reservieren und ansonsten allein klarzukommen, aus dem Aberglauben heraus, dass es im Notfall nicht zur Verfügung stünde, wenn er es auch für triviale Problemchen verschwendete. Tatsächlich bestand die Gefahr, dass Ksenia aufflog, wenn er sie zu oft kontaktierte. Andererseits war sie der einzige wirkliche Freund, den er hatte. Zwar fühlte er sich nicht einsam, doch manchmal war das Alleinsein auch für ihn nur schwer zu ertragen. Und ohne sie wäre er niemals aus Berlin herausgekommen, sondern säße längst wieder ein. Sie dachte da weiter, wenn er manchmal aufgehört hatte zu denken und bereits zum Handeln übergegangen war.

Ksenia hörte sich seine Schilderung der Situation an, ohne ihn einmal zu unterbrechen. »Siehst du«, meinte sie, als er geendet hatte, »das ist der Grund, warum ich dir geraten habe, so schnell wie möglich aus Mannheim zu verschwinden.«

»Du weißt, wie wichtig alle Informationen über Birgit und …«

»Ja, ja, und ich weiß auch, dass du der Meinung bist, du kommst nur als Insider in Palechiaros Clan an sie ran. Aber hättest du dich nicht einfach dort bewerben können? Der Mann hat ’ne Adresse in Mannheim! Musstest du stattdessen wieder den Schutzengel spielen und dich an Palechiaro von hinten durch die Brust ins Auge ranschmeißen – und dich dabei vor möglichst vielen Parteien exponieren?«

»Ksenia …«

»Wie vielen Leuten hast du deine Visage jetzt schon unter die Nase gehalten? Palechiaros Rechtsanwalt, seinen Bodyguards, Rizlas Gorillas, Emre Kaveci, dessen Tochter … nicht zu vergessen, dass du Kaveci auch noch verraten hast, wer du bist!«

»Vergiss nicht die Leute auf dem Friedrichsplatz, denen die Kugeln der Attentäter um die Ohren geflogen sind«, sagte Parceval säuerlich.

»Du tust alles, damit die Polizei auf dich aufmerksam wird«, sagte Ksenia. »Hab ich dir schon mal gesagt, was du bist?«

»Ein Idiot?«, fragte Parceval.

»Du gibst allen Idioten der Welt einen schlechten Ruf!«, schnappte Ksenia. Dann beruhigte sie sich wieder. »Ich will dir mal was über Karin Feldmann erzählen. Das ist die Polizeipräsidentin von Mannheim. Kannst du dich erinnern, wie taff Sabine Conrad war? Gegen Karin Feldmann ist sie ’ne Klosterschülerin. Feldmann war schon viel früher bereit, Polizeipräsidentin in Mannheim zu werden, als es letztendlich geschehen ist. Sie ist keine ausgebildete Polizeibeamtin, sondern Juristin, und laut Gesetz in Baden-Württemberg musste man damals Polizist gewesen sein, um Polizeipräsident zu werden. Das stand ihrer Beförderung mehrere Jahre lang im Weg, bis man extra ihretwegen das Gesetz änderte. Und warum hat man das getan? Weil sie damals hinter den Kulissen den größten Beitrag dafür geliefert hat, in Mannheim aufzuräumen. In den Neunzigern waren Schießereien zwischen den Mitgliedern der Cosa Nostra und der Stidda in Mannheim an der Tagesordnung. Feldmann hat das alles beendet, mit Null-Toleranz-Politik gegenüber den Tätern, aber auch mit geschicktem Netzwerken und mit Deals, die sie schamlos gebrochen hat, wenn es notwendig war. *Sie* hat die Stidda in die Knie gezwungen, die Cosa Nostra wäre den abtrünnigen Rebellen aus den eigenen Reihen wahrscheinlich nicht Herr geworden. Sie will Frieden in Mannheim und Sicherheit für die Bürger, dafür akzeptiert sie sogar Enzio Palechiaro und lässt ihn weitestgehend in Ruhe, anstatt ihn mit ständigen Polizeiaktionen vor sich her zu treiben. Palechiaro ist einer von der alten Mafia-Schule, der sich selbst gar nicht als Verbrecher sieht, sondern als Unternehmer, und dem der Erfolg ebenso wichtig ist wie sein Ehrbegriff. Er sorgt auf seine Weise dafür, dass die Rate der Gewaltverbrechen in Mannheim niedrig bleibt. Was nicht heißt, dass sie ihn nicht sofort zur Schnecke machen würde, wenn er sich einen Ausrutscher leistet oder seine dunklen Geschäfte zu offensichtlich abwickelt.«

»Ich habe verstanden, dass sie ein harter Hund ist.«

»Der hiesige AfD-Kreisverband hat sich vor Kurzem lobend über sie geäußert, was sie in einem landesweit ausgestrahlten Fernsehbeitrag scharf zurückgewiesen hat. Sie sagte, sie brauche kein Lob von Leuten, die sie wegen Volksverhetzung einsperren müsste, wenn die Gesetze in Deutschland nur ein kleines bisschen mehr von moralischen Grundsätzen getragen wären.«

»Wow.«

»Das hat ihr wiederum eine Rüge vom baden-württembergischen Innenminister eingetragen, bezüglich Raushalten der Polizei aus der Politik und so weiter, aber die hat sie locker weggesteckt.«

»Und was willst du mir damit sagen?«, fragte Parceval.

»Das Gleiche wie immer: dass du dich in Acht nehmen sollst. Du hast nicht nur in eines, sondern in drei Wespennester gestochen. Wie willst du jetzt weiter vorgehen?«

»Palechiaro hat eine Einladung von mir bekommen, mich vorzustellen.«

»Hört sich so an, als hättest du wenigstens noch zum Teil die Kontrolle über die Situation.«

Parceval lachte. »Du weißt ja – ein Plan ist immer nur so lange gut …«

»Ja, ja, was für ein alter Hut. … bis er mit der Realität in Kontakt kommt. Wie soll Palechiaro dich erreichen? Du hast ihm ja hoffentlich nicht gesagt, wo er dich finden kann?«

»Es ist betrüblich, dass du mich für einen so großen Idioten hältst.«

»Also, wie erreicht er dich?«

»Hundert Meter die Straße runter habe ich einen richtig großen Briefkasten.«

23

Am späten Dienstagmorgen schaute Parceval zum ersten Mal in Emres Lokal vorbei. Emre hatte ihm auch dafür den Schlüssel anvertraut, bevor er gestern am Spätnachmittag mit seiner Frau und seinen beiden Töchtern nach Frankfurt gefahren war. Emre hatte ihn gebeten, alle Reste im Kühlschrank zu verbrauchen. Für Parceval war es die Rückkehr zu einer Erfahrung, die er schon fast vergessen hatte: so etwas Ähnliches wie ein eigenes Heim zu haben, in dem er sich selbst etwas Essbares zubereiten konnte.

Die Herbstsonne meinte es immer noch gut mit Mannheim. Die Gasse, in der Emres Lokal lag, verlief fast exakt von Nord nach Süd, und das Lokal befand sich an der Westseite der Gasse. Die Vormittagssonne stand über den Hausfassaden an der Ostseite, die im Schatten lagen, und beschien den Gehsteig vor Emres Lokal.

Parceval schloss das Lokal, setzte sich auf einen der wackligen Stühle und trank erst mal eine riesige Tasse Kaffee; zusätzlich stärkte er sich mit einem Schafskäsepaste-Sandwich. Nach kurzer Zeit bog ein Mercedes-SUV, das Parceval schon kannte, von der Ausfallstraße her kommend in die Gasse ein und hielt direkt vor dem

Lokal. Parceval blieb sitzen und ließ sich nichts anmerken, aber er war erfreut. Er hatte nicht so früh mit einer Reaktion seitens Enzio Palechiaro gerechnet. Es zeigte ihm, dass der sizilianische Unternehmer unter Druck stand und wirklich an Parceval interessiert war.

Wieder stiegen ein Leibwächter – Fusto – und der Fahrer aus, wieder wurde die hintere Wagentür geöffnet. Doch Fusto stieg wieder auf der dem Lokal abgewandten Seite ein und nahm im Fond Platz. Der Fahrer blieb breitbeinig stehen und starrte Parceval an. Parceval hätte in die Sonne blinzeln müssen, um den Blick zu erwidern. Er grinste und widmete sich erneut seinem Sandwich.

Dr. Lamb baute sich vor ihm auf. »Sie wollten eine Einladung von Herrn Palechiaro. Sie haben eine Einladung von Herrn Palechiaro. Steigen Sie ein und kommen Sie mit.«

»Ich bin mit dem Frühstück noch nicht fertig«, sagte Parceval freundlich. »Wollen Sie auch ’ne Tasse Kaffee?«

»Nein«, sagte Dr. Lamb. »Ich will, dass Sie mitkommen.«

Parceval nickte. »Klar. Ich putz das hier nur noch schnell weg.« Er biss ab und kaute extra langsam. Dr. Lamb blieb schweigend stehen. Anscheinend suchte er nach Worten. Parceval, der die Augen zusammenkneifen musste, um ihn anzusehen, wies auf den zweiten Stuhl. »Setzen Sie sich so lange«, sagte er. »Wenn Sie mich schon persönlich abholen, sollen Sie es wenigstens gemütlich haben.«

»Ich glaube, Sie haben nicht verstanden …«, begann Dr. Lamb mit erstickter Stimme.

»Doch, doch«, versicherte Parceval. Er breitete die Arme aus, in einer Hand die Kaffeetasse, in der anderen das Sandwich. »Kommen Sie«, sagte er. »Ihr Mandant ist Italiener. Wenn einer versteht, dass ein Mann sein Essen genießen muss, dann ein Italiener. Was ist mit Ihrem zweiten Gorilla – Fusto? Steigt er heute nicht aus? Er könnte uns noch einen Kaffee holen.« Er hatte so laut gesprochen, dass Fusto ihn hören musste.

»Kommen Sie jetzt auf der Stelle mit«, sagte Dr. Lamb. »Man kann so ein Muskelspielchen auch übertreiben, wissen Sie.«

»Na gut.« Parceval stand auf. »Ich nehm's mit. Wäre schade um den Kaffee.«

Vor dem SUV blieb er stehen. Der Fahrer trat beiseite und öffnete die Beifahrertür. Parceval bückte sich und spähte zur Rücksitzbank hinein.

»Morgen, Fusto«, begrüßte er ihn. »Stell dir vor – du darfst heute vorne mitfahren. Mama und Papa setzen sich hinten rein.«

Fustos Augen weiteten sich. An seinem Hals klopfte eine Ader. Er schwieg. Sein Gesicht war dunkel vor Wut.

»Sie steigen vorne ein«, sagte Dr. Lamb.

»Vergessen Sie's«, sagte Parceval.

Er und der Rechtsanwalt starrten sich an. Nach einer Weile sagte Dr. Lamb, ohne den Blickkontakt zu unterbrechen: »Fusto, geh nach vorn.«

Fusto kletterte schwerfällig aus dem Wagen, trabte um ihn herum und setzte sich auf den Beifahrersitz, mit so eckigen Bewegungen, dass Parceval sehen konnte, wie verspannt der Leibwächter war. Spätestens heute Abend würden seine Schultern schmerzen.

»Hier«, sagte er und drückte Fusto die Kaffeetasse in die Hand, auf die er das Sandwich gelegt hatte. »Ich bin doch schon satt. Möchtest du noch was?«

Fustos Wangenmuskeln zuckten. Dann drehte er die Kaffeetasse langsam um, bis das Sandwich herunterrutschte. Der letzte Schluck Kaffee platschte auf den Gehsteig. Dann öffnete Fusto demonstrativ die Finger und ließ die Kaffeetasse fallen. Die ganze Zeit über nahm er seinen Blick nicht von Parceval.

Die Tasse prallte auf den Boden, hüpfte ein Stück davon und blieb dann unbeschädigt liegen. Emres Kaffeetassen waren aus Hartplastik.

Parceval bückte sich und stellte sie auf den Tisch vor dem Lokal. »Ich hoffe für euch, dass die nicht geklaut wird«, sagte er, dann stieg er auf der Fahrerseite in den Wagen und setzte sich auf den Rücksitz. Er lächelte in sich hinein und ließ sich nicht anmerken, wie angespannt er innerlich war. Er hatte sich in die Höhle des Löwen begeben. Er zweifelte nicht daran, dass er mit dem Anwalt und dem Fahrer fertigwerden würde, sollten die Männer etwas im Schilde führen. Aber wenn Fusto eine Waffe trug, würde er Parceval erledigen. Parceval konnte nur hoffen, dass er die Gesamtsituation richtig einschätzte. Und bis dahin würde er keine Gelegenheit auslassen, sein Abholkommando zu provozieren und zu verhindern, dass sie irgendeinen klaren Gedanken fassen konnten.

Der Fahrer fuhr los, ohne zu blinken oder sich umzudrehen. Sie verließen Mannheim in Richtung Norden und fuhren gute zwanzig Minuten, zuerst durch den Speckgürtel der Stadt, dann über Felder zur nächsten Ortschaft und schließlich auf eine schmale, geteerte Straße in einen Wald. Am Ende der Straße öffnete sich eine Lichtung mit einem alten Gutshof. Der Fahrer lenkte den Wagen vor eine wuchtige Haustür unter einem Schmuckgiebel und blieb stehen.

»Wir sind da«, sagte Dr. Lamb.

Parceval ließ sich von dem Rechtsanwalt ins Haus führen. Fusto und der Fahrer folgten ihm. Dr. Lamb brachte Parceval in einen großen Saal, den seine Möblierung in mehrere Wohninseln aufteilte, und zu einem riesigen Tisch. Am Tisch saßen zwei Männer unterschiedlichen Alters mit einander sehr ähnelnden Gesichtszügen. Der ältere von ihnen hatte graues Haar und einen silbernen Schnurrbart. Er stand auf und lächelte Parceval an.

»Ich bin Enzio Palechiaro«, sagte er und bot Parceval seine Hand an. Sein Händedruck war fest und kurz. »Freut mich, Sie kennenzulernen, Herr Wegener. Sie haben uns einen gewissen Ärger vom Hals geschafft.«

»War mir ein Vergnügen«, erwiderte Parceval. Er war überrascht, dass er Palechiaro auf Anhieb mochte. Das Familienoberhaupt der Palechiaros erinnerte ihn an ein paar afghanische Sippenchefs, die er kennengelernt hatte. Die meisten von ihnen machten aus ihrer Verachtung gegenüber einem Westler keinen Hehl und ließen es sich anmerken, dass sie nur des Geschäfts wegen zur Zusammenarbeit bereit waren – wenn überhaupt. Aber der eine oder andere war auch ernsthaft besorgt darüber gewesen, in welches Chaos sich Afghanistan verwandelt hatte, und wollte ehrlich mithelfen, das Land zu befrieden. Diese Männer hatten Ehrgefühl, Würde, Humor und Energie ausgestrahlt. Palechiaro strahlte dieselbe Mischung aus.

»Das ist mein Bruder Antonino«, sagte Enzio. »Er ist meine rechte Hand.«

Antonino lehnte sich im Stuhl zurück. »Mein Bruder hält schon jetzt große Stücke auf Sie«, sagte er. »Glauben Sie, dass Sie diese Erwartungen erfüllen?«

Während bei Enzio der italienische Akzent fast nicht zu hören war, war er bei Antonino so deutlich, dass er fast schon wie eine Karikatur wirkte – umso mehr, als seine Grammatik fehlerfrei war. Parceval fragte sich, ob der starke Akzent nur Pose war. Wollte er demonstrieren, dass er Sizilianer war? Dass er seine Herkunft nicht verleugnen würde, nur weil er jetzt hier in Deutschland lebte?

Was Parceval sich nicht fragen musste, sondern auf Anhieb erkannte, war die Tatsache, dass er in Antonino einen Feind haben würde, wenn er in die Reihen Enzio Palechiaros eintrat. Vielleicht verhinderte er sogar, dass Enzio Vertrauen zu Parceval fasste, und dann wäre die Chance vertan, sich bei den Palechiaros einzuschleichen und an die Informationen zu gelangen. Er musste schnell reagieren und Enzio für sich einnehmen. Er musste beweisen, dass er mehr für den sizilianischen Clan getan hatte, als nur Rizlas Geldeintreiber zu verscheuchen.

Er hatte ursprünglich vorgehabt, sein großspuriges Gehabe auch hier fortzusetzen, nur etwas abgeschwächt. Jetzt änderte er seinen Plan. Er nickte Antonino zu, wandte sich dann an seinen Bruder und sagte lächelnd: »Ich verstehe jetzt, warum Sie so erfolgreich sind. Mit einem Mann wie Ihrem Bruder an der Seite können Sie keine Fehler machen.«

»Versuchen Sie nicht, mir zu schmeicheln«, erklärte Antonino. »Beweisen Sie lieber, dass Sie das Vertrauen meines Bruders wert sind.«

»Ich hoffe, ich werde mich auch Ihres Vertrauens würdig erweisen, Don Antonino«, sagte Parceval.

Enzio musste lachen. »Unser Onkel in Sizilien lässt sich Don nennen, wenn die Regionalpolitiker ihn besuchen und einen Gefallen erbitten. Hier ist das unangebracht.«

Parceval zuckte mit den Achseln. »Na gut«, sagte er. Er lächelte unverwandt. Als er an den Tisch getreten war, hatte er dessen Bestückung gemustert: ein Tablett mit Kuchen, eine Thermoskanne, zwei Kuchenteller, zwei Tassen auf Untertellern, Kuchengabeln, Zucker, Milch. Antonino hatte ein Tässchen Espresso vor sich stehen. Es war anzunehmen, dass den beiden Palechiaros das Klischee gar nicht bewusst war: Enzio, der Hausherr, der den Tisch für den Besucher so hatte decken lassen, wie man das von einem deutschen Haushalt erwartete; und Antonino, der demonstrativ davon Abstand nahm und den Espresso vor sich stehen hatte, eine Aussage, die genauso kräftig war wie sein starker Akzent. Parceval bemühte sich, dass sein Lächeln nicht ironisch wurde. Allein dieses Szenario sagte mehr über die Brüder Palechiaro und ihre Beziehung zueinander aus, als sie Parceval jemals freiwillig verraten hätten.

Palechiaro bat ihn, sich zu setzen, dann goss er ihm Kaffee ein. »Mögen Sie ein Stück Kuchen? Ich weiß nicht, ob Sie schon gefrühstückt haben. Ich kann Ihnen auch etwas Deftiges aus der Küche bringen lassen.«

»Vielen Dank«, sagte Parceval. »Der Kaffee ist perfekt, und ein Stück Kuchen versuche ich gerne, bevor ich mich verabschiede.«

»Dann erzählen Sie mal«, forderte ihn Antonino auf.

»Was soll ich erzählen?«, fragte Parceval.

»Warum Sie in Herrn Kavecis Lokal so vehement eingegriffen haben«, sagte Enzio.

»Ich beantworte lieber die Frage, die Ihnen eigentlich auf der Zunge liegt«, sagte Parceval getreu seiner veränderten Taktik. »Zunächst möchte ich Sie beglückwünschen, dass Ihre Tochter und Ihr Schwiegersohn dem Anschlag auf den Hochzeitskonvoi entgangen sind. Dann lassen Sie mich Ihnen mein Beileid aussprechen für den toten Fahrer des Brautautos, die beiden toten Männer auf den Rücksitzen – ein genialer Trick, das muss ich neidlos anerkennen – und den toten Bodyguard, der noch aus dem Brautauto entkommen konnte und versucht hat, auf die Angreifer zu schießen. Sie haben ihn zuerst erwischt. Vielleicht gibt es eine Art kosmische Gerechtigkeit, die dafür gesorgt hat, dass einer der Angreifer mit der Waffe dieses Mannes erschossen wurde. Ich weiß, ich hätte sie Ihnen eigentlich zurückgeben sollen, aber ich wollte in dem ganzen Chaos am Samstag nicht zufällig mit einer Pistole in der Tasche von einer Streife aufgegriffen werden, deren Lauf quasi noch heiß war. Also habe ich sie im Rhein versenkt. Tut mir leid.«

Auf seine Worte herrschte sekundenlange Stille. Enzio blinzelte und versuchte, seine Überraschung zu verbergen, bis Antonino schließlich mit höhnisch verzogenem Mund fragte: »Wollen Sie uns jetzt weismachen, Sie wären der unbekannte Schütze?«

»Es gibt keinen unbekannten Schützen«, erwiderte Parceval. »Die Polizei hat erklärt, die diesbezüglichen Zeugenaussagen wären falsch.«

Antonino schnaubte. Parceval schaute ihn unverwandt an. »Unter dem Brautschleier steckte ein Mann mit einem dünnen Kinn- und Oberlippenbart. Zwei Kugeln haben ihn unterhalb des Schlüsselbeins getroffen. Der Mann im Anzug des Bräutigams trug ein Oberlippenbärtchen wie Errol Flynn. Ihm wurde der halbe Kopf weggeschossen. Der Fahrer sah so ähnlich aus. Der Bodyguard schaffte es bis zu den vor dem Café geparkten Autos und starb dort. Seine Waffe war eine Walther P99.« Parceval hob die Tasse an und nahm einen Schluck Kaffee. Er war schon zu lange in der Thermoskanne gewesen und schmeckte sauer und zu stark. Parceval setzte die Tasse ab und lächelte breit.

»Das alles können Sie nur wissen, wenn …«, begann Enzio.

»Genau«, sagte Parceval. »Das konnte ich nur wissen, wenn.«

»Warum haben Sie das getan?«

»Aus dem gleichen Grund, warum ich Emre Kaveci geholfen habe.«

»Sie halten sich anscheinend für einen Ritter auf dem weißen Pferd!«, rief Antonino spöttisch.

»Nein, ich halte mich für einen Mann, der zweimal für die Familie Palechiaro die Kastanien aus dem Feuer geholt hat.«

»Sie möchten eine Belohnung, und die steht Ihnen

selbstverständlich zu«, erklärte Enzio und räusperte sich.

Parceval zuckte erneut mit den Schultern. »Um ehrlich zu sein – nein. Ich wüsste nicht, was Sie mir geben könnten.«

»Sie haben Dr. Lamb gesagt, dass Sie meine Einladung erwarten, um mit mir darüber zu sprechen, wie ich meinen äh … personellen Aderlass ausgleichen kann. Sie wollen für mich arbeiten?«, fragte Enzio.

»Ich hoffe, dass es nicht in Arbeit ausartet«, antwortete Parceval.

24

Eine Viertelstunde später und eine Reihe von Fragen zu Parcevals Herkunft, Werdegang und Absichten, die ausschließlich Enzio stellte und auf die Parceval mit bereits am Vorabend vorbereiteten Lügen antwortete, bat der Herr des Hause Parceval um eine kurze Beratungszeit mit seinem Bruder. Anders als bei einem normalen Bewerbungsgespräch wurde jedoch nicht Parceval hinausgeschickt, sondern Enzio und Antonino zogen sich in einen angrenzenden Raum zurück, den Parceval als die Küche identifizierte. Enzio besaß die altmodische Höflichkeit eines Gutsherrn; er passte in dieses Haus, das so wenig italienisch wirkte wie die Thermoskanne Kaffee und der Kuchen.

Das Gespräch dauerte nur kurz, dann kamen die beiden wieder heraus. Enzio lächelte. Antoninos Miene war undurchdringlich.

»Ich zähle mal auf, was ich Ihnen nicht bieten kann«, sagte Enzio. »Es gibt keine Sozialversicherung und keine Krankenversicherung. Es gibt keine festgelegte Anzahl an Urlaubstagen, keine geregelten Arbeitszeiten und keine Überstundenzulagen. Es gibt keinen Betriebsausflug. Aber es gibt eine Weihnachtsfeier. Wenn Sie ein

Fahrzeug benötigen, weil Sie selbst keines haben, können Sie sich jederzeit eines aus dem Fuhrpark im großen Schuppen nehmen, es sei denn, sie werden alle gebraucht. Sie brauchen sich dazu einfach nur an Turi zu wenden – das ist der Fahrer, der Sie hergebracht hat. Ich erwarte, dass Sie bereit sind, wann immer ich Sie brauche. Ich erwarte, dass Sie meine Anweisungen, ohne zu zögern, durchführen. Ich erwarte aber auch, dass Sie Ihre Meinung äußern, wenn Sie das Gefühl haben, einen Verbesserungsvorschlag machen zu können. Ich biete Ihnen Aufnahme in die Familie und erwarte dafür absolute Loyalität, Verschwiegenheit und Zuverlässigkeit. Ich stelle Ihnen eine kostenlose Wohnung in Mannheim zur Verfügung und zahle Ihnen pro Monat einen festen Spesenbetrag von eintausendfünfhundert Euro für Ihre Auslagen wie Verpflegung, Kleidung und was immer Sie an privaten Vorsorgen treffen. Erteile ich Ihnen einen Auftrag, bezahle ich dafür gesondert. Das Honorar hängt vom Auftrag ab. Haben Sie zu diesen Bedingungen noch Fragen?«

»Arbeiten alle Ihre Mitarbeiter auf dieser Basis?«

»Nein. Alle anderen sind fest angestellt.«

»Und Familienmitglieder«, mutmaßte Parceval.

»Das sind Sie für mich auch, sobald Sie eingeschlagen haben.«

Parceval wandte sich an Antonino. »Gilt das für Sie auch?«

»Mein Bruder«, antwortete Antonino mit einem falschen Lächeln, »fällt die Entscheidungen. Ich berate ihn lediglich.«

»Sie werden Ihre Entscheidung nicht bereuen«, sagte Parceval zu Enzio.

Enzio hielt ihm die offene Hand hin. Parceval schlug ein und hielt Enzios Hand fest. »Die Wohnung brauche ich nicht«, sagte er. »Ich habe eine Bleibe.«

Enzio zuckte mit den Schultern. »Die finanziellen Bedingungen ändern sich dadurch nicht. Und ich muss Sie erreichen können, wann immer ich es wünsche. Geben Sie mir Ihre Handynummer.«

»Ich habe kein Handy.«

»Dann besorgen Sie sich eines und rufen Sie Dr. Lamb an, damit er Ihre Nummer an mich weitergeben kann.«

Parceval nickte. Er konnte nicht sagen, dass es für ihn unmöglich war, ein Handy oder eine Prepaidkarte zu kaufen, weil er keinen Ausweis vorlegen konnte – ein solches Eingeständnis hätte seine Position extrem geschwächt. Er musste die Nummer preisgeben, unter der er mit Ksenia telefonierte. Er verließ sich darauf, dass sie tatsächlich nicht zu hacken war – auch nicht durch irgendein Computergenie, das Enzio Palechiaro vielleicht in seinen Reihen hatte. Wenn Ksenia der Meinung war, die Nummer war nicht zu verfolgen, dann hätte sie nicht mal die russische Hackergruppe knacken können, die die letzten amerikanischen Präsidentschaftswahlen zugunsten eines Psychopathen manipuliert hatten.

»Wenn Sie kein Handy haben, wie bleiben Sie dann überhaupt mit der Welt in Kontakt?«, fragte Antonino mit spöttischem Unterton.

»Wie haben Sie mich denn gefunden?«

»Sie haben eine ziemlich blutige Fährte zu sich gelegt.«

»Stimmt«, mischte sich Enzio ein. Ein tadelnder Seitenblick traf seinen jüngeren Bruder. »Und er hat uns damit zwei Mal einen großen Dienst erwiesen. Schluss mit dem Misstrauen. Wegener, Sie tun, worum ich Sie gebeten habe, ja?«

»Kein Problem.«

Antonino musterte Parceval von oben bis unten. »Sie brauchen anständige Kleidung, wenn Sie für uns arbeiten«, sagte er mit verächtlich verzogenem Mund.

»Können Sie mir ein Kaufhaus in Mannheim empfehlen?«

»Engelhorn«, sagte Enzio. »Erwähnen Sie meinen Namen, wenn Sie dort einkaufen, dann bekommen Sie einen Nachlass.«

»Da gibt es auch Rasierzeug«, sagte Antonino garstig.

Parceval widerstand der Versuchung, sich über seinen Mehrtagebart zu streichen. Er starrte Antonino in die Augen. »Zu welchem Eau de Cologne würden Sie mir raten?«

Antonino gab den Blick, ohne mit der Wimper zu zucken, zurück. »Ich bevorzuge Boss«, sagte er. »Zu Ihnen würde *1 Million Lucky* passen.«

Parceval nickte und lächelte. Damit waren die Grenzen abgesteckt und die Standpunkte klar. Antonino war, solange er im Dienst Palechiaros blieb, sein Gegner.

25

Turi fuhr Parceval und Dr. Lamb zurück nach Mannheim. Die Fahrt verlief schweigend. Ob Turi bereits wusste, dass er und Parceval jetzt quasi Kollegen waren – eine Familie, um Enzio Palechiaro zu zitieren –, war Parceval unklar. Er hätte den Fahrer fragen können, wie der Name des zweiten Afghanen in Enzios Diensten lautete. Aber erstens wäre es monströs auffällig gewesen, sich jetzt schon zu erkundigen, und zweitens war die Atmosphäre im Wagen zu eisig, als dass sich ein scheinbar belangloses Geplauder ergeben hätte.

Im Grunde ähnelten sich alle Berufsgruppen, die aus Männern bestanden, deren Kraft und Männlichkeit ein Teil der Jobbeschreibung waren. Der Neue musste erst einmal zeigen, ob er etwas draufhatte, und sich Respekt verschaffen. Er durfte keine Furcht zeigen. Das war bei der Polizei nicht anders abgelaufen; und er hatte sich sagen lassen, dass es sich bei der Feuerwehr, der Bundeswehr und selbst beim Sport ähnlich verhielt. Man verschaffte sich dort allerdings keinen Respekt, indem man derartig arrogant und aggressiv wie Parceval gegenüber den Mitarbeitern Enzio Palechiaros auftrat. Man bediente sich zivilisierterer Verhaltensweisen, wie der Letzte bei einem Trinkgelage zu sein, der noch aufrecht stehen konnte; oder man zahlte einen Streich, den einem die neuen Kameraden spielten, mit Zins und Zinseszins zurück. Parcevals Auftreten entsprang seiner Verachtung für Menschen wie Fusto oder Dr. Lamb, aber auch dem Wissen, dass hier Trinkgelage keinen Respekt verschafften. Diese Männer waren Verbrecher. Fusto hatte mit Sicherheit Dutzende von Gewaltdelikten begangen, vielleicht sogar gemordet. Dr. Lamb war ein skrupelloser Rechtsanwalt, der seine Talente aus Geldgier in den Dienst eines Gangsterbosses stellte. Wenn ein Rudel Wölfe ein neues Mitglied aufnahm, hatte das neue Mitglied zwei Möglichkeiten: ganz am untersten Ende der Hierarchie zu bleiben und sich damit abzufinden, von der frischen Beute weggebissen zu werden; oder die stärksten Wölfe des Rudels herauszufordern und sich mit ihnen anzulegen.

Parceval, der während der Rückfahrt auf dem Beifahrersitz saß, drehte sich zu Dr. Lamb im Fond um. »Das Kaufhaus Engelhorn, wo finde ich das?«

»Das kennt hier jeder. Fragen Sie einfach irgendjemanden.«

»Das tue ich ja gerade.«

»Gehen Sie vom Wasserturm aus in die Stadt hinein. Wenn Sie es nach zehn Minuten immer noch nicht sehen, sind Sie dran vorbeigelaufen.«

»Dann setz mich mal am Wasserturm ab«, sagte Parceval zu Turi. Er grinste Dr. Lamb über die Schulter hinweg an. »Ich hätte doch besser nicht *irgendjemanden* gefragt.«

Dr. Lamb musterte ihn kalt. »Ich bin mir sicher, ich kenne Ihr Gesicht«, erwiderte er. »Und es sieht nicht aus wie das von Dwayne Johnson.«

»Dann haben mir die Leute wohl immer Mist erzählt«, erklärte Parceval leichthin und drehte sich um. Bis er am Wasserturm ausstieg, grübelte er darüber nach, dass er womöglich zu leichtsinnig gewesen war. Er hatte gedacht, dass ein Mann wie Dr. Lamb, der für eine Verbrecherorganisation arbeitete, sich gar nicht oder kaum mit Fahndungsaufrufen der Polizei beschäftigte. Vielleicht hatte er sich auch zu sehr darauf verlassen, dass er auf den Fahndungsfotos kaum zu erkennen war.

Egal, dachte er, während er vom Wasserturm gerade in die Stadt hineinmarschierte. Er plante, höchstens noch bis übermorgen hier zu sein. Bis dahin sollte er einen Weg gefunden haben, den zweiten Afghanen in Palechiaros Diensten zu kontaktieren. Und dann würde er sofort von hier verschwinden.

Er fand das Kaufhaus Engelhorn nach fünf Minuten auf der linken Straßenseite und ging hinein. Mit einer sandfarbenen Sommerhose und drei weißen Hemden, einer Sonnenbrille mit UV-Schutz, einer weißen Adidas-Basecap und dem Gefühl, sich für heute genug exponiert zu haben, verließ er das Geschäft; Basecap und Sonnenbrille hatte er gleich anbehalten. Die weiteren Pläne für den Tag lauteten, sich in seiner Bleibe zu verkriechen. Enzio würde vor morgen keinen Auftrag für ihn haben. Der Auftrag, der dann auf ihn wartete, würde eine Art Bewährungsprobe sein, wahrscheinlich nichts Dramatisches. Palechiaro konnte es nicht riskieren, dass Parceval sich eventuell dumm anstellte und das Unternehmen gefährdete.

Der Einkauf bewahrte ihn davor, in eine Falle zu gehen.

26

Auf der Suche nach einer Abkürzung vom Luisenring zur Werftstraße und seiner Bleibe verlor Parceval kurz die Orientierung. Plötzlich stand er in der Hafenstraße und blickte auf den Verbindungskanal. Er marschierte die Hafenstraße in nördlicher Richtung, bis er weiter vorn einen hohen Bau ausmachte, hinter dem sich die Popakademie anschloss. Bis zur Popakademie zu gehen und dann in die Werftstraße abzubiegen war ein Umweg; daher bog Parceval rechts in eine Gasse ab, die Böckstraße. Sie mündete in die Gasse ein, in der sich Emres Lokal befand, so viel Orientierungssinn besaß er mittlerweile.

Zu seiner Linken parkten einige Fahrzeuge schräg zur Fahrtrichtung, zur Rechten standen sie parallel zum Gehsteig. Nur ein einziges Fahrzeug auf der linken Seite entzog sich diesem Schema. Es stand quer über drei schräg verlaufenden Parktaschen auf der Straße neben dem Gehsteig – ganz vorne, an der Ecke, wo die Einmündung zur Gasse vor Emres Lokal lag.

Wahrscheinlich wäre es Parceval trotz allem nicht aufgefallen. Aber während er die Straße entlangschlenderte, mit Basecap und Sonnenbrille unkenntlich gemacht, stieg jemand aus dem Wagen aus und überquerte die Böckstraße zu dem gegenüberliegenden Kinderspielplatz und dem halben Dutzend Bäumen, die dort dicht an dicht standen. Später wurde Parceval klar, dass seine beste Tarnung nicht Kappe und Sonnenbrille war, sondern die Einkaufstüte. Sie erwarteten einfach nicht, dass jemand in seiner Situation Klamotten einkaufen ging.

Sie – das waren die beiden überlebenden Attentäter vom Samstag und ein dritter, muskulöser Mann, dessen Gesicht Parceval nie zuvor gesehen hatte, der ihm aber dennoch vertraut vorkam. Er hätte den männlichen Attentäter nicht wiedererkannt, als er die Straße überquerte und im Baumschatten verschwand. Doch dann kam er in Begleitung der Frau wieder zurück, die sich am Samstag als Vorgesetzte der beiden vermeintlichen Bundeswehrsoldaten verkleidet hatte. Parceval hatte sich vor dem Café mehr auf sie als auf ihre beiden Komplizen konzentriert, und er hatte keinen Zweifel, dass sie es war. Während sie und ihr Begleiter zu ihrem Wagen gingen, stieg der unbekannte muskulöse Mann aus. Die drei steckten die Köpfe zusammen.

Parceval hatte nur einen winzigen, kaum sichtbaren Moment gestockt, als die Frau beim Überqueren der Straße zu ihm hergesehen hatte. Es gab nichts Auffälligeres als jemanden, der stehen blieb oder gar schneller weiterging, wenn die Aufmerksamkeit auf ihn gerichtet war. Er ging noch ein paar Schritte weiter, dann trat er in den nächstbesten Hauseingang, senkte den Kopf und begann in seiner Hosentasche zu kramen, als suche er den Haustürschlüssel. Aus dem Augenwinkel sah er, wie die drei sich beratschlagten. Parceval versuchte die Tür. Sie ließ sich nicht öffnen, aber sie war ziemlich verzogen. Zwischen der Schlosskante und dem Türrahmen klaffte eine Spalte. Er hob die Tür am Türgriff nach oben und drückte gleichzeitig die Schulter mit einem Ruck dagegen. Die Tür schwang nach innen auf. Parceval trat ohne Hast ein und verharrte im dunklen Flur. Die Haustür fiel hinter ihm zu, ohne im Schloss einzurasten. Parceval gab ihr einen Stoß. Das Schloss schnappte ein.

Was taten die beiden hier? Die Antwort auf diese Frage wurde Parceval klar, als ihm aufging, wieso ihm der unbekannte dritte Mann so bekannt vorgekommen war. Er erinnerte ihn an Adidas und Reebok.

Gehörte er zu Revan Rizla?

Wenn ja, dann gehörten die beiden Attentäter wahrscheinlich auch zu Rizlas Leuten, was ohnehin nahelag. Der Libanese musste das ursprüngliche Trio damit beauftragt haben, den Hochzeitskonvoi anzugreifen.

Rizla kannte natürlich die Adresse des Lokals, in dem Adidas' und Reeboks Inkassoversuch so jäh gescheitert war. Die beiden überlebenden Attentäter hingegen hatten wahrscheinlich Parcevals Gesicht gesehen und konnten es mit der Beschreibung in Einklang bringen, die Adidas von Emres schlagkräftigem Helfer geliefert hatte. Somit war das, was sie dort vorn aufgebaut hatten, eine Falle für Parceval. Sie hatten sie in der Nähe von Emres Lokal aufgebaut, weil sie sonst keine andere Adresse für Parceval hatten. Sie waren davon ausgegangen, dass er früher oder später dort auftauchen würde. Wahrscheinlich hätten sie sogar Emre als Geisel genommen, wenn er noch da gewesen wäre. Parceval spürte eine ungeheure Erleichterung, dass er Emre und dessen Familie in Sicherheit wusste.

Ihr Plan mit der Falle war fehlgeschlagen, aber das war nur ein kurzfristiger Erfolg. Sie würden es wieder versuchen. Rizla musste daran gelegen sein, ihn aus dem Verkehr zu ziehen – aus Rache, aus Präventionsgründen sowie unter der Prämisse, dass er damit Palechiaro einen Schlag versetzen konnte. Rizla musste nach dem Fehlschlag vom Samstag, dem Vorfall in Emres Lokal und Adidas' »Botschaft« vermuten, dass Parceval der starke Mann Palechiaros war.

Die drei, die sich vorn an der Straßenecke auf die Lauer gelegt hatten, waren also hier, um Parceval entweder sofort zu liquidieren oder ihn zu verschleppen.

Er musste sich etwas einfallen lassen. Er wollte nicht plötzlich mit einem Sack über dem Kopf in ein wartendes Auto gezerrt werden.

Parceval rief sich die Möglichkeiten vor Augen, die er hatte.

Szenario eins: Er sah sich, getarnt mit Brille und Kappe und Einkaufstasche, auf die drei Wartenden zugehen und sie angreifen, noch bevor sie ihn unter seiner Tarnung erkannten. Aber auch wenn das Überraschungsmoment auf seiner Seite war – er hatte es hier nicht mit Amateuren oder Großkotzen zu tun, wie Adidas und Reebok oder wie Fusto. Einer von den dreien würde ihn erledigen. Und selbst wenn er obsiegte: Dies war nicht irgendeine verlassene Straße bei Nacht. Jederzeit konnten andere Menschen auftauchen, Frauen, Kinder, auf jeden Fall Unbeteiligte. Im besten Fall konnten sie Parceval nachher bei der Polizei genau beschreiben, und er würde unverrichteter Dinge aus Mannheim fliehen müssen. Im schlimmsten Fall wurden Unschuldige bei dem Kampf verletzt werden.

Szenario zwei: Sie wussten nicht, wo seine Bleibe war, sonst hätten sie sich nicht hier postiert, um die Ecke von Emres Lokal. Wenn er vorsichtig war, würden sie es auch nicht so schnell in Erfahrung bringen. Er war jetzt gewarnt. Wenn er die Augen offen hielt und die Wohnung im leer stehenden Haus so wenig wie möglich verließ, würden sie ihn nicht kriegen.

Damit fiel allerdings Emres Lokal als Kontaktpunkt zwischen Palechiaro und ihm aus. Er musste Palechiaro im Zweifelsfall verraten, wo sein Versteck war, oder in die Unterkunft umziehen, die Palechiaro ihm angeboten hatte. In allen Fällen begab er sich mehr in die Hand des sizilianischen Unternehmers, als ihm lieb war.

Szenario drei: Er benachrichtigte Palechiaro über die Lage und überließ ihm deren Bereinigung.

Doch das war ebenso wenig ratsam wie Szenario eins. Er zeigte damit Schwäche gegenüber Palechiaro, die zumindest Antonino gnadenlos ausnutzen würde.

Am Ende entschied er sich für Szenario zwei. Er würde hier nur noch zwei, maximal drei weitere Tage sein. Es konnte nicht so schwer sein, den zweiten Afghanen zu kontaktieren. In diesen zwei bis drei Tagen musste es ihm doch möglich sein, dem Trio zu entgehen.

Er verließ das Gebäude durch den Hinterausgang, durchquerte einen engen Innenhof und trat durch die gegenüberliegende Hintertür ins nächste Gebäude. Durch den Keller und den Kellerausgang gelangte er in einen weiteren, diesmal großzügigen Innenhof, erkannte ihn als den Innenhof, zu dem auch sein leerstehendes Haus gehörte, und war in seiner Wohnung, ohne noch einmal auf die Straße getreten zu sein.

Er baute sein Handy zusammen und rief Dr. Lambs Mobilnummer an. Es war besetzt. Parceval zuckte mit den Schultern. Gewohnheitsmäßig wollte er das Telefon wieder zerlegen, doch dann wurde ihm klar, dass diese Vorsichtsmaßnahme nun überflüssig war. Er würde auf Empfang bleiben müssen, sobald er Lamb die Nummer mitgeteilt hatte. Er legte das Telefon auf den Boden und musterte es. Plötzlich fühlte er sich beobachtet. Der Schutzwall, mit dem er sich seit seiner Flucht aus dem Gefängnis umgeben hatte, hatte nun einen Riss bekommen.

27

Antonino Palechiaro saß in einem der Familienfahrzeuge im Fahrzeugschuppen und telefonierte. Das Fahrzeug war zwar auf das Unternehmen zugelassen, aber er legte Wert darauf, dass außer ihm niemand damit fuhr. Es war ein nagelneuer Dodge Challenger SRT Hellcat mit mattschwarzer Lackierung und ebensolchen Felgen, knallroten Bremsbacken und getönten Scheiben. Was Autos anging, fühlte Antonino nicht den inneren Zwang, seine sizilianische Herkunft zur Schau zu stellen. Ferrari, Lamborghini, Maserati – die italienischen Produkte waren ihm alle zu elegant, zu grazil und im Stadtverkehr eine Katastrophe. Parkte man mit einem Ferrari längs eines Gehsteigs, konnte es sein, dass die Beifahrertür nicht aufging, weil der Bordstein für den extrem tiefgelegten Sportwagen zu hoch war. Oder man stieg vor einem angesagten Club aus und musste erst einmal ein paar unwürdige Verrenkungen vollführen, bis man aus der Schüssel herauskam und auf den Beinen stand – und das alles vor den Augen einer höhnisch grinsenden Meute, die auf Einlass wartete.

Ein Dodge Challenger hingegen hielt sich zur Not auch im Gelände wacker, sein Anblick ließ auch die überlegensten Typen neidisch schlucken, und wenn man an der Ampel ein wenig aufs Gas trat, ließ der Motor ein tiefes, selbstzufriedenes Knurren hören, wie von einer riesigen Raubkatze. Italienische Fahrzeuge hingegen röhrten laut und nervös, wenn die Drehzahl des Motors in den roten Bereich stieg. Der einzige Wermutstropfen war, dass der Dodge selbst in der teuersten Ausbaustufe immer noch ein ganzes Stück günstiger war als beispielsweise der Maserati GranTurismo. Doch Antonino tröstete sich damit, dass man dem Wagen das nicht ansah

Er hatte sich in seinen Wagen zurückgezogen, weil er ein Gespräch führte, das Enzio oder sonst jemand im Haus nicht hören sollte. Sein Gesprächspartner war Dr. Lamb.

»Ich stimme Ihnen zu, dass Ihr Bruder diesen Wegener sehr leichtfertig in die Familie geholt hat«, bestätigte Dr. Lamb. »Wir wissen nichts über den Mann, außer dass er unerträglich arrogant ist. Niemand kann so gut sein, dass er sich dieses Gehabe leisten kann.«

»Angeblich hat er im Alleingang zwei von Rizlas Stiernacken fertiggemacht«, erwiderte Antonino, aber er sagte es nicht respektvoll, sondern verächtlich.

»Dafür haben wir nur sein Wort und das des türkischen Gastwirts.«

»Sie zweifeln daran, Dottore?«

»Zweifeln Sie denn?«

»Ich finde den Kerl widerwärtig«, sagte Antonino heftig. »Insofern ist es egal, ob er die Wahrheit sagt oder nicht. Ich möchte ihn nicht in meiner Nähe haben. Enzio weiß das. Trotzdem hat er ihm das Angebot gemacht. Er hätte auf mich hören sollen. Onkel Calogera hat mich zu Enzios rechter Hand ernannt, nicht zu seinem Befehlsempfänger.«

»Er ist immerhin Ihr älterer Bruder und der hiesige …«

»Ja, mein älterer Bruder, und ich schulde ihm Respekt … blabla. Enzio sagt immer, dass er mich auf seinen Knien geschaukelt und mit mir gespielt hat, als ich noch ein Baby war. Pah. Was mich betrifft, habe ich ihn zum ersten Mal gesehen, als ich hierhergeschickt wurde. Enzio ist nach Deutschland gegangen, als ich noch keine drei Jahre alt war.«

»Der Respekt rührt also mehr aus einer Tradition heraus, als dass er aus Ihrem Herzen käme.«

Antonino nickte verbissen, ohne daran zu denken, dass der Rechtsanwalt das nicht sehen konnte.

»Traditionen …« Dr. Lamb seufzte. »Sie sind wichtig, aber nicht immer nützlich. In Deutschland gibt man nicht viel auf Familientraditionen. Und sehen Sie, wo das Land steht. Mächtigstes Land Europas, Major Player in der Weltwirtschaft … und Italien überlegt sich, ob es demnächst ein zweites Griechenland wird. Nichts für ungut, Signore. Ich sage das nur, weil ich weiß, dass Männer wie Sie für mehr Erfolg sorgen würden.«

»Ich könnte die Familie hier in Mannheim richtig groß machen«, bestätigte Antonino. »Ich könnte die Einnahmen leicht verdoppeln, weil ich nicht so sentimental bin wie Enzio.«

»Unter Ihrer Leitung«, sagte Dr. Lamb sanft, »hätte es sich ein Nichts wie Revan Rizla zweimal überlegt, bevor er gewagt hätte, Ihr Territorium zu verletzen –

geschweige denn den Frevel zu begehen und auf den Hochzeitskonvoi Ihrer Nichte zu schießen!«

»Was glauben Sie wohl! Silia wäre glücklich in die Flitterwochen geflogen – und nicht völlig traumatisiert.«

»Ich bin sicher, wenn Sie Ihren Bruder mit Ihren Vorschlägen konfrontieren, wird er sie umsetzen. Er ist ein kluger Mann.«

»Als ob ich das nicht jeden Tag tun würde! Er lächelt immer nur und erzählt mir was von der langen Herkunft unserer Familie und von Ehrbegriffen und weiß der Teufel was noch.«

»Ich bedauere, dass es so schwer ist für Sie. Was mich betrifft, ich halte Sie für einen äußerst fähigen Capo.«

»Schön, dass wenigstens Sie das so sehen«, brummte Antonino. »Was machen wir jetzt mit diesem verdammten Wegener? Ich würde ihn am liebsten mit Zement an den Füßen in den Rhein werfen. Dann soll Enzio nochmal behaupten, ich würde die Traditionen nicht ehren!«

Dr. Lamb war so demonstrativ still auf diese Aussage hin, dass Antonino nachlegte: »Kennen Sie das nicht? Zementfüße?«

»Jemandem die Füße in einen Eimer mit frischem Zement stecken, Zement trocknen lassen und dann damit ins Wasser werfen? Kenne ich. Ist aber ein Mythos. Kein Opfer der Welt würde so lange stillhalten, bis der Zement ausgetrocknet ist.«

»Ach?«, sagte Antonino enttäuscht.

»Ich habe nicht gleich geantwortet, weil ich mich wieder an etwas erinnert habe. Mir kommt Wegeners Gesicht irgendwie bekannt vor.«

»Und jetzt wissen Sie wieder, woher Sie die hässliche Visage kennen?«

»Nein.«

»Was soll ich dann damit anfangen?«

»Ich möchte Ihnen helfen, damit Ihr Bruder lernt, Sie richtig einzuschätzen. Sie sind die Zukunft dieses Familienablegers, Signore. Ich werde versuchen, Erkundigungen über Paul Wegener einzuziehen. Ich habe viele Möglichkeiten. Wenn ich feststelle, dass an dem Mann irgendwas faul ist, sage ich es Ihnen. Dann können Sie Ihren Bruder diesbezüglich warnen und haben bewiesen, dass Ihr Weitblick … ich meine, dass Sie …« Der Rechtsanwalt stockte.

»Hören Sie auf damit rumzustottern, Dottore. Was wollten Sie sagen?«

»Entschuldigen Sie, Signore. Ich wollte sagen, Sie können beweisen, dass Ihr Weitblick größer als der Ihres Bruders ist … Aber das steht mir natürlich nicht zu, und ich bitte Sie, es zu vergessen. Ich möchte nur, dass man Sie im richtigen Licht sieht.«

»Schon gut«, sagte Antonino, der sich immens geschmeichelt fühlte. »Unter uns – ich glaube tatsächlich, ich habe oft den größeren Weitblick als Enzio!«

Dr. Lamb antwortete mit beredtem Schweigen.

»Wie lange dauert es, bis Sie was rausgefunden haben?«, fragte Antonino.

»Signore, das ist nur eine Möglichkeit. Ich kann mich auch täuschen. Folgen Sie Ihrem Gefühl. Sie haben bestimmt doch selbst schon überlegt, wie Herr Wegener beweisen kann, ob er zu seinen Worten steht.«

»Das habe ich tatsächlich«, sagte Antonino, der erst

durch Dr. Lambs Worte auf eine Idee gebracht wurde. »Ich stelle ihm eine Aufgabe. Dann kann er zeigen, was er draufhat und ob er es ehrlich meint.«

»Tun Sie es schnell, bevor Ihr Bruder Ihnen zuvorkommt. Ihr Bruder ist, glaube ich, von diesem Wegener fasziniert. Eine ehrliche Beurteilung seines Verhaltens ist Ihnen eher möglich als Signore Enzio.«

»Ich denk mir was aus«, sagte Antonino.

»Ich hätte da einen Vorschlag für Sie …«

28

Irgendwann am späten Dienstagnachmittag waren die Attentäter mit ihrem Begleiter abgezogen. Parceval absolvierte einen abendlichen und einen nächtlichen Kontrollgang, indem er den weiten Weg die Werftstraße hinauf- und dann die Böckstraße hinuntermarschierte, aber das Trio tauchte nicht wieder auf. Parceval war sicher, dass sie es am Mittwochmorgen wieder versuchen würden.

Am Ende des letzten Kontrollgangs kehrte Parceval über den kurzen Weg an Emres Lokal vorbei zu seiner Wohnung zurück, um nachzusehen, ob dort alles in Ordnung war. Zurück in seiner Bleibe checkte er sein Handy. Keine Anrufe. Er nahm als sicher an, dass Palechiaro sich im Lauf des Mittwochs melden würde. Parceval konnte sich nicht vorstellen, dass der Sizilianer ihn ohne Bewährungsprobe in seinen Clan aufnahm, und diese Bewährungsprobe musste schnell erfolgen.

Der Anruf erfolgte am Mittwochmorgen um sechs Uhr und kam direkt von Antonino Palechiaro. Wenn Enzios Bruder ihn mit der frühen Uhrzeit aus dem Gleichgewicht bringen wollte, war er auf dem Holzweg. Parceval war innerhalb von Augenblicken hellwach und beantwortete den Anruf mit gelassener Stimme. Antonino befahl ihm, sich um acht Uhr bereitzuhalten. Man würde ihn vor Emres Lokal abholen. Parceval bestätigte und legte auf, ohne sich zu verabschieden.

Um halb acht verließ er die Wohnung und stellte sich an der Ecke zur Werftstraße so auf, dass er von den drei Beobachtern an der Straßenecke zur Böckstraße nicht gesehen werden konnte, aber selbst freie Sicht auf die Ausfallstraße hatte, von der das Abholkommando aller Voraussicht nach kommen würde. So früh schon auf der Straße zu sein war dennoch riskant. Aber Parceval war sicher, dass das Abholkommando mindestens eine Viertelstunde vor acht eintreffen würde, um vor dem Lokal zu warten und feststellen zu können, von woher Parceval sich dem Treffpunkt näherte. Der Zeitraum, in dem er sich hier exponierte, war also nicht übermäßig lang.

Er machte sich keine großen Sorgen. Antonino würde sich nicht ankündigen, um ihn dann aufwendig irgendwohin zu kutschieren und dort zu exekutieren. Antoninos Methode war schon eher ein Schuss in den Hinterkopf, wenn Parceval ihm den Rücken zudrehte, aber so standen die Dinge zwischen ihm und Enzios Bruder noch lange nicht.

Um zwanzig vor acht fuhr eine schwarze Mercedes V-Klasse mit Metalliclackierung und den obligatorisch getönten Scheiben von der Schnellstraße ab und bog in die Straße ein, die an Parcevals Bleibe und Emres Lokal vorbeiführte. Parceval stieß sich von der Hausmauer ab, an die er sich gelehnt hatte, und winkte dem Fahrzeug.

Dieses Mal fuhr nicht Turi, sondern ein Mann, den

Parceval nicht kannte. Auf dem Beifahrersitz saß Antonino. Er machte eine Kopfbewegung und deutete mit dem Daumen über die Schulter. Parceval zog die hintere Seitentür auf. Zu seiner Überraschung waren drei der vier Plätze im Fond, die einander gegenüber angebracht waren, belegt. Er setzte sich auf den freien Platz direkt hinter dem Beifahrersitz.

»Morgen allesamt«, sagte er fröhlich. »Klassenausflug?«

Niemand antwortete ihm. Der Wagen fuhr wieder los, an der Haustür des leerstehenden Gebäudes und an Emres Lokal vorbei, an der Einmündung der Böckstraße. Der Wagen des Trios stand wieder dort. Undeutlich konnte Parceval sehen, dass zwei Gestalten auf den Vordersitzen saßen. Anscheinend hatten sie sich die Überwachung so eingeteilt wie tags zuvor: zwei waren im Auto, während einer – von hier aus unsichtbar – in der Deckung der Bäume beim Kinderspielplatz ausharrte, wo er Emres Lokal im Blick hatte. Nichts bewegte sich. Das Trio hatte nichts bemerkt.

»Haben Sie die Uhrzeit verwechselt, Wegener?«, knurrte Antonino. »Ich hoffe, wir haben Sie nicht zu lange warten lassen.«

»Als Teenager«, erwiderte Parceval, »habe ich immer nur maximal zwanzig Minuten auf ein Date gewartet und bin dann gegangen. Hat mich wahrscheinlich etliche nette Bekanntschaften gekostet. Drum habe ich bei euch Jungs heute eine Ausnahme gemacht.«

»Wieso waren Sie nicht bei dem türkischen Lokal, wenn Sie schon angegeben haben, dass man Sie dort erreichen kann?«

»Ich bin euch entgegengegangen«, sagte Parceval. »Pure Höflichkeit.«

»Wo wohnen Sie?«

»Warum wollen Sie das wissen?«

»Damit man Sie finden kann, verdammt!«

»Sie finden mich in Emres Lokal«, sagte Parceval. Er tippte an sein Ohr. »Oder per Telefon.«

Der Wagen bog nach rechts in den Luisenring ab und machte sich daran, die Stadt zu umrunden. Parceval musterte verstohlen die drei Männer um sich herum. War einer von ihnen der Afghane? Keiner sah afghanisch aus, aber das hatte nichts zu bedeuten. Rasiert, gebadet, gekämmt und in westliche Klamotten gesteckt sah man nicht einmal einem Taliban an, wo er herkam. Er musste es riskieren.

»Sei gegrüßt, Freund«, sagte er auf Paschtu. »Ich bin Parceval. Ich brauche deine Hilfe.« Er sprach seinen Namen »Passewah« aus, wie Saïf, Parcevals ermordeter Schwager, der es niemals geschafft hatte, ihn richtig auszusprechen. Es war das letzte Wort gewesen, das Parceval ihn hatte sagen hören. Saïf war mit seinem Namen auf den Lippen gestorben.

»Hä?«, fragte einer der Männer. Alle drei sahen ihn befremdet an. Parceval wartete auf eine Antwort, und sei es nur ein kurzes *ho*, was Ja auf Paschtu hieß. Er hatte so laut gesprochen, dass ihn auch der Fahrer gehört haben musste. Doch er wartete vergebens.

»Ich glaube, du hast uns grade beleidigt«, sagte einer, dessen Kopf bis auf die Haut kahlgeschoren war.

»Nein«, widersprach Parceval. »Ich habe ein finnisches Sprichwort zitiert.«

»Und wie heißt das auf Deutsch?«

»Kahle Männer sind vertrauenswürdig. Sie haben nichts zu verstecken.« Es war kein finnisches Sprichwort, sondern ein Zitat, das Parceval irgendwo gelesen hatte. Er erinnerte sich nicht mehr, von wem es stammte.

Der Kahlgeschorene starrte Parceval an. Parceval lächelte freundlich zurück. Der Kahlgeschorene wandte sich ab, offensichtlich unsicher, ob er nun beleidigt worden war oder nicht.

In eisiger Stimmung fuhren sie weiter. Nachdem sie die Stadt umrundet hatten, fuhren sie in südlicher Richtung aus ihr heraus. Parceval fragte sich, wohin es ging. Mittlerweile war er überzeugt, dass dies die Bewährungsprobe war, die er bestehen musste. Dass Antonino persönlich dabei war, lag nahe: Er wollte Parceval scheitern sehen. Wahrscheinlich hatte er sich eine entsprechend komplizierte und gefährliche Sache ausgedacht. Antonino würde ihn nicht damit auf die Probe stellen, dass er ihn ein Auto von einem Parkplatz klauen ließ.

Ohne sich seine Besorgnis anmerken zu lassen, lehnte Parceval sich zurück und schloss die Augen. Es war klar, dass niemand hier drin ihm etwas antun würde. Derzeit war er Enzio Palechiaros Schützling. Er wusste, dass seine scheinbare Gelassenheit angesichts der greifbaren Feindseligkeit im Wagen dennoch Eindruck machte.

Als sie auf die Autobahn in Richtung Süden auffuhren, glaubte Parceval zu ahnen, wohin die Fahrt ging. Seine Besorgnis stieg. Gleichzeitig wurde ihm klar, warum Turi diesmal nicht der Fahrer war. Er drehte sich im Sitz um und fragte Antonino über die Schulter: »Weiß Ihr Bruder Bescheid?«

»Bescheid? Worüber?«, stieß Antonino hervor.

»Dass wir nach Heilbronn fahren.«

»Zerbrechen Sie sich nicht meinen Kopf, Wegener.«

Parceval nickte in sich hinein. Das war die Bestätigung dessen, was er eben erkannt hatte: Antonino plante einen Alleingang. Die Männer, die er dabeihatte, waren zwar vom Palechiaro-Clan, aber in erster Linie ihm treu ergeben und nicht Enzio. Hätte Antonino geantwortet, dass Enzio selbstverständlich Bescheid wusste, wäre Parceval zwar erstaunt gewesen, Enzio falsch eingeschätzt zu haben – aber er hätte es geglaubt. Auch Enzio mit seinen Vorstellungen von traditioneller Mafioso-Ehre war am Ende nur ein Verbrecher, der Gewalt bedenkenlos anwendete, wenn es sein musste. Doch Antonino musste natürlich patzig antworten und sich als coolen Hund geben. Er hätte vermutlich mehr nachgedacht, wenn Parceval ihn nicht schon wieder massiv gereizt hätte; mit einer der Gründe, warum Parceval genau das tat. Leute, die innerlich kochten, gaben die Wahrheit oft aus Versehen preis, weil sie mehr mit ihrem Zorn beschäftigt waren als damit nachzudenken.

Enzio war also ahnungslos, dass sein kleiner Bruder mit fünf Männern in die Höhle des Löwen fuhr. Um was zu tun? Auch das war Parceval ziemlich klar. Der Überfall auf den Hochzeitskonvoi war vier Tage her; der territoriale Übergriff auf Emres Lokal drei. Auch wenn von den beiden Vorfällen nur der zweite eindeutig Rizla zuzuordnen war, musste innerhalb des Palechiaro-Clans doch die Überzeugung vorherrschen, dass Rizla für beide Angriffe verantwortlich zeichnete. Und was hatte Enzio, das Familienoberhaupt, bisher getan, um sie zu vergelten? Nichts. Wenn es je eine Gelegenheit gegeben hatte für einen ehrgeizigen zweiten Mann, dem Clan zu beweisen, dass er das Zeug zum ersten Mann hatte und Gleiches mit Gleichem vergalt, dann war sie nun gekommen.

Nur, dass es keine *gute* Gelegenheit war.

Dass Rizla immer noch frei herumlief, bewies nur, dass die Polizei ihm derzeit nichts beweisen konnte. Sicher konzentrierte sich der Großteil der Ermittlungen auf ihn. Es gab eine Soko, und es würden Spezialermittler aus anderen Städten hinzugezogen. Die Mannheimer Polizeipräsidentin würde die Ermittlungen höchstpersönlich leiten.

All diese Energie würde sich sofort auf Palechiaro konzentrieren, wenn es bei Revan Rizla so etwas wie einen Anschlag gab. Palechiaro, der – wenn auch zähneknirschend – bei der Polizei als Opfer galt, würde auf einmal in die Rolle des Tatverdächtigen schlüpfen. Und Karin Feldmann, unter Erfolgsdruck seitens der Öffentlichkeit und der Politik, wäre nur zu froh, die ganze Angelegenheit auf das Niveau eines voll entfachten Bandenkriegs zu heben und Enzio Palechiaro als einen der Kriegstreiber zu verhaften. Wenn das geschah, konnte Parceval die Suche nach seinem Informanten vergessen.

Nicht zuletzt hatte Rizla bewiesen, dass er keine Vorbehalte hatte, Palechiaro auf seinem eigenen Gebiet anzugreifen. Er musste sich mächtig fühlen. Wahrscheinlich hatte er eine starke und skrupellose Mannschaft hinter sich, die vor Slogans über Familienehre und Wir-sind-die-Stärkeren und Wer-schwach-ist-ist-unsere-Beute ganz besoffen waren.

Antonino interpretierte Parcevals anhaltendes Schweigen offensichtlich als Nervosität. »Angst, Wegener?«

»Wovor sollte ich Angst haben? Bis jetzt sieht es nach einer Städtetour aus. Muss der Wagen mal wieder ausgefahren werden?«

»Sie müssen immer das Arschloch durchschieben, oder? Mal sehen, ob Ihnen das auch gelingt, wenn wir am Ziel sind. Da können Sie dann zeigen, ob der ganze Hype, den Enzio um Sie veranstaltet, auch gerechtfertigt ist. Sie haben recht – wir fahren nach Heilbronn. Wir mischen Revan Rizla ein bisschen auf. Wird Zeit, dass ihm klar wird, mit wem er sich angelegt hat.«

»Mit wem hat er sich denn angelengt, Antonino? Mit Ihnen oder mit dem Palechiaro-Clan?«

»Das ist ein und dasselbe.«

»Ob das Ihr Bruder auch sagen würde?«

Antonino lachte, aber es klang nicht amüsiert. »Sie können nur schlau daherreden, das ist alles.«

»Sagen Sie mir mal, wie das vor sich gehen soll. Wo genau fahren wir hin? Was ist dort? Mit wem haben wir es zu tun?«

»Das sehen Sie, wenn wir dort sind.«

»Ein guter Anführer ist jemand, der sein Team vorab über alles informiert. Das verringert die Fehlerquote.«

»Gehen Sie jetzt schon davon aus, dass Sie einen Fehler machen, Wegener?«

»Nein, ich gehe davon aus, dass Sie einen machen.

Wie soll ich dann ein drittes Mal die Kastanien für die Palechiaros aus dem Feuer holen, wenn ich nicht Bescheid weiß?«

Antonino schnappte hörbar nach Luft. Die drei Männer um Parceval herum murrten. Der Kahlgeschorene knurrte: »Jetzt halt die Schnauze, Mann.«

Parceval lächelte ihn an. »Immer mit der Ruhe, Lockenköpfchen. Du wärst doch auch froh, wenn du wüsstest, was uns erwartet.«

»Ich weiß es ja.«

Parceval nickte. »So ist das. Na schön. Ich werde mich hinter dir halten, bis ich 'nen Überblick habe.«

»Irrtum«, sagte Antonino. »Sie gehen als Erster rein.«

»War mir schon klar, dass *Sie* nicht als Erster reingehen werden«, erwiderte Parceval.

»Was wollen Sie damit andeuten?«, fragte Antonino. Seine Stimme war gefährlich leise.

»Andeuten? Ich? Nichts. Nach allem, was ich weiß, kann es sein, dass wir einen Blumenladen aufsuchen, den Rizla finanziert. Wie könnte ich da andeuten wollen, dass jeder, der nicht als Erster reingeht, ein Schlappschwanz ist?«

»Jetzt reicht's!«, brüllte Antonino. »Ich hab die Schnauze voll von Ihnen und Ihren Sprüchen, Wegener. Reden Sie mich nicht mehr an, bis wir vor Ort sind, verstanden?«

»Alles klar, Boss«, sagte Parceval. Er zwinkerte dem Kahlgeschorenen zu. »Ich geh dann also vor dir rein, Lockenköpfchen. Wenn die Floristen mit Gänseblümchen werfen, fang ich sie für dich ab. Du brauchst keine Angst zu haben.«

Eine gute Stunde später fuhr der schwarze Mercedes durch ein Gewerbegebiet südlich des Viertels, in dem Parceval den Audi TT mitsamt Adidas abgestellt hatte. Antonino starrte auf sein Handy und gab dem Fahrer Anweisungen, wo er abzubiegen hatte. Wenn Parceval noch einen Beweis gebraucht hätte, dass Antonino ohne den Segen seines Bruders unterwegs war, dann hatte er ihn jetzt. Ganz offensichtlich wollte Antonino vermeiden, dass die Adresse im Navigationscomputer des Mercedes gespeichert wurde. Schließlich hielten Sie vor einem Weg an, der durch ein offenes Gatter zwischen Bäumen in Richtung eines Neckararms führte.

»Das ist es«, sagte Antonino.

Parceval fuhr die Scheibe herunter und spähte auf ein Schild, das neben der offenen Zufahrt angebracht war. »Fischereiverein Petri Heil e.V.? Gehen wir angeln, Antonino?«

Antonino würdigte ihn keiner Antwort. »Stell die Karre dort vorn ab, unter der Eisenbahnbrücke. Wir gehen zu Fuß.«

Die Ziegelwände der Eisenbahnunterführung waren voller Graffiti. An den Stellen unter der Brücke, die nie von der Sonne erreicht wurden, standen trotz des sonnigen Wetters die Pfützen. Die Männer stiegen aus und streckten sich.

»Waffencheck«, sagte Antonino.

»Waffen?«, fragte Parceval. Ihm ging auf, dass Antonino in seinem Ehrgeiz nicht nur etwas Gefährliches, sondern möglicherweise auch unsagbar Dummes vorhatte. »Wollen Sie etwa rumballern?«

Antonino lächelte. »Sie wissen gar nichts, Wegener.«

Der Fahrer öffnete die Heckklappe und schlug den Deckel einer Plastiktruhe zurück. In der Truhe lagen drei Baseballschläger, ein schwarzer Polizeiknüppel und ein Teleskopschlagstock. Die Männer bedienten sich. Antonino nahm den Polizeischlagstock an sich. Er musterte Parceval mit gespieltem Erstaunen. »Haben Sie nichts für sich mitgebracht?«

Parceval war zugleich erleichtert, dass Antonino keine Schusswaffen einsetzen wollte, und besorgt, wie die Gegenseite wohl reagieren würde. Er dachte an eine Dialogzeile aus einem alten Film, die lautete: »Das kann nur 'n Spaghetti-Fresser sein – kommt mit 'nem Messer zu 'ner Schießerei.« Waren sie jetzt mit Knüppeln unterwegs zu einem Feuergefecht? Er lächelte Antonino an. »Wussten Sie, dass jede Waffe, die man zu einem Kampf mitbringt, ein Geschenk für den Gegner ist?«

»Was ist denn das für ein Unsinn?«

»Stellen Sie sich bloß mal vor, Lockenköpfchen dort hat zwei linke Hände und verliert sein Ding. Schwupps, schon hebt es jemand von der Gegnermannschaft auf.«

»Halt die Fresse, Mann!«, zischte der Kahlgeschorene. »Und schau mir schön zu, dann wirst du sehen, dass mir nichts aus den Händen fällt. Aber vielleicht rutscht dir jetzt was in die Hose? Dein Herz, zum Beispiel.«

»Sie hätten mich früher ins Vertrauen ziehen sollen, Antonino. Ich war ein paar Jahre bei der Bundeswehr – Auslandseinsatz in Mali. Ich weiß, wie man sowas macht. Und ich hätte Ihnen geraten, Afghanen zu dieser Sache hier mitzunehmen. Ich hatte in meinem Team einen Soldaten, der aus Afghanistan nach Deutschland eingewandert war. Es gab keinen besseren Kämpfer als ihn. Haben Sie Afghanen unter Ihren Männern?«

Antonino schnaubte. »Glauben Sie, ich kann sowas nicht durchziehen? Sie haben vielleicht in Afrika ein paarmal in die Luft geschossen, aber das hier ist was anderes. Sie haben keine Ahnung. Und wenn Sie mit einem Afghanen Händchen halten wollen, müssen Sie in die Rechtsmedizin. Da befindet sich nämlich der einzige Afghane, den mein Bruder je angeheuert hat. Er war der Fahrer des Brautwagens.«

29

Als sie das Vereinsheim der Fischer erreichten, befand Parceval sich noch immer im Schockzustand. Hatte er sich vollkommen umsonst einem Verbrecherboss angedient? Er bezweifelte keine Sekunde, dass Antonino die Wahrheit gesagt hatte. Es gab für Enzios Bruder keinen Grund zu lügen. Und er war nicht erst gestern nach Mannheim gekommen. Er kannte alle Männer, die Enzio angestellt hatte. Offenbar war Parceval einer Fata Morgana erlegen. Aber der afghanische Fahrer hatte doch gesagt… und auch bei ihm hatte Parceval keinen Anlass gehabt zu denken, der Mann habe ihn angelogen. Mühsam schüttelte er seine Lähmung ab, als sie vor der Tür standen.

»Alle bereit?«, flüsterte Antonino. Seine Augen glitzerten voller Erwartung.

Die Männer nickten, Parceval wurde ignoriert. Entweder hatte Antonino vergessen, dass er Parceval hatte vorschicken wollen, oder das Jagdfieber hatte ihn gepackt. Er hielt den Polizeiknüppel so am Seitengriff, dass der längere Teil gegen seinen Unterarm gepresst wurde.

»Zeigen wir Rizla, was er davon hat, die Familie anzugreifen«, flüsterte Antonino.

Parceval drängte sich an seine Seite. Er wollte nicht, waffenlos wie er war, als Letzter in die Hütte platzen, wenn sich der Überraschungseffekt bei den Angegriffenen bereits legte. Antonino achtete nicht auf ihn. Er drückte die Türklinke nach unten und warf sich gegen das Türblatt, aber das hätte er sich sparen können. Die Tür war nicht versperrt. Sie krachte auf. Antonino, von seinem eigenen Schwung getragen, stürmte in einen kleinen, engen Flur, von dem drei Türen abgingen, eine nach links, eine nach rechts, eine an der Stirnseite. Antonino trat die Tür an der Stirnseite ein. Sie war genauso wie die Außentür ein billiges Teil aus einem Baumarkt und flog aus dem Schloss und der oberen Angel. Antonino stieß sie ganz auf und rannte in einen Raum, der wie ein Wohnzimmer eingerichtet war und sich über die gesamte hintere Hälfte der Hütte erstreckte.

Parceval war der Zweite im Raum. Kaum hatte er einen Überblick, wusste er mehrere Dinge gleichzeitig.

Erstens: Es waren keine Schusswaffen nötig, um dieses Clubhaus zu überfallen, das längst zu keinem Fischereiverein mehr gehörte; die Tafel war nur Tarnung und vermutlich uralt.

Zweitens: Wer zu Revan Rizla gehörte, lebte tatsächlich außerhalb der deutschen Gesetzgebung. Das erstreckte sich auch auf die Schulpflicht, und die wäre auf die Anwesenden anzuwenden gewesen.

Drittens: Antoninos im Überfluss demonstrierte Kühnheit war billig. Diese Gegner waren leicht zu überwältigen. Antonino musste genau gewusst haben, was ihn erwartete.

Die Gegner starrten sie zu Tode erschrocken an. Ein

paar von ihnen mussten aufgesprungen sein, als die Tür zum Gebäude aus dem Schloss krachte; jetzt waren sie vor Schreck wie eingefroren.

Eine Shisha stand auf einem Tischchen. Ein Fernseher lief und zeigte ein Ballerspiel, das in die Playstation darunter eingelegt war. Zwei Spieler gafften entsetzt zur Tür, die Konsolen in gelähmten Händen.

Es waren neun männliche Personen im Raum – der älteste davon war vielleicht sechzehn, der jüngste höchstens zwölf.

Dies hier war ein Jugendtreff, nicht öffentlich und der Stadt Heilbronn und dem Jugendamt unbekannt. Hier hingen die künftigen Totschläger und Gorillas von Revan Rizla ab und zementierten fehlende Schulbildung sowie künftige Unfähigkeit, von etwas anderem zu leben als von Gewalt und Hartz IV. Die meisten von ihnen würden zu hirnlosen Brutalos wie Adidas und Reebok mutieren, und einige wenige, die über genügend angeborene Schlauheit und Ehrgeiz verfügten, zu intelligenten Brutalos. Jetzt aber waren sie noch Kinder.

Der älteste von ihnen war zugleich auch der Schnellste. Er sprang über den Tisch, stieß dabei die Shisha um und stürzte sich auf Antonino. Antonino stieß den Arm mit Schlagstock nach oben, als wollte er einen Aufwärtshaken verteilen. Sein Unterarm, gepanzert mit dem Hartplastik des angelegten Schlagstocks, traf den Jungen im Gesicht. Aus dem Angriff wurde ein Taumeln, als die Wucht des Schlags ihn nach links warf. Antonino setzte nach und traf ihn mit einem Abwärtsschlag hinter dem Ohr. Der Junge fiel zu Boden.

Dann brach komplettes Chaos aus. Eine Hälfte der

Kinder versuchte zu fliehen, aber die Fenster ließen sich nicht öffnen und die Tür war noch blockiert von den Männern, die hinter Parceval in den Raum drängten. Die andere Hälfte griff unkoordiniert an. Parceval bemühte sich, keinen der Jungs zu schlagen. Wenn sie versuchten, ihn zu schlagen, wich er aus und stieß sie weg, wenn sie zu hartnäckig waren, rang er sie zu Boden und zischte ihnen ins Ohr, dass sie sich ruhig verhalten sollten.

Doch es nützte kaum etwas. Angstgeschrei vermischte sich mit Wutgebrüll. Der niedrige Tisch sackte zusammen, als jemand darauf fiel. Ein Sessel stürzte zur Seite um. Ein Playstation-Controller flog durch die Luft und zerbrach an einer Wand. Parceval versuchte, den Überblick zu behalten. Ihm war nicht daran gelegen, die Jugendlichen zu überwältigen. Vielmehr war er darauf bedacht, alles im Auge zu behalten und einzuschreiten, wenn einer von den Palechiaro-Leuten zu grob wurde.

Plötzlich schrie Antonino vor Schmerz auf. Parceval fuhr herum. Enzios Bruder hatte einen kleinen Jungen gepackt, der die Beine um Antoninos Hüften geschlungen hatte, wie ein Reiter. Er hatte seine Zähne in Antoninos linken Oberarm geschlagen. Antonino brüllte. Der Junge schüttelte den Kopf wie ein Hund, der eine Beute gepackt hat. Antonino ließ den Knüppel fallen, griff in die Haare des Jungen und riss den Kopf zurück. Seine Lippen waren rot von Antoninos Blut.

Aus dem Augenwinkel nahm Parceval wahr, dass der Kahlkopf von mehreren Jungs niedergerungen wurde. Der bullige Mann wälzte sich herum und über die Kinder. Seine Gegner schrien vor Schmerz auf und ließen ihn los.

Ein anderer von den Palechiaro-Männern schien so ähnlich zu denken wie Parceval. Er wehrte sich ohne unnötige Brutalität und stieß die Kinder nur zurück, wenn sie ihn angriffen. Seine Blicke kreuzten sich mit denen Parcevals. Sein Gesicht war unbewegt. Er wandte sich ab und konzentrierte sich wieder darauf, sich zu wehren.

Einer der Jungs warf sich mit einem Hechtsprung zu Boden und ergriff Antoninos Schlagstock. Er kam wieder auf die Beine, den Stock hoch erhoben zum Schlag. Parceval griff zu und riss ihm die Waffe aus der Hand. Der Junge stolperte rückwärts und erhielt noch einen Schubs von Parceval, sodass er der Länge nach auf das Sofa fiel.

Antonino war es gelungen, seinen Gegner abzuschütteln und zu Boden zu werfen. Er trat dem Jungen in die Rippen. Der Junge rollte sich weg, doch Antonino setzte nach. Parceval folgte ihm, um Schlimmeres zu verhindern; Antonino hatte zugetreten, als wäre der Junge vor ihm ein Fußball und er müsse ihn der Länge nach über den Platz kicken.

Einer der Sechzehnjährigen sprang über den demolierten Tisch laut brüllend auf Antonino zu. In seiner Hand blitzte ein langes Messer. Antonino, der herumwirbelte und die Waffe sah, erbleichte. Sein rechter Arm kam unwillkürlich hoch, um den Stich abzublocken. Erst jetzt merkte er, dass er den Schlagstock verloren hatte. Seine Augen weiteten sich vor Schreck.

Die Faust mit dem Messer stieß zu.

Und wurde dicht vor Antoninos Unterleib von dem Polizeiknüppel getroffen, mit dem Parceval zuschlug. Die Klinge brach ab und flog davon. Der Messergriff polterte über den Boden. Der Junge konnte nicht mehr bremsen und stieß mit Antonino zusammen, der aus dem Gleichgewicht geriet und zusammen mit dem Jungen über einen Sessel plumpste.

Parceval drehte sich um, als er von der anderen Seite des Raums ein Klirren hörte. Der Kahlkopf war wieder auf den Beinen und drosch mit dem Baseballschläger um sich. Vor ihm lag ein Junge auf dem Rücken, der sich gerade noch zur Seite geworfen hatte. Kahlkopf hatte die Shisha getroffen. Wasser spritzte, Glasscherben wirbelten herum. Der Kahlkopf hob den Baseballschläger erneut hoch über den Kopf. Der Junge konnte nicht mehr ausweichen, gefangen zwischen einem umgefallenen Sessel auf der einen Seite und den zackigen Glasscherben der Shisha auf der anderen. Er starrte mit weit offenen Augen und aufgerissenem Mund nach oben.

Der Kahlkopf reckte sich, um noch weiter für den Schlag auszuholen. Wenn er traf, würde der Kopf des Jungen zerplatzen wie eine Kokosnuss.

Das Gesicht des Jungen war vor Todesangst verzerrt.

Parceval war schneller. Er schlug mit dem Polizeiknüppel auf den Baseballschläger, der über dem Hinterkopf des Kahlgeschorenen schwebte. Der Baseballschläger zuckte nach vorn und traf den Schädel seines Besitzers. Der Kahlkopf taumelte. Parceval stieß ihm das kurze Teil des Knüppels in die rechte Niere. Jetzt knickte der bullige Mann ein. Er versuchte, sich umzudrehen. Noch bevor er es ganz geschafft hatte, traf ihn der Knüppel quer vor die Stirn. Kahlkopf fiel in sich zusammen, als seien seine Beine schlagartig zu Wasser geworden.

Parceval drehte sich um. Er konnte nicht erkennen, ob jemand seinen Eingriff mitbekommen hatte. Er hob den Baseballschläger vom Boden auf und kam dem Jungen zuvor, den der Kahlgeschorene beinahe erschlagen hätte. Der Junge knurrte vor Wut. Er hatte nicht einmal mitbekommen, dass Parceval ihm das Leben gerettet hatte.

In einer Ecke des Raums rang Antonino mit zwei Halbwüchsigen, die ihn bereits auf den Knien hatten.

»Alle raus hier!«, brüllte Parceval, so laut er konnte. »Rückzug!«

Er stürzte zu Antonino hinüber, packte einen der Jungen am Kragen und schleuderte ihn zur Seite. Der andere ließ den zerzausten und zerkratzten Antonino los und wandte sich zu Parceval um. Ein Handkantenschlag bewies Parceval, dass der Junge wusste, was er tat.

Doch Parceval wusste auch, was er tat. Er wehrte den Schlag mit dem Knüppel ab. Die Handkante traf das Hartplastik. Das Gesicht des Jungen verzerrte sich, und er warf sich außer Reichweite Parcevals.

Parceval setzte ihm nicht nach, sondern zerrte Antonino in die Höhe und brüllte erneut: »Rückzug!«

Er drängte Palechiarcs Leute zur Tür hinaus und in den Flur hinein. Sie rannten ins Freie hinaus. Parceval schob Antonino vor sich her, der sich aber wütend losriss. Er drehte sich im Laufen um, doch die Jugendlichen nahmen nicht die Verfolgung auf.

»Lauft!«, schrie Parceval. Er musste improvisieren, damit sie weiterrannten und nicht versuchten, einen zweiten Angriff zu starten. »Denen haben wir's gegeben!«, stieß er hervor. »Daran wird Rizla sich ewig erinnern.«

Antonino keuchte. Er presste sich die Hand auf die Bisswunde. Das Blut hatte den zerfetzten Stoff seines Sakkoärmels durchtränkt. »Die kleine Kröte hat mich gebissen!«, brüllte er voller Wut.

Sie liefen zum Mercedes. Als sie ihn fast erreicht hatten, bemerkte Parceval ein Fahrzeug vor dem Van. Im gleichen Moment trat jemand zwischen der Motorhaube des Mercedes und dem Heck des neuen Fahrzeugs hervor und spähte überrascht zu ihnen her. Sein Gesichtsausdruck wandelte sich von Überraschung zu Entsetzen. Er griff nach hinten zu seinem Gürtel.

Antonino spurtete plötzlich los. »Fausi!«, brüllte er. »Du Hurensohn, ich mach dich fertig!«

So schnell er auch rannte, der Mann namens Fausi war schneller. Seine Hand kam nach vorn und hielt eine Pistole. Er sprang in einen breitbeinigen Schützenstand und zielte, die Pistole mit der linken Hand stabilisierend, auf den heranstürmenden Antonino.

Schneller als alle beide war der Polizeiknüppel, den Parceval mit aller Kraft in Richtung Fausi schleuderte. Der Knüppel wirbelte an Antonino vorbei, schlug Fausi die Waffe aus der Hand und traf ihn dann mitten ins Gesicht. Parceval konnte den Aufprall bis hierher hören. Fausis Knopf schnappte zurück und knallte gegen das Heck seines Wagens. Er rutschte daran herunter, bis er auf dem Boden saß. Seine Hände klaubten ziellos in der

Luft umher. Er war halb bewusstlos. Von einer Platzwunde auf seiner Stirn begann Blut zu tröpfeln. Ein dünner Faden lief ihm aus der Nase.

Antonino erreichte ihn und bückte sich. Parceval war nicht mehr direkt hinter Enzios Bruder, weil er für den Wurf des Knüppels hatte stehen bleiben müssen. Einer von Antoninos Männern war nun an seiner Stelle, und zwar derjenige, der sich wie Parceval beim Überfall auf die Jugendlichen zurückgehalten hatte. Er packte Antonino, der Fausis Pistole aufnehmen wollte, von hinten, und schlang ihm die Arme um den Leib. Dann riss er ihn herum.

»Nein!«, hörte Parceval ihn brüllen. »Nein, Boss! Lassen Sie ihn! Sie können nicht Rizlas Sohn umbringen!«

Antonino wehrte sich wie verrückt; doch dann schien die Vernunft in ihn zurückzukehren, denn plötzlich wurde er ruhig.

»Lass mich los«, befahl er. Er starrte auf Fausi hinunter, dessen Kopf zur Seite gefallen war und der durch einen offenen Mund atmete, in den Nasenblut lief. »Packt ihn ein und nehmt ihn mit. Der Mistkerl ist ein Gottesgeschenk.« Er starrte Parceval an. »Was haben Sie bei der ganzen Sache geleistet, hä?«, fragte er gehässig.

Parceval antwortete nicht. Er hatte gerade erkannt, dass der bewusstlose Mann, der sich als Rizlas Sohn entpuppt hatte, ein Mitglied des Trios war, das ihn beschattete. Wahrscheinlich sogar der Anführer, wenn man seine Stellung im Rizla-Clan bedachte. Ihm ging auch auf, dass heute Morgen nur zwei Beobachter da gewesen waren. Die Stelle im Schatten unter den Bäumen war in Wirklichkeit leer gewesen. Fausi Rizla hatte heute andere Pläne gehabt, als stundenlang auf der Lauer zu liegen.

»Wegener hat Ihnen dreimal die Haut gerettet, Boss«, sagte der Mann, der Antonino davon abgehalten hatte, Fausi Rizla zu erschießen. Seine Stimme klang gleichmütig.

Die anderen Männer nickten. Parceval war überrascht, dass sie auf seiner Seite standen. Anscheinend hatten auch sie nicht gewusst, dass es gegen Kinder und Jugendliche ging, und empfanden ihre Ehre als beschädigt.

Erst jetzt merkten sie, dass der Kahlgeschorene fehlte.

30

»Wenn wir das Arschloch holen, laufen wir Rizlas Leuten direkt in die Arme«, keuchte Antonino. »Die Jungs haben sicher sofort ihre Väter angerufen, kaum dass wir weg waren.«

Die anderen zuckten mit den Achseln. Parceval konnte nicht erkennen, dass sie darauf brannten, den Kahlgeschorenen zu retten. So weit ging der Teamgedanke unter diesen Männern nicht, dass sie wie Soldaten dachten, die selbst noch einen gefallenen Kameraden mitzunehmen versuchten.

»Hat jemand gesehen, was ihm passiert ist?«, fragte Antonino.

Die Männer schüttelten die Köpfe. Parceval schüttelte ihn mit. Antonino fluchte. »Wie kann man sich von ein paar Bälgern fertigmachen lassen? Ist Fausi verschnürt? Dann hauen wir ab. Moment – ich brauche ein Messer! Lasst die Karre schon an!«

Jemand drückte ihm ein Messer in die Hand, das er aus dem Handschuhfach des Mercedes geholte hatte. Antonino rannte zu Fausis Wagen, einem teakfarbenen Audi R8 Coupé. In rasender Hast stach er auf die Reifen ein, zuerst hinten, dann vorne. Dann lief er zurück zum Mercedes und ritzte dabei auf die ganze Länge der Flanke einen tiefen Kratzer in das dunkelbraune Metall des Audi. Schließlich sprang er auf den Beifahrersitz, schlug die Tür zu und rief atemlos: »Andiamo!« Dann lehnte er sich zurück, und nach einer Pause begann er zu lachen.

»Was hat Fausi hier gewollt, Boss?«, fragte der Fahrer.

»Keine Ahnung. Frag ihn, wenn er wieder ansprechbar ist.« Antonino lachte wieder. Fausi Rizla lag zwischen den Rücksitzen auf dem Boden, die Hände auf den Rücken gefesselt, und stöhnte leise, aber ohne das Bewusstsein wiederzuerlangen.

»Ich nehme an, er wollte das Clubheim besuchen«, sagte Parceval ruhig. »Vielleicht gehört das zu seinen Abläufen. Sehr viel älter als die Jungs dort drin ist er ja ohnehin nicht. Er sah unser Fahrzeug, stellte seines davor ab und versuchte rauszufinden, was hier los ist. Da kamen wir aber schon angerannt.«

Die Erklärung wurde anscheinend akzeptiert, denn niemand widersprach, nicht einmal Antonino. Der Palechiaro-Mann, der die Kinder geschont und Antonino festgehalten hatte, klopfte Parceval leicht gegen den Oberschenkel. »Du bist nicht nur 'n Schaumschläger«, sagte er gelassen. »Hast dich ehrenhaft gehalten da drin.«

»Du dich auch«, sagte Parceval. Sie maßen sich gegenseitig mit Blicken.

»Ich bin Vito«, sagte Parcevals Gegenüber.

Parceval hatte das Gefühl, als mache ihm Vito eine Art Freundschaftsangebot. Er nickte noch einmal. Vito wandte sich ab und starrte zum Fenster hinaus.

»Antonino – wenn Rizlas Leute Lockenköpfchen einkassieren, dann wird ihnen schnell klar werden, wer hinter diesem Überfall steckt«, sagte Parceval.

»Das ist der Sinn und Zweck der ganzen Sache«, sagte Antonino ungeduldig. »Sie kapieren immer noch nichts. Rizla soll wissen, wer ihn getroffen hat!«

»*Sie* kapieren nichts«, sagte Parceval. »Mit dem Kahlkopf haben Rizlas Leute eine Geisel, die sie gegen Fausi eintauschen werden. Ihr Gefangener ist nichts wert, wenn die Gegenseite ein Druckmittel hat.«

Antonino schwieg betroffen, dann knurrte er: »Und was würden Sie jetzt an meiner Stelle tun, Schlaumeier?«

»Die Polizei alarmieren und den Überfall melden, bevor sie ihn wegschaffen«, sagte Parceval. »Dann wandert Kahlkopf in Untersuchungshaft statt in Rizlas Hände. Er wird schon wissen, was er der Polizei erzählen darf, oder?«

Antonino brummte etwas, aber dann nahm er sein Handy und folgte Parcevals Vorschlag. Er bedankte sich nicht und redete auch nicht mehr. Parceval war es egal. Er hatte den Vorschlag nicht gemacht, um das Gleichgewicht zwischen den beiden Fraktionen herzustellen; das hatte er nur vorgeschoben. Kahlkopf würde von Rizlas Leuten wahrscheinlich gefoltert werden, und das war etwas, was selbst ein Vollpfosten wie er nicht verdient hatte.

Aber auch das war zweitrangig. Viel problematischer war, dass sich kein zweiter Afghane in Palechiaros Diensten befand. Parceval hatte eine Spur aufgenommen, die gar keine war. Hatte sich der afghanische Fahrer nur wichtigmachen wollen? Oder hatte er den

Umstand zu verschleiern versucht, dass in Wahrheit er derjenige war, der über alle Informationen verfügte? Wenn es so war, hatte er sie mit ins Grab genommen, und Parceval hatte nicht nur kein Ziel mehr vor Augen, sondern war auch noch an einem Ort, an den er nicht hingehörte. Er hatte alles auf ein paar hastig am Telefon gewechselte Worte gesetzt. Er hatte alles verloren.

Auf halbem Weg von Heilbronn nach Mannheim summte Antoninos Telefon. Es war Enzio.

31

Enzio Palechiaro war außer sich. Am späten Vormittag war Turi aufgefallen, dass der Mercedes fehlte. Er hatte es seinem Boss gemeldet. Kurz darauf war klargeworden, dass auch vier Männer fehlten – und Antonino. Enzio rief Antonino auf dem Handy an und lernte in einem Telefonat, das von beiden Seiten mit viel Gebrüll geführt wurde, was passiert war. Schließlich zitierte er Antonino und sämtliche Beteiligten zu sich.

Als sie im Gutshaus ankamen, wurde zunächst Fausi in ein Zimmer eingesperrt. Enzio rief einen befreundeten Arzt an, damit er sich um Fausi kümmerte und, sollten seine Verletzungen nicht nur oberflächlicher Natur sein, ihn behandelte. Dann rief er die Männer einzeln zu sich. Im Anschluss trottete jeder von ihnen mit hängendem Kopf wieder heraus und vermied Blickkontakt mit Antonino. Antonino und Parceval hob er sich bis zum Schluss auf; Parceval war als Vorletzter dran.

»Erzählen Sie mir, was passiert ist«, begann Enzio.

Parceval zuckte mit den Schultern. »Wollen Sie wirklich die vierte Darstellung hören? Sie können sich denken, dass wir, sollten wir Sie belügen wollen, uns abgestimmt hätten. Zeit genug auf der Fahrt hierher hätten wir gehabt. Was würden Sie dann aus einem weiteren Einzelbericht lernen? Gar nichts.«

Enzio machte ein finsteres Gesicht. »Sie nehmen kein Blatt vor den Mund.«

»Wenn Sie jemanden brauchen, der immer genau das sagt, was Sie zu hören erwarten, müssen Sie Ihr Spiegelbild engagieren.«

Nach einer kurzen Pause, in der Enzio offensichtlich mit seinem Temperament kämpfte, erwiderte er: »Wissen Sie, was Al Capone mal gesagt hat? ›Wenn ich Ihre Meinung hören will, dann sage ich Sie Ihnen zuerst.‹«

Parceval lächelte. »Das hat Samuel Goldwyn gesagt, der Filmmogul. Wird gerne falsch zitiert. Es gibt aber einen anderen Spruch, der Al Capone zugeschrieben wird. Er lautet ungefähr wie folgt: ›Man kommt weiter mit netten Worten und einer Kanone in der Hand als mit netten Worten allein.‹«

Enzio starrte Parceval an. Die Augenbrauen des Sizilianers zuckten plötzlich, dann stahl sich ein widerwilliges Grinsen auf sein Gesicht, und schließlich begann er zu lachen. »Sie müssen immer das letzte Wort haben, was?«

Parceval zuckte mit den Schultern und schwieg. Enzio schüttelte den Kopf. Sein Zorn schien auf einmal verflogen. »Wer kümmert sich schon um Al Capone?«, sagte er. »Der Kerl wurde wegen Steuerhinterziehung verknackt. Also – wie sehen Sie die Aktion Antoninos? Warum haben Sie überhaupt mitgemacht?«

»Weil ich dachte, es sei die unvermeidliche Bewährungsprobe«, erklärte Parceval wahrheitsgemäß. »Als mir klar wurde, dass Antonino einen Alleingang vorhatte, war es schon zu spät.«

»Die anderen haben mir gesagt, Sie hätten Antonino dreimal das Leben gerettet.«

»Ob es das Leben war, weiß ich nicht. Ich habe ihm aus der Patsche geholfen, das stimmt. Aber zu diesem Zeitpunkt waren wir ein Team. Jeder in diesem Team hätte das Gleiche für jeden getan.«

»Aber nur Sie hatten die Umsicht, auch auf Ihre Teamkameraden zu achten. Sagen Sie mir – was hat Antonino Ihrer Ansicht nach falsch gemacht?«

Parceval überlegte nur kurz. »Ich sage es Ihnen, aber nur im Beisein Ihres Bruders.«

Enzio musterte ihn. Dann stand er wortlos auf, ging zur Tür, öffnete sie und holte Antonino herein. Antonino warf Parceval einen ärgerlichen Blick zu.

»Was macht er noch hier?«, fragte er barsch.

»Setz dich, Antonino. Wie ich meine Gespräche führe, musst du schon mir überlassen.« Antonino schnaubte wütend. Enzio fuhr fort: »Was, würdest du sagen, hat Wegener heute falsch gemacht?«

Antonino legte sofort los: »Er stand nicht vor dem Lokal, sondern weiter vorne, war viel zu früh da und zog dadurch Aufmerksamkeit auf sich, er kam unbewaffnet, er hatte was dagegen, dass wir diese Aktion durchzogen, er war frech und hat meine Autorität dauernd infrage gestellt, und er hat sich beim Angriff zurückgehalten wie ein Weichei, um nur ja keinem von den Rizla-Leuten weh zu tun.«

»Es waren die *Kinder* der Rizla-Leute«, korrigierte Enzio sanft.

»Na und? Schau mich an, wie die mich zugerichtet haben. Die haben sich gewehrt wie die Verrückten.«

»Was hätten sie deiner Meinung nach tun sollen?« Enzio nickte Parceval zu. »Gut. Nun zu Ihnen, Wegener. Was, denken Sie, hat Antonino falsch gemacht?«

Antonino fuhr auf. »Das ist doch die Höhe! Du gestattest einem Untergebenen – und noch dazu dem Neuling! –, mich zu kritisieren?«

»Es gibt hier keine Untergebenen«, erwiderte Enzio. »Wir sind in erster Linie eine Familie und keine Aktiengesellschaft. Sprechen Sie, Wegener.«

Parceval zuckte mit den Schultern. »Antonino hat eine Antwort auf die Übergriffe Revan Rizlas gegeben, und er hat großen Mut bewiesen, sich dafür selbst in die Höhle des Löwen zu wagen. Er hat einen Angriff durchgeführt, obwohl er nicht wissen konnte, wie viele Gegner sich dort verbargen, und trotzdem nicht gezögert. Er hat Rizla gezeigt, dass keiner seiner Unterschlupfe vor den Familie Palechiaro sicher ist, wenn wir es drauf anlegen. Und er hat eine unermesslich wertvolle Beute aus dieser Aktion mitgebracht, nämlich den Sohn von Revan Rizla, der jetzt Ihre Geisel ist. Er hat einen seiner Männer zurücklassen müssen, aber dafür konnte er nichts, und er hat es so geregelt, dass die Polizei ihn kriegte und nicht Rizla, was den Mann vor einem üblen Schicksal bewahrt hat und Sie davor, dass er unter Rizlas Folter irgendwelche Geheimnisse verraten hätte.« Er lehnte sich zurück und ließ seine Blicke mit ausdruckslosem Gesicht zwischen den beiden Brüdern hin und her wandern. Ihre Gesichter wären es wert gewesen, fotografiert zu werden.

»Und weiter?«, fragte Enzio schließlich verblüfft.

»Nichts weiter. Oder sollte ich noch erwähnen, dass er den Van zurückbrachte, ohne dass der auch nur einen Kratzer abbekommen hat?«

»Aber Sie wollten doch nur im Beisein Antoninos über seine Fehler bei der Aktion reden …«

»Nein«, unterbrach ihn Parceval. »Ich wollte nur im Beisein Antoninos über die Aktion reden, weil er als Anführer das Feedback seines Teams hören soll. Ich sagte nichts von irgendwelchen Fehlern.«

»Ganz im Gegensatz zu meinem Bruder«, bemerkte Enzio.

»Es ist sein gutes Recht, meine Leistung zu bewerten. Es war schließlich mein erster Einsatz für Sie.«

»Du scheinheilige Kröte!«, schrie Antonino plötzlich. »Glaubst du, ich sehe nicht, was du hier vorhast? Du willst meinen eigenen Bruder gegen mich aufbringen. Du hast Scheiße gebaut, Wegener, von Anfang an, und nur weil du ein bisschen Glück hattest, brauchst du hier nicht den Heiligen rauszuhängen. Ich frage mich, was die anderen drei wohl über dich gesagt haben!« Er wandte sich an Enzio. »Schmeiß ihn raus, Enzio! Er untergräbt deine und meine Autorität.«

»Was das angeht«, erwiderte Enzio, »hat niemand meine Autorität mehr untergraben als du mit diesem idiotischen Alleingang. Und die anderen drei haben bestätigt, was du über Wegener gesagt hast. Aber sie haben auch gesagt, dass Wegener der Einzige war, der die ganze Zeit über alles im Griff hatte, und nicht du. Ich habe sie dazu zwingen müssen, ihre ehrliche Meinung über deine Führung preiszugeben.«

»Ihn hast du nicht zwingen müssen?«, höhnte Antonino und wies auf Parceval.

»Ich wusste, dass ich ihn mit keinem Mittel der Welt zwingen könnte, etwas zu sagen, das er nicht von sich aus sagen wollte.«

Antonino suchte nach Worten. Enzio machte eine ungeduldige Handbewegung. »Du kannst dir alle weiteren Aussagen sparen. Wegener hat dich mehrfach gerettet, und er hat dafür gesorgt, dass deine Aktion am Ende nicht in ein totales Desaster gemündet ist. Ich werde zwar jede Menge Schwierigkeiten mit der Polizei bekommen und muss wahrscheinlich einmal mehr bei der verdammten Polizeipräsidentin antanzen, nur um jede Menge Meineide zu schwören, dass wir nichts mit dem Überfall zu tun haben. Aber Fausi Rizla als Geisel zu haben, ist ein paar Unannehmlichkeiten wert.«

Antonino starrte seinen Bruder an. »Du hast eine merkwürdige Art, deine Dankbarkeit dafür auszudrücken.«

»Derjenige, der seine Dankbarkeit auszudrücken hat, bist du, und zwar gegenüber Wegener. Ich möchte, dass du dich bei ihm für deine Grobheiten entschuldigst und ihm angemessen dafür dankst, dass er deinen Hintern mehrfach von der Herdplatte geholt hat.«

Parceval dachte, Antonino würde auf der Stelle einen Herzinfarkt bekommen. Sein Gesicht wurde abwechselnd blass und rot. Schließlich riss er sich zusammen und stierte Parceval mit dem Ausdruck blanken Hasses an. »Es tut mir leid, Wegener«, stieß er hervor. »Ich habe deinen Beitrag nicht richtig gewürdigt. Ich danke dir für deinen Einsatz.«

Parceval nickte. Er hätte nichts sagen können, was den Zorn Antoninos in irgendeiner Weise besänftigt hätte. Antonino war jetzt nicht mehr nur sein Gegner. Er war jetzt Parcevals Todfeind.

»In einer halben Stunde essen wir zu Mittag«, sagte Enzio. »Herr Wegener, da Sie bewiesen haben, dass Sie ein wertvolles Familienmitglied sind, nehme ich Sie ohne Einschränkungen an. Wir können uns ab jetzt beim Vornamen anreden, wie es in einer Familie üblich ist. Sind Sie damit einverstanden, Paul?«

Enzio streckte die Hand aus, und Parceval schlug ein. »Sie erweisen mir eine große Ehre, Enzio.«

»Ich erweise Ihnen gleich noch eine größere. Ich lade Sie ein, mit uns zu Mittag zu essen.«

32

Das Mittagessen war eine Angelegenheit zu viert: Enzio und Antonino Palechiaro, Enzios Frau Robertinna und Parceval.

Robertinna hatte langes, dunkelbraunes, im amerikanischen Stil geföhntes Haar, trug tadelloses Make-up und nahm eine aufrechte Haltung ein, die nicht darüber hinwegtäuschen konnte, dass ihre fraulichen Kurven seit Langem aus dem Leim gegangen waren. Parceval schätzte sie auf Anfang vierzig. Sie nahm Parcevals Vorstellung vollkommen regungslos auf. Enzio behandelte sie mit höflicher, etwas übertriebener Wertschätzung, wie ein Mann, der sich unsicher ist, was seine Frau von ihm hält, und sich daher bemüht, immer das Beste zu geben.

Antonino schwieg während des ganzen Essens. Robertinna antwortete in desinteressierten, kurzen Sätzen, wenn das Wort an sie gerichtet wurde. Enzio und Parceval führten das Gros der Unterhaltung. Parceval schmückte seine erfundene Lebensgeschichte mit einigen der Storys aus, die ihm in Afghanistan von deutschen Bundeswehroffizieren erzählt worden waren. Enzio fragte interessiert nach und war ein charmanter, aufmerksamer Gastgeber, was beinahe darüber hinwegtäuschte, dass die Hälfte der Anwesenden an diesem Zusammensein nicht das geringste Interesse hatte.

Die Köchin war eine ältere Frau, die nur zu Beginn des Essens einmal aus der Küche gekommen war und sich beflissen erkundigt hatte, ob die Menüwahl dem *Dottore* recht war. Es gab Kalbsschnitzel mit Rahm-Champignons, als Entrée eine klare Brühe. Serviert wurde von einer jungen Frau, die einen dunklen Rock, eine dunkle Weste und darunter eine weiße Bluse wie eine Hotelangestellte trug. Ihr dunkles Haar hatte sie zu einem Pferdeschwanz gebunden. Sie sah nicht auf, auch nicht als sich Antonino als Einziger bei ihr bedankte. Erst als sie beim Abtragen der Teller über die Schulter zu Antonino blickte, konnte Parceval ihr Gesicht sehen.

Sie war ungeschminkt und sah müde aus; dennoch übertraf sie alles an Schönheit, was Parceval je gesehen hatte. Ihr Gesicht war oval, ihre Nase klassisch, ihr Mund voll. Das Überwältigendste an ihr waren jedoch ihre Augen. Ein so helles Grün, dass es türkisfarben wirkte, die Iris eingerahmt von indigofarbenen Ringen, zwei Leuchtfeuer unter starken, geraden Augenbrauen in hellbrauner Haut.

Der Blick, den die junge Frau Antonino zuwarf, war nicht zu deuten. So ausdrucksstark ihr Gesicht auch war, es konnte das Geheimnis dessen bewahren, was seine Besitzerin dachte.

Es war diese Eigenschaft, die dem wie vom Donner gerührten Parceval verriet, woher die junge Frau stammte – sie kam aus Afghanistan.

»Jemand einen Kaffee?«, fragte Enzio jovial.

»Un espresso e una grappa, per favore«, orderte Antonino und lächelte die junge Frau an.

Die junge Frau wandte sich an Robertinna. »Was darf ich Ihnen bringen, Signora?« Ihr Akzent war schwer und ihre Sprache stockend. Deutsch hatte sie bestenfalls im Vorbeigehen gelernt.

»Nichts«, sagte Robertinna.

»Und Ihnen, Dottore?«

Enzio grinste. »Heute nehme ich auch einen Espresso mit Grappa. Einen doppelten, bitte. Den Espresso, meine ich, nicht den Grappa.«

Die junge Frau nickte und strebte in Richtung Küche, doch Robertinna kam ihr zuvor. »Nasrin!«, rief sie scharf.

Die junge Frau blieb stehen und zog den Kopf zwischen die Schultern.

»Hast du nicht was vergessen, Nasrin?«, fragte Robertinna in einem Tonfall, in dem ein Staatsanwalt einem Mörder seine Tat vor Augen halten würde.

Parceval nahm seine vorherige Vermutung zurück. Nasrin hatte Deutsch nicht im Vorbeigehen gelernt, sondern durch Anschreien.

Nasrin eilte zurück an den Tisch. Sie blieb vor Parceval stehen. »Bitte entschuldigen Sie«, flüsterte sie in Richtung Boden. »Was darf ich Ihnen bringen?«

»Einen Espresso, bitte«, antwortete Parceval automatisch. Seine Gedanken überschlugen sich. Konnte es sein? Konnte es wirklich sein?

Nasrin floh in die Küche, und Robertinna räusperte sich. »Bitte denken Sie nicht, sie hätte Sie absichtlich geschnitten«, erklärte sie an Parceval gerichtet.

Parceval konnte ihr ansehen, dass es ihr nicht um seine Person ging, sondern nur darum, dass etwas in ihrer Domäne – dem Haus – schiefgegangen war.

»Sie lernt nur langsam, was sich gehört. Und sie schafft es nicht, jemandem beim Reden in die Augen zu schauen.«

»Meine Frau hat es sich zur Aufgabe gemacht, aus der jungen Dame das perfekte Dienstmädchen zu machen«, erklärte Enzio stolz.

»Als ob das so einfach wäre«, schnappte Robertinna. »Sie ist dumm wie Brot.« Sie schob ihren Stuhl zurück. »Entschuldigen Sie mich, aber ich sehe besser in der Küche nach dem Rechten.«

»Die Kleine ist in Ordnung«, sagte Antonino genervt.

Robertinna warf Antonino einen langen Blick zu, an dessen Ende Enzios Bruder den Kopf senkte. Die Frau des Hauses stolzierte hinaus. Parceval hätte ihr sagen können, dass afghanische Frauen einen Mann, mit dem sie nicht verwandt waren, niemals direkt anblickten. Es galt in ihrer Kultur als offensiver Akt und unverschämt.

»Wenn Sie die Erwartungen nicht erfüllt, warum kündigt Ihre Frau ihr nicht?«, fragte er. In seinem Kopf hallte immer noch die Frage: Konnte es wirklich und wahrhaftig sein? War das die Lösung des Rätsels?

Enzio schaffte es, verlegen auszusehen. »Das ist nicht so einfach. Wenn wir das Mädchen auf die Straße setzen, ist sie obdachlos. Sie hat sonst nichts.«

»Niemand in Deutschland hat komplett *nichts*«, widersprach Parceval. »Ganz am Ende gibt es immer noch so etwas wie Hartz IV.«

»Dazu müsste man aber legal in Deutschland angemeldet sein«, seufzte Enzio.

Parceval brauchte nicht weiterzufragen. Illegal in Deutschland, keine Papiere, kein Geld, keine Chance als sich demjenigen auszuliefern, der ein Dach über dem Kopf bot … Die Alternative: sich den Behörden zu stellen und ein Vierteljahr später wieder dort zu sein, von wo man unter Lebensgefahr geflüchtet war. Er spürte die Wut in ihm brodeln, die bei diesem Thema immer in ihm aufstieg.

»Bezahlen Sie sie?«, fragte er rau.

Enzio zuckte mit den Schultern. »Meine Frau bezahlt sie. Oder jedenfalls habe ich ihr gesagt, dass sie das tun soll. Solche Dinge regelt nicht der Mann; das ist Frauendomäne.«

Aus der Küche ertönte plötzlich die schrille Stimme Robertinnas, dann war ein Klatschen zu hören, und dann wurde es ganz still. Parceval redete sich ein, dass Robertinna zur Bekräftigung ihrer Worte mit der flachen Hand auf die Arbeitsplatte geschlagen hatte, aber er wusste, dass es nicht so war. Alle Muskeln in seinem Körper spannten sich an.

»Wo haben Sie sie her, wenn sie eine Illegale ist?«, fragte er.

»Robertinna hat gesagt, sie braucht ein Mädchen für das Haus. Jemand schuldete mir einen Gefallen, dem jemand anderer einen Gefallen schuldete …«

»Warum erkundigst du dich so genau, Wegener?«, fragte Antonino feindselig.

»Reiner Wissensdurst«, sagte Parceval und merkte zu spät, dass Antoninos Feindseligkeit diesmal nichts mit

Parcevals plötzlicher Vertrauensstellung bei Enzio zu tun hatte. Unwillkürlich blickte er zur Küchentür und sah aus dem Augenwinkel, dass Antoninos Blicke den seinen folgten. Als Robertinna mit abgehackten Bewegungen aus der Küche kam, wandte Antonino sich ab.

»Die eine Hälfte kapiert sie nicht, die andere versteht sie nicht«, zischte Robertinna. »Warum habe ich keine Philippina bekommen, wie ich es mir gewünscht habe? Die sind klug und demütig.«

»Weil wir nicht in Saudi-Arabien leben«, antwortete Enzio etwas ungeduldig.

»Wie lange ist Nasrin denn schon bei Ihnen, Signora?«, fragte Parceval.

»Zwei Jahre. In denen sie nichts gelernt hat!«

»Und wie lange ist sie schon in Deutschland?«

»Woher soll ich das wissen? Warum fragen Sie?«

»Ich dachte nur – wenn sie sich so ungeschickt anstellt und Ihnen so viel Ärger macht … vielleicht schicken Sie sie auf eine Schule oder lassen jemanden kommen, der ihr beibringt, wie sie ihre Pflichten besser erledigen kann und nebenbei auch noch mehr Sprachkenntnisse …«

Robertinna wechselte einen verdutzten Blick mit ihrem Mann, der Parceval verriet, was er hatte wissen wollen. Für Robertinna kam es gar nicht infrage, Nasrin schulen zu lassen, weil sie Nasrin nicht als eigenständigen Menschen betrachtete. Die Afghanin war, indem sie den Palechiaros vollständig ausgeliefert war, kein Individuum mehr, sondern ein Teil der Einrichtung geworden – wie ein Küchengerät. Allerdings eines, das seine Funktionen nicht so erfüllte, wie die Hausherrin sich das vorstellte. Parceval war sicher, dass Nasrin weniger ungeschickt und störrisch war, als Robertinna es beschrieb. Er hatte afghanische Frauen fast immer als klug, schnell von Begriff und wissbegierig kennengelernt. Aber selbst eine Nobelpreisträgerin in Sachen Hausangestellte hätte es Robertinna nicht recht machen können. Diese Grundhaltung Robertinnas wurde noch durch den Umstand verstärkt, dass Nasrin quasi ihr gehörte und nichts gegen sie unternehmen konnte. Die Afghanin konnte sie zwar anzeigen, wenn die Übergriffe zu massiv wurden, aber dazu musste sie erst einmal an ein Telefon gelangen und wissen, wie sie die Polizei verständigen konnte. Die Belohnung für ihre Tat: eine Geldstrafe für die Palechiaros und die Abschiebung für Nasrin.

Nasrin war eine Sklavin, die sieben Tage pro Woche arbeitete und wahrscheinlich auf einer Pritsche unter dem Dach schlief. Und es war gut möglich, dass irgendwo auf der Welt auch Birgit in so einer Lage war. Und Miray. Miray war jetzt zwölf. Das richtige Alter, um in einer Kinderfabrik in Pakistan vierzehn Stunden am Tag zu malochen, dabei Asbest, Stofffasern oder Staub einzuatmen und ständig Gefahr zu laufen, bei einem Feuer in den meist unzureichend gesicherten Gebäuden bei lebendigem Leib zu verbrennen.

Parceval versteckte seine Hände unter dem Tisch, weil er nicht verhindern konnte, dass sie sich zu Fäusten ballten. Er hatte begonnen, Sympathie für Enzio Palechiaro zu empfinden, doch damit war es nun vorbei. Schon möglich, dass Enzio wünschte, seine Frau würde die junge Afghanin nicht so verächtlich behandeln; aber er schritt nicht ein, und er war es, der sie ins Haus gebracht hatte.

»Passen Sie bloß auf«, sagte er und musste alle Kraft aufbieten, um es leichthin klingen zu lassen. »Nicht, dass das am Ende noch rauskommt und Sie wegen illegaler Beschäftigung und Sozialabgabenbetrug belangt werden. Denken Sie an Al Capone.«

»Ich vertraue auf Dr. Lamb«, sagte Enzio lachend. »Anders als Capone habe ich einen richtig guten Rechtsanwalt. Und außerdem hat mir Lamb das Mädchen beschafft. Er würde sich schon aus reinem Selbstschutz anstrengen.«

Mit dem Espresso und dem Grappa – auch Parceval wurde einer aufgenötigt – war das Essen zu Ende. Parceval stand auf, als Robertinna die Tafel verließ, und blieb dann stehen. Antonino schob ebenfalls seinen Stuhl zurück und verließ den Saal ohne ein Abschiedswort.

»Würden Sie mir ein Auto leihen, damit ich in die Stadt zurückfahren kann?«, fragte Parceval.

»Turi kann Sie fahren«, sagte Enzio lächelnd. »Er ist irgendwo draußen bei den Fahrzeugen. Aber ich möchte, dass Sie einen Vorschlag meinerseits überdenken. Kommen Sie mit nach draußen.«

Sie blieben vor der Haustür stehen. Enzio betrachtete zufrieden die Ansammlung an Gebäuden, die seinen Hof bildeten. Dann warf er Parceval einen Seitenblick zu, der zugleich prüfend und amüsiert wirkte.

»Planen Sie, jemals sesshaft zu werden?«, fragte er.

»Wer sagt Ihnen, dass ich es nicht bin?«

»Ihr ganzes Verhalten.«

»Na gut. Die Antwort lautet: Nein.«

»Was war die längste Zeit, die Sie jemals an einem Ort verbracht haben?«

Parceval dachte an seine Zeit im Gefängnis und antwortete wahrheitsgemäß: »Sechs Jahre.«

»Passen Sie auf – ich will Ihnen keine Fesseln anlegen und auch keine Predigten darüber halten, dass ein Mann erst ein Mann ist, wenn er seine Füße auf seinen eigenen Grund und Boden stellen und sagen kann: Dies ist mein Zuhause, und wer mich daraus vertreiben will, muss mich mit den Füßen zuerst raustragen. Jeder hat seine eigenen Ansichten der Dinge. Sie haben Dr. Lamb gesagt, ich könne Sie einladen, um Ihnen ein Angebot zu unterbreiten. Das gestern war nur ein Kennenlerngespräch. Das wirkliche Angebot ist dies: Wollen Sie eine der freien Stellen als Leibwächter haben?«

»Was sind die Bedingungen?«, fragte Parceval.

Enzio warf den Kopf zurück und lachte aus vollem Hals. »Wissen Sie, wenn ich irgendeinem der Männer, die ich angestellt habe, diese Frage gestellt hätte, würde er meine Knie umarmen und mir unter Tränen für mein Vertrauen danken.«

»Ich hoffe, so ein Auftritt gehört nicht zu den Bedingungen«, sagte Parceval.

»Wollen Sie?« Da Parceval schwieg, fuhr Enzio fort. »Die Bedingungen sind überschaubar. Sie müssen sich im Dienst für mich und meine Lieben in Stücke sprengen lassen, wenn es sein muss. Sie müssen dort stehen, wo eine Kugel heranfliegen oder ein Messer herabstoßen kann und beides mit Ihrem Körper auffangen. Sie müssen hier wohnen.«

»Bei all diesen Voraussetzungen muss das Gehalt enorm sein.«

Enzio musterte Parceval. Er lachte jetzt nicht mehr, sondern war ernst. »Zehntausend Euro pro Monat und freie Kost und Logis auf meinem Gut.«

»Ich nehme an, da werden keine Steuern mehr abgezogen?«

»Für Ihre Altersvorsorge sind Sie selbst verantwortlich.«

Parceval musste nicht so tun, als würde er überlegen. Ein Teil in ihm war befriedigt, denn Enzios Angebot löste alle seine Probleme. Wenn er hier lebte, konnte er in aller Ruhe in Kontakt mit Nasrin treten; und die Attentäter, die ihn beobachteten – schon wieder von einem Trio zu einem Duo reduziert –, konnten Emres Lokal so lange im Auge behalten, wie sie wollten. Unter den neuen Umständen war es auch keine Schwäche mehr, Enzios Logis-Angebot anzunehmen.

Im Widerstreit dazu stand die Abneigung, die er gefasst hatte, seit er Nasrin begegnet war. Es ging nicht einmal so sehr darum, dass seine Gefühle ihm den Aufenthalt vergällten. Vielmehr fürchtete er, dem leichtherzigen Charme Enzios aufs Neue zu erliegen.

»Was gibt es da nachzudenken?«, fragte Enzio.

»Nichts. Ich bin dabei.«

»Gut. Sie besitzen keine Waffe, habe ich gehört?«

»Nein.«

»Sie bekommen eine von mir. Sind Sie wählerisch?«

»Ich nehme alles, bei dem die Kugel dorthin fliegt, wohin ich ziele, und ich nicht vorne Pulver reinschütten muss, um nachzuladen.«

»Dann soll Turi Sie nach Mannheim fahren, damit Sie Ihre Sachen hierherschaffen können.«

»Ich habe keine Sachen. Aber ich habe versprochen, die Fische eines Freundes zu füttern.«

»Dann tun Sie das. Bis später.« Enzio schlug Parceval auf die Schulter und verschwand im Haus.

Turi war im Fahrzeugschuppen und wienerte auf der blitzblanken Oberfläche einer Motorhaube herum. Er sah mit reglosem Gesicht auf, als Parceval auf ihn zukam.

»Ich brauche …«, begann Parceval und stockte dann. »Verdammt, ich muss den Boss nochmal was fragen. Bin gleich wieder da. Fahren Sie mich dann nach Mannheim? Der Boss hat gemeint …«

»Ich fahr Sie«, sagte Turi monoton und wienerte weiter.

Parceval eilte wieder zurück ins Haus. Natürlich hatte er nicht vergessen, Enzio etwas zu fragen – es diente nur als Tarnung für den Fall, dass Enzio oder Antonino nach draußen gingen und feststellten, dass Turi noch nicht losgefahren war. Er hatte sich auch eine Frage zurechtgelegt, falls er Enzio direkt über den Weg laufen würde, aber das Erdgeschoss des Gutshauses schien verlassen. Niemand saß auf den Wohninseln im Saal oder am Tisch. Von oben hörte Parceval Schritte und die gedämpfte Stimme Enzios, der anscheinend telefonierte. Das Haus war hellhörig und die Decken nicht wie bei modernen Gebäuden trittschallgedämpft.

Er schaute in die Küche. Die Köchin war dort und studierte Listen, bemerkte aber gar nicht, dass er hereinspähte. Nasrin war nirgends zu sehen. Parceval hatte gehofft, sie würde noch in der Küche aushelfen, doch damit war sie offenbar schon fertig. Als er nachdachte, wo er sie finden konnte, öffnete sich eine Tür, die er für die Tür eines Wandschranks gehalten hatte. Tatsächlich befand sich dahinter ein Vorratsraum, aus dem nun Nasrin heraustrat. Ihre Augen weiteten sich überrascht, als sie Parceval erblickte. Parceval legte einen Finger auf die Lippen und sah sie eindringlich an. Sie blinzelte unentschlossen, dann nickte sie kaum merklich. Auf ihrer linken Wange brannte immer noch der Abdruck von Robertinnas Ohrfeige.

Parceval winkte ihr zu, die Küche zu verlassen. Er tat es mit einer Geste, die er in Afghanistan gelernt hatte – mit geschlossenen Fingern und der nach unten gekehrten Handfläche. Nasrin starrte seine Hand an, dann voller Verwirrung ihn. Parceval zog sich zum Esstisch zurück. Nasrin folgte ihm langsam.

»Sag nichts, und tu nichts«, raunte Parceval auf Paschtu. Seine Sprachkenntnisse hatten in den letzten sechs Jahren stark nachgelassen, aber er konnte sich immer noch verständlich machen. »Ich hole dich hier heraus. Gib mir nur etwas Zeit.«

»Wer bist du? Warum sprichst du Paschtu?«, fragte sie.

»Das erkläre ich dir ein anderes Mal. Ich möchte nur, dass du weißt, ich helfe dir. Es gab noch einen zweiten Afghanen hier – einen Fahrer, nicht wahr?«

»Er hat mir auch gesagt, dass er mich hier herausholen wird«, murmelte Nasrin. »Er wollte dazu jemanden um Hilfe bitten. Aber jetzt ist er tot.«

Parceval starrte sie an, für einen Augenblick zu überrascht von dem, was sie gesagt hatte.

Nasrin hob den Blick und senkte ihn gleich wieder. »Bist du der, den er gemeint hat? Du bist neu.«

Was hatte der afghanische Fahrer über ihn erzählt? Alles, was er wusste? Parceval hatte das Gefühl, dass ihm langsam die Kontrolle entglitt.

Die Köchin schaute aus der Küche. »Nasrin, bring dem Dottore den Kaffee hinauf«, befahl sie und schenkte Parceval einen misstrauischen Blick. »Kann ich Ihnen helfen?«

»Sie nicht, aber Nasrin«, sagte Parceval. »Wenn sie Signore Palechiaro schon einen Kaffee hinaufträgt – kann sie ihn fragen, ob er mir ab morgen ein Fahrzeug zur Verfügung stellt?« Er wies nach oben zur Decke. »Er telefoniert, und ich muss dringend los.«

Die Köchin nickte. »Ich sage es ihm selbst. Auf Nasrin ist kein Verlass. Jetzt lauf, du Tollpatsch!«

Nasrin wandte sich ab und nahm der Köchin das Tablett ab. Sie rannte an Parceval vorbei, ohne ihn noch einmal anzublicken.

33

Parceval wälzte sich auf dem Bett im Schlafzimmer eines kleinen Appartements hin und her, das sich in einem der ehemaligen Wirtschaftsgebäude befand. Zu viele Gedanken kreisten in seinem Kopf und hinderten ihn am Einschlafen. Da waren Birgit und Miray – würde Nasrin ihm sagen können, was er so dringend zu hören hoffte: dass die beiden wohlauf und am Leben waren? Und es für ihn eine Chance gab, sie zu befreien? Dann war da Nasrin selbst. Aus einem Impuls heraus hatte er ihr versprochen, sie aus dem Sklavendasein bei Robertinna Palechiaro zu befreien. Es war unter dem Eindruck von Robertinnas verächtlichem und Enzios gleichgültigem Verhalten geschehen, und weil er das Elend nicht ertragen konnte, in dem Nasrin lebte. Doch wie um alles in der Welt sollte er das anstellen? Da war Antonino, auf den er würde aufpassen müssen und der mit Sicherheit plante, sich an Parceval für die Demütigungen zu rächen, die er seinetwegen erlitten hatte. Man konnte davon ausgehen, dass er bereits jetzt etwas im Schilde führte. Nicht zuletzt dachte er an Enzio und dass er, Parceval, Enzios Angebot angenommen hatte. Es war ein Pakt mit dem Teufel, nicht nur weil

Parceval ein falsches Spiel spielte, sondern weil seine Gefühle für das sizilianische Familienoberhaupt zwiespältig waren. Er verabscheute Enzio dafür, dass er das brutale Verhalten seiner Frau gegenüber Nasrin ignorierte; und musste ihm zugleich zugestehen, dass Enzio ihm gegenüber ständig fair und ehrlich agierte und ihn wirklich zu mögen schien.

Parceval war kein Träumer, und er war lange genug in Afghanistan gewesen, um zu wissen, dass es Nasrin, wäre sie noch dort und ihrem Alter gemäß verheiratet, als Ehefrau wahrscheinlich nicht besser erginge als hier.

Afghanische Ehen wurden, wenn die Betreffenden nicht gerade aus den einigermaßen aufgeklärten Schichten in Kabul und Kandahar stammten, immer noch von den Familien der Brautleute eingefädelt, ohne dass diese sich vorher kennenlernten. Die Frau war dem Mann untertan und verließ das eigene Anwesen so gut wie nie – ein Leben hinter den Mauern eines Grundstücks, das einen halben Fußballplatz groß war. Wenn sie lesen konnte, galt das als unschicklich. Wenn sie lesen konnte und ihr Mann nicht, was häufig vorkam, galt es als Beleidigung des Mannes. In den Dörfern war es Tradition, dass nicht einmal der Ehemann das Gesicht seiner Frau sah; unverschleiert hatten sie nur ihr Vater und ihre Brüder gesehen. Der Ehemann nannte seine Ehefrau so gut wie nie beim Namen. Manche Ehemänner kannten den Namen gar nicht, weil sie ihn nur einmal gehört und gleich wieder vergessen hatten – bei der Trauungszeremonie. Wenn sie mit ihren Frauen sprachen, sagten sie: Komm her! Tu dies! Mach das! Wenn sie mit ihnen Sex hatten, geschah es von hinten und so lange, wie der Mann brauchte, um fertig zu werden. Wenn ihr Mann nicht zufrieden mit ihr war, schlug er sie. Wenn er jemandem erzählte, wie viel Stück Vieh er besaß, zählte er seine Frau und etwaige Töchter hinzu.

All das galt nicht in den großen Städten. Dort gab es, den Taliban zum Trotz, Parlamentarierinnen, Polizistinnen, Frauenrechtlerinnen, es gab Mädchenschulen und Frauenhäuser. Aber auf dem Land – und Nasrin kam wahrscheinlich aus einem der vielen kleinen Dörfer, in denen das eigene Ehegefängnis die Welt und ein ignoranter, selbstgerechter Mullah Gott waren – galt das nicht. Nein, verglichen mit dem Schicksal, das sie in ihrer Heimat gehabt hätte, fuhr Nasrin hier nicht schlechter. Der springende Punkt war nur – wo sie herkam, wussten es die Menschen nicht besser; Frauen waren immer so behandelt worden. Hier jedoch verhielt es sich anders. Robertinna Palechiaro wusste, dass sie Unrecht tat, und Enzio ließ es geschehen. Die Frauen der Mafia-Patrone waren zugleich heimliche Stütze und wunder Punkt der Bosse. Sie halfen ihren Männern, indem sie ihnen Respekt, Würde und eine Familie verschafften; sie konnten sie zu Fall bringen, wenn sie sich entschlossen, ihre Loyalität aufzugeben, weil sie in der Regel alles wussten, was ihre Männer taten. Insofern konnte man Enzio verstehen, wenn er seine Frau mit Samthandschuhen anfasste. Parceval konnte ihm dennoch nicht vergeben. Zu nahe war ihm Nasrins Schicksal, denn es war aller Wahrscheinlichkeit nach auch das, was Birgit und Miray ertragen mussten.

Als er endlich einschlief, geschah es mit einem

neuen Gedanken, einem, der ihm Frieden brachte. Er dachte daran, dass er nicht allein war. In Berlin saß Ksenia Orian und war für ihn da, wann immer er sie brauchte. Er dachte an Nächte unter dem fantastischen afghanischen Sternenhimmel zurück, nur er und sie, zwei Schlafsäcke im Sand zwischen Felsen, die Blicke nach oben gewandt und vollkommen fasziniert von der funkelnden Weite. Sie hatten belangloses Zeug gemurmelt und gespürt, dass sie nur deshalb nichts miteinander anfingen, weil sie Vorgesetzter und Untergebene waren und weil ihre Freundschaft so kostbar war, dass sie beide Angst hatten, sie durch eine Affäre zu zerstören.

Dem Gefängnispsychologen hatte Parceval einmal gesagt, er träume nicht, aber das war gelogen. In dieser Nacht träumte er von einer afghanischen Sternennacht; aber am Morgen konnte er sich nicht mehr erinnern, ob Ksenia neben ihm gelegen hatte oder nicht.

34

Das Frühstück wurde am großen Tisch eingenommen – gemeinsam mit der Familie des Clanoberhaupts. Parceval fand sich am einen Ende des Tisches wieder, zusammen mit Turi und zwei weiteren durchtrainierten jungen Typen, die sich derart unsicher am Tisch gaben, dass Parceval vermutete, sie waren wie er frisch zu Leibwächtern ernannt worden. Außerdem saß ein dicklicher, gemütlicher Mann neben ihm, der die Aura eines Buchhalters besaß.

Enzio verkündete gerade, dass er nach dem Frühstück in die Stadt und zum Polizeipräsidium fahren würde – er wollte einer erneuten Vorladung zuvorkommen und aussagen, dass die Aktion in Heilbronn ein Alleingang des Kahlkopfs gewesen sei. Dazu habe dieser einige Helfer außerhalb des Palechiaro-Clans rekrutiert, denn Enzio hätte so ein Vorgehen niemals gebilligt. Dr. Lamb hatte den in Untersuchungshaft befindlichen Mann bereits dahingehend gebrieft; er wusste, was er aussagen musste und dass jetzt für ihn die Zeit gekommen war, zum Schutz der Familie ein Opfer zu bringen. Es würde kein allzu großes Opfer sein: Für gefährliche Körperverletzung, und darauf würde Dr. Lamb die Anklagepunkte beschränken können, sah das deutsche Strafrecht zwischen sechs Monaten und zehn Jahren Haft vor. Wahrscheinlich war der Kahlkopf nach spätestens zwei Jahren wieder draußen, und der Palechiaro-Clan würde ihn willkommen heißen wie einen verlorenen Sohn. Es war auf jeden Fall besser als alles, was ihm widerfahren wäre, hätte Parceval nicht mitgedacht und Antonino genötigt, die Polizei anzurufen.

»Paul?«, fragte Enzio, und Parceval zuckte innerlich zusammen, als ihm der Gedanke kam, Enzio könne ihn als neuen Leibwächter mit ins Polizeipräsidium nehmen wollen – damit würde Parceval sich quasi selbst ausliefern. Aber Enzio fragte nur, wozu er denn ein Fahrzeug brauche. »Mir wurde gestern ausgerichtet, Sie hätten diesbezüglich angefragt?«

»Oh? Das war ein Missverständnis, Boss«, antwortete Parceval. »Ich dachte, ich solle allein in die Stadt zurückfahren und meine Sachen dort erledigen. Aber Turi hat mich ja gefahren.«

Enzio nickte. »Turi wird mich nachher auch ins Polizeipräsidium fahren. Ich fahre allein – demonstrativ. Keine Leibwächter. Ich will zeigen, dass ich nichts zu befürchten habe.«

Parceval und die anderen beiden nickten, Parceval mit ungeheurer Erleichterung.

Nach dem Frühstück leerte sich das Erdgeschoss des Hauses. Enzio fuhr mit Turi in die Stadt. Antonino verließ kurz darauf das Gut in seinem Dodge Challenger, ohne zu erklären, wohin er fuhr. Die Köchin kletterte in einen türkisgrünen Fiat 500X, ausgerüstet mit Klappkisten und Einkaufstaschen. Anscheinend waren Vorräte einzukaufen. Robertinna hatte sich bereits früh von der Tafel zurückgezogen, und Parceval und die beiden neuen Leibwächter taten es ihr etwas später gleich. Parceval schlug ihnen in jovialem Ton vor, sie sollten sich mal zusammensetzen und miteinander abstimmen, aber nicht gleich jetzt, weil er müde sei und sich dazu erst mit Enzio besprechen müsse. Die beiden jungen Männer nickten. Offensichtlich hatten sie kein Problem damit, Parceval anzuerkennen. Sie waren auf jeden Fall keine heimlichen Anhänger Antoninos.

Nach einer kurzen Weile schlich Parceval sich wieder aus seinem Appartement und begab sich im Gutshaus auf die Suche nach Nasrin. Sie war in der Küche und bereitete ein opulentes Frühstück mit Orangensaft, Prosecco, Lachs und Croissants zu. Als sie Parceval erblickte, huschten mehrere Gefühlsregungen über ihr Gesicht. Sie musste ein Tablett abstellen, so sehr begann sie zu zittern.

»Für wen ist das?«, fragte Parceval auf Paschtu.

»Signora Robertinna«, sagte Nasrin. »Sie isst am Tisch immer nur ganz wenig, damit alle glauben, sie könne nichts für ihr Übergewicht. Wenn dann alle weg sind und keiner es sehen kann, isst sie sich satt.« Nasrin zuckte mit den Schultern. »Sie ist unglücklich«, fügte sie zu Parcevals Überraschung hinzu.

»Und lässt es an dir aus.«

Nasrin nickte.

»Ich hole dich hier raus«, sagte Parceval.

Erneut war Nasrins Gesicht ein offenes Buch. Parceval konnte ihre Gefühle an den Augen ablesen: Hoffnung, Trauer, Angst.

»Du bist Parceval«, sagte sie. Es gab Parceval einen Stich, als er seinen Namen wieder so hörte, wie Saïf ihn immer ausgesprochen hatte: Passewah.

Der afghanische Fahrer hatte ihr also alles erzählt. Nun, es war nicht zu ändern. »Ja«, sagte Parceval.

»Danke«, sagte Nasrin.

»Wofür? Noch hab ich dich nicht hier rausgebracht.«

»Für das, was du damals getan hast.«

»Ich habe fünfzehn Männer umgebracht.«

»Schade, dass es nur fünfzehn waren. Es waren alles Ungeheuer.«

»Die wahren Ungeheuer waren die, die sie beauftragt hatten.«

Nasrin schüttelte den Kopf. »Sie waren Männer. Sie hatten die Wahl, den Auftrag abzulehnen.«

Parceval sagte nichts. Es war nicht so, dass die Toten ihn in den Schlaf verfolgten. Er hatte zwei von ihnen getötet, nachdem er das Schlachthaus gesehen hatte, in das sie und ihre Kumpane seine Polizeistation verwandelt hatten; und die anderen, weil sie ihn daran hindern wollten, die entführten Frauen und Mädchen zu befreien. Sie waren alle tot, aber hatten noch im Tod gewonnen. Parceval hatte die Entführten nicht befreien können.

»Kannst du mir etwas über damals erzählen?«, fragte er.

»Nein. Aber ich weiß, dass es dir um deine Schwester und deine Nichte geht. Zu ihnen kann ich dir etwas erzählen.«

Parcevals Herz begann so heftig zu klopfen, dass ihm die Kehle eng wurde. »Ich höre«, sagte er.

Was er zu hören bekam, erfüllte ihn mit unendlicher Wut, dem Drang, irgendetwas kaputtzuschlagen, der Not, sofort etwas unternehmen zu wollen, und – Hoffnung.

Nasrins Informationen waren vier Jahre alt. Eine Frau aus dem Westen war mit ihrer Tochter im Dorf Nawabad aufgetaucht, in der Provinz Badachschan im Grenzgebiet zwischen Tadschikistan und Pakistan. Sie war offensichtlich entweder eine Gefangene oder eine Geisel und kümmerte sich um eine Gruppe Mädchen im Alter zwischen sechs und zwölf, die – es war ein offenes Geheimnis – entführt worden waren, um sie gewinnbringend weiterzuverkaufen.

Die Frau aus dem Westen musste einigen dieser Mädchen ihre Sprache beibringen, die anderen wurden an eine der Fabriken in Pakistan weiterverkauft und verbrachten ihr weiteres Leben damit, billige Kleidung für westliche Kaufhausketten oder Fußbälle für die Weltmeisterschaften zusammenzunähen. Sie waren auf lange Sicht billigere Kräfte als die üblichen Kinderarbeiter, die gezwungen waren, zum Familienunterhalt beizutragen oder die Schuldknechtschaft geerbt hatten, unter der schon ihre Eltern gelebt hatten. Diesen Kindern musste man etwas bezahlen, und sei es noch so wenig, was ihnen blieb, nachdem ihnen die Arbeitgeber irgendwelche erfundenen Kosten abgezogen hatten. Sklaven arbeiteten gratis. Wenn sie lange genug lebten und produktiv waren, arbeiteten sie ihre Anschaffungskosten zigfach wieder herein.

Für diejenigen, die die westliche Sprache erlernten, ging nach einem halben Jahr die Odyssee weiter – sie wurden in den Westen geschmuggelt und dort auf vielen verschlungenen Pfaden an Zwischenhändler oder direkt an die Endabnehmer verkauft.

»Leute wie Enzio und Robertinna«, knurrte Parceval, dessen Erleichterung, dass Birgit und Miray zumindest zwei Jahre nach ihrer Entführung am Leben und bei guter Gesundheit gewesen waren, mit dem Abscheu gegenüber den geschilderten Praktiken konkurrierte.

»Mein neuer Herr war der Rechtsanwalt«, sagte Nasrin. »Er hat mich nach hier weitergegeben. Ich glaube, Signore Enzio weiß nicht, dass ich verkauft worden bin. Er denkt, ich sei illegal in dieses Land gekommen und hätte keine andere Wahl, als für ihn zu arbeiten.«

»Dr. Lamb?«

»Ja.«

Ein Danaergeschenk, dachte Parceval, und noch dazu ein sehr perfides. Indem Enzio die Afghanin in seinen Haushalt aufgenommen hatte, machte er sich vor dem Gesetz angreifbar. Es verhielt sich also tatsächlich so, wie Parceval ihm am Esstisch gesagt hatte: Nasrin konnte für Enzio wie jene vergleichbar unbedeutende Steuerhinterziehung werden, die Al Capone die Freiheit gekostet hatte. Dr. Lamb hatte seinen Mandanten in der Hand. Er brauchte nur anonym die Zollbehörden auf Enzio Palechiaro aufmerksam zu machen. Wenn Enzio dachte, er könne seinem Rechtsanwalt vertrauen, war er auf dem Holzweg.

»Und weiß es Robertinna?«

Nasrin nickte stumm.

Parceval schnaubte. »Ignoranz macht Enzios Schuld nicht geringer.«

»Er schlägt mich nie«, sagte Nasrin. »Vor ihm muss ich mich nicht fürchten.«

»Aber vor Robertinna?«

»Und vor Signore Antonino. Er will … er will mich …« Nasrin begann lautlos zu weinen.

»Oh Gott«, sagte Parceval. Er wusste nicht, ob er Nasrin in den Arm nehmen sollte, und stand mit hängenden Armen da.

»Signora Robertinna erlaubt es nicht … Ich glaube, sie denkt, es sei eine Schande«, flüsterte Nasrin. »Aber irgendwann wird er sich darüber hinwegsetzen.«

»Ich bringe dich in Sicherheit, das schwöre ich dir. Wie bist du überhaupt zu Dr. Lamb gekommen?«

»Über Revan Rizla.«

Parceval konnte nicht verhindern, dass sein Kiefer herunterklappte. »Lamb hat dich von Rizla gekauft?«

Nasrin nickte.

»Weißt du sonst noch etwas von meiner Schwester?«

»Nein. Es tut mir leid.«

»Es braucht dir nicht leidzutun. Du hast mir die erste greifbare Hoffnung seit sechs Jahren gegeben. Du bist eine kluge, tapfere Frau, Nasrin. Und du hast eine scharfe Beobachtungsgabe.«

Nasrins Antwort ließ Übelkeit in Parceval aufsteigen: »Mein Vater war Polizist. Ich gerate nach ihm«, erklärte sie.

»Dein Vater war …?«, würgte Parceval hervor.

»Er wurde getötet, als er versuchte, mich zu verteidigen. Ich weiß, dass du auch ein Polizist warst, Passewah. Deshalb helfe ich dir.«

»Stammst du aus Kunduz?«, fragte Parceval voller

Horror, dass er gleich erfahren würde, er habe Nasrins Vater gekannt.

»Aus Jalalabad.«

»Ich werde dir helfen, Nasrin«, sagte Parceval erleichtert und zum wiederholten Mal – aber was hätte er auch sonst sagen sollen? »Du hast mir Hoffnung gegeben. Ich danke dir.«

»Ich wünsche dir, dass du die Deinen findest.«

Zurück in seinem Appartement, gestattete Parceval sich einige Minuten, in denen er seinen aufgewühlten Gefühlen freien Lauf ließ. Dann beruhigte er sich und war so weit, dass er nachdenken konnte. Mit den Informationen, die Nasrin ihm gegeben hatte, war er in der Lage weiterzuforschen – wenn er weiterhin ein freier Mann blieb. In Berlin hatte er die Spur, die sich unverhofft aufgetan hatte, wieder verloren. Jetzt hatte er eine neue vor Augen.

Er dachte an Ksenia und fühlte das Verlangen, ihr die neueste Entwicklung mitzuteilen. Er hielt sich nur zurück, weil er nicht sicher war, ob er in seinem Gefühlsaufruhr nicht etwas zu ihr sagen würde. Etwas, das sie nicht hören wollte, weil es ihr und sein Herz aufriss. Dann überlegte er, wie er sein Versprechen gegenüber Nasrin einhalten sollte. Selbst wenn es ihm gelang, sie hier herauszuholen – sollte er sie auf seiner weiteren Flucht mitnehmen? Wenn er sie an die Behörden übergab, drohte ihr die Abschiebung. Er kannte niemanden, in dessen Obhut er sie geben konnte. Selbst Ksenia würde ihr nicht helfen können.

Trotzdem durfte er sein Versprechen nicht brechen. Nach einer Weile kam ihm tatsächlich eine Lösung für das Dilemma. Er nickte grimmig. Es machte die ganze Angelegenheit hier zwar noch komplizierter, aber er sah keinen anderen Weg.

35

Gegen Mittag vernahm er das Grollen des Dodge Challenger. Eine ganze Weile danach wurden Schritte vor seiner Tür laut. Jemand klopfte. Parceval öffnete.

Antonino stand draußen. Er war nicht allein. Zwei von den Männern begleiteten ihn, die auch bei der Aktion in Heilbronn dabei gewesen waren – der Fahrer und der andere Mann, dessen Namen er nicht kannte. Vito war nicht mit von der Partie.

Antonino strahlte übers ganze Gesicht. Seine Augen glühten förmlich.

Parceval konnte nicht anders, als in das dritte Auge zu schauen, das ihn anstarrte. Es war die Mündung einer Heckler & Koch SFP9, mit der Antonino auf ihn zielte.

»Herr Oberkommissar«, sagte Antonino fröhlich. »Oder besser gesagt Ex-Oberkommissar. Wie nennt man Sie denn jetzt? Egal. Wir sind ja eine Familie, da nennt man sich beim Namen, oder? Parceval.«

36

Erneut saßen die wichtigsten Mitglieder des Palechiaro-Clans am Esstisch, zusammen mit Parceval. Nur – diesmal war es ein Tribunal. Er hockte zwischen den beiden Antonino-Parteigängern auf der einen langen Seite des Tischs. Ihm gegenüber saßen Enzio, Antonino, Dr. Lamb, Robertinna und der Buchhaltertyp. Vor Enzio lag die Heckler & Koch. Der Buchhaltertyp konnte nicht aufhören, auf die Waffe zu schielen. Nasrin servierte mit zitternden Händen Getränke, was scheinbar niemandem außer Parceval auffiel. Ihr Gesicht war aschgrau.

Dr. Lamb sagte zu Parceval: »Als Antonino mir von Ihren Bundeswehrgeschichten erzählte und mich bat, in dieser Richtung nachzuforschen, fiel bei mir auf einmal der Groschen. Bundeswehr und Afrika-Einsatz? Ich dachte plötzlich: Bundespolizei und Afghanistan-Einsatz… und dann wusste ich, wo ich Sie schon mal gesehen hatte. Auf den Fahndungsfotos dieses Sommers.« Er lächelte triumphal. »Sie waren zu unvorsichtig. *Irgendjemand* musste früher oder später rauskriegen, wer Sie sind.«

Enzio sagte: »Sie haben mich angelogen.«

»Nur bezüglich meines Namens und meiner Geschichte«, sagte Parceval ruhig.

»Was haben Sie mir denn darüber hinaus noch erzählt?«, fragte Enzio, mehr verletzt als aufgebracht.

»Ist doch scheißegal!«, rief Antonino. »Der Kerl hat uns die ganze Zeit verarscht. Er ist ein Bulle!«

»Enzio«, sagte Parceval langsam, »versetzen Sie sich in meine Lage. Ich bin im Sommer aus dem Knast in Berlin abgehauen. Seitdem sucht man mich, rauf und runter, in ganz Deutschland. In meiner Lage gibt es nur ein Prinzip: Niemandem zu vertrauen. Ich hätte Ihnen vertraut, Enzio, aber wir konnten niemals wirklich unter vier Augen sprechen. Ich hatte sicher keine Lust, vor jemandem wie Antonino auszupacken, und schon gar nicht vor Ihrem Anwalt.« *Der hinter deinem Rücken fröhlich mit Revan Rizla Geschäfte gemacht und mit Nasrin deinen möglichen Untergang fixiert hat*, fügte er in Gedanken hinzu. Laut aussprechen konnte er sie nicht. Die Gefahr für Nasrin war zu groß.

»Sie hätten mich um ein Gespräch unter vier Augen bitten können.«

»Ich hätte es noch getan«, log Parceval. »Gestehen Sie mir wenigstens zu, dass die letzten drei Tage reichlich hektisch waren.«

»Was lässt du den Kerl dauernd quatschen, Enzio?«, fragte Antonino aufgebracht. »Er ist 'ne Laus. Er gehört weg.«

Enzio musterte Antonino schweigend.

»Er ist ein verdammter Bulle!«, rief Antonino und fluchte auf Italienisch.

Enzio wandte sich an Dr. Lamb. »Wer bezahlt Sie

eigentlich für Ihre Dienste? Ich oder Antonino? Wie konnten Sie hinter meinem Rücken Erkundigungen einziehen und mich nicht zuerst über das Ergebnis informieren?«

»Entschuldigen Sie, Dottore«, sagte Dr. Lamb und dehnte den italienischen Ehrentitel auf eine Weise, die in Parcevals Ohren spöttisch klang. »Signore Antonino gehört zum engsten Kreis der Familie. Ich dachte, auch eine Anfrage von seiner Seite sei in meinem Honorar abgedeckt.«

Antonino starrte Parceval voller Triumph an. »Jetzt hast du plötzlich keine coolen Sprüche mehr auf Lager, was? Was würdest du sagen, wenn ich dir anbiete, dass wir zwei nach draußen gehen, hä? Ich würde dir eine faire Chance geben …«

»Es wäre nicht fair«, sagte Parceval.

»Hört ihn euch an, den Schisser!«

»Nicht fair dir gegenüber, Antonino«, fuhr Parceval fort. »Vielleicht hat Dr. Lamb dir ja nicht die ganze Geschichte erzählt. Ich habe in Afghanistan dreizehn Stammeskrieger umgelegt, die alle vorgewarnt waren, dass ich kam, und die mit Schnellfeuerwaffen bis an die Zähne bewaffnet waren. Ich habe einen nach dem anderen kaltgemacht und mir ihren Anführer bis zuletzt aufgespart. Deshalb wäre das nicht fair. Du hättest keine Chance.«

»Das werden wir ja sehen!«, schrie Antonino und sprang auf. »Mit meinen bloßen Händen mache ich dich fertig! Du erfindest hier keine Geschichten mehr, und vor allem jagst du mir keine Angst damit ein.«

»Antonino, du Narr«, sagte Enzio. »Das ist keine Geschichte. Ich war schon hier, als Ralf Parceval verknackt wurde. Die Story hat Zeitungen, Fernsehen und das Internet gefüllt. Aber zu dieser Zeit warst du noch in Sizilien und hast gedacht, die Welt ist eine Scheibe. Parceval hat nicht nur dreizehn, sondern fünfzehn Männer umgelegt …«

»Die anderen beiden«, sagte Parceval und lächelte Antonino an, »habe ich erschossen, als sie wehrlos und verletzt auf dem Boden saßen.«

Antonino schwieg ein paar Sekunden lang. Dann fragte er knurrend: »Hast ihnen in den Rücken geschossen, was?«

»Nein, ich habe ihnen direkt in die Augen geschaut«, erwiderte Parceval. Plötzlich hob er die rechte Hand und formte mit Daumen und Zeigefinger eine imaginäre Waffe, die auf Antonino zielte. Antonino zuckte zusammen, griff sich die Pistole und zielte auf Parceval. Parceval wandte den Blick nicht von den Augen des jungen Mannes.

»Antonino, leg das Ding weg!«, brüllte Enzio.

Robertinna schrie auf. Dr. Lamb duckte sich unter den Tisch. Die beiden Männer links und rechts von Parceval versuchten, sich nicht allzu auffällig von ihm wegzulehnen. Parceval hatte nur Augen für Antonino.

Der Lauf der Heckler & Koch zitterte.

»Leg die Waffe weg«, sagte Enzio, diesmal ruhiger. »Hast du Angst, er erschießt dich mit dem Finger?«

Antonino stieß ein raues Lachen aus. »Er könnte mich nicht mal mit ’ner Haubitze erschießen, der Wichser!« Mit sichtbarem Willensaufwand legte er die Pistole zurück auf den Tisch.

Parceval, der seine imaginäre Waffe nicht gesenkt hatte, ließ den Daumen nach vorn schnappen und sagte halblaut: »Bang.«

Antonino zuckte vom Tisch zurück, dann sprang er erneut auf und brüllte unartikuliert. Er machte Anstalten, um den Tisch herumzukommen. Enzio riss ihn mit Gewalt zurück und drückte ihn auf seinen Stuhl. Er starrte Parceval aufgebracht an.

»Hören Sie auf mit Ihren Spielchen«, sagte er scharf.

Parceval breitete die Hände aus. »Entschuldigen Sie. Ich habe Ihre Gastfreundschaft missbraucht.«

»Jetzt ist er fällig«, keuchte Antonino. »Wir legen ihn um. Jetzt sofort. Das Grundstück hier ist groß genug. Wir verscharren ihn irgendwo. Ich will das Bullenschwein tot sehen.«

Enzio holte tief Luft. »Parceval ist kein Bulle. Nicht mehr. Geht das nicht in deinen Schädel? Weißt du, was Onkel Calogero täte, wenn er Parceval gegenübersäße? Er würde ihm dazu gratulieren, aus dem Knast entkommen zu sein, und er würde ihn fragen, ob er bei fünfzehn toten Gegnern schon Schluss machen will.« Enzio wandte sich an Parceval. »Was sagen Sie? Ist für Sie nach fünfzehn Toten Schluss?«

Parceval dachte an die Männer, die versucht hatten, ihn in Berlin zu töten. »Nein«, sagte er. Diesmal widerstand er der Versuchung, Antonino anzugrinsen. Enzio war es todernst. Die Zeit für psychologische Spielchen war nun wirklich vorbei.

»Hören Sie«, sagte Enzio. »Ich kann Ihre Beweggründe verstehen. Ich kann auch verstehen, warum Sie gelogen haben. Gibt es etwas, das Ihnen absolut heilig ist?« Enzio stutzte. »War da nicht was … mit Ihrer Schwester? Ich erinnere mich nicht mehr genau. Aber ich möchte, dass Sie auf Ihre Schwester schwören, dass Sie mir und der Familie Palechiaro gegenüber loyal sind. Dann können Sie meinetwegen auch weiter Paul Wegener heißen. Wer hier am Tisch sitzt, wird Ihr Geheimnis wahren.«

Antonino saß mit offenem Mund da. »Du willst ihn …?«, stotterte er. »Du willst ihn tatsächlich … begnadigen?« Er rang um seine Fassung.

»Jemanden wie ihn in unseren Reihen zu haben, empfinde ich beinahe schon als Ehre«, antwortete Enzio.

Antonino schüttelte den Kopf, als hätte er den Verstand verloren und könne nie wieder damit aufhören. Dann räusperte er sich und holte tief Luft. Er griff nach seiner Waffe.

Parceval war sicher, dass Antonino ihn einfach erschießen würde. Er konnte sehen, dass eine letzte Sicherung in Enzios Bruder durchgebrannt war. Er machte sich bereit, die zwei Typen links und rechts von sich zu packen und vor sich zu ziehen, sodass sie einen Schutzschild für ihn bildeten. Doch Antonino richtete die Waffe auf seinen Bruder. Seine Augen waren weit aufgerissen. Enzio wurde blass. Antonino sah beinahe hilfesuchend zu Dr. Lamb. Der Rechtsanwalt nickte.

»Du handelst nicht im Interesse der Familie«, sagte Antonio mit heiserer Stimme. »Ich löse dich ab und rufe deine Frau und Dr. Lamb als Zeugen auf.«

Enzio sagte ein paar Augenblicke lang gar nichts, dann begann er zu lachen wie jemand, dem ein schlechter Streich gespielt wurde und der sich gezwungen sieht, ihn trotzdem lustig zu finden, weil er niemanden vor den Kopf stoßen will. »Ich hab schon verstanden«, sagte er. »Du möchtest, dass ich dich mehr einbinde. Jetzt tu das Ding weg, bevor noch was passiert.«

»Ich meine es ernst«, sagte Antonino. »Du bist abgelöst.«

Enzios stimme wurde hart. »Der Spaß geht jetzt zu weit, Antonino.«

»Ich fürchte«, sagte Dr. Lamb, »dass dies kein Spaß ist, Signore. Bitte machen Sie es Ihrem Bruder leicht.« Er nickte Enzio nochmals zu. »Dottore – ich bin Ihr Zeuge.«

»Dottore?«, rief Enzio. »Seit wann hat Antonino diese Anrede verdient?«

»Seit ich der Boss bin«, sagte Antonino, dessen Stimme und ganze Haltung jetzt Selbstsicherheit ausstrahlten. Er hielt die Waffe immer noch auf seinen älteren Bruder gerichtet. »Der Capo. Der Chef. Der Don, wie dein guter Freund hier«, eine verächtliche Geste in Richtung Parceval, »gesagt hat.«

»Antonino, jetzt hör auf mit dem Blödsinn. Das ist nicht mehr witzig. Auch wenn Dr. Lamb deinen Streich mitträgt …«

»Das ist kein Streich«, sagte Parceval ruhig. Alle Blicke wandten sich ihm zu. Er sah von einem zum anderen. »Das ist eine Meuterei.«

»Halt die Klappe, Bulle«, sagte Antonino.

Parceval grinste. »Wäre ich noch ein Bulle, Kleiner«, sagte er spöttisch, »hätte ich dir schon lange deine Rechte vorgelesen, während ich auf deinem Rücken knie.«

Enzio wandte sich an Dr. Lamb. »Sagen Sie mir, dass das alles ein wahnsinnig dämlicher Scherz ist!«

Dr. Lamb schüttelte den Kopf. »Ist es nicht. Und Ihr Bruder tut nichts Unüberlegtes. Er hat die Zustimmung für diesen Schritt von Don Calogero eingeholt.«

»Sie meinen, *Sie* haben die Zustimmung eingeholt«, sagte Enzio bitter.

Dr. Lamb neigte den Kopf. »Ich diene der Familie.«

»Sie sind eine miese, stinkende, verlauste, kleine, dreckige Ratte.« Der sonst so höfliche Enzio spuckte die Worte förmlich aus.

»Ihre Adjektive«, erwiderte Dr. Lamb mit einem Schulterzucken, »können mich nicht treffen.«

»Nein? Dann sage ich Ihnen noch was, Sie ...«

»Sparen Sie sich die Mühe, Enzio«, sagte Parceval. »Der Rechtsanwalt ist bedeutungslos. Morgen macht *er* einen Fehler, dann sägt die Familie ihn ab. Sie hingegen haben Ehre. Tragen Sie's also wie ein Mann.«

»Jetzt sag ich dir was«, zischte Antonino und starrte Enzio in die Augen. Er sprach Sizilianisch weiter, was sich für Parceval wie Kauderwelsch anhörte. Aber er konnte sich denken, welche Vorwürfe Antonino seinem Bruder machte. Sie waren beliebig: Geschäfte, die er sich hatte entgehen lassen, weil er nicht brutal genug aufgetreten war; Bedrohungen durch die Konkurrenz, denen er nicht gewaltsam genug entgegengetreten war; politischer Kurs statt Konfrontation mit den örtlichen Polizeibehörden. Er hörte den Namen »Calogero« diverse Male heraus und wusste – wahrscheinlich sogar besser als Enzio, der sich vehement und wortreich verteidigte –, dass die Angelegenheit gelaufen war. Das

Spiel war für Enzio schon verloren, bevor sich alle hier an den Tisch gesetzt hatten. Enzios Festhalten an Parceval hatte Antonino nur den Vorwand geliefert, die Bombe platzen zu lassen.

Schließlich starrten sich die beiden Brüder an, jeder mit seinen Argumenten zum Ende gekommen. Ihre Gesichter waren rot. Antonino hatte die Pistole sinken lassen, aber er hielt sie immer noch in der Hand.

Enzio wandte sich an seine Frau und sagte einen kurzen Satz auf Sizilianisch zu ihr. Parceval nahm an, dass er sie fragte, ob sie dem Aufruf Antoninos folgte und seinen Coup bezeugte oder ob sie sich auf die Seite ihres Mannes stellte.

Robertinna zögerte nicht. Sie stand auf, trat zu Antonino und küsste seine freie Hand. Dann warf sie Enzio einen verächtlichen Blick zu und setzte sich wieder.

Enzios Schultern sanken herab.

Antonino steckte die Pistole weg, dann machte er eine barsche Kopfbewegung zu Parcevals Bewachern. »Bringt ihn weg. Wir reden jetzt übers Geschäft.«

37

Parceval wurde in einen Kellerraum gesperrt. Als Gesellschaft dienten Kartons, in denen hochwertiges Porzellangeschirr mit Goldrand verpackt war – anscheinend Robertinnas Tischgedeck für besondere Anlässe. In einer Ecke des großzügigen Raums war ein halbes Dutzend Stühle unter einer Staubschutzdecke zusammengestellt. Parceval zog einen heraus und setzte sich. Der Raum war kühl, aber trocken, und es gab Licht. Jemand wie Parceval, der es gewohnt war zu warten, konnte es hier eine ganze Weile aushalten.

Er hatte sich bereits genug Vorwürfe gemacht, zu leichtsinnig vorgegangen zu sein. Sie brachten ihn nicht weiter. Er ging davon aus, dass Antonino seine Räumlichkeiten filzen würde. Es musste schon mit dem Teufel zugehen, wenn er das gut versteckte Handy fand, mit dem Parceval Verbindung zu Ksenia hielt. Und selbst wenn, es würde ihm zunächst nichts nützen, denn den Akku hatte Parceval in der Hosentasche und die SIM-Karte in einer Socke.

Was hatte Antonino mit ihm vor? Bestimmt nichts Angenehmes. Doch im Moment war er nicht in der Lage, etwas dagegen zu unternehmen. Er konnte nichts weiter tun, als sich Sorgen zu machen, und das brachte ihn nicht weiter und lähmte nur seine Entschlossenheit, die Chancen zu nutzen, die sich ihm bieten würden. Außerdem hatte er ein Versprechen gegeben: Nasrin die Flucht zu ermöglichen. Er wusste nicht, wie er es unter diesen Umständen einhalten sollte. Er beschloss daher, sich darauf zu konzentrieren, alle möglichen Szenarien im Kopf durchzuspielen, wie er die Situation doch noch zu seinen Gunsten wenden konnte. Dass er in der Klemme steckte, ließ sich trotz allem nicht leugnen.

Er wurde bei seinen Grübeleien unterbrochen, als die Tür geöffnet wurde und Enzio von den beiden Männern, die Parceval bewacht hatten, in den Kellerraum gestoßen wurde. Anschließend versperrten sie ihn von außen.

Enzio und Parceval musterten sich eine Weile stumm.

»Soweit ich mich erinnere, hielten bei der Meuterei auf der Bounty etliche Seeleute zu Kapitän Bligh«, sagte Parceval.

Enzio lächelte schief. »Unser Rettungsboot hier werden Sie und ich allein steuern müssen. Sie sind alle zu Antonino übergelaufen.«

»Ihre Leute sind allesamt jung, genau wie Antonino. Was haben Sie erwartet? Sie hätten sich mit ein paar reiferen, vernünftigen Mitarbeitern umgeben sollen.«

»So wie meine Frau?«

»Tut mir leid für Sie, Enzio. Diesen Verrat haben Sie nicht verdient.«

»Nein.« Enzio schüttelte den Kopf. »Nein, habe ich nicht.«

Parceval deutete auf die zugedeckten Stühle. »Setzen Sie sich«, sagte er. »Ist bequemer.«

»Glauben Sie, ich kann jetzt ruhig sitzen? Sie können sich doch denken, wie es weitergeht.«

»Antonino schickt Sie nach Sizilien zu Onkel Calogero?«

Enzio schnaubte. »Damit der sich mit dem Problem herumschlagen muss, was mit mir zu geschehen hat? Mein Onkel liebt Lösungen, keine Aufgaben. Und ich bin überflüssig.«

»Denken Sie, Ihr Bruder wäre so kaltblütig?«

Enzio starrte ins Leere, ohne die Frage zu beantworten. Dann stapfte er zu den Stühlen, zog sich ebenfalls einen heraus, stellte ihn neben Parceval ab und setzte sich. »Was soll's«, knurrte er. »Ja, Antonino *ist* so kaltblütig. Ich bin bereits tot, Parceval – genau wie Sie.«

»Man ist erst tot, wenn man tot ist«, sagte Parceval. »Alles vorher ist lediglich eine Chance, dem Tod zu entkommen.«

»Eine Chance zu entkommen? Das wäre vielleicht für Sie möglich. Sie haben der Polizei bisher ein Schnippchen schlagen können. Wenn Sie hier herauskämen, könnten Sie einfach weitermachen wie bisher. Aber ich? Ich führe kein Leben auf der Flucht. Lieber sehe ich Antonino in die Augen, während mir einer seiner Leute ins Genick schießt. Es ist nur eine Frage der Zeit – sobald sich der Staub über die Meuterei gelegt hat und auch meine bisherigen Geschäftspartner ihn akzeptiert haben.«

Nach einer Weile sagte Parceval: »Danke, dass Sie weiterhin an mir festhalten wollten.«

»Ich hatte Ihnen mein Wort gegeben, oder nicht?«

»Wie konnte Ihr Onkel sich hinter Antonino stellen?

Sie waren doch die ganze Zeit der zuverlässige Vertreter der Familieninteressen hier in Deutschland.«

»Wissen Sie«, seufzte Enzio, »ich hätte es mir von Anfang an denken sollen. Aber ich bin ein altmodischer Idiot, viel altmodischer als Calogero mit seinen sechsundachtzig Jahren. Mittlerweile denke ich, dass Antonino mit dem Ziel hierhergeschickt wurde, mich abzusetzen. Und Dr. Lamb hat dabei für Calogero die Strippen gezogen. Antonino hat sich in aller Ruhe Zeit gelassen, hat sich in mein Business eingearbeitet, hat die Leute auf seine Seite gezogen, hat sich meiner Frau angebiedert, sodass sie ihm jetzt aus der Hand frisst – und hat dann Calogero einen Vorschlag unterbreitet, wie er den Gewinn für die Familie vervielfachen würde.«

»Hat er Ihnen auch verraten, wie dieser Vorschlag lautet?«

»Ich habe Revan Rizla Unrecht getan«, sagte Enzio. »Er und seinesgleichen sind eine Krankheit, völlig gewissenlos, was das Schicksal von Menschen angeht, die nicht zu ihrem Clan gehören und ihm hündisch ergeben sind. Sie haben keinen Stil, keine Ehre und keinerlei soziales Bewusstsein; sie sind Schmarotzer, die den Staat kaputtmachen, der sie aufgenommen hat. Aber ich habe ihm trotzdem Unrecht getan.«

»Inwiefern?«

»Sein Anschlag auf Silias Hochzeit war in Wahrheit ein Vergeltungsschlag – eine Warnung. Nicht er hat den Krieg angefangen; wir haben es getan. Antonino hat es getan. Sein Vorschlag an Calogero lautete, in das Geschäft mit dem Menschenhandel einzusteigen. Wenn ich Ihre Geschichte richtig im Kopf habe, dann kennen Sie sich mit diesem Thema besser aus als ich. Im Sommer, als Sie aus dem Gefängnis flüchteten, wurde in Berlin eine wichtige Relaisstation im modernen Sklavenhandel ausgeschaltet. Alle großen Nummern, die in diesem dreckigen Geschäft die Finger drin haben, wollen die freie Stelle ausfüllen. Und jetzt will es auch die Cosa Nostra. Calogero und Antonino haben unsere Ehre verspielt.«

Parceval sagte nichts.

»Antonino ist mir damit im Sommer in den Ohren gelegen. Ich habe ihn abgewiesen. Ich habe gesagt, mit so etwas macht sich die Familie nicht die Finger schmutzig.«

»Die Familie schon«, erwiderte Parceval trocken. »Nur Sie nicht.«

38

»Wir legen ihn auch um«, sagte Antonino.

»Ich rate davon ab«, erwiderte Dr. Lamb. »Auch wenn ich persönlich es begrüßen würde.«

»Warum sind Sie dann dagegen?«

»Weil es eine gewinnbringendere Lösung gibt.«

Antonino und Dr. Lamb saßen mittlerweile allein am Tisch. Antonino hatte Robertinna gebeten, sich von Turi in die Stadt fahren zu lassen und dort alles einzukaufen, was sie für eine Neudekoration des Hauses in ihrem persönlichen Stil benötigte. Die beiden Leibwächter hatte Antonino ebenfalls weggeschickt.

»Ihr Onkel hat Ihnen viele Vorschusslorbeeren gegeben«, erklärte Dr. Lamb. »Trotzdem schadet es nicht, ihm einen sofortigen Erfolg zu präsentieren, am besten einen, der eine langfristige Wirkung hat und für eine Festigung Ihrer neuen Stellung sorgt. Das zeigt, dass Sie mitdenken und die nötige Bescheidenheit an den Tag legen.«

»Und was wäre das nun?«

»Liefern Sie Parceval der Polizei aus. Hängen Sie ihm den Anschlag auf den Hochzeitskonvoi Ihrer Nichte an. Bieten Sie Zeugen auf, die ihn gesehen habe – es dürfte Ihnen ja nicht schwerfallen, die Angehörigen Ihrer Familie zu überzeugen. Dann haben Sie bei der Polizei einen Stein im Brett und können Ihren Onkel mit guten Beziehungen zu den Behörden beeindrucken, ohne dass Sie wie Ihr Bruder den Eindruck erwecken, vor der Justiz zu kuschen.«

Antonino grinste erfreut. »Das mache ich. Ich liefere ihn heute noch aus!«

»Einen Moment noch, Dottore: Darf ich Ihnen davon abraten? Wenn Sie Parceval ausliefern, werden unweigerlich Fragen auftauchen, Fragen nach Ihrem Bruder. Die sollten wir noch nicht beantworten. Ich schlage vor, dass ich Parceval zur Polizei bringe.«

»Gut. Denken Sie, man könnte sich bei der Polizei vorstellen, dass es etwas rauer zugegangen ist, als wir Parceval fassten?«

Dr. Lamb lächelte. »Ich glaube, man kann von einem Mann wie ihm erwarten, dass er sich mit aller Gewalt gewehrt hat. Wir müssen ihn lebend abliefern, das ist alles. Ein paar Knochenbrüche und ausgeschlagene Zähne machen das Szenario realistischer. Und schließlich kann man auch im Rollstuhl lebenslänglich absitzen.«

Antonino nickte. »Nehmen Sie Fusto mit, der hat sowieso noch eine Rechnung mit Parceval offen. Und Toto. Der hat einen Gürtel in Capoeira. Und zeichnen Sie alles für mich mit dem Handy auf.«

39

»Nach Mannheim geht's aber geradeaus weiter«, sagte Parceval im Konversationston, als der SUV mit Dr. Lamb am Steuer von der geteerten Straße abbog und einem Kiesweg tiefer in den Wald hinein folgte.

Dr. Lamb antwortete nicht. Parceval wandte sich an die beiden Männer, die auf der Rücksitzbank links und rechts neben ihm hockten und ihn so einengten, dass er kaum die Schultern bewegen konnte. »Sollen wir ihm verraten, dass er falsch abgebogen ist?«

Einer der Männer, Fusto, grunzte etwas. Der andere, dessen Namen Parceval nicht kannte, schwieg. Der SUV holperte über Wurzeln. Der Grasstreifen in der Mitte des Wegs war hoch. Parceval konnte das Wispern der Grashalme hören, die über das Bodenblech strichen.

Parceval war sich im Klaren darüber, was Dr. Lamb im Schilde führte. Und er war erleichtert. Als der Rechtsanwalt ihn aus dem Kellerraum hatte holen lassen und verkündet hatte, dass man ihn der Polizei übergeben würde, hatte Parceval für kurze Zeit Verzweiflung empfunden. Dass einer seiner Bewacher Fusto war, hatte ihn jedoch wieder hoffen lassen. Fusto brannte darauf, sich für die erlittenen Schmähungen an Parceval zu rächen.

Dass man ihm die Hände mit Kabelbindern hinter dem Rücken gefesselt hatte, hatte Parceval mit weiterer Zuversicht erfüllt. Und jetzt fuhr Dr. Lamb mit ihm und den beiden Gorillas noch tiefer in den Wald hinein.

Das konnte nur eines bedeuten: Parceval sollte eine Abreibung bekommen, bevor er der Polizei übergeben wurde. Deshalb die beiden Gorillas, deshalb der Abstecher in den Wald.

Parceval lächelte in sich hinein. Hätten sie ihn direkt nach Mannheim vors Polizeipräsidium gefahren, hätte er nur wenig Chancen gehabt. So aber sah die Sache schon viel besser aus.

Als Fusto und sein Kumpan Parcevals Hände gefesselt hatten, hatte Parceval bereits erste Vorkehrungen getroffen. Er war kein Bär; ein Kabelbinder hätte gereicht, um seine Handgelenke über Kreuz zu fixieren. Aber er hatte sie so übereinander gelegt und die Hände zu Fäusten geballt, dass Fusto zwei Kabelbinder hatte zusammenstecken müssen. Er war ein Amateur, genauso wie sein Kumpan. Sich aus einem einzigen Kabelbinder zu befreien war nicht ganz leicht; bei zweien gab es einen massiven Schwachpunkt in der Fessel, und zwar die beiden Stellen, wo die Plastikstreifen zusammengesteckt waren. Fustos Ahnungslosigkeit bewies sich auch an der Tatsache, dass er die Kabelbinder so stramm wie möglich gezogen hatte, um Parceval Schmerzen zuzufügen. Stark gespanntes Plastik ließ sich leichter auseinanderreißen als eines, das Spielraum hatte.

Dr. Lamb hielt an, schaltete den Motor aus, löste den Sicherheitsgurt und drehte sich zu Parceval um. Er zielte mit einem Handy auf ihn.

»Bitte lächeln«, sagte er höhnisch. »Sie werden gefilmt. Wollen Sie was sagen?«

»Nehmen Sie das für Antonino auf oder für Ihre kleine Tochter?«, fragte Parceval. »Wenn es für die Kleine ist, kann ich ein Gedicht aufsagen.«

»Schafft ihn raus«, sagte Dr. Lamb angewidert. Er ließ das Handy sinken.

Parceval wurde nach draußen gezerrt und grob auf die Beine gestellt. Fusto hielt ihn von hinten fest. Sein Kumpan baute sich vor ihm auf. Dr. Lamb stellte sich in Positur und hob das Handy wieder in die Höhe.

»Moment mal«, sagte Parceval. »Ich möchte wenigstens wissen, wie ihr zwei Clowns heißt. Das heißt, Brusco kenne ich schon. Deinen Namen hab ich leider vergessen.«

»Es heißt Fusto«, knurrte Fusto.

»Und warum willst du das wissen?«, fragte sein Kumpan.

»Ich will euch ins Krankenhaus eine Karte schreiben.«

Fusto und sein Kumpan lachten erheitert.

»Also, wie heißt du, Zuckerschnute?«, fragte Parceval.

Fustos Kumpan musterte ihn. »Toto«, sagte er schließlich. »Merk dir den Namen, denn du wirst ihn den Rest deines Lebens verflu…«

»Wie? Tonto?«, unterbrach Parceval.

»Toto!«

»Ich dachte, ich hätte Tonto verstanden.«

»Nein, Toto. Und ich garantiere dir, der Name wird dich für immer verfol…«

»Tonto hätte besser gepasst«, unterbrach Parceval erneut. »Hast du gewusst, dass *tonto* auf Italienisch Trottel bedeutet?«

»Natürlich weiß ich das, du Arschgeige!«, rief Toto, dessen Gesicht sich rot verfärbt hatte. »Was glaubst du, wo ich herkomme? Halt ihn fest, Fusto, dann zeig ich ihm, was es bedeutet, mit Toto Stress zu haben.«

»Jetzt weiß ich's wieder, Brusco«, sagte Parceval. »*Du* hast mir doch gesagt, dass dein Zuckerschnütchen hier Tonto heißt.«

Toto schlug unkontrolliert zu, noch bevor Fusto seine Pranken um Parcevals Oberarme legen konnte. Parceval hatte damit gerechnet, dass er zumindest diesen einen Schlag würde einstecken müssen, und gehofft, er würde eher im Affekt als gezielt ausgeteilt. Er spannte die Bauchmuskeln und ließ das Becken nach hinten kippen, um die Wucht abzupuffern, dennoch hatte er das Gefühl, als sei ihm jemand aus vollem Lauf in den Bauch gesprungen. Die Luft wurde ihm aus den Lungen getrieben.

Er reagierte im gleichen Moment, noch bevor die Taubheit einsetzte. Er nutzte die Spannung, die seine Bauchmuskulatur und der Schlag in die Magengrube ihm verliehen, und ließ seinen Kopf nach vorn schnappen. Stirnknochen traf auf Nasenbein – der dickste Knochen im menschlichen Körper auf einen der dünnsten.

Parcevals Stirnknochen setzte sich durch. Er fühlte, wie Totos Nasenbein unter dem Stoß brach. Toto prallte zurück. Parceval riss den Kopf nach hinten, schlug sich gleichzeitig mit den gefesselten Handgelenken gegen den Hintern und riss die Hände auseinander. Wie in den ersten Wochen des Polizeitrainings gelernt, platzten die Kabelbinder auseinander.

Zugleich traf sein Hinterkopf den hinter ihm stehenden Fusto. Fusto schaffte es im letzten Moment, den Kopf zur Seite zu drehen. Der Stoß traf seinen Wangenknochen. Fusto taumelte nach hinten.

Parceval wirbelte herum. Ein Sensentritt mit dem rechten Fuß schlug Fusto die Beine weg. Fusto prallte flach auf den Rücken. Parceval brachte seinen rechten Fuß mit Schwung wieder nach unten. Die Hacke seines Schuhs grub sich in Fustos Solarplexus. Es folgte ein schneller Wechselschritt, und Parceval trat mit voller Wucht gegen Fustos linke Schläfe. Fusto wurde halb herumgeworfen und sackte schlaff in sich zusammen.

Dann war Parceval bei Toto. Der hatte den ersten Schock überwunden und kam mit seitlich rudernden Armen und weit ausholenden Tanzschritten auf ihn zu. Toto blutete aus der Nase, seine tränenden Augen begannen schon zuzuschwellen. Parceval duckte sich unter einem geschwungenen Bein hindurch und unter dem zweiten, das mit einer Hüftdrehung Totos auf ihn zukam. Dann hatte er das Bewegungsmuster verstanden. Er richtete sich mit dem dritten Schwung auf, packte Totos erhobenes Bein an Knöchel und Knie und drückte es ruckartig nach oben. Toto fiel nach hinten um. Parceval war über ihm, kniete sich auf Totos Oberarme und gab ihm mehrere schnelle harte Schläge aufs Kinn. Totos Augen verdrehten sich. Sein Kopf rollte zur Seite, ein Blutfaden lief ihm aus dem Mund, weil er sich vermutlich beim ersten Kinnhaken auf die Zunge gebissen hatte.

Parceval sprang auf die Beine und richtete seine Aufmerksamkeit auf Dr. Lamb. Der Rechtsanwalt stand mit offenem Mund und noch weiter aufgerissenen Augen da, das Handy immer noch erhoben. Parceval machte einen Schritt auf ihn zu.

Dr. Lamb warf mit einem Aufschrei das Handy weg und versuchte, zum Auto zu gelangen. Parceval war schneller. Er packte den Rechtsanwalt im Genick und drückte ihn mit dem Gesicht gegen die Seitenscheibe. Dr. Lamb machte lallende Geräusche und versuchte vergeblich, Parceval abzuschütteln. Seine Brille verrutschte und fiel auf den Boden. Parceval drückte ihn mit dem linken Ellbogen gegen das Fahrzeug und klopfte ihn mit der rechten Hand ab. Er fand keine Waffen, nur den Autoschlüssel und eine Geldbörse mit mehreren Fünfzig-Euro-Scheinen, die er an sich nahm und in einer Hosentasche verstaute. Die Börse steckte er in eine andere Hosentasche.

»Sie sind ein Dieb!«, keuchte Lamb.

»Seien Sie froh, dass ich nichts anderes bin«, sagte Parceval. »Zum Beispiel Sie. Dann würde ich Sie nämlich jetzt noch schlimmer zurichten als die zwei Gorillas dort. War es Antoninos Idee, mich zusammenschlagen zu lassen, oder Ihre?«

»Antoninos«, ächzte Lamb. »Tun Sie mir nichts. Ich befolge nur Befehle.«

»Dann befolgen Sie ab sofort meine Befehle.«

»Ich kann Ihnen helfen, aus Mannheim zu verschwinden. Nur tun Sie mir nichts. Bitte. Tun Sie mir nichts.«

»Ziehen Sie die beiden Kerle bis auf die Unterhosen

aus. Die Socken stopfen Sie Ihnen als Knebel in den Mund. Los jetzt.«

Dr. Lamb befolgte die Anweisungen zitternd. Er schrak zurück, als Toto halb zu sich kam, aber nicht weit genug, um aufzuwachen. Parceval gab ihm einen sanften Tritt, um ihn zum Weiterarbeiten zu bewegen. Als er fertig war, zerriss Parceval die T-Shirts der beiden und fesselte ihnen damit die Handgelenke. Sie würden sich mit der Zeit ebenso befreien können wie Parceval zuvor, aber es kam ohnehin nur auf die Geste an. Dann hob er das Handy auf, mit dem Dr. Lamb gefilmt hatte. Er hielt es dem Rechtsanwalt hin.

»Löschen Sie den Film.« Er beobachtete Dr. Lamb dabei und streckte dann die Hand aus. »Geben Sie's mir wieder. Wie macht man damit ein Foto?«

Nachdem ihm klar war, was er tun musste, klaubte er Fustos und Totos Hosen auf und hängte sie sorgfältig über einen niedrigen Ast in der Nähe, als müssten sie trocknen. Er fotografierte die Hosen. Dann knäuelte er sie zusammen und warf sie auf die Rücksitzbank des SUV.

»Wie kann ich das Foto an Antonino senden?«

»Bitte tun Sie das nicht! Nicht von meinem Handy! Antonino denkt am Ende noch, ich hätte ihn hintergangen …!«

»Wollen Sie lieber, dass ich denke, Sie würden meine Anweisungen nicht befolgen?«

Stöhnend vor Angst schickte Dr. Lamb das Foto der beiden Hosen an Antonino.

Parceval grinste. »Das wird ihm eine Weile zu denken geben. Jetzt zu Ihnen. Haben Sie Familie?«

»Eine Schwester in Frankfurt…«

»Ich meine: Sind Sie verheiratet? Haben Sie eine Freundin? Einen Therapeuten? Eine Putzfrau?«

»Nein«, stotterte Dr. Lamb verwirrt. »Das heißt, die Putzfrau aus der Kanzlei macht auch bei mir sauber…«

»Ein Haustier? Sie scheinen mir der Terrarium-Typ zu sein. Haben Sie eine Vogelspinne?«

»Ich habe einen Hamster…«, stöhnte der Rechtsanwalt.

»Schreiben Sie Ihrer Putzfrau, dass sie in der nächsten Zeit den Hamster füttern soll«, sagte Parceval. »Sie mussten leider plötzlich verreisen.«

»Verreisen? Wieso?«

»Weil ich Sie mitnehme. Ich bin nicht nur ein Dieb, ich bin auch ein Kidnapper.«

40

Eines war klar: zurück in das Hauptquartier der Palechiaros konnte Parceval nicht mehr. Er war allerdings wieder frei; und er verfügte über alle Informationen, die Nasrin besessen hatte. Wenn er Ksenia gefragt hätte, hätte sie gesagt: *Mission erfüllt. Sieh zu, dass du Land gewinnst.*

Nur war da noch Parcevals Versprechen gegenüber Nasrin.

Wenn er Ksenia darüber informiert hätte, hätte er zur Antwort erhalten: *Wie kannst du nur so ein Idiot sein und so was versprechen?* Und dann hätte sie gesagt: *Ein Versprechen muss man halten – oder es wenigstens so lange versuchen, wie es nur irgendwie geht.*

Parceval brauchte Ksenias diesbezügliche Mahnung gar nicht. Er dachte genauso. Und tief in seinem Herzen hatte er das Gefühl, dass Nasrin nicht die einzige Verpflichtung war, die er zu erfüllen hatte.

Enzio Palechiaro hatte gesagt, er sei praktisch schon ein toter Mann. Kurz vorher hatte er Parceval jedoch noch zu seinem Leibwächter ernannt. Niemand auf der Welt, den er gefragt hätte, einschließlich Ksenia, hätte das Gefühl gehabt, Parceval müsse einer solchen Verpflichtung nachkommen. Er hatte sich unter vorgespiegelten Tatsachen bei den Palechiaros eingeschlichen, er hatte niemals vorgehabt, bei ihnen zu bleiben; er hatte bereits zweimal eingegriffen und Enzio geholfen, einmal beim Hochzeitskonvoi, einmal beim Überfall auf den Jugendtreffpunkt in Heilbronn; er war von Antonino verraten worden und wäre, hätte er nicht den Spieß umgedreht, wahrscheinlich schwer verletzt im Gefängnis gelandet. Er war keinem Palechiaro etwas schuldig.

Aber es gab doch etwas auf der Welt, das anders dachte: Parcevals Gewissen. Enzio Palechiaro war ein Mafia-Boss, der in der Wahl seiner Mittel nicht zimperlich war, Gastronomen und Ladenbesitzer um Schutzgeld erpresste, Immobilienschwindel betrieb, Waffen schmuggelte und sicher für die eine oder andere Körperverletzung verantwortlich war. Aber er besaß eine altmodische Würde und einen strikten Moralbegriff. Er gehörte hinter Gitter, aber er hatte nicht verdient, dass sein kleiner Bruder ihn abknallte. Und wenn man bedachte, welchen Tätigkeiten sich die Palechiaro-Familie unter der Führung Antoninos widmen wollte, gehörte Enzio nicht einmal ins Gefängnis, sondern wieder als Clanchef eingesetzt.

»Wo bringen Sie mich hin?«, jammerte Dr. Lamb.

»Sie werden es mögen«, sagte Parceval. »Aber machen Sie nichts schmutzig. Die Wohnung gehört einem Freund.«

»Und was haben Sie mit mir vor? Sie können mich nicht ewig gefangen halten.«

»Sie sind ein Einstandsgeschenk«, sagte Parceval.

Dr. Lamb blieb stumm. Er war ein Feigling und ein Intrigant, aber dumm war er nicht. Nach einer Weile sagte er kaum hörbar: »Sie sind wahnsinnig. Rizla wird mich umbringen.«

»Nein, wird er nicht. Antonino hat seinen Sohn. Er wird Sie austauschen wollen, wie in den Sechzigern in Berlin. Gibst du mir meinen Spion zurück, geb ich dir deinen. Fehlt nur die Brücke zwecks Übergabe.«

»Was haben Sie davon? Warum hauen Sie nicht einfach ab?«

»Was ich davon habe? Glauben Sie, Onkel Calogero in Agrigento wird weiterhin denken, Antonino sei sein neuer Goldjunge, wenn der sich zuerst die Möglichkeit durch die Finger schlüpfen lässt, sich bei der Polizei lieb Kind zu machen, und dann auch noch die wertvollste Geisel verliert, die er überhaupt nur haben kann? Antonino hat einen Bandenkrieg vom Zaun gebrochen mit seinem Versuch, sich in Revan Rizlas Geschäfte zu drängen. Außer mehreren Toten auf Seiten der Palechiaros hat er nichts als Ergebnis vorzuweisen. Ich vermute, Calogero wird froh sein, wenn Enzio ihm vergibt und das Steuer in Mannheim wieder in die Hand nimmt.« Parceval wendete den Blick von der Straße ab und grinste den Rechtsanwalt an. »Sie werden dann allerdings Ihren Klienten verlieren. Können Sie sich noch erinnern, wie das mit Recht und Gesetz wirklich funktioniert? Komponieren Sie schon mal eine Werbeanzeige für die Zeitung und beten Sie, dass Enzio Sie nicht zusammen mit Antonino nach Sizilien schickt.«

»Wie können Sie nur einem Mann wie Revan Rizla die Trümpfe in die Hand geben? Wenn das stimmt, was vor sechs Jahren über Sie zu lesen war, müssten Sie seine Geschäfte verabscheuen.«

»Ich verabscheue Sie ebenso«, sagte Parceval. »Sie sind nicht besser; ich wette, Sie haben Antonino in seinen Plänen, ins Menschenhandelsgeschäft einzusteigen, noch bestärkt. Aber falls es Sie tröstet: Sollten meine Pläne schiefgehen und Revan Rizla knallt Sie einfach ab, dann lege ich ihn nachher um. Und jetzt helfen Sie mir mal. Wo finde ich diese Adresse? Ich will das Navi nicht benutzen.«

Parceval sagte Dr. Lamb die Straße. Es war die Adresse, in der sich Emre Kavecis Wohnung befand.

41

Knapp zwei Stunden später hielt Parceval vor Revan Rizlas Firmengebäude im Heilbronner Gewerbegebiet. Als er Rizla zu sprechen verlangte, hieß es zuerst, der Chef sei nicht hier. Als er sagte, er komme aus Mannheim, war er innerhalb einer Minute in Rizlas Büro.

Parceval war froh um diese eine Minute Wartezeit. Die Gelassenheit, was Rizlas Verbrechen anging, hatte er gegenüber Dr. Lamb nur gespielt. In Wahrheit war ihm übel, wenn er daran dachte, dass er sich mit dem Mann zivilisiert unterhalten musste. Er fühlte den Drang, ihm alle Zähne einzuschlagen und jeden einzelnen Knochen im Leib zu zerbrechen. Männer wie Enzio Palechiaro waren Verbrecher; Männer wie Revan Rizla waren Monster. Was Parceval anging, hatten sie sich selbst außerhalb der menschlichen Gesellschaft gestellt.

Rizla war kein Mann, der auf zivilisierte Umgangsformen Wert legte, wenn er sich in seinem Element fühlte. Er trug einen dreiteiligen Anzug, war gut rasiert und hatte manikürte Fingernägel, aber das war nur äußerer Schein. Schon, dass er im Inneren eines Gebäudes eine Sonnenbrille trug, zeigte, wes Geistes Kind er war. Er saß zurückgelehnt in seinem Chefsessel, aß eine Art

Sandwich und bröselte seinen Anzug voll, aber machte keine Anstalten, damit aufzuhören oder Parceval auch nur mit einem Kopfnicken zu begrüßen. Er versuchte zu demonstrieren, dass er alles verachtete, was nicht so war wie er; was er in Wahrheit zeigte, war nur, dass er ein arroganter Klotz war.

Parceval war solche Umgangsformen aus Afghanistan gewöhnt. Die Mehrzahl aller echten oder eingebildeten Würdenträger, mit denen er zu tun gehabt hatte, waren höflich und gastfreundlich gewesen. Es hatte aber auch Exemplare gegeben, die während eines Gesprächs mit ihm ungeniert in der Nase gebohrt, gegähnt oder sich am Hintern gekratzt hatten – wozu sie erst hatten aufstehen müssen, um die Beleidigung vollkommen zu machen. Parceval hatte gelernt, mit diesen Menschen umzugehen. Man konnte ihren Unverschämtheiten nicht diplomatisch ausweichen. Man musste ihnen zeigen, dass man ihnen überlegen war. Man musste noch unverschämter sein als sie. Wenn man es überlebte, hatte man sich den Respekt dieser Leute erarbeitet.

Parceval setzte sich auf die Kante von Rizlas Schreibtisch, nahm seine Kaffeetasse und trank sie mit einem Schluck leer. Dann stellte er sie auf ein paar vor Rizla ausgebreitete Dokumente und sagte: »Ihr Kaffee schmeckt scheußlich.«

Rizlas Gesicht war unbewegt und die Augen hinter der Sonnenbrille nicht zu lesen. Nur seine vollen Lippen verwandelten sich in einen schmalen, weißen Strich.

Parceval tat so, als würde er sich in dem pompös eingerichteten Raum umsehen. »Also wissen Sie«, sagte er, »mir wurde gesagt, Sie seien ein wichtiger Mann. Warum haben Sie dann so ein schäbiges Büro?« Er schüttelte den Kopf und stand auf. »Ich rede besser mit jemandem, der wirklich was zu sagen hat.«

Er kam bis halb zur Tür. »Wenn Sie hier rausgehen, sind Sie ein toter Mann«, erklärte Rizla mit heiserer Stimme.

Parceval drehte sich um. Er musterte Rizla eingehend. »Wenn ich hier rausgehe«, sagte er, »bin ich genauso lebendig wie vorher und genieße den Tag. Sie hingegen werden derjenige sein, der sich fragt, wie er so dämlich sein und das beste Angebot seines Lebens ausschlagen konnte.«

»Ach, Sie haben mir was anzubieten?«, fragte Rizla höhnisch. »Lieferanten empfange ich nur freitags.«

»Nein«, sagte Parceval, »ich habe nichts anzubieten. Sie haben etwas, um das Sie mich in aller Form bitten möchten.«

»Und was wäre das?«

»Das Leben Ihres Sohnes«, antwortete Parceval, öffnete die Tür und ging wortlos hinaus. Er kam fast bis zum Ausgang, der mittlerweile von zwei menschlichen Kleiderschränken mit gegelten Haaren und dicken Muskeln blockiert wurde, und überlegte sich gerade, wie er sie überwältigen konnte, da klingelte das Telefon der Dame am Empfangstresen. Parceval hörte, wie sie sich meldete, dann legte sie auf und kam um den Tresen herum. »Herr Rizla bittet Sie noch einmal zu sich«, erklärte sie Parceval.

»Na, Jungs«, sagte Parceval zu den beiden Türwächtern und zwinkerte ihnen zu, »da habt ihr ja nochmal Glück gehabt. Geht wieder trainieren. Der Bizeps braucht noch ein bisschen Pumpen.« Er folgte der Empfangsdame, die ihn diesmal bis zu Rizlas Büro eskortierte, klopfte und ihm die Tür aufhielt.

Es stand immer noch keine Kaffeetasse für Parceval bereit, aber Rizla hatte sowohl sein Sandwich als auch seine Tasse wegräumen lassen. Er hatte sich die Brösel vom Anzug gestrichen und saß aufrecht hinter seinem Schreibtisch. Parceval setzte sich in einen der Besuchersessel, die vor dem Schreibtisch standen.

»Reden Sie«, grollte Rizla. »Und denken Sie daran …«

Parceval unterbrach ihn. »Keine Drohungen«, sagte er. »Keine Ultimaten. Keine Wenn-dann-Verknüpfungen. Dazu sind Sie nicht in der richtigen Position. Ich rede. Sie hören zu. Dann entscheiden Sie, was Sie tun wollen. Entsprechend werde ich hier hinausspazieren und entweder einen zufriedenen oder einen unglücklichen Mann zurücklassen.«

Rizla saß schweigend da. Die dunklen Brillengläser fixierten Parceval. »Reden Sie«, sagte Rizla schließlich.

»Der Überfall auf Ihren Jugendtreff«, sagte Parceval, »wurde von Antonino Palechiaro ausgeheckt. Sein Bruder war nicht informiert. Ich war bei dem Überfall dabei. Ich wusste nicht, was Antonino vorhatte, sonst wäre ich nicht mitgekommen. Aber nur weil ich dabei war, wurde die Aktion frühzeitig beendet, und niemand wurde getötet. Auf dem Rückweg lief uns Ihr Sohn Fausi über den Weg. Er hat versucht, uns aufzuhalten, aber … na ja. Er ist jetzt ein Gefangener von Antonino

Palechiaro. Enzio Palechiaro spielt keine Rolle mehr, Antonino hat ihn entmachtet. Er wird Fausi als Druckmittel gegen Sie einsetzen, und wenn Sie nicht gehorchen, wird er Ihnen Ihren Sohn in Einzelteilen zurückschicken – ein Ohr, einen Finger, eine Zehe … so lange, bis Sie mitspielen. Antonino ist nicht Enzio. Sie haben jetzt einen neuen Gegner, und der denkt genauso wie Sie.«

»Und wer sind Sie, dass Sie das alles zu wissen glauben?«

»Stellen Sie sich nicht dümmer, als Sie sind«, sagte Parceval. »Sie wissen genau, wer ich bin.«

»Sie sind Palechiaros neuer starker Mann.«

»Ist das alles, was die Clowns, von denen Sie mich beschatten lassen, herausgefunden haben?«

»Es gibt etwas, das *ich* herausgefunden habe«, antwortete Rizla mit schwerer Stimme. »Ich weiß, wer Sie wirklich sind.«

»Dann sollten Sie wissen, wie wenig es mir ausmacht, Ihresgleichen zu eliminieren.«

»Warum sind Sie hier? Was hindert mich daran, Sie festzuhalten und der Polizei ausliefern zu lassen? Oder denen Ihre Leiche zu präsentieren?«

»Es gibt zwei Gründe«, erwiderte Parceval. »Gut möglich, dass Ihre Totschläger mich am Ende überwältigen. Aber das würden Sie nicht mehr mitkriegen, denn Sie wären der Erste, den ich mir schnappe, und das würden Sie nicht überleben. Der andere Grund ist, dass Sie ohne mich Ihren Sohn nur stückchenweise wiederbekommen werden. Also – sind Sie mein Feind, dann verlieren Sie und Ihr Sohn das Leben. Sind Sie mein Freund, kommt Fausi unversehrt frei, und ich helfe Ihnen, Antonino Palechiaro in die Schranken zu weisen. Er will Ihnen Ihr Geschäft streitig machen, und er hat dabei Unterstützung aus Sizilien. Sie kämpfen hier nicht gegen die deutschen Behörden, die selbst mit Abschaum wie Ihnen noch zivilisiert und gesetzeskonform umgehen. Sie haben es mit der sizilianischen Mafia zu tun, und die gibt es schon bedeutend länger, als es libanesische Familienclans gibt. Sie hat noch immer gewonnen.«

»Und warum bietet mir Ralf Parceval an, mir zu helfen, wenn er Leute wie mich als Abschaum betrachtet? Weil er etwas haben will und dabei auf mich angewiesen ist?«

»Nein. Wenn Sie mir nicht helfen, wird es für mich lediglich etwas komplizierter. Wenn ich Ihnen nicht helfe, können Sie Ihren Sohn begraben. Sie sind auf *mich* angewiesen. Vergessen Sie das nicht.«

»Und wie wollen Sie meinen Sohn befreien?«

»Indem ich in Ihrem Namen einen Geiselaustausch organisiere.«

»Einen Austausch? Ich habe keine Geisel, die ich gegen meinen Sohn eintauschen könnte.«

»Aber ich habe eine«, sagte Parceval und grinste.

Rizla dachte lange nach. »Vielleicht will Antonino gar nicht tauschen?«, sagte er.

»Glauben Sie mir, er will. Er kann es sich nicht leisten, den Mann, den ich gefangengenommen habe, in Ihrem Gewahrsam zu lassen.«

»Überlassen Sie mir denn Ihren Gefangenen?«

»Nein. Aber das weiß Antonino ja nicht.«

»Es kann nur funktionieren, wenn Sie mir Ihren Gefangenen übergeben.«

»Irrtum«, sagte Parceval. »Es *wird* nur funktionieren, indem ich ihn behalte.«

»Ich verstehe, dass wir ein Dreiecksgeschäft haben. Ich sehe, was Antonino davon hat, und ich sehe, was ich davon habe. Was haben Sie davon? Und jetzt keine Ausflüchte – erklären Sie mir Ihren Vorteil an der Aktion.«

Parceval zuckte mit den Schultern. »Ich möchte, dass Antonino die Führung des Palechiaro-Clans wieder abgeben muss. Wenn man in Sizilien erfährt, dass er sich Ihren Sohn wieder hat abjagen lassen, wird man ihm das Vertrauen entziehen. Und ich möchte, dass die Sizilianer nicht auch noch versuchen, ihre Finger in das Geschäft mit dem Menschenhandel zu stecken.« Nasrin und das Versprechen, das er ihr gegeben hatte, ließ Parceval unerwähnt. Es hätte ihn in den Augen Rizlas schwach erscheinen lassen. Dabei dachte er hauptsächlich an sie. Er konnte sie nur aus Robertinna Palechiaros Knechtschaft befreien, wenn Antonino nicht mehr am Ruder war. Enzio würde Nasrin freigeben – wenn nicht aus Dankbarkeit für Parcevals Einmischung zu seinen Gunsten, dann im Lauf des Durcheinanders, das der Geiselübergabe folgen würde.

»Das sind also Ihre Beweggründe.«

»Was mich betrifft – ja, das ist der Deal. Abgesehen davon, dass ich ein freier Mann bleiben möchte. Was Sie betrifft, würde ich mir vielleicht an Ihrer Stelle Gedanken machen, wie sehr Fausis Entführung Ihre Position geschwächt hat und ob es ausreicht, ihn einfach nur einzutauschen, um Stärke zu demonstrieren.«

»Schlagen Sie mir vor, ich soll Antonino beim Geiselaustausch eine Falle stellen?«

»Ich denke nur laut. Aber Sie haben ein Dilemma. Die Sizilianer. Wenn Sie Antonino und seine Anhänger wegpusten, haben Sie die Cosa Nostra am Hals.«

Rizla verzog verächtlich den Mund. »Die Cosa Nostra«, sagte er, »sind Schwächlinge. Sie sind nicht wie wir. Sie sind Politiker. Sie befolgen Regeln. Wir folgen nur unseren Gesetzen, und die lauten: Bist du schwächer als wir, vernichten wir dich. Die Sizilianer sind schwächer.«

Parceval zuckte mit den Achseln. »Ich schätze Ihre Zuversicht.«

»Sie könnten für mich arbeiten«, sagte Rizla langsam.

»Ich will nicht für Sie arbeiten. Ich will nur einen Deal mit Ihnen abschließen. Ihren Sohn gegen meinen Gefangenen, Antoninos Entmachtung und meine Freiheit.«

»Wer ist Ihr Gefangener? Was macht Sie so sicher, dass Antonino in den Austausch einwilligt?«

»Es ist Dr. Lamb. Der Rechtsanwalt der Palechiaros. Der, der jedes einzelne Skelett im Schrank der Familie kennt – und der schon bereit ist zu reden, wenn man ihm damit droht, ihn mit Wattebällchen zu bewerfen. Antonino kann sich weder leisten, ihn in Ihrem Gewahrsam zu lassen, noch dass er an die Polizei übergeben wird.«

»Welchen Beweis haben Sie dafür?«

Parceval zog die Geldbörse Dr. Lambs aus der Tasche und warf sie auf den Schreibtisch. Rizla musterte sie misstrauisch, dann öffnete er sie und betrachtete nacheinander die Scheckkarten, Kreditkarten, den Personalausweis und den Führerschein des Rechtsanwalts. Er klappte sie zu und warf sie Parceval in den Schoß. Der steckte sie wieder ein.

Rizla grinste plötzlich, stand auf und hielt Parceval die Hand über den Tisch hin. Parceval stand ebenfalls auf. Er überwand den monströsen Widerwillen, den er spürte, und schlug ein.

Rizla nahm die Brille ab und starrte Parceval in die Augen. Sein Grinsen erlosch. »Wenn dieser Deal nicht wäre«, sagte er, »würde ich Ralf Parceval niemals die Hand schütteln.«

»Wenn dieser Deal nicht wäre«, erwiderte Parceval, »hätte ich gar keine Hand frei, um die Ihre zu schütteln. Ich würde nämlich Ihren abgerissenen Kopf in den Händen halten.«

»Dann wissen wir ja, woran wir sind«, sagte Rizla.

»Ja«, sagte Parceval. »Jetzt wissen Sie, woran Sie mit mir sind.«

42

Parceval stieg in den SUV und fuhr los. Er nahm so viele Abzweigungen und Umwege durch das Gewerbegebiet sowie die angrenzenden Stadtviertel, bis er selbst die Orientierung verlor und sicher war, dass ihm niemand folgte. Schließlich stellte er den Wagen am Straßenrand ab, schaltete den Motor aus, lehnte sich im Fahrersitz zurück und atmete tief ein und aus. Seine Hände zitterten vom Adrenalin, als hätte er gerade einen Kampf hinter sich gebracht.

Alles war nach Plan gelaufen. Rizla würde Antonino eine Falle stellen. Er wollte zeigen, dass er der starke Mann in der Region war, und er nahm die Sizilianer nicht ernst. Sein Pech. Parceval hatte es genauso gemeint, wie er gesagt hatte: Die Cosa Nostra gab es seit zweihundert Jahren. Rizlas Clan war nicht der erste und würde nicht der letzte sein, der glaubte, die Organisation besiegen zu können. Alle, die es bisher versucht hatten, endeten auf dieselbe Weise. Und wenn es mit ihnen vorbei war, gab es die Cosa Nostra noch immer.

Parceval hob seine rechte Hand und betrachtete sie. Mit ihr hatte er Revan Rizlas Hand geschüttelt. Er wischte sie an der Polsterung des Beifahrersitzes ab, aber er hatte immer noch das Gefühl, beschmutzt zu sein.

Schließlich ließ er den Motor an. Nach einigem Herumirren fand er den Weg zur Autobahn und fuhr zurück nach Mannheim. Er hatte erst einen Teil der Aufgaben erledigt, die er sich selbst gestellt hatte.

43

Zwischen Heilbronn und Mannheim gab es keine Autobahnraststätte, aber mehrere Parkplätze. Auf halbem Weg zurück lenkte Parceval auf einen dieser Parkplätze und manövrierte den SUV zwischen zwei der dort zu Dutzenden abgestellten LKWs.

Er nahm Dr. Lambs Handy aus dem Handschuhfach. Er hatte es zerlegt, wie sein eigenes – in Gerät, Akku, SIM-Karte. Er baute es zusammen und aktivierte es mit den PIN-Codes für Gerät und SIM-Karte, die der Rechtsanwalt ihm nach kurzer Überredung verraten hatte. Dann wartete er.

Nachdem das Handy sich beim nächsten Funkmast eingeloggt hatte und Dr. Lambs Apps alle aktiv waren, ploppten in rascher Folge mehrere WhatsApp-Nachrichten auf dem Home-Bildschirm auf. Parceval tippte sie an. Sie stammten alle von Antonino. Die erste war eine Aneinanderreihung von Fragezeichen, die Verständnislosigkeit widerspiegelte – Antoninos Reaktion auf das Foto mit den Hosen. Dann folgten schärfer werdende Aufforderungen an den Rechtsanwalt, sich zu melden. Schließlich endeten Antoninos schriftliche Kommunikationsversuche. Eine rote Zahl neben dem

Telefon-Icon verriet Parceval, dass Antonino danach versucht hatte, den Rechtsanwalt telefonisch zu erreichen.

Hatte das Foto der Hosen ihm Koordinaten der Stelle übermittelt, an der es gemacht worden war? Parceval wusste es nicht. Wenn ja, und Antonino hatte die Stelle im Wald gefunden, dann erhielten Fusto und Toto mittlerweile die nötige ärztliche Betreuung.

Er aktivierte das Bildarchiv des Mobiltelefons und tippte das Thumbnail des letzten geschossenen Fotos mit dem Finger an. Das Bild vergrößerte sich, bis es den gesamten Bildschirm des Smartphones einnahm, dann drückte Parceval auf das Icon für »Versenden« und wählte unter den Empfängeradressen die von Antonino aus. Dazu schrieb er folgende Nachricht:

> Hast du den Inhalt der Hosen schon zurückbekommen? Den Mann auf dem Foto kennst du. Willst du ihn wieder? Dann gib mir meinen Sohn zurück. Ruf dieses Handy an. R.R.

Parceval schickte die Botschaft samt integriertem Foto ab. Dr. Lamb war darauf zu sehen, fotografiert auf der Rücksitzbank des SUV, die Hände gefesselt. Parceval hatte das Foto an der Stelle gemacht, an der er hatte zusammengeschlagen werden sollen. Dann zerlegte er das Handy wieder und fuhr weiter. Falls Antonino sofort zurückrief, sollte er ein wenig schmoren.

Am Nachmittag war Parceval zurück in Mannheim. Er fuhr mehrmals durch die Straßenzüge, in denen sich Emres Lokal befand. Rizlas Beobachter waren nirgends zu sehen. Entweder hatte Rizla sie abgezogen, nachdem Parceval bei ihm gewesen war, oder sie hatten von alleine aufgegeben, nachdem Fausi nicht mehr zu ihnen zurückgekehrt war.

Er stellte das Fahrzeug bei der Pop-Akademie ab und ging zu Fuß zu seiner Bleibe im leerstehenden Haus. Der SUV wäre dort am Straßenrand zu sehr aufgefallen. In der Wohnung baute er Dr. Lambs Handy wieder zusammen. Die rote Ziffer neben dem Telefon-Icon hatte sich dramatisch erhöht. Parceval setzte sich auf den Boden, lehnte sich mit dem Rücken an die Wand und wartete.

Nach ein paar Minuten klingelte das Telefon. Parceval nahm es ab und sagte nur: »Pronto?«

Nach einem kurzen, überraschten Einatmen, dass sich endlich jemand meldete, ertönte eine Reihe von wütenden Flüchen und Beschimpfungen. Antonino ließ Parceval gar nicht die Gelegenheit, irgendetwas zu sagen. Er war rasend vor Wut. Schließlich ging ihm die Luft aus.

»Antonino, *Ragazzo*!«, rief Parceval mit seiner fröhlichsten Stimme. »Das ist ja prima! Mir geht's auch gut!«

Antonino schwieg ratlos. Nach einer Weile sagte er, heiser vom Brüllen: »Wer spricht da?«

»Nicht Revan Rizla …«

»Parceval?«

»Hundert Punkte«, antwortete Parceval. »Du hast ein Zeitschriften-Abo gewonnen.«

Eine neue Serie von Flüchen und Beleidigungen in höchster Lautstärke. Parceval hielt das Handy vom

Ohr weg und wartete. Antoninos Stimme verstummte schließlich.

»Fertig?«, fragte Parceval. »Sonst warte ich noch ein bisschen.«

»Was willst du?«, stieß Antonino hervor. »Arbeitest du jetzt für Rizla, du Bastard?«

»Bist du bereit, Fausi gegen Dr. Lamb einzutauschen?«, fragte Parceval. »Ich sage dir ehrlich, ich weiß nicht, ob du nicht lieber Fausi behalten solltest. Der hat wenigstens Mumm. Lamb ist ein nasses Handtuch.«

»Ich will mit ihm sprechen!«

»Mit wem? Mit Lamb?«

»Nein, du Arschloch! Mit Rizla.«

»Revan Rizla nimmt heute keine Anrufe mehr entgegen. Im Obst-Handel macht man früh Feierabend. Kann ich dir weiterhelfen?«

»Wo ist Dr. Lamb?«

»Im Trockenen«, sagte Parceval. »Was mich zu meiner ursprünglichen Frage bringt – hast du deine zwei Bubis schon wiedergefunden?«

»Dafür wirst du noch bezahlen, Parceval. Beide liegen im Krankenhaus.«

»Bezahlen«, sagte Parceval freundlich, »würde ich nur für das Vergnügen, dich so zuzurichten. Die zwei Amateure hast du mir ja wohl gratis überlassen.«

»Was willst du, Parceval?«, brüllte Antonino. Seine Stimme schnappte über.

»Den Austausch organisieren. Rizla will seinen Sohn, du willst den Rechtsanwalt. Betrachte mich als den vertrauenswürdigen Mediator in dieser Angelegenheit.«

»Und wo soll das stattfinden?«

Parceval war nicht erst am Nachmittag nach Mannheim zurückgekommen, weil er sich verfahren hatte. Er hatte mögliche Übergabestandorte gesucht. Ein Höhenrücken im Osten der Orte Nußloch und Leimen war ihm passend erschienen.

»Hol Enzio ans Telefon«, sagte er.

»Wen?«, fragte Antonino überrascht.

»Enzio. Deinen Bruder. Großer Kerl, braun wie frisch aus dem Urlaub, graues Haar...«

»Ich weiß, wie mein Bruder aussieht!«, brüllte Antonino.

»Dann findest du ihn sicher irgendwo im Haus. Kleiner Tipp: Guck doch mal im Keller!«

Parceval hörte, wie das Handy herumgetragen wurde: Schritte, das Knarzen eines Geräts, das von einer verkrampften Hand zusammengepresst wird, ein Türschloss, eine Tür, die Übergabe des Smartphones.

»Wer ist dran?«, fragte Enzios Stimme.

»Ist der Lautsprecher eingeschaltet?«

»Äh?... Nein. Wer ist das...?«

»Was ich Ihnen jetzt sage, behalten Sie für sich, solange es geht. Es ist Ihre Lebensversicherung. Zumindest bis morgen Nacht. Danach sind Sie auf sich allein gestellt.«

»Parceval??«

»Mach das Ding auf laut«, erklang Antoninos Stimme im Hintergrund.

»Tun Sie es nicht«, sagte Parceval.

»Wenn du mithören willst, musst du schon näher rankommen«, sagte Enzio am anderen Ende zu Antonino.

»Damit du mich am Kragen packen kannst? Hältst du mich für blöd?«

»Gut, dass er mich das nicht gefragt hat«, sagte Parceval ins Telefon. »Ich hätte ihm die Wahrheit gesagt.«

»Was wollen Sie mir sagen, Parceval?«, fragte Enzio.

»Rizla tauscht Dr. Lamb gegen seinen Sohn Fausi ein«, sagte Parceval. »Heute Nacht.«

»Wie konnte Rizla sich den Rechtsanwalt …?«

»Lange Geschichte. Lassen Sie sie sich von Antonino erzählen. Der Austausch wird in einem Waldstück auf dem Höhenzug zwischen Nußloch und Maisbach stattfinden. An der höchsten Stelle befindet sich eine kleine Lichtung, zwischen Wieslocher Weg und Hirschbergweg …«

»Kenne ich«, sagte Enzio. »Wann genau?«

»Das werde ich Antonino noch mitteilen.«

»Und wie kommen Sie …?«

»Auch ’ne lange Geschichte. Alles klar?«

»Ja«, sagte Enzio, und nach einer Pause: »Danke.«

»Geben Sie mir Antonino wieder.«

Nach dem üblichen Geraschel, das die Übergabe des Geräts begleitete, meldete sich Antonino mit den Worten: »Das wirst du bereuen, du Bastard.«

»Enzio weiß jetzt Bescheid«, sagte Parceval. »Wenn du willst, dass der Austausch gut über die Bühne geht, behandelst du ihn pfleglich. Sonst platzt der Deal, und du kannst darüber nachdenken, welche Geheimnisse dein Rechtsanwalts-Kumpel Revan Rizla erzählen wird, nur um ja keine Schmerzen aushalten zu müssen.«

»Dass Enzio involviert wird – das ist doch nie und nimmer Rizlas Forderung. Rizla würde Enzio lieber heute als morgen tot sehen. Da steckst doch du dahinter.«

»Morgen Nacht«, erinnerte Parceval. »Du bekommst noch genauere Angaben.«

»Wieso soll ich dir überhaupt trauen, Parceval?«

»Ganz einfach. Weil du musst«, erwiderte Parceval und trennte die Verbindung.

44

Der nächste Anruf war der schwierigste von denen, die er heute zu erledigen hatte. Parceval hätte ihn sich gern bis zum Schluss aufgehoben, aber das war nicht möglich. Er ging zum Fenster und schaute hinunter auf die Straße. Das Sonnenlicht fiel mittlerweile sehr schräg ein, sodass die Hausfassaden auf der Ostseite der Straße golden erstrahlten, die Straße selbst aber auf ihrer Westseite in einem tiefblauen Schlagschatten lag. Parceval starrte eine Weile blicklos auf die Szenerie, dann holte er sein eigenes Handy heraus, setzte es zusammen und rief Ksenia an.

»Bist du verrückt?«, zischte Ksenia. »Dich so lange nicht zu melden? Was glaubst du denn, was ich mir hier denke, wenn ich kein Lebenszeichen von dir erhalte!«

»Es gab schon längere Perioden, in denen du nichts von mir gehört hast.«

»Da hast du auch nicht den Idioten gespielt und dich in einer Stadt aufgehalten, in der jeder Polizist in Alarmstimmung ist!«

»Ich habe mich die ganze Zeit dort aufgehalten, wo sich kaum ein Polizist findet.«

»Und wo war das, bitte?«

Parceval erzählte es ihr, jedes Detail, jeden seiner Gedanken. Ksenia schwieg so lange, dass Parceval nur mit Mühe ein »Hallo?« unterdrücken konnte. Als sie endlich wieder sprach, klang ihre Stimme ganz ruhig. »Was brauchst du?«

»Du wäschst mir nicht den Kopf?«, fragte Parceval.

»Nein. Es hat keinen Sinn. Jetzt steckst du schon mittendrin.«

»Ksenia, ich habe Nasrin mein Wort gegeben …«

»Seit wann hast du das Bedürfnis, mir deine Beweggründe zu erklären? Was brauchst du?«

»Die private Handy-Nummer von Polizeipräsidentin Karin Feldmann. Kriegst du die raus?«

»Wann? Jetzt gleich oder in fünf Minuten?«

»Jetzt gleich wäre mir am liebsten.«

»Ich melde mich.«

Ksenia beendete das Gespräch. Parceval wusste, dass sie so wütend auf ihn war, wie er sie noch nie erlebt hatte. Er seufzte. Er wollte nicht, dass Ksenia zornig war, aber sie hätte zweifelsohne versucht, ihm seine Pläne auszureden, wenn er sie von Anfang an eingeweiht hätte. Sie hätte damit absolut recht gehabt, und er wäre vielleicht unsicher geworden. Doch er hatte sich keine Unsicherheit leisten können.

Das Telefon summte.

»Ich bin beeindr …«, begann Parceval.

Ksenia unterbrach ihn und gab ihm die Telefonnummer. »Hast du's?«

Parceval murmelte die Nummer ein paarmal vor sich hin. »Ja. Ksenia, ich …«

Ksenia hatte das Gespräch beendet.

Parceval betrachtete das Handy. Diesmal verblüffte Ksenias Ärger sogar ihn. Er zögerte ein paar Sekunden, dann öffnete er die Abdeckung des Akkufachs, um den Akku zu entnehmen.

Das Telefon summte noch einmal. Parceval drückte den Deckel hastig wieder in das Gehäuse und meldete sich.

»Du bist ein Idiot«, sagte Ksenia. »Pass auf dich auf. Viel Glück.«

Sie trennte die Verbindung erneut. Parceval wusste, dass es diesmal endgültig war – bis er sich wieder bei ihr meldete. Er lächelte. Auf einmal hatte er das Gefühl, dass er sich auf einem guten Weg befand.

45

Den Anruf bei Karin Feldmann machte er von Dr. Lambs Telefon aus. Er wusste nicht, ob Lambs Telefon die ausgehende Rufnummer unterdrückt hatte, und konnte nur hoffen, dass die Polizeipräsidentin auch dann an ihr privates Handy ging, wenn der Anrufer »Anonym« lautete. Immerhin musste sie davon ausgehen, dass ihre Nummer nur wenigen Menschen bekannt war.

Sie meldete sich nach dem vierten Klingeln und bewies mit ihrer Nachfrage, dass der Rechtsanwalt seine Nummer nicht unterdrückt hatte und sie jede Menge Telefonnummern im Kopf hatte. »Dr. Lamb? Wie sind Sie denn an diese Nummer gekommen?« Sie klang eher ärgerlich als überrascht.

»Hier ist nur Dr. Lambs Telefon«, erklärte Parceval. »Dr. Lamb ist verhindert.«

»Und wer sind Sie?«, fragte Karin nach einer kurzen Pause.

»Jemand, dessen Hilfe Sie brauchen.«

»Wie sind Sie an diese Nummer gekommen?«

»Das ist unwichtig.«

»Nicht für mich.«

»Doch, derzeit schon. Wichtig ist etwas anderes. Ein

Fahndungserfolg, der den Bürgern beweist, dass niemand auf den Straßen Mannheims ein Massaker anrichten kann, ohne dafür bestraft zu werden; und dass die Stadt nicht die persönliche Spielwiese von Mafiosi und Menschenhändlern ist.«

Karin Feldmann schwieg lange. Wenn sie Parceval damit verunsichern wollte, war sie auf dem Holzweg. Doch sie hatte nur intensiv nachgedacht, was sie mit ihren nächsten Worten bewies. »Sie gehören nicht zu Palechiaros Leuten. Die kenne ich alle. Und zu Rizla gehören Sie auch nicht. Das würde man raushören. Sie wollen anscheinend beide Parteien ans Messer liefern. Das kann nur eins bedeuten: Sie sind der unbekannte Schütze vom Friedrichsplatz.«

Parceval schwieg.

»Sie haben gesagt, ich benötige Ihre Hilfe. Ich benötige einen Fahndungserfolg. Sie haben mich aber nicht nur angerufen, um mir zu helfen. Sie benötigen meine Hilfe genauso, oder?«

Parceval schwieg immer noch.

»Womit ich nicht gesagt haben will, dass ich Ihre Hilfe überhaupt benötige. Vielleicht stehe ich ja schon vor den ersten Verhaftungen.«

Nun war es Karin Feldmann, die schwieg. Ganz leise hörte Parceval die Geräusche im Hintergrund: Schritte, Stimmen, klappernde Türen. Im Polizeipräsidium herrschte noch reger Betrieb. Es war jetzt kurz nach siebzehn Uhr. Die Beamten machten in einer Situation wie der, die seit Samstag herrschte, sicher nicht pünktlich Schluss.

Karin Feldmann würde nichts mehr sagen, er war am

Zug. An ihrer Stelle hätte er genauso gehandelt. Es war eine psychologische Kraftprobe, die er verlieren musste, weil er derjenige war, der etwas anbot. Um trotzdem die Oberhand in diesem Gespräch zu behalten, musste er die Polizeipräsidentin aus dem Gleichgewicht bringen. Er tat es mit einem Geständnis, das er früher oder später während dieses Telefonats ohnehin machen musste.

»Mein Name ist Ralf Parceval«, sagte er.

Er hörte das unwillkürliche scharfe Einatmen von ihrer Seite. Er wartete darauf, dass sie ihn für einen Lügner oder einen Verrückten erklärte, einen Trittbrettfahrer, einen Psychopathen. Sie tat nichts dergleichen.

»Aber das haben Sie sich schon gedacht«, fügte er hinzu.

»Werden Sie sich stellen?«, fragte Karin Feldmann.

»Wenn Sie auf *diesen* Fahndungserfolg gehofft haben, muss ich Sie enttäuschen.«

»Ich kann Ihr Handy orten lassen.«

»Es ist das von Dr. Lamb. Und Sie können es nicht schnell genug orten. Nicht während dieses Gesprächs. Dazu sind ein paar technische und gesetzliche Maßnahmen nötig.«

»Sie haben recht«, stimmte sie ihm zu. »Aber Sie verstehen, dass ich so etwas Ähnliches sagen musste.«

»Ich verstehe Sie. Ich verstehe Sie so gut, dass Sie sich auch alle Appelle nach dem Muster: ›Geben Sie auf, früher oder später kriegen wir Sie doch!‹, sparen können.«

»Dann verstehen Sie auch, dass ich Ihnen die Hilfe, die Sie sich mit diesem Anruf erhoffen, nicht geben werde.«

»Doch, das werden Sie.«

Karin Feldmann lachte. »Dann sagen Sie mir doch, was für einen tollen Deal Sie für mich haben und was er mich kosten soll.«

»Ich mache es andersrum. Ich sage Ihnen zuerst den Preis.«

»Schlechte Verkaufstaktik.«

Parceval ging nicht darauf ein. »Ich möchte«, sagte er, »dass zwei Menschen eine Chance bekommen. Einer davon ist eine illegale Afghanin. Sie sollen für Sie das Bleiberecht erwirken. Sie wurde durch einen Menschenhändlerring ins Land gebracht und wird wie eine Sklavin gehalten. Verleihen Sie Ihr Kronzeugenstatus, dann wird sie Ihnen auch noch ein paar willkommene Aussagen liefern. Aber sorgen Sie vor allem dafür, dass Sie in Deutschland bleiben kann und nicht abgeschoben wird. Sie soll sich hier ihr eigenes Leben aufbauen können.«

»Was bekomme ich dafür?«

»Revan Rizla und Antonino Palechiaro auf dem Silbertablett.«

»Antonino interessiert mich nicht. Ich will Enzio.«

»Das sagen Sie nur, weil Sie noch nicht wissen, dass Antonino seinen großen Bruder entmachtet hat. Er ist jetzt der Capo in Mannheim.«

»Woher wollen Sie das wissen?«

»Aus dem gleichen Grund, warum ich in der Lage bin, Ihnen Antonino und Rizla zu servieren.«

»Sprechen Sie weiter.«

»Haben wir einen Deal?«

»Ist das wirklich alles, was Sie wollen? Bleiberecht für eine Illegale?«

»Ihr Vorname lautet Nasrin. Den Nachnamen erfahren Sie, wenn es so weit ist.«

»Gut, ich werde mich für Nasrin einsetzen.«

Parceval lachte leise. »Das können Sie besser.«

»Sie wissen genau, dass ich nichts versprechen kann.«

»Ich weiß genau, dass Sie es können.«

»Das ist eine politische Angelegenheit …«

»Das ist die Verhaftung von Antonino Palechiaro und Revan Rizla auch. Außerdem ist das Amt der Polizeipräsidentin mehr Politik als Polizei. Habe ich jetzt Ihr Wort, oder hören wir einfach auf, uns gegenseitig zu langweilen, und beenden das Gespräch?«

»Sie haben mein Wort«, sagte Karin Feldmann widerwillig.

»Wenn die Situation umgekehrt wäre und ich würde Ihnen mein Wort geben, würde ich mich unter allen Umständen daran halten.«

»Ich habe Ihnen schon mein Wort gegeben! Maßen Sie sich nicht an, höhere Moralgrundsätze zu haben als ich!«

»Dann verlasse ich mich darauf. Morgen Abend wird ein Gefangenenaustausch stattfinden. Revan Rizla erhält von Antonino Palechiaro seinen Sohn Fausi zurück; dafür übergibt Rizla den Rechtsanwalt der Palechiaros an Antonino.«

»Antonino hat Fausi Rizla entführt?«

»Man könnte eher sagen: erbeutet.«

»Und Rizla hat Dr. Lamb gekidnappt?«

»Nein, das war, um die Wahrheit zu sagen, ich.«

»Wollen Sie mich auf den Arm nehmen?«

»Nein.«

Parceval konnte hören, wie Karin Feldmann sich sammelte. »Allein, indem Sie mir das alles sagen, reiten Sie sich noch tiefer rein, als Sie ohnehin schon sind… Aber Sie meinten eben, es sollen zwei Menschen eine Chance bekommen. Lassen Sie mich raten: Der zweite Mensch sind Sie.«

Parceval antwortete nichts darauf.

»Ich kann Ihnen keine Amnestie erteilen, das wissen Sie doch! Sie könnten ein ganzes Stadtviertel in Mannheim vor dem Tod bewahren, und keiner würde Ihnen Amnestie geben!«

»Sie haben nicht zugehört. Ich will nur eine Chance, so wie Nasrin eine bekommen soll.«

»Und welche Chance wäre das?«

»Der Geiselaustausch wird durch mich orchestriert. Ich will, dass Sie mir eine Chance geben, vom Austauschort zu entkommen, wenn Sie Antonino und Rizla hochnehmen.«

»Wo ist dieser Ort?«

Parceval gab keine Antwort.

»Ja, verdammt, Sie haben auch diesen Deal. Mein Wort darauf. Jetzt reden Sie schon.«

»Der Ort ist ein Höhenrücken zwischen Nußloch und Maisbach.«

»Der Hirschberg«, sagte Karin.

»An der so ziemlich höchsten Stelle laufen zwei Forstwege zusammen…«

»Wieslocher Weg und Hirschbergweg. Da in der Nähe ist eine Lichtung, ein alter Holzschlag, der aus Naturschutzgründen nur teilweise wieder aufgeforstet wird.«

»Das ist der Ort«, sagte Parceval. »Rundherum ist dichter Wald. Um wie viel Uhr haben Sie ausreichend Beamte dort in Stellung gebracht, sodass Sie zuschlagen können?«

»Was heißt das – um wie viel Uhr? Wann soll denn die Übergabe stattfinden?«

»Heute Nacht.«

»Sind Sie wahnsinnig?«

»Man muss das Eisen schmieden, solange es noch warm ist. Sagen Sie nicht, Sie wären nicht in der Lage, eine halbe Hundertschaft von Beamten in ein paar Stunden zu mobilisieren. Es ist noch nicht mal sechs Uhr abends.«

»Warum wollen Sie die Uhrzeit so genau wissen?«

»Weil ich dann die Übergabe für zwei Stunden später ansetze. Ich habe, was die Organisation dieses Austauschs betrifft, das Sagen. Ich gehe davon aus, dass sowohl Rizla als auch Antonino Leute dorthin schicken, die vor dem vereinbarten Zeitpunkt nachschauen, ob nicht der jeweils andere eine Falle aufgebaut hat. Jedenfalls würde ich es so machen. Ihre Beamten müssen da also schon gut versteckt sein. Daher die zwei Stunden Differenz. Ihre Leute werden sich ein bisschen langweilen müssen, bevor es losgeht. Ich persönlich werde die Information über den Zeitpunkt so spät wie möglich weitergeben, damit Ihre Leute nicht am Ende noch von übereifrigen Scouts der beiden Parteien überrascht werden.«

»Zweiundzwanzig Uhr«, sagte Karin.

»Gut. Dann findet die Übergabe um Mitternacht statt. Perfekt. Revan Rizla wird dabei versuchen, den Palechiaros eine Falle zu stellen; und Antonino wird beweisen wollen, dass er trotz allem der Stärkere ist und wahrscheinlich etwas Ähnliches im Schilde führen. Es wird also gewalttätig werden. Und das wird beide mit dreckigen Händen dastehen lassen. Sie brauchen Sie nur noch abzuführen, Ihre weitere Karriere ist gesichert. Fragen Sie schon mal den Innenminister, ob er Ihnen die Maße für sein Büro durchgibt, damit Sie die Möblierung planen können.«

»Mir geht es mehr darum, dass ganz Mannheim aufatmen kann.«

»Natürlich«, sagte Parceval.

»Was haben Sie von der ganzen Sache, außer dem Risiko?«

»Was ich wollte, habe ich schon bekommen. Ich bin es nur gewohnt, hinter mir aufzuräumen.«

»So wie in dem Dorf in Afghanistan …«

»So wie in dem Dorf«, bestätigte Parceval. »Nur, dass ich dort nachlässig war. Ich habe die falschen Kerle umgelegt.«

»Sie bereuen Ihre Tat kein bisschen.«

»Ich bereue die Fehler, die ich dabei gemacht habe.«

»Parceval – Sie bieten mir unter größtem persönlichen Risiko eine Chance, wie sie sich einem Polizeibeamten kein zweites Mal im Leben eröffnet. Alles, was ich Ihnen dafür bieten kann, ist wegzuschauen.«

»Ist doch ein guter Deal.«

»Lassen Sie sich nicht von meinen Leuten verhaften. Ich kann sie anweisen, sich ausschließlich auf Rizla und Palechiaro zu konzentrieren; ich kann Ihnen aber nicht ein Bild von Ihnen zeigen und sagen: Den hier lasst ihr aber laufen. Wenn Sie geschnappt werden, kann ich nichts für Sie tun. Und werde es auch nicht. Haben Sie verstanden?«

»Ich habe nichts anderes erwartet.«

Parceval wollte das Gespräch beenden, aber er spürte Karin Feldmanns Zögern. »In Berlin«, sagte sie schließlich. »Die Schießerei auf dem Firmengelände. Ich habe versucht, über Kriminaldirektorin Conrad etwas herauszubekommen, aber es ist mir nicht gelungen. Unter uns: Das waren doch Sie, oder?«

»Was hat Ihnen Kriminaldirektorin Conrad denn erzählt?«

»Dass die Schießerei schon so gut wie vorüber war, als die Berliner Kollegen dort eintrafen, und dass die Angreifer entkamen. Das Gleiche, was auch im Bericht steht.«

»Wussten Sie nicht, dass der Polizeibericht immer recht hat? So wie bei mir – ich habe fünfzehn Typen eliminiert, und genau das steht in meiner Akte. Rufen Sie mich nicht mehr an.«

46

Parceval plante, die Nachricht über den Übergabezeitpunkt um einundzwanzig Uhr an Antonino Palechiaro und Revan Rizla zu senden. Auf diese Weise würde es keiner der beiden schaffen, Scouts so rechtzeitig vor Ort zu haben, dass sie Karin Feldmanns Polizeikräfte beim Einnehmen ihrer Positionen überraschen konnten. Die drei Stunden, die den beiden Parteien damit zur Verfügung standen, um ihre Truppen zu mobilisieren und den Übergabeort zu erreichen, waren knapp bemessen. Umso besser. Es würde verhindern, dass die beiden Clanchefs allzu gut darauf vorbereitet waren, der anderen Seite eine Falle zu stellen. Parceval war es grundsätzlich egal, ob ein Haufen Verbrecher sich gegenseitig an die Gurgel ging, aber er wollte vermeiden, dass die Geschichte in einem Blutbad endete – immerhin gerieten Karin Feldmanns Leute zwischen die Fronten. Er zerlegte Dr. Lambs Handy und steckte es ein. Dann machte er sich auf den Weg zu Emres Wohnung.

Die Wohnung war in einem Altbau und ließ an einigen Stellen noch den Charme erkennen, den sie gehabt hatte, bevor Platzmangel oder ein geldgieriger

Eigentümer aus einer Wohnung zwei gemacht hatten. Die Küche war in einem Raum, der früher ein normales Zimmer gewesen sein musste, weil er für eine Küche allein zu groß und für eine Küche mit Essbereich zu klein war. Emre Kaveci hatte dennoch einen kleinen Tisch mit einer Eckbank hineingequetscht. Das Wohnzimmer war ein schmaler Schlauch, das Kinderzimmer wiederum zu geräumig, das Bad ein fensterloses Fliesenverlies am Ende eines dunklen Flurs. Das Schlafzimmer hatte Parceval nicht betreten.

Er hatte Dr. Lamb die Hände vor dem Bauch gefesselt und im Bad eingesperrt, damit er sich erleichtern konnte, wenn es nötig war. Jetzt stand die Badtür offen. Neben der offenen Tür stand ein Koffer.

Parceval wirbelte herum, aber es war zu spät. Ein Mann trat aus der angelehnten Tür zum Kinderzimmer. Er hatte eine schlanke, schwarze Pistole, die einer Glock 19 glich, aber mehr Kanten besaß. Parceval erkannte das Fabrikat nicht, was auch daran lag, dass der Lauf auf sein Gesicht gerichtet war.

»Guten Tag«, sagte der Mann.

Parceval erkannte ihn. Er war einer der Attentäter vom Friedrichsplatz.

»Und ich dachte, ich hätte den Müll rausgebracht«, sagte Parceval. Eine tiefe Sorge wegen des Koffers erfüllte ihn. An seinem Griff war die zerknitterte Banderole einer Airline befestigt.

»Sehr witzig«, sagte der Mann, aber die Wut, die sein Gesicht verzerrte, strafte seine gelassenen Worte Lügen. »Wir gehen jetzt in die Küche.«

»Soll ich nicht die Hände heben?«, fragte Parceval.

»Glauben Sie, es würde mich daran hindern, Sie abzuknallen?«

»Haben Sie genug Munition dafür im Magazin? Was ich bis jetzt von Ihren Schießkünsten gesehen habe, sagt mir, dass Sie eine ganze Maschinengewehrladung brauchen, um eine Scheune zu treffen.«

Aus der Küche ertönte eine Frauenstimme. »Er will dich nur aus dem Konzept bringen. Ignorier ihn und schaff ihn hier rein.«

Parceval kehrte dem Mann mit der Pistole den Rücken zu und ging vor ihm her zur Küche. Sein Nacken prickelte. In der Küche wurde Gewissheit, was er schon gefürchtet hatte: Emre Kaveci war zurückgekehrt. Er saß mit aschfahlem Gesicht auf der langen Seite der Eckbank. Auf der kurzen Seite saß Dr. Lamb, auch er bleich und seine Augen voller Angst.

Auf dem Stuhl saß die Frau, die sich für den Anschlag als die Vorgesetzte der drei vermeintlichen Bundeswehrsoldaten verkleidet hatte. Sie hatte ein nichtssagendes Gesicht und das Haar zu einem Pferdeschwanz gebunden. In ihrer Hand war eine Pistole, die der ihres Komplizen ähnlich sah und auf einen Punkt zwischen Emre und Dr. Lamb gerichtet war. Sie konnte sie innerhalb eines Sekundenbruchteils auf einen der beiden schwenken und abdrücken.

»Mein Gott, Emre«, seufzte Parceval. »Wieso bist du zurückgekommen?« Seine einzige Hoffnung war, dass nicht auch noch Emres Familie mitgekommen war. Oder waren Emres Frau und seine Töchter im Schlafzimmer, wo ein dritter Bewaffneter sie bewachte?

»Ich habe mich plötzlich als Feigling gefühlt dort

unten«, sagte Emre. »Ich wollte dir helfen. Meine Frau und meine Töchter sind noch im Urlaub. Wenn diese beiden Herrschaften mich nicht erschießen, bringt mich wahrscheinlich meine Frau um.« Emre verzog das Gesicht zu einem Lächeln, das so bemüht war wie sein Scherz, doch Parceval fühlte große Erleichterung.

»Sind wir einander schon vorgestellt worden?«, fragte er dann und musterte die Frau.

»Sie sind Ralf Parceval, der Kanake ist Ihr Kumpel Emre, und der Waschlappen mit der nassen Unterhose ist Jan Lamb«, erklärte die Frau.

»Danke, dass Sie mir das wieder in Erinnerung gerufen haben«, sagte Parceval. »Und Sie sind …?«

»Die Vorstellungsrunde ist bereits beendet.«

»Na gut. Irgendwie muss ich Sie ja anreden, also werde ich …«

»Sie müssen gar nichts sagen. Sie müssen nur zuhören.«

»… mir Namen für Sie ausdenken«, sagte Parceval. »Hänsel und Gretel? Bonny and Clyde? Sailor and Lula?«

»Halten Sie die Klappe, Parceval«, sagte der Mann, der mit in die Küche hereingekommen war und breitbeinig neben der Tür stand.

»Fred und Ginger«, sagte Parceval. »Sie haben zwar nicht die Klasse wie Astaire und Rogers, aber die Namen kann ich mir merken.«

»Ich knall die Arschgeige ab!«, drohte der Mann.

»Beruhige dich«, sagte die Frau.

»Ja«, sagte Parceval, ohne sich umzudrehen. »Beruhigen Sie sich, Fred.«

Die Frau stand auf. Sie war einen halben Kopf kleiner als Parceval. Sie schaute nachdenklich zu ihm hoch, dann schlug sie ihm den Pistolenlauf einmal quer über das Gesicht. Emre keuchte erschrocken. Die Waffe besaß ein kleines, scharfkantiges Korn über der Mündung des Laufs. Es zog eine Furche in Parcevals Wange. Der Schlag war heftig genug, dass sein Kopf herumgerissen wurde. Der Anblick der Frau verschwamm vor seinem Blickfeld, weil unwillkürlich Tränen in seine Augen getreten waren.

»Immer noch zu Scherzen aufgelegt?«, fragte die Frau.

»Mehr denn je«, sagte Parceval. Seine ganze rechte Gesichtshälfte wurde taub. »Ich muss nur noch an den Pointen arbeiten.«

»Hören Sie mit Ihrem blöden Gerede auf«, rief Dr. Lamb. »Sehen Sie denn nicht, dass die es ernst meinen?«

»Wissen Sie«, sagte die Frau, »für einen, der auf der Flucht vor der Polente ist, sind Sie ganz schön leichtsinnig. Suchen sich 'ne Kanakenkneipe als Stützpunkt aus! War ganz leicht, dort reinzukommen und in den Papieren zu wühlen, bis wir die Adresse hier fanden.«

»Immerhin habt ihr zwei Tage gebraucht, um auf diese Idee zu kommen«, sagte Parceval. »Dr. Lambs Hamster hätte das schneller kapiert.«

Die Frau schluckte. Die Hand mit der Waffe zuckte hoch, doch dann beherrschte sie sich. »Von dem Waschlappen hier«, sie zeigte auf Dr. Lamb, »wissen wir, dass Palechiaro sich Fausi Rizla geschnappt hat.«

»Wann haben Sie gemerkt, dass er nicht mehr zu

Ihnen zurückkehrte? Ist ja nicht so einfach, bis drei zu zählen.«

»Jetzt reicht's mir. Ich knall ihn ab!«, rief der Mann. Parceval fühlte, wie eine Pistolenmündung grob gegen seinen Hinterkopf gestoßen wurde. Der Schmerz zuckte über seinen ganzen Skalp. Gleich danach fühlte er, wie Blut warm in seinen Nacken tröpfelte.

Seine Hoffnung war, dass der Mann und die Frau – Fred und Ginger – irgendwann die Nerven verloren. Sie mussten wissen, dass er derjenige war, der ihren Kumpan beim Anschlag erschossen hatte. Sie mussten ihn hassen und den Wunsch verspüren, ihr Mütchen an ihm zu kühlen. Töten würden sie ihn erst einmal nicht, sonst hätten sie das schon längst getan. Rizla musste ihnen andere Anweisungen gegeben haben. Parceval konnte sich auch denken, welche. Er musste verhindern, dass Fred und Ginger ihn dem libanesischen Clanchef auslieferten – und er hoffte, es würde ihm gelingen, indem er sie zu blinder Wut provozierte, noch bevor die beiden ihn fesselten.

Wenn das geschah, würde sich mit Sicherheit Fred auf ihn stürzen, nicht Ginger. Der Attentäter sah nicht aus, als wäre er ohne Waffe in der Hand ein ernstzunehmender Gegner. Es würden nur wenige Handgriffe nötig sein, um ihn zu sich heranzuziehen und von hinten zu umarmen wie ein Liebhaber – und Ginger so die freie Schussbahn zu verdecken. Dann: linken Arm über Freds Schulter, bis er mit der Hand an sein Kinn fassen konnte. Rechte Hand gegen Freds rechte Schläfe pressen. Ein kurzer Druck mit der rechten und ein Ruck mit der linken Hand – und Freds Genick wäre gebrochen.

Es gab nur wenige Methoden, einem Gegner mit bloßen Händen das Genick zu brechen, und alle, die in Filmen gezeigt wurden, funktionierten nicht. Das Genick war, wenn es darauf ankam, erstaunlich widerstandsfähig. Aber Parcevals Methode hatte er von einem seiner Polizeischüler in Afghanistan gelernt, einem bereits älteren Mann; er hatte ihn nie gefragt, wer sie ihm beigebracht hatte.

Wenn Fred erledigt war, konnte er sich Ginger vornehmen. Er würde sie am Leben lassen; sie würde sein Geschenk an Karin Feldmann sein.

Doch die beiden waren Profis genug, um sich trotz ihrer Wut nicht zur Unbedachtheit hinreißen zu lassen.

»Setzen Sie sich auf den Stuhl, Parceval«, sagte Ginger und winkte mit der Pistole. »Die Hände nach hinten.« Sie wandte sich an ihren Kumpan. »Filz ihn, und dann fessle ihn.«

»Und womit?«, fragte Fred. »Mit der Küchenrolle?«

Parceval zwinkerte Emre zu und starrte dann betont auf das Küchenbord, auf dem ein Radio, eine Tischlampe und ein elektrischer Wecker standen. Die Kabel der drei Geräte waren ordentlich mit Kabelbindern zu einem Strang zusammengefasst worden. Emre furchte die Brauen, dann leuchteten seine Augen auf.

»Ich habe Kabelbinder da«, sagte er und musste sich räuspern, weil seine Stimme überschnappte.

»Warum willst du helfen, deinen Kumpel zu fesseln?«

»Weil ich nicht will, dass Sie ihn nochmals schlagen.«

Fred benutzte zwei Kabelbinder und zog sie so stramm,

wie er konnte. Die Plastikstreifen schnitten schmerzhaft in Parcevals Haut. »Na, wie ist das?«, fragte Fred spöttisch.

»Ich spüre nichts«, sagte Parceval. »Lass mal das Mädchen ran, vielleicht hat sie mehr Power als du.«

Fred zog die Kabelbinder mit einem Knurren noch enger. Er klopfte Parcevals Taschen ab und fand die zerlegten Handys – Dr. Lambs Smartphone und das billige Gerät, mit dem er zu Ksenia Verbindung aufnahm. Fred ließ die Geräte auf den Boden fallen und trat so lange darauf ein, bis sie Schrott waren. Parceval ließ sich nicht anmerken, dass sein ganzer Plan zunichte war, wenn er Antonino und Revan Rizla nicht den Übergabeort und -zeitpunkt mitteilen konnte. Doch dazu hätte er wenigstens eines der beiden Handys gebraucht. Und das Ganze immer gesetzt den Fall, dass er sich aus dieser neuen misslichen Lage befreien konnte – was auch aus purem Selbsterhaltungstrieb nötig war, denn Rizla würde, wenn Parceval zu seinem Gefangenen wurde, keine Gnade walten lassen.

Fred trat zurück und nahm seine Waffe wieder auf. Ginger lehnte sich an den Tisch. »Fragst du dich gar nicht, warum wir hier sind?«

»Nein«, sagte Parceval. »Ich kann es mir denken. Ihr habt mich auf Geheiß von Rizla die ganze Zeit über beschattet. Dann habt ihr die geistige Meisterleistung von Dr. Lambs Hamster nachvollzogen und diese Wohnung gefunden, und siehe da – Dr. Lamb saß drin. Ihr habt Rizla angerufen und ihm erzählt, dass er mich jetzt nicht mehr für den Geiselaustausch braucht. Und deshalb werdet ihr jetzt den Rechtsanwalt mitnehmen und mich hier auf der Ersatzbank abstellen.«

»Fast richtig, Parceval«, sagte Ginger. »Nur, dass wir nicht nur den Rechtsverdreher, sondern auch deinen Kumpel mitnehmen. Der hat schon viel zu viel mitgekriegt. Und was den Anwalt angeht – Rizla will ihm noch ein paar Fragen stellen, bevor er ihn an die Palechiaros übergibt.«

»Lassen Sie das nicht zu«, flüsterte Dr. Lamb entsetzt. »Er wird mich foltern.«

Emre sagte gar nichts. Er starrte Parceval nur voller Angst an.

»Das regelt sich alles, Emre«, sagte Parceval. »Keine Sorge.« Er wandte sich an das Killerpärchen. »Lasst Emre aus dem Spiel. Er wird zu keinem was sagen. Rizla hat alles, was er will. Er hat mich überlistet. Damit kann er zufrieden sein.«

»Er hat dich überlistet, stimmt«, sagte Ginger höhnisch. »Weißt du, was das heißt? Das heißt, du bist schwach. Wer schwach ist, zählt nicht. Du bist nicht in der Lage, um was zu bitten oder was zu fordern. Rizla macht, was *er* will. Du hast versagt.« Sie zerrte Dr. Lamb auf die Beine. »Los, Rechtsanwalt. Und du, Kanake – beweg dich, sonst hast du gleich genauso eine Zierleiste im Gesicht wie Parceval.«

»Was machen wir mit ihm?«, fragte Fred und deutete auf Parceval.

»Das, was Rizla uns aufgetragen hat. Ich nehme den A8 und fahre schon los. Du kommst mit dem Q3 nach. Aber lass mir ein bisschen Vorsprung – du weißt schon.«

»Ich würde die Arschgeige gerne abknallen«, sagte Fred.

»Is' nich'«, sagte Ginger. »Aber es hat keiner gesagt, dass er schön aussehen muss, wenn die Bullen ihn finden.«

»Ist das der Plan?«, fragte Parceval. »Mich an die Polizei auszuliefern im Namen Revan Rizlas, um zu beweisen, was für ein gesetzestreuer Bürger er ist? Damit er bei der Polizei einen Stein im Brett hat? Nicht gerade originell. Selbst der gute Dr. Lamb hier ist schon vorher auf die gleiche Idee gekommen.«

»Ob das originell ist oder nicht – in ein paar Stunden schmorst du wieder im Bau, Parceval, und Rizla ist der unangefochtene König von Heilbronn bis Mannheim.«

»Parceval«, sagte Emre bittend, als Ginger ihn mit der Pistole vor sich her trieb.

»Keine Sorge«, sagte Parceval. »Morgen früh ziehen wir uns gemeinsam einen Joghurt bei dir rein.«

»Die werden ihn töten und mich foltern!«, schrie Dr. Lamb. »Sie sind ein Arschloch, Parceval! Sie können nur große Sprüche klopfen, das ist alles. Ich habe wenigstens die Genugtuung, dass Ihnen die Fresse eingeschlagen wird, bevor die Polizei Sie kriegt.«

»Grüßen Sie Ihren Hamster«, sagte Parceval. Er hörte Ginger mit ihren beiden Gefangenen die Wohnung verlassen und das Treppenhaus hinunterpoltern. Die Wohnungstür schlug zu. Er richtete seine Aufmerksamkeit auf Fred, der die Pistole auf die Küchenarbeitsplatte gelegt hatte und die Uhr fixierte.

»Kennst du *Pulp Fiction*?«, fragte Parceval. »Da legt John Travolta seine MAC-10 auf den Küchentresen, weil er aufs Klo muss, und als er wieder rauskommt, erschießt Bruce Willis ihn damit.«

Fred zeigte ihm den Finger. Er wartete noch zwei Minuten, dann ging er in den Flur hinaus und hob das Telefon ab. Seine Waffe nahm er mit. Parceval hörte ihn drei Tasten tippen. Di-di-da. 110.

»Ich möchte einen Einbruch melden«, sagte Fred. »Bitte kommen Sie schnell. Ich glaube, der Einbrecher ist ein gesuchter Schwerkrimineller.« Er nannte Emres Adresse und legte dann auf.

Dann kam er zurück in die Küche, betrachtete seine Hände und schüttelte den Kopf. Er grinste Parceval breit an, zog eine Küchenschublade auf und rumorte darin herum. Schließlich hielt er einen wuchtigen Edelstahl-Fleischklopfer mit einer fies genoppten Schlagfläche in die Höhe.

»Nur das Beste vom Besten, der Kanake«, sagte er und grinste Parceval noch breiter an. Er baute sich vor ihm auf und holte mit dem Fleischklopfer aus. »Was hältst du davon?«

Parcevals Arme schossen nach vorn. Er hatte die Kabelbinder mit dem gleichen Trick zum Platzen gebracht wie im Wald, während Fred den Notruf gewählt hatte. Es war sogar noch einfacher gewesen, weil Fred sie so stramm gezogen hatte. Parcevals Handgelenke wiesen zwar blutende Schnittwunden auf, aber er beachtete sie nicht. Er schlug dem überraschten Fred den Fleischklopfer aus der Hand, schlang seinen linken Arm um seinen Nacken und legte die rechte Hand an Freds rechte Schläfe.

Alles lief so ab, wie Parceval es sich ausgemalt hatte.

Fred war zu fassungslos, um mehr zu tun, als nur zu keuchen. Er stierte Parceval an.

»Was hältst du *davon*?«, fragte Parceval und brach ihm das Genick.

47

Mannheim verfügte nicht über eine Polizeikaserne. Das Polizeirevier Innenstadt und die Verkehrspolizeiinspektion waren kleine Dienststellen, räumlich beengt und öffentlich. Daher hatte Karin Feldmann ihre Abteilungsleiter und den Leiter der Einsatztruppe, deren Mitglieder aus Mannheim, Heidelberg und Worms rekrutiert worden waren, ins Polizeipräsidium beordert. Die Männer und Frauen der Einsatztruppen bereiteten sich in den Umkleideräumen im Keller des Präsidiums auf ihren Einsatz vor. Die Führungskräfte versammelten sich in Karin Feldmanns Büro.

Ein Beamer strahlte ein Satellitenbild des Einsatzortes auf eine Leinwand. Rund um die Lichtung klebten Post-it-Zettel mit Nummern auf der Leinwand – die geplanten Verstecke der Einsatztruppe, die sich dort zu zweit oder zu viert auf die Lauer legen würden. Auf ein Flipchart-Blatt neben der Leinwand waren Namen gekritzelt: Revan Rizla, Fausi Rizla, Antonino Palechiaro, Enzio Palechiaro, Jan Lamb. Abgesetzt von diesen Namen stand noch ein weiterer, eingekreist mit einem roten Kringel: Ralf Parceval.

Der Leiter der Einsatztruppe trug bereits den dunkelblauen Einsatzoverall mit schusssicherer Weste, die den großen silbernen Schriftzug »Polizei« auf dem Rücken des Overalls verdeckte. Er schwitzte in der warmen Kombi und fotografierte die Leinwand mit den Positionsanzeigern in verschiedenen Zoomstufen. Die anderen im Raum waren still. Ihren Gesichtern war anzusehen, dass sie genau wussten, was dieser Einsatz bedeutete. Im besten Fall den Zugriff ihres Lebens, der die Verhältnisse in Mannheim – und ihre Karrieren – positiv beeinflussen würde. Im schlimmsten Fall: ein Blutbad mit vielen Toten und Verletzten.

Karin Feldmann wartete, bis der Einsatzleiter seine Fotos gemacht hatte, dann stand sie auf und klopfte mit dem Zeigefingerknöchel auf Parcevals Namen.

»Ich möchte das noch einmal ausdrücklich betonen, meine Herren: Ohne Ralf Parceval würden wir nicht einmal ahnen, dass dieser Austausch vonstattengeht, geschweige denn, wann und wo. Ich weiß nicht, was seine persönlichen Vorteile bei dieser Angelegenheit sind, aber wenn ich es recht verstehe, hätte er uns nicht in Kenntnis setzen müssen, um seine eigenen Ziele zu erreichen. Er hat es getan, weil er das Richtige will. Ich weiß, dass viele – auch unter Ihnen – der Meinung sind, er sei nach seinen Taten in Afghanistan kein Polizist mehr. Ich finde, er hat uns bewiesen, dass er sehr wohl noch einer von uns ist. Er steht außerhalb des Gesetzes, aber nicht außerhalb der menschlichen Gesellschaft, und er denkt noch immer wie wir. Auf seine Weise hat er das sogar in Afghanistan getan. Wenn ich ihm irgendwo, irgendwann zufällig über den Weg laufen sollte, verhafte ich ihn umgehend. Aber heute Abend, meine Herren – heute Abend wird es keine Verhaftung von Ralf Parceval geben.« Sie wandte sich an den Einsatzleiter. »Teilen Sie die Fahndungsfotos Parcevals an Ihre Gruppenführer aus und instruieren Sie Ihre Leute entsprechend. Er darf nicht festgehalten werden. Der Rest von uns – weisen Sie alle Kolleginnen und Kollegen an wegzuschauen, wenn Parceval irgendwo auftauchen sollte. Diese Anweisung gilt exklusiv für heute Nacht. Sollte Parceval so dumm sein, morgen immer noch in Mannheim herumzulaufen und sich irgendwo zu zeigen, nehmen wir ihn hoch. Ich werde auch alle anderen Polizeipräsidien in Deutschland darüber informieren, dass Parceval sich heute in Mannheim aufgehalten hat, und ab morgen früh werden wir auch eine Fahndung in allen öffentlichen Verkehrsmitteln und auf den Ausfallstraßen durchführen. Wenn er uns dabei in die Hände fällt, hat er Pech gehabt. Aber bis dahin ist Ralf Parceval tabu. Haben das alle verstanden?«

»Die Frage ist – hat *er* das verstanden?«, meldete sich einer der Abteilungsleiter.

Karin nickte. »Er ist nicht dumm. Ich habe ihm mein Wort gegeben, für heute Nacht seinen Verhaftungsbefehl auszusetzen. Er weiß genau, dass ab morgen früh wieder business as usual gilt.«

»Wenn er auf unsere Einsatzkräfte schießt?«

»Parceval hat noch nie Gewalt gegen Polizeikräfte angewendet.«

»Und was war in Berlin?«

»Selbst der Kollege, dem er auf dem Rücktransport ins Gefängnis entkommen ist, hat seine Anzeige wegen tätlichen Angriffs auf einen Polizeibeamten zurückgezogen. Aus den Protokollen wissen wir, dass er sogar zwei Kollegen und dem früheren Kripochef von Berlin das Leben gerettet hat.« Sie blickte sich um und sah jedem von ihren Mitarbeitern in die Augen. Ihre Blicke wurden offen und frei zurückgegeben. »Ist nun wirklich alles klar? Ich habe Parceval mein Wort gegeben, meine Herren.« Sie drehte sich zu ihrer Sekretärin um, die in ihrem Schreibtischstuhl saß. »Die ganze Sache mit Parceval kommt nicht ins Protokoll.«

Die Sekretärin hatte bisher untätig dagesessen, anstatt mitzuschreiben, und nickte nur.

Karin wandte sich wieder an ihre Mitarbeiter. »Viel Glück, meine Herren.«

Die Abteilungsleiter verließen das Büro. Die Sekretärin schaltete den Beamer aus, trennte die Verbindung zu Karins Laptop und stellte das Gerät zum Abkühlen auf ein Sideboard. »Möchten Sie noch einen Kaffee?«, fragte sie dann.

Karin, die währenddessen blicklos an ihrem Schreibtisch gesessen hatte, riss sich zusammen und nickte. »Eine ganze Kanne«, sagte sie. »Und fragen Sie alle, die noch hier sind, ob sie Pizza wollen. Ich gebe eine Präsidiumsrunde aus.«

Die Sekretärin lächelte. »Welche möchten Sie?«

»Ich kann nichts essen. Mein Magen ist zugeschnürt. Ich habe erst wieder Appetit, wenn diese Sache hier reibungslos über die Bühne gegangen ist.«

Die Sekretärin nickte und verließ das Büro. Karin starrte auf das Satellitenbild auf ihrem Laptop-Monitor, zoomte es heran und wieder heraus. Beim Gedanken daran, was alles schiefgehen konnte, bekam sie schwitzige

Hände. Sie fragte sich, wo Parceval jetzt war. Er hatte gesagt, er *orchestrierte* den Geiselaustausch. Mit welcher Fraktion rückte er an – den Palechiaros oder den Rizlas? Welche Gedanken gingen jetzt durch seinen Kopf? Er wusste, dass er im Grunde genommen nicht nur zwischen zwei, sondern gleich drei Stühlen saß. Falls es zum Schusswechsel kam, war er die gefährdetste Person. Dachte jemand wie er überhaupt solche Gedanken? Er musste zumindest kopflos gehandelt haben, als er damals losgefahren war und in einem Dorf in den afghanischen Bergen mehr als ein Dutzend Kämpfer getötet hatte, um verschleppte Frauen und Kinder zu befreien. Oder doch? Wie sehr war er überzeugt gewesen, das Richtige zu tun? War sie, Karin Feldmann, überzeugt, heute das Richtige getan zu haben, indem sie Parceval schützte? Dachten ihre Abteilungsleiter, dass sie das Richtige tat? Gab es überhaupt etwas allgemeingültig Richtiges, und wenn ja, wurde der Spielraum dafür von den Gesetzen eingerahmt oder vom inneren Moralkompass?

Ihr Diensthandy klingelte. Sie hob es auf und blickte auf die angezeigte Nummer. Es war der Anschluss des Vorzimmers von Innenminister Peter Tommasi.

Tommasi war einer der jüngsten Innenminister in der Geschichte Baden-Württembergs. Er wies eine starke Ähnlichkeit mit George Clooney auf und wusste dies auch. Vor seiner Wahl vor einem knappen Jahr hatte er in Sweatshirt-Jacke und Jeans für die Grünen im Landtag gesessen. Jetzt trug er Dreiteiler, Krawatte, Einstecktuch und Hemden mit Manschettenknöpfen.

Überrascht meldete Karin sich. Sie dachte, es wäre

alles besprochen gewesen, als sie Tommasi ihren Einsatzplan telefonisch mitgeteilt hatte. Die Vorzimmerdame verband sie mit Tommasi, der sie so vertraut begrüßte, als hätte er persönlich jeden einzelnen Schritt ihrer Karriere überwacht und gefördert.

»Ich rufe Sie aus zwei Gründen an«, sagte Tommasi nach der Begrüßung. »Zum einen, um Ihnen und Ihren Leuten nochmals ausdrücklich alles Gute zu wünschen. Sagen Sie bitte allen, dass sie gut auf sich selbst und aufeinander aufpassen sollen.«

Noch mehr überrascht erwiderte Karin: »Danke. Das ist sehr freundlich von Ihnen. Ich werde es meinen Teams mitteilen.«

»Der zweite Grund, warum ich anrufe, beruht wahrscheinlich auf einem Missverständnis. Bei mir ist eine Information so angekommen, als hätten wir eine Chance, den im Sommer ausgebrochenen Schwerverbrecher Ralf Parceval zu verhaften. Ist das wirklich der Fall? Das wäre ja toll!«

Karin sagte nichts. Sie konnte nichts sagen. Es war offensichtlich, dass Innenminister Tommasi genau Bescheid wusste – zum einen darüber, welche Rolle Parceval bei der anstehenden Aktion spielte, und zum anderen über ihre Weisung, ihn unbehelligt zu lassen.

Und noch eines war klar: Jemand von ihren Führungskräften hatte den Innenminister verständigt. Jemand, der gerade noch in der Einsatzbesprechung gesessen hatte. Jemand, der einen sehr kurzen, informellen Draht zu Tommasi hatte, weil ein Abteilungsleiter des Polizeipräsidiums Mannheim sonst nicht so schnell zum Telefon des Innenministers durchgedrungen wäre.

Jemand, der ein Verräter war.

Karin war fassungslos. Sie wusste, dass nicht alle mit ihr als Chefin einverstanden waren. Der eine oder andere hatte selbst auf eine Beförderung gehofft. Aber sie hätte nicht erwartet, dass ihr einer der Neider derart in den Rücken fiel. Sie hätte für jeden Einzelnen von ihnen die Hand ins Feuer gelegt. Nun stellte sich heraus, dass sie sich dabei ordentlich verbrannt hätte.

»Ich …«, sagte sie und verstummte wieder, unfähig weiterzusprechen.

»Stellen Sie sich nur mal die Schlagzeilen vor«, sagte der Innenminister. »Der Killer von Kunduz – gefasst in Baden-Württemberg. Parceval der Schlächter geht baden-württembergischer Polizei ins Netz! Was für ein Erfolg für uns. Und für Sie! Sie würden schlagartig zu Deutschlands gefeiertster Polizistin.«

»Ich bin keine Polizistin«, war alles, was Karin hervorbrachte.

»Ach, kommen Sie, das ist doch Schnee von gestern. Außerhalb der Polizei versteht doch niemand den Unterschied. Also – was haben Sie geplant, um Parceval festzunehmen?«

Karin konnte nicht anders, als die Wahrheit zu sagen: »Nichts«, antwortete sie.

Tommasi schwieg ein paar Sekunden lang. Dann seufzte er. »Ich habe gehofft, ich müsste nicht so deutlich werden, Frau Präsidentin«, sagte er dann mit einer Stimme, die jegliche Aufgekratztheit verloren hatte. »Sie sorgen dafür, dass Parceval heute Nacht verhaftet wird. Wenn Ihre Leute ihm dafür ein paar Kugeln verpassen müssen, umso besser. Sie sollen ihn nur nach

Möglichkeit nicht erschießen. Ich möchte einen Prozess gegen den Schweinehund, und ich möchte größtmögliche und längstmögliche Medienbeteiligung.«

»Ohne Parceval wüssten wir nicht einmal von der heutigen Aktion zwischen Rizla und Palechiaro«, sagte Karin.

»Dann sollten Sie sich schämen, dass ein Krimineller davon erfahren hat und Sie nicht. Stilisieren Sie Ihr Versagen nicht um zur Leistung eines Schwerverbrechers, den Sie aus welchen Gründen auch immer schützen wollen.«

»Ich will ihn schützen, weil ich ihm mein Wort gegeben habe.«

»Dann lassen Sie sich das eine Lehre sein, Ihr Wort in Zukunft nur noch in Angelegenheiten zu geben, in denen Sie auch ermächtigt sind, es zu halten.«

»Ich stehe zu meinem Wort«, sagte Karin.

»In diesem Fall muss ich leider anzweifeln, dass Sie die nötige Unvoreingenommenheit für die Leitung der heutigen Aktion haben. Einer Ihrer Mitarbeiter wird sie kommissarisch übernehmen. Wir werden den Medien sagen, dass der unmenschliche Druck, den der Anschlag vom Samstag auf die Behörden ausgelöst hat, bei Ihnen zu einem Burn-out geführt hat. Sie werden mit allen Ehren und dem Verdienstorden des Landes Baden-Württemberg in den Ruhestand versetzt – mit vollen Bezügen natürlich.«

»Das ist Erpressung«, sagte Karin. »Sie erpressen die höchste Polizeibeamtin des Landes. Ich könnte Sie dafür verhaften lassen.«

»Verhaften Sie den Mann, der verhaftet gehört«, erwiderte Tommasi. »Das bin nicht ich. Und das hier ist keine Erpressung, sondern ein wohlmeinendes Gespräch zwischen Chef und Untergebener, um die Untergebene davon abzuhalten, einen Fehler zu begehen, der ihre Karriere beenden und sie in der Öffentlichkeit als geistige Komplizin eines Massenmörders dastehen lassen würde.«

Karin wusste, dass sie verloren hatte. Alles in ihr lehnte sich auf. Sie war versucht zu sagen, dass sie ihr Amt niederlegte und von allen Pflichten zurücktrat. Aber sie tat es nicht. Es war zu mühsam gewesen, diese Position zu erreichen, und sie war für Tausende von Polizistinnen, die den scherzhaft und weniger scherzhaft gemeinten Spötteleien ihrer männlichen Kollegen ausgesetzt waren, ein Vorbild. Wenn sie jetzt aufgab, stieß sie sie alle vor den Kopf – und arbeitete denen in der baden-württembergischen Polizei in die Hände, die schon immer behauptet hatten, dass eine Frau – und noch dazu keine gelernte Polizeibeamtin! – nicht für das Amt des Polizeipräsidenten taugte. Wenn sie jetzt zurücktrat, würden außerdem der Kollege, der sie verraten hatte, und der Innenminister mit ihrer fiesen Erpressung davonkommen. Wenn sie im Amt blieb, würde sich irgendwann der Zeitpunkt ergeben, an dem sie den heutigen Vorfall gegen Tommasi und seinen Informanten verwenden konnte.

»Parceval wird heute Nacht verhaftet werden«, sagte sie. »Ich instruiere meine Leute diesbezüglich. Ihnen, Herr Innenminister, möchte ich sagen …«

»Ich kann's mir schon denken: Sie haben mich nicht gewählt.« Tommasi lachte. »Ist mir egal. Genügend Leute haben mich gewählt, sonst säße ich nicht hier in meinem Sessel.«

»Ich wollte Ihnen sagen, dass ich Sie gewählt *habe*. Ich dachte, Sie seien besser als die anderen Kandidaten.«

»Dann danke ich Ihnen für Ihre Stimme. Sie haben Baden-Württemberg damit ein Stück in die Zukunft befördert.« Es war Tommasis Wahlkampfslogan gewesen. Bevor Karin etwas erwidern konnte, hatte der Innenminister aufgelegt.

Sie saß in ihrem Büro und starrte auf die Schreibtischplatte. Als die Sekretärin mit dem Kaffee hereinkam, musterte sie ihre Chefin mit einem besorgten Blick.

»Ist alles okay?«, fragte sie.

Karin atmete tief ein und aus. »Ja«, sagte sie. »Stellen Sie bitte eine Konferenzschaltung zur Führungsebene und zur Leitung der Einsatzgruppe her. Es gibt neue Anweisungen.«

48

Parceval hatte keine Zeit zu verlieren. Auch wenn heute die meisten Polizeikräfte in Karin Feldmanns Einsatz gebunden waren, würde doch auf Freds fingierten Notruf schnell reagiert werden. Parceval schätzte, dass in spätestens fünf Minuten die erste Streife vor dem Haus eintraf.

Er klemmte etwas in die Eingangstür, damit sie nicht zufallen konnte, und rannte die Treppe hinunter, hinaus auf die Straße, auf der Suche nach dem Q3. Er stand nur ein paar Dutzend Schritte von der Haustür entfernt, ordentlich an der Straßenseite geparkt, ein schwarzer SUV, weniger bullig als seine Konkurrenten, aber hier in der Gegend trotzdem so auffällig wie eine Geschenkschleife auf einer Mülltonne. Parceval rannte wieder zurück in die Wohnung, klemmte den Küchenstuhl in einer Ecke des Raums ein, zerrte Freds Leichnam auf die Sitzfläche und ließ den Oberkörper über seine Schulter kippen.

Man konnte einen Toten nicht so herumbugsieren, wie man es vielleicht mit einem total betrunkenen Freund machte – sich einen Arm über die Schulter legen, ihn unter der anderen Achsel fassen und dann neben sich herschleppen. Selbst ein völlig Betrunkener besaß noch etwas Körperspannung. Bei einem Leichnam war das nicht der Fall. Ein menschlicher Körper, in dem jeglicher Lebensfunke erloschen war, ähnelte einer Flüssigkeit. Er rutschte einem überall durch. Die einzige sinnvolle Möglichkeit bestand darin, ihn wie einen Zementsack über die Schulter zu wuchten.

Die Sache hatte einen Haken: Parceval hätte keinerlei sinnvolle Erklärung parat, wenn er in dieser Situation von jemandem ertappt würde. Er riskierte es trotzdem. Er ließ Emres Wohnungstür hinter sich zuschnappen, dann stieg er, so schnell er konnte, die Treppe hinunter und öffnete die Haustür mühsam einen Spaltweit. Seine Beinmuskulatur zitterte bereits, und seine Schultermuskeln verkrampften. Schon jetzt schien Freds Leichnam sein Gewicht verdoppelt zu haben.

Die Straße war menschenleer. Unter der Woche zwischen halb zehn und zehn Uhr abends in Mannheim-Jungbusch: Wer konnte, saß zu Hause vor der Glotze oder dem Monitor und war nicht geneigt, das Nachtleben der Stadt zu erkunden.

Dankbar für diese Demonstration von Häuslichkeit wankte Parceval zum Q3 und öffnete die Türen mit dem Schlüssel, den er in Freds Hosentasche gefunden hatte. Dann ließ er Fred auf den Beifahrersitz gleiten, hielt ihn vorne am Hemd mit einer Hand fest, damit er nicht über die Mittelkonsole fiel, und räumte mit der anderen Hand seine Beine in den Fußraum. Als er sich endlich keuchend aufrichtete und umsah, ob irgendjemand ihn beobachtet hatte, stand ihm der Schweiß auf der Stirn.

In fast jedem Block gab es einen, der lieber am Fenster als vor dem Fernseher hockte und hoffte, dass jemand falsch parkte oder seinen Hundehaufen nicht beseitigte, damit er sich darüber empören konnte. Wenn es hier auch so war, dann hatte sich der selbsternannte Blockwart heute entweder frei gegeben oder hing schon am Telefon, um der Notrufzentrale brühwarm zu berichten, dass ein Unbekannter einen Unbekannten herumgetragen und in ein Auto gesetzt hatte, als ob er schon tot sei. In diesem Fall würde die Streife, die hierher unterwegs war, noch ein bisschen früher eintreffen.

Mit fliegenden Fingern schnallte Parceval den Leichnam fest und ruckte am Gurt, damit dieser blockierte und Fred auf dem Sitz fixierte. Er stellte die Rückenlehne des Beifahrersitzes schräg. Dann eilte er um den Q3 herum und stieg ein. Bis er die Tür hinter sich zuschlug, hatte er noch kein Martinshorn gehört. Er rangierte den Wagen aus der Parklücke und fuhr los.

Der Audi Q3 war ein mit allen Schikanen ausgerüstetes Fahrzeug, dessen Konstrukteure sich nicht ganz hatten entscheiden können, ob sie einen SUV, eine Limousine oder einen kompakten Stadtflitzer hatten bauen wollen. Auf dem Armaturenbrett waren Holzleisten eingelassen, die Mittelkonsole war breit und gab einem zusammen mit dem niedrigen Sitz das Gefühl, in einem Flugzeug-Cockpit zu sitzen. Die Lenkung fand Parceval gewöhnungsbedürftig – sie sprach schon bei geringen Einschlagbewegungen an.

Freds Leichnam saß neben ihm auf dem Beifahrersitz, als würde Fred ein Nickerchen machen. Selbst wenn jemand an einer Ampel neben ihm hielt und hereinspähte, würde er nichts anderes wahrnehmen als zwei

Kumpel, von denen einer fuhr und einer schnarchte. Im Tod war Freds Unterkiefer heruntergeklappt; sein Mund stand offen.

Einige Straßenzüge weiter stellte Parceval den Q3 in einer Einfahrt ab und nahm Freds Handy aus der Ablageschale. Den Motor ließ er laufen. Er aktivierte das Handy, dann beugte er sich zu Freds Leichnam hinüber, nahm dessen rechte Hand und drückte seinen Zeigefinger auf den Touchscreen. Auf dem Bildschirm öffnete sich das Benutzermenü.

Das Telefon war einer der Gründe, warum Parceval sich mit Freds Leiche belastet hatte – neben seinem Bemühen, keine Spuren für die Polizei zurückzulassen, die die Abläufe des heutigen Abends stören konnten. Freds Handy war sein einziges Kommunikationsmittel, nachdem Fred die Geräte Lambs und Parcevals zerstört hatte. Parceval hatte keine Chance, Freds PIN-Code zu knacken. Aber es war auch gar nicht nötig. Fred hatte die Touch-Identifizierung aktiviert. Wahrscheinlich wäre es einfacher gewesen, Fred die rechte Hand abzuhacken, aber selbst bei einem Typen wie Fred war Parcevals innerer Widerstand vor einer derartigen Leichenschändung zu groß.

Er aktivierte WhatsApp und sandte die bereits überfällige Nachricht an die Telefone Antoninos und Revan Rizlas. Wenn Antonino sich fragte, wem zum Teufel die Nummer gehörte, von der die Nachricht kam, konnte er das auch nicht ändern. Und Rizla würde vermutlich annehmen, dass Fred die Informationen aus Parceval herausgeholt hatte. Dann holte er tief Luft, tippte Ksenias Nummer ein und wartete. Die Bewegung hatte das Gleichgewicht, in dem sich Freds Leiche befunden hatte, zerstört. Der schlaffe Körper rutschte plötzlich ein Stück tiefer in seinen Gurt, und der Kopf rollte herum und wandte Parceval das Gesicht zu. Die Augen waren geschlossen, trotzdem sah es aus, als würde Fred interessiert darauf warten, wann Ksenia sich meldete.

Parceval nickte ihm zu. »Nicht dein Tag heute, hm?«, murmelte er. »Erst bist du tot, und dann zahlst du auch noch Telefongebühren.«

Die Telefonnummer, die Ksenia Parceval gegeben hatte, kannten nur zwei Menschen auf der ganzen Welt: er und sie. Dennoch war Ksenia auf der Hut, als sie die unbekannte Nummer sah. »Ich hoffe, Sie rufen an, um mir zu sagen, dass die Pizza jetzt endlich geliefert wird«, sagte sie statt einer Begrüßung.

»Sie hatten Lasagne bestellt«, erwiderte Parceval.

»Von welchem Handy rufst du jetzt an?«, zischte Ksenia. »Ist dir klar, welches Risiko du damit eingehst?«

»Das andere Telefon ist kaputt.«

»Und wem gehört dann dieses hier?«

»Fred.«

»Wer ist Fred?«

»Er sitzt neben mir.«

»Ist dir klar, dass du ihn töten musst, um sicherzustellen, dass unsere Verbindung geheim bleibt?«, fragte Ksenia sarkastisch.

»Hab ich schon«, sagte Parceval.

Ksenia schwieg ein paar Sekunden lang. »Wenn ich dich jetzt frage, was bei dir los ist, wirst du wahrscheinlich erklären, dass das eine lange Geschichte ist«, sagte sie dann etwas ruhiger.

»Ich erzähl sie dir trotzdem«, sagte Parceval.

Während er redete, vibrierte das Handy. Anscheinend war eine Nachricht eingegangen. Er ignorierte sie und sprach weiter. Als er zum Ende gekommen war, sagte Ksenia: »Dann gehe ich davon aus, dass du jetzt unterwegs bist zu Palechiaros Haus, um die Afghanin dort rauszuholen? Bei der Geiselübergabe braucht dich ja keiner mehr – aus dem Spiel bist du raus.«

»Ich muss trotzdem dort hin.«

»Wegen Emre.«

»Richtig.«

»Parceval – vielleicht ist er bereits tot.«

»Er ist nicht tot. Rizla wird zuerst seinen Sohn befreien, bevor er sich mit Emre befasst.«

»Du gerätst zwischen alle Fronten!«

»Sag mir was Neues.«

»Du bist …«

»… ein Idiot. Ist auch nichts Neues.«

»Ich wollte sagen: Du bist ein guter Mensch, und das wird dir nochmal zum Verhängnis werden.«

Parceval schwieg einige Sekunden lang. »Der gute Mensch bist du«, sagte er dann. »Du hilfst mir immer wieder aus der Patsche.«

»Wie kann ich dir jetzt helfen, außer laut zu schreien: Renn weg!!?«

»Mit gar nichts. Ich wollte dich nur auf dem Laufenden halten.«

»Hast du eine Waffe?«

»Fred hatte eine. Eine Pistole. Achtzehner Magazin. Den Hersteller kenne ich nicht. Sieht aus wie 'ne Glock mit ein bisschen mehr Ecken und Kanten. Das Logo auf dem Griff ist ein senkrechter Pfeil in einem Wappen.«

»Das ist 'ne Jarygin«, sagte Ksenia. »Standardausstattung bei der russischen Armee und der Polizei. Verschießt gewöhnliche 9 mm Parabellum.«

Parceval stellte die Frage, die ihn am meisten interessierte: »Zuverlässig?«

»Wenn die Russen eine neue Waffe einführen, ist sie immer zuverlässig. Denkst du, du wirst sie brauchen?«

»Ja.«

»Hast du genügend Munition?«

»Achtzehn Schuss«, sagte Parceval trocken.

»Dann hoffe ich, du hast nicht mehr als achtzehn Gegner.«

»Vielleicht stellen sich zwei direkt hintereinander, dann können's auch neunzehn sein.«

»Wieso ist Fred mit einer Jarygin rumgelaufen? Die sieht man außerhalb Russlands wirklich selten.«

»Keine Ahnung. Er und seine Komplizin sind Deutsche, so viel ist sicher.«

»Dialekt?«

»Nicht stark genug, um ihn zuordnen zu können. Ist mir auch egal. Ich will ihrem Heimatkaff ja keinen Besuch abstatten.« Parceval erkannte auf einmal, dass Ksenia für ihre Verhältnisse viel redete und fragte, und ihm ging auf, dass sie Angst um ihn hatte. Sie hatte ihn damals in Afghanistan allein losziehen lassen, weil er ihr verboten hatte mitzukommen – und weil jemand in der Polizeistation hatte zurückbleiben müssen, um die Dinge in die Hand zu nehmen. Dann, im Sommer in Berlin, als er sich aufgemacht hatte, das Hauptquartier der Menschenhändler auszuräuchern, hatte sie erneut zurückbleiben müssen. Und nun war sie zu weit entfernt, um ihn begleiten zu können. Dabei war es das, was sie sich am meisten wünschte – mit ihm in den Kampf zu ziehen und ihm Rückendeckung zu geben, so wie er es bei ihr machen würde.

»Ich …«, sagte er in einer Gefühlsaufwallung und hätte beinahe etwas gesagt, das er und Ksenia vermutlich ewig bereut hätten. »Ich komm schon klar, Ksenia«, sagte er stattdessen.

»Ich such dir sofort eine neue Bleibe und lass dir dorthin ein neues Handy zukommen. Wenn du die Adresse hast, entsorge sofort das Teil, mit dem du jetzt telefonierst. Ich kann hier bei mir alle eingegangenen Telefonate unwiederbringlich löschen, aber nicht die ausgegangenen Rufe auf deinem Gerät. Es ist 'ne Spur zu mir.«

»Keine Sorge. Ich werde die Einzelteile über halb Baden-Württemberg verteilen.«

»Gut.«

Ksenia unterbrach die Verbindung grußlos. Parceval war von ihrer wiedergefundenen Schroffheit nicht überrascht und auch nicht verärgert. Er starrte einige Augenblicke lang durch die Windschutzscheibe ins Leere, dann senkte er das Telefon und spähte auf die Nachricht, die eingetroffen war.

Sie war von Ginger, was Parceval aus dem Inhalt der Nachricht ersichtlich war. Der Absendername, so wie Fred ihn in seinen Kontakten führte, lautete Inga.

Die Nachricht lautete: *Habe endlich die Koordinaten und bin auf Position,* gefolgt von GPS-Daten.

Parceval nickte. Wie er erwartet hatte, nachdem Fred und Ginger sich nicht die Mühe gemacht hatten, ihn zu Rizla mitzunehmen. Rizla hatte seinen beiden Auftragskillern befohlen, sich irgendwo in der Nähe des Übergabeortes zu verstecken. Wäre Ingas Platz bei Rizlas Leuten gewesen, hätte es die Positionskoordinaten nicht gebraucht. Er war überrascht, wie schnell sie den Hirschberg erreicht hatte. Oder hatte er mit Freds Leiche zu viel Zeit vertrödelt? Was hatte sie mit Lamb und Emre gemacht? Rizla konnte auf keinen Fall schon vor Ort sein, oder etwa doch? Hatte sie die beiden Rizlas Vorauskommando übergeben? Parceval blickte auf die Uhr. Es war kurz nach zehn Uhr. Wenn Rizlas Leute jetzt schon auf dem Hirschberg waren, dann konnte es sein, dass sie den Polizeibeamten in die Quere kamen, die jetzt gerade Stellung bezogen. Wieso brach der Zeitplan, den Parceval mit Rizla und Antonino vereinbart hatte, schon jetzt zusammen?

Dann wurde ihm plötzlich eiskalt, als ihm die einzige Lösung einfiel, die all diese Fragen beantwortete.

Er drückte mit dem Finger auf die GPS-Koordinaten, und eine Landkarten-App öffnete sich. Parceval starrte auf den Handy-Monitor.

»Oh Mann«, sagte er.

49

Revan Rizla saß auf dem Rücksitz seines Audi S8 plus. Der Motor lief. Ab und zu drückte der Fahrer aufs Gas, obwohl der Wagen stand. Der Motor war im Innenraum der Luxuslimousine zwar kaum zu hören, aber Revan Rizla ging auf Nummer sicher.

Der Audi stand tief auf einem Wegstück in einem Wald zwischen der A6 und der Bundesstraße 291. Revan Rizla hielt ein Smartphone ans Ohr und telefonierte mit Antonino Palechiaro.

»Ich bin noch unterwegs, aber ich werde pünktlich sein«, sagte er. »Eine Viertelstunde noch, dann sind meine Leute und ich da.«

»Ich höre im Hintergrund kaum Motorengeräusche.«

»Weil ich einen S8 fahre, du Narr!«, schnappte Rizla. »Soll ich das Handy zum Fenster raushalten, damit du den Fahrtwind hörst und mir glaubst, dass ich unterwegs bin?«

»Nein«, knurrte Antonino. »Wir brauchen noch ungefähr zwanzig Minuten.«

»Wehe, du treibst ein doppeltes Spiel«, sagte Rizla. »Ich mach dich fertig.«

»Immer mit der Ruhe«, sagte Antonino und legte auf.

Das Handy von Revans Fahrer summte. Er nahm das Gespräch an, lauschte stumm und beendete die Verbindung. »Die Palechiaros sind soeben auf den Parkplatz gefahren«, sagte er zu seinem Boss.

Rizla schnaubte. »Von wegen zwanzig Minuten«, sagte er. »Was für eine verlogene Sau.« Er rief eine andere Nummer an. Niemand ging ran. Er runzelte die Stirn, dann versuchte er eine weitere Nummer. Eine Frauenstimme meldete sich mit einem ungnädigen »Ja?«.

»Seid ihr auf Position?«, fragte Rizla.

»Ja.«

»Ich habe ursprünglich deinen Kollegen angerufen. Warum geht er nicht ran?«

»Wir haben nur ein Telefon auf Empfang. Sicherheitshalber.«

»Sag ihm, er soll seines einschalten. Ich will mit ihm reden, nicht mit einem Weib.«

»Wir brauchen gar nicht zu reden«, sagte die Frau. »Wir sind Profis. Wir brauchen keine letztminütigen Anweisungen von Ihnen. Wenn Sie diesmal alles besser vorbereitet haben als am Samstag, wird nichts schiefgehen.«

»Palechiaro kommt schon jetzt«, sagte Rizla. Er beendete das Gespräch und senkte das Handy mit finsterem Gesicht.

Er hasste das Weibsstück, mit dem er erneut gezwungen war zu sprechen. Rizla hätte sie und ihre Kumpane nicht engagieren sollen. Andererseits waren sie ihm wärmstens empfohlen worden. Er verstand die Deutschen nicht. Sie ließen es zu, dass Weiber sie herumkommandierten. Sie waren schwach. Selbst wenn sie hochbezahlte Auftragskiller waren, waren sie erbärmlich. Ein richtiger Mann akzeptierte nur einen Mann als Befehlshaber, und auch nur dann, wenn dieser der Stärkere war. Revan würde dem Weibsstück und ihrem verbliebenen Kollegen zeigen, wer der Stärkste von allen war. Er würde ihnen das vereinbarte Honorar zahlen, und er würde sie unbehelligt ziehen lassen, weil es sich sonst herumsprach und niemand mehr Geschäfte mit ihm machen würde. Versprechen musste man halten. Zumindest so lange, bis kein Verdacht mehr auf ihn fallen konnte…

Ein Mann wie Revan Rizla plante lange im Voraus. In einem halben Jahr würden die beiden Auftragskiller wieder vor ihm stehen, diesmal aber als Gefangene, weil seine Männer sie entführt und zu ihm gebracht hatten. Dann würde das Weibsstück erfahren, was man davon hatte, als Frau gegenüber Revan Rizla eine dicke Lippe zu riskieren; und ihr erbärmlicher Kompagnon würde dabei zusehen, was es hieß, als echter Mann mit einem aufmüpfigen Weib umzugehen. Danach würde er beide umlegen. Und niemand würde je wissen, dass er es getan hatte, außer den beiden Opfern, die es erfahren *mussten*. Man war nicht der Stärkste von allen, wenn man sich irgendwelche Schwachheiten erlaubte.

Er wählte eine neue Nummer. Das Telefon klingelte in einem zweiten A8, der direkt hinter Rizlas Wagen stand.

»Wie sieht es aus?«, fragte er.

»Der Rechtsanwalt macht sich in die Hose«, sagte Rizlas Gesprächspartner.

»Was ist mit dem Türken?«

»Macht sich auch in die Hose, aber er hält wenigstens die Schnauze.«

»Palechiaro müsste demnächst eintreffen.«

»Wir sind bereit, Boss.«

Rizla beendete das Gespräch und legte das Handy weg. Er tippte seinem Fahrer auf die Schulter. »Und?«, fragte er.

Der Fahrer hielt eine Automatikwaffe in die Höhe, die auf dem Beifahrersitz gelegen hatte. Es war eine kurzläufige SAR-21, ein Schnellfeuergewehr aus Singapur, das von der Form her eher wie eine Nerf-Gun aussah als eine echte Waffe – wäre sie nicht pechschwarz lackiert gewesen. Die SAR-21 gehörte Waffenexperten zufolge zu den zehn besten Gewehren der Welt. Sie war Revan Rizlas persönlicher Besitz.

»Geladen, geölt, gesichert, Boss«, sagte der Fahrer. »Magazin voll.«

»Dreißig Schuss?«, fragte Revan.

»Dreißig Schuss«, bestätigte der Fahrer.

Rizla grinste. »Ich werde sie alle in Antoninos verblödeten Scheiß-Itakerschädel jagen.«

Das Telefon des Fahrers summte erneut. »Alle Palechiaro-Fahrzeuge haben den Parkplatz verlassen und sind jetzt im Wald«, gab der Fahrer die aktualisierte Meldung weiter.

»Gut. Die Beobachter sollen abziehen und ihnen folgen. Wir kesseln die Itaker ein.«

50

Die Frau mit dem Decknamen Inga Kesper, die Parceval »Ginger« getauft hatte, saß auf etwa halber Höhe in einem Ast eines dichtbelaubten Baums. Um den Ast hatte sie einen breiten Ledergürtel gelegt, an dessen beiden Enden steigbügelähnliche Vorrichtungen befestigt waren. Mit Hilfe von Verzurrgurten konnten die Steigbügel auf jede gewünschte Höhe angepasst werden. Der Ledergürtel war an seiner breitesten Stelle zwischen den Steigbügeln flach und glatt und bot eine Sitzfläche, auf der es sich schmerz- und krampffrei eine lange Weile aushalten ließ.

Inga saß jetzt rittlings auf dem Ast, die Füße in die Steigbügel gestemmt. Der Rucksack, mit dem sie ihre Ausrüstung hier heraufgeschafft hatte, hing an einem Ast. Sie hatte ein Geschirr übergestreift und lehnte mit dem Rücken am Baumstamm, gesichert durch einen weiteren Gurt, der um den Baumstamm herumführte und vor ihrem Solarplexus eingeklinkt war. Sie konnte ihre Bauch- und Rückenmuskulatur vollkommen entspannen und sich in den Gurt hängen, ohne dass sie Gefahr lief herunterzufallen. Dies war äußerst wichtig, denn später würde sie genau das tun – sich in den Gurt fallen lassen und alle Konzentration und Energie auf ihre Arme, Hände und den Finger legen, wenn sie ihre Ziele auswählte und abdrückte. Ihre Waffe, ein Steyr SSG04-Scharfschützengewehr aus österreichischer Produktion, hielt sie in der Armbeuge. In der freien Hand hatte sie ihr Handy, das sie jetzt sinken ließ.

Wo war Claus? Warum ging er nicht ans Telefon? Sie hatte so oft versucht, ihn zu erreichen. Mehrmals war der Anschluss belegt gewesen. Hatte er telefoniert? Doch warum war er dann danach nicht rangegangen oder hatte zurückgerufen? Oder waren es nur Netzprobleme gewesen? Aber ihre anderen Anrufe waren zu seinem Gerät durchgedrungen, bis die Mailbox angesprungen war. Sie hatten vereinbart, sich niemals Nachrichten auf die Mailbox zu sprechen; wenn sie nicht telefonieren konnten, kommunizierten sie über WhatsApp und benutzten völlig unverfängliche Formulierungen. Sie schnaubte und versuchte, ihre Sorge zu verdrängen. Sie musste sich auf den Job konzentrieren.

Doch ihre Gedanken wanderten sofort wieder zu Claus zurück. War die Polizei schneller eingetroffen, als er gedacht hatte, und hatte ihn zusammen mit Parceval verhaftet? Ihre Sorge um ihn war rein professioneller Natur. Sie hegten keine Gefühle füreinander, aber sie mussten sich bei einem Job aufeinander verlassen können. Sie lebten nicht einmal nahe beieinander. Dementsprechend mischte sich in ihre Unruhe eine Portion Ärger. Wie hatte er so blöd sein können, sich schnappen zu lassen? Und wenn ihm etwas passiert war auf dem Weg hierher – wieso hatte er nicht aufgepasst? Rizlas Anweisungen waren ganz klar gewesen: Sie sollten während der Übergabe, wenn alle Aufmerksamkeit auf die zwei Geiseln gerichtet war, das Feuer eröffnen und so viele Mitglieder des Palechiaro-Clans wie möglich ausschalten. Antonino Palechiaro durfte angeschossen, aber nicht getötet werden. Die anderen, allen voran der Rechtsanwalt, waren zum Abschuss freigegebene Ziele. Doch im Zielgebiet würden sich auch Rizla-Leute befinden, denen nichts passieren durfte, was bedeutete, dass man die Ziele nacheinander und ohne Hektik ins Visier nehmen musste, damit man nicht die Falschen traf. Für einen einzelnen Schützen war das eine verflucht schwere Aufgabe, und selbst zu zweit hatte man alle Hände voll zu tun; nur einer der vielen Gründe, warum sie eigentlich immer zu dritt gearbeitet hatten.

Es würde schwer genug sein, den dritten Mann langfristig zu ersetzen. Wenn jetzt aber Claus auch noch ausfiel… dann würde es eine ziemliche Weile dauern, bis sie eine neue Truppe zusammengestellt hatte. Ein Jahr mindestens, eher zwei… und auch wenn Inga genug auf der hohen Kante hatte, um zehn Jahre ohne Einkommen überstehen zu können und sich dabei nicht einschränken zu müssen, bestand doch die zusätzliche Gefahr, dass eine zu lange Schaffenspause sie aus dem Gedächtnis ihrer potenziellen Auftraggeber strich.

Inga atmete durch, um ihren Ärger zu verdrängen. Wieso ging bei diesem Job so viel schief? Sie wischte sich mit dem Handrücken über die Stirn und betrachtete danach ihre Haut, die nun mit der grüngrauen Tarnfarbe beschmiert war, die sie sich im Gesicht aufgetragen hatte. Zusammen mit ihrem dunklen Overall war sie von unten auf ihrem Hochsitz im Baum praktisch unsichtbar. Erst das Mündungsfeuer würde ihre Position verraten – aber zu diesem Zeitpunkt würde die Panik auf der Lichtung schon zu groß sein und die Männer im Zielbereich wegen der Autoscheinwerfer geblendet. Rizla hatte die Situation gut vorbereitet, das musste man ihm lassen.

Sie drückte die Wahlwiederholung am Handy, hielt es ans Ohr und lauschte erneut.

51

Karin Feldmann war beeindruckt von den Männern und Frauen unter ihrem Kommando. Sie hatten sich so gut versteckt, dass sie die meisten erst entdeckte, wenn sie praktisch auf sie trat; und keinen von ihnen hatte sie ausfindig machen können, wenn sie mehr als fünf Meter entfernt gewesen war. Da der Ring, den sie um die Übergabestelle gezogen hatten, eine Entfernung von fünfzig bis siebzig Metern vom Rand der Lichtung einhielt, war es so gut wie unmöglich, dass die Palechiaros oder die Rizlas auch nur aus Zufall über einen ihrer Leute stolperten.

Sie konnte jedoch nicht nur Stolz empfinden. Der Schock über den Verrat eines ihrer Abteilungsleiter wirkte noch immer nach. Dazu kam, dass sie weiterhin nicht die geringste Ahnung hatte, wer dahintersteckte. Am Ende war es der Einsatzleiter hier? Ihn kannte sie am wenigsten. Sie hatte versucht, auf die kleinsten verräterischen Zeichen in seinem Mienenspiel zu achten, als sie ihm hier vor Ort nochmals den Befehl des Innenministers weitergegeben hatte. Sie ließ dabei durchklingen, dass sie Minister Tommasis Einmischung als Zumutung empfand, aber sie bemerkte nichts, was darauf hingewiesen hätte, dass er Tommasis Informant war. Sie war machtlos. Sie musste sich nach der Verhaftung in aller Ruhe auf die Suche nach dem Maulwurf begeben. Parceval, der sich auf ihre Zusage verließ, würde allerdings geopfert werden.

Er war ein mindestens fünfzehnfacher Mörder. Sie sollte es nicht bedauerlich finden, dass er wieder hinter Gittern wanderte, und sie sollte sich nicht grämen, ein Versprechen gegenüber einem solchen Mann zu brechen.

Sie konnte nicht verhindern, dass die ganze Angelegenheit trotzdem in ihr gärte.

Sie kroch in das Versteck, das die Beamten für sie und den Einsatzleiter hinter den Linien gebaut hatten. Irgendjemand, wohl mit einer Affinität für Bergsteigen, hatte diesem Versteck den Namen Hochlager gegeben. Der Ort, wo die Einsatzfahrzeuge und das medizinische Personal weit außer Sicht- und Hörweite des Übergabeorts stationiert waren, hieß konsequenterweise Basislager.

Der Einsatzleiter empfing sie mit einem Nicken und lauschte dann wieder in sein tragbares Funkgerät, das mit den Funkgeräten der jeweiligen Gruppenleiter verbunden war und in das er Ohrhörer eingestöpselt hatte.

Alle Beamten hatten ihre Handys abgegeben und im Präsidium zurückgelassen; auch Karin. Sie hatte es selbst so verfügt. Das einzige Handy in der Nähe befand sich im Basislager und diente zur Kontaktaufnahme mit der Außenwelt, falls es nötig werden sollte.

Keiner der Beamten hatte protestiert. Sie waren alle Profis; und jeder von ihnen kannte die Geschichte, die in einem anderen Bundesland passiert war, den unglücklichen Kollegen aber bundesweit bekannt gemacht hatte. Er und mehrere andere Beamte hatten in einer Situation ähnlich wie dieser in Verstecken ausgeharrt, um einen Kaufhaus-Erpresser bei der Lösegeld-Übergabe zu schnappen. Die Polizisten hatten sich bereit gemacht zuzugreifen, als ein Mann auf einem Fahrrad angekommen war, anhielt und sich vorsichtig umsah. Und dann war plötzlich ein Mobiltelefon eines der Beamten in voller Lautstärke angesprungen, und zwei fröhliche Kinderstimmen hatten gekräht: »Aufwachen, Papa, hier spricht die POLIZEI!«

Der Erpresser hatte in die Pedale getreten und war entkommen, weil die völlig überraschten Beamten zu spät aufgesprungen und auf ihn zugerannt waren. Der Kollege mit dem Mobiltelefon hatte alle angeordneten Vorsichtsmaßnahmen befolgt; er hatte sein Handy stumm geschaltet und auf Flugmodus, so dass kein zufälliger Anruf ihn erreichen konnte. Aber er hatte nicht damit gerechnet, dass seine Kinder am Vorabend geplant hatten, ihm einen kleinen Streich zu spielen. Sie hatten sich sein Handy geschnappt, ihren fröhlichen Weckruf aufgenommen und mit ihm als Sounddatei den Wecker gestellt; der Plan war, ihren Vater im Büro zum Lachen zu bringen.

Der Vater hatte nicht gelacht. Seine Kollegen zuerst auch nicht; erst später, als es dann doch noch gelungen war, den Erpresser zu fassen, holten sie das Gelächter nach. Und mit ihnen die gesamte bundesdeutsche Polizei.

Karin Feldmann würde nicht auf diese Weise zum

Gegenstand bundesweiten Gelächters werden. Deshalb waren alle dienstlichen und privaten Mobiltelefone in ihrem Büro eingeschlossen. Und deshalb war es ihr auch unmöglich mitzubekommen, wie oft jemand versuchte, sie auf ihrem privaten Handy zu erreichen.

52

Parceval fuhr, so schnell er konnte, geleitet vom Navi des Q3. Es hatte zwar die GPS-Koordinaten nicht übernehmen können, aber Parceval hatte auf der Landkarten-App des Handys eine Adresse gefunden, die in unmittelbarer Nähe der Koordinaten lag. Allein schon diese Adresse hatte ihn fassungslos gemacht. Er fuhr mit einer Hand und nicht besonders sicher. Der Kopf von Freds Leiche rollte nach links und rechts, wenn Parceval zu ruckartig lenkte. Mit der anderen Hand presste er das Telefon ans Ohr.

Er hörte den mehrmaligen Rufton und dann die unpersönliche Begrüßung der Mailbox, die die angerufene Telefonnummer wiederholte und ihn dann aufforderte, eine Nachricht zu hinterlassen. Er hörte sie schon zum dritten Mal. Er legte das Handy in die Ladeschale und ließ es eingeschaltet – egal, ob sich damit die Ortungsgefahr erhöhte oder nicht. Vielleicht rief Karin Feldmann ja noch zurück, vielleicht war sie im Büro geblieben. Aber so wie er sie einschätzte, war sie mit vor Ort und hatte daher alle ihre Mobilfunkgeräte zurückgelassen. Er konnte nichts tun, als es trotzdem immer wieder zu versuchen und währenddessen so schnell wie möglich zu der Adresse zu jagen, die das Navi ihm anzeigte.

Das Handy begann zu summen. Auf dem Display erschien der Name »Inga«. Es war nicht der erste Anruf von ihrer Seite. Er ignorierte ihn genauso wie ihre vorherigen Anrufe sowie die mehrfachen Versuche von einer anderen Nummer aus, die Parceval als die Revan Rizlas kannte. Es schadete nicht, wenn der Gegner im Ungewissen blieb.

Inga musste inzwischen wissen, dass mit ihrem Komplizen etwas nicht stimmte, aber nicht, was genau vorgefallen war. Die Unsicherheit würde sie zermürben. Parceval war dieser Umstand äußerst willkommen.

Das Navi hatte Parceval auf die A6 gelenkt. Er trat das Gaspedal durch. Es war die Ironie an sich: Er musste rasen, um zu einem Ort zu gelangen, an dem die Raserei das Gebot der Stunde war – der Hockenheimring.

Währenddessen umzingelten Karin Feldmann und ihre Eingreiftruppe in zehn Kilometern Entfernung auf dem Hirschberg eine Lichtung, auf der sich heute Nacht absolut nichts abspielen würde.

53

»Ich wusste es doch«, sagte Antonino, als er mit seinem Wagen an der Stelle ankam, die er mit Revan Rizla im bilateralen Gespräch vereinbart hatte, und die in einem Halbkreis aufgestellten Rizla-Leute sah. Er trat auf die Bremse. Der Dodge blieb mit tief blubberndem Motor stehen. Die Szene vor Antonino war so hell beleuchtet wie ein Filmset. Alle von Rizlas Fahrzeugen hatten die Scheinwerfer an und das Fernlicht aufgeblendet. Seine Männer waren Scherenschnitte vor dem grellen Licht der gleißenden Scheinwerfer. »Der verlogene Drecksack war schon lange hier, als er mich anrief und so tat, als sei er noch auf der Autobahn.«

Antonino fuhr selbst. Neben ihm saß Vito, auf der Rücksitzbank zwei weitere seiner Männer, die sich ducken mussten, weil sich das Dach des Dodge nach hinten stark absenkte.

»Was machen wir jetzt?«, fragte Vito.

Antonino nahm sein Handy aus der Halterung. Er beobachtete Revan Rizla, der im Zenit des Halbkreises stand, hinter sich Dr. Lamb. Der Rechtsanwalt hatte die Hände hinter dem Rücken gefesselt und ein breites Stück Panzertape über den Mund geklebt. Als Antoninos Fahrzeug und die ihm nachfolgenden Wagen nicht weiterfuhren, breitete Rizla die Arme in einer Geste verständnisloser Ungeduld aus.

Antonino rief den Fahrer des dritten Wagens in der Reihe an, in dem Fausi Rizla gefangen gehalten wurde.

»Wie geht's Fausi?«, fragte er.

»Verhält sich still und vernünftig.«

»Habt ihr Panzertape im Wagen?«

»Nö – wieso?«

Antonino gab keine Antwort darauf. »Ist Fausi gefesselt?«, fragte er stattdessen.

»Du hast doch gesagt, wenn er sich vernünftig verhält, brauchen wir ihn nicht zu …«

»Ja, und jetzt sage ich was anderes. Bindet ihm die Handgelenke zusammen.«

»Womit denn? Mit seinen Socken?«

»Scheiße«, sagte Antonino und trennte die Verbindung. Er wechselte einen Blick mit Vito, dann musterte er erneut die Phalanx aus Rizla-Leuten mit ihrem Anführer im Zentrum. Rizla hatte die Arme sinken lassen und trug jetzt ein verächtliches Lächeln zur Schau.

»Ist das 'ne Falle, oder ist es keine?«, fragte Antonino.

Vito zuckte mit den Schultern. »Ich kann keine Waffen bei den Typen entdecken«, sagte er.

»Sie sind 'n paar mehr als wir.«

»Aber wir sind Sizilianer«, sagte Vito und grinste.

Antonino grinste zurück. »Kennst du die Geschichte vom Italiener, der mit 'nem Messer zu 'ner Schießerei kam?«

»Was kannst du von den Italienern anderes erwarten?«, fragte Vito zurück.

Antonino straffte sich. »Na gut«, sagte er. »Dann wollen wir mal.«

Er öffnete die Tür und stieg aus dem Dodge.

54

Der Weg, der zu den Koordinaten führte, war ein nicht geteerter Forstweg. Parceval brauchte nur dem Staub zu folgen, der noch immer in der Luft hing. Er löschte die Beleuchtung des Q3, ließ die Seitenscheibe herunterfahren und reckte den Kopf aus dem Fenster, um sich an der Staubfahne zu orientieren. Im Wald war es stockdunkel. Die Nachtbeleuchtung bei den Tribünen des Hockenheimrings reichte bei Weitem nicht bis hierher.

Parceval fuhr langsam. Zum einen, weil er nicht vom Weg abkommen und gegen einen Baum fahren wollte, zum anderen, weil er das Motorengeräusch des Q3 so leise wie möglich halten musste. Der dritte Grund war: Er hatte keinen Plan, was er als Nächstes tun sollte.

Alles, was er vorbereitet hatte, war zunichtegemacht worden. Schlimmer noch, mit Emres Entführung war ein zusätzliches Element in die Gleichung gekommen. Vom ursprünglichen Plan, die Palechiaros und die Rizlas beim Geiselaustausch durch das Polizei-Einsatzkommando hochnehmen zu lassen und danach zu Palechiaros Anwesen zu fahren, um Nasrin aus den Fängen Robertinnas zu befreien, war nichts mehr übrig. Die alte, erst vor Kurzem von Ksenia verspottete Weisheit, dass ein Plan nur so lange Bestand hatte, bis die Realität ihn einholte, bewahrheitete sich heute auf schmerzhafte Weise und machte die Verwirklichung einer zweiten Weisheit nötig: Wenn du deinen Plan festgelegt hast, vergiss ihn und fang an zu improvisieren.

Als er damals in die Berge gefahren war, um die entführten Frauen und Mädchen zu befreien, hatte er auch keinen Plan gehabt. Er hatte improvisiert. Er hatte erfolgreich ein ganzes Dorf voller Stammeskrieger bekämpft und fünfzehn Typen umgelegt, die zuvor eine Polizeistation in ein Blutbad verwandelt und Männer und Jungen gleichermaßen geköpft hatten. Aber sein Ziel hatte er nicht erreicht. An die Entführten war er nicht einmal herangekommen.

Dieses Mal musste Parceval es klüger anpacken.

Damals hatte ihm sein Instinkt gesagt, die Kämpfer zu bekriegen und einen nach dem anderen auszuschalten.

Er hatte das Gefühl, dass er, sollte ihm sein Instinkt diesmal etwas Ähnliches raten, nicht darauf hören sollte.

Aber worauf sollte er dann hören? In den Felsen rund um das afghanische Dorf hatte er erkannt, worin er wirklich gut war. Er war der Einzelkämpfer, den eine ganze Kompanie nicht fassen konnte, weil er immer schon wieder weg war, wenn alle dorthin rannten, wo man ihn zuletzt wahrgenommen hatte. Er war wie ein Scharfschütze, der ständig in Bewegung blieb.

Plötzlich lächelte er und fühlte, wie seine ratlose Nervosität nachließ. Er hatte sich gerade selbst das Stichwort gegeben. Er wusste jetzt, wie Rizlas Falle funktionierte.

Und er wusste, wo er ansetzen musste, um Rizla die Suppe zu versalzen, Emre zu befreien und dafür zu sorgen, dass alle trotzdem das bekamen, was sie verdienten.

Als er den Lichtschimmer voraus wahrnahm, fuhr er den Q3 an den Rand der Forststraße. Er stieg aus, ging um den Wagen herum, holte Freds Leichnam vom Beifahrersitz und setzte ihn auf den Fahrersitz, wischte alle Oberflächen ab und legte den Autoschlüssel in die Ablageschale. Wer auch immer Freds Leiche fand, sein Tod würde für einige Zeit Rätsel aufgeben.

Dann hielt er entlang dem weichen Randstreifen des Forstwegs auf den Lichtschimmer zu, Freds Jarygin gespannt und entsichert, das Magazin schwer mit den achtzehn Patronen.

55

Der Treffpunkt war eine halbkreisförmige, gerodete Fläche, auf der Jungwald in strengen Reihen angepflanzt worden war – den dichten Formen zufolge, die sich im Licht der Autoscheinwerfer zeigten, eine Tannenbaumplantage für Weihnachten. Die niedrigsten Bäumchen waren etwa brusthoch, die höchsten hätten bis zur Decke eines Zimmers gereicht.

Die Forststraße, der Parceval gefolgt war und auf der auch die Palechiaro-Leute gekommen waren, führte in Ost-West-Richtung an der Plantage vorbei; sie durchschnitt den Kreis wie ein Durchmesser. Am westlichen Austrittspunkt der Forststraße aus dem umgebenden Wald befand sich eine freie Fläche, offensichtlich ein Parkplatz oder Wendeplatz für die LKW, die die gefällten Bäume abtransportierten. Über dieser Fläche hing der Staub in einer dichten, schimmernden Wolke.

Parceval hatte den westlichen Bereich der Lichtung mit Hilfe der Weihnachtsbäumchen umgangen. Sie standen so dicht, dass er selbst dann unsichtbar gewesen wäre, wenn die beiden Gruppen nicht für alles blind gewesen wären, was sich in der Dunkelheit außerhalb ihrer Lichtglocke abspielte. Die Geräusche, die er machte, indem er sich zwischen den Bäumen hindurchschob, konnte auf dem Wendeplatz auch keiner hören. Von der Autobahn im Osten kam ein beständiges Rauschen, und außerdem unterhielten sich Antonino Palechiaro und Revan Rizla lautstark; besser gesagt, sie schrien sich an.

Parceval bemühte sich, die hell erleuchtete Fläche nicht direkt anzusehen, damit seine Nachtsicht wenigstens halbwegs erhalten blieb. Er scannte die Umgebung. Wenn sein Verdacht zutraf, hatte er hier nichts verloren. Er musste nur zur Nordseite der Plantage, wo jenseits der Forststraße der Wald hoch und dicht stand. Er zwängte sich durch die Weihnachtsbäumchen, bis er die am Ostrand des Wendeplatzes aufgefahrenen Fahrzeuge des Rizla-Fuhrparks umgehen konnte. Es waren allesamt Audis, die die Geiselübergabe beleuchteten – sieben Stück an der Zahl. Wenn man den Körperbau von Rizlas Gorillas in Betracht zog, passten höchstens vier von ihnen in ein Fahrzeug. Rizlas Streitmacht betrug also maximal achtundzwanzig Mann, den Clanchef eingeschlossen. Parceval hatte jedoch den Eindruck, dass es weit weniger waren, zwanzig Mann höchstens.

Antoninos Gruppe schien sich aus höchstens zehn Mann zusammenzusetzen. Enzios Bruder hatte den taktischen Fehler begangen, in Unterzahl zu einem Treffen mit seinem Feind zu erscheinen. Und so, wie die Fahrzeuge auf dem Wendeplatz standen – die Rizla-Audis breit aufgereiht, Antoninos Autos dagegen wild durcheinander an der Zufahrt zur Lichtung –, hatte Antonino weiterhin zugelassen, dass Rizla vor ihm beim Treffpunkt erschienen war. Parceval nahm an, dass Antonino sich zu alledem diesen Ort als Treffpunkt hatte aufschwatzen lassen.

Wahrscheinlich hatte er in seinem Hass auf Parceval gedacht, dass alles besser war als das, was Parceval vorgeschlagen hatte, und sich außerdem hier, so nahe an Mannheim, auf heimischem Terrain gefühlt. Parceval war sicher, dass Enzio Palechiaro all diese Fehler nicht unterlaufen wären.

Er überquerte die Forststraße und schlüpfte durch den dichten Bewuchs aus Sträuchern und Pioniergehölz, das direkt neben der Straße wuchs. Zerkratzt und voller trockener Nadeln und altem Laub, kam er auf der anderen Seite dieser Hecke in einem hohen Mischwald heraus. Er lief über den federnden Boden auf den Lichtschein zu, der sein Vorwärtskommen ausreichend sicher machte. Von drüben hatte er einen hohen Laubbaum gesehen, der auf dieser Seite in zweiter Reihe hinter den Sträuchern stand und wie ein Wachturm über den Wendeplatz aufragte. Er setzte alles auf eine Karte und hoffte, dass sich dort sein Ziel befand.

Trotzdem war er zu langsam.

56

Inga lauschte mit zunehmender Ungeduld den gegenseitigen Beschimpfungen, die Revan Rizla und Antonino Palechiaro austauschten.

Sie hatte das Stativ ihres Steyr SSG04 vor sich auf dem Ast aufgestützt, als die ersten Fahrzeuge angekommen waren, und hatte mit angelegtem Gewehr das erste Ziel, den Rechtsanwalt, ins Visier genommen. Das war vor mindestens fünf Minuten gewesen. Sie war es gewöhnt, auch mit angespannter Schultermuskulatur ins Schwarze zu treffen. Trotzdem wünschte sie, es würde demnächst losgehen. Das Sitzen auf dem Ast wurde trotz ihrer Ausrüstung langsam unbequem.

Endlich schwiegen die beiden Idioten. Fausi Rizla und Dr. Lamb setzten sich in Bewegung, aufeinander zu, durch das Niemandsland zwischen den beiden Parteien. Inga schwenkte das Gewehr kurz auf Fausi Rizla und betrachtete sein Gesicht in der starken Vergrößerung des Zielfernrohrs. Fausi lächelte. Sie schwenkte das Gewehr zurück zu Dr. Lamb. Sein Mund unter dem Panzertape arbeitete, seine Augen waren weit aufgerissen, und er stolperte. Seine ganze Haltung war die eines Mannes, in dem sich alles dagegen sträubt, eine bestimmte Strecke zu gehen – und der sie gleichzeitig so schnell wie möglich zurücklegen möchte. Inga bezweifelte, dass Rizla dem Rechtsanwalt verraten hatte, was für ihn geplant war. Aber der Mann war ein Feigling, wie er im Buche stand, und in seiner Angst wahrscheinlich klarsichtiger als ein mutiger Mann. Seine Schultern waren so verkrampft, dass sein Hals praktisch dazwischen verschwand.

Fausi und Dr. Lamb passierten einander, in ein paar Schritten Entfernung. Dr. Lambs Blicke suchten die Fausis, aber der schaute ihn nicht an. Der Rechtsanwalt wandte sich ab und starrte in die Richtung, in die er ging. Inga folgte seinem Blick und bekam Antonino ins Visier, der mit verschränkten Armen und finsterem Gesichtsausdruck auf Dr. Lamb wartete.

Das Gewehr schwenkte wieder zurück, und diesmal blieb das Visier auf Dr. Lamb gerichtet. Inga ließ ihn bis auf wenige Schritte an Antonino herankommen. Ihre hochtrainierten Sinne überprüften noch einmal in Sekundenschnelle die Umgebungskonditionen – völlige Windstille, klare warme Luft überall, innerhalb des Zielgebiets schwebender Staub, aber nicht genug, um die Kugel zu beeinflussen. Schussrichtung: von oben nach unten, Schussdistanz siebzig Meter. Sie musste so gut wie keine Parabelwirkung mit einkalkulieren. Das Fadenkreuz auf Dr. Lambs Schädeldecke gerichtet, drückte sie den Abzug sanft durch, bis sie den Widerstand spürte, atmete aus und überwand den letzten Zentimeter.

Der Rückstoß des Gewehrs hämmerte gegen ihre Schulter. Der Knall dröhnte in der Stille und ließ sie blinzeln. Als sie wieder klar sah, war der Rechtsanwalt bereits in sich zusammengesackt. Wo sein Kopf gewesen war, hing ein feiner roter Nebel in der Luft; was er auf seinen Schultern hatte, war ein aufgeplatztes nasses Etwas. Inga hebelte die zweite Patrone in die Kammer und schwenkte das Gewehr herum. Erst jetzt wurde die Stille unten durch Gebrüll zerrissen. Sie nahm Antonino ins Visier, der mit aufgerissenem Mund und Augen dastand, die Arme halb erhoben. Sie senkte das Gewehr, um ihn in ein Bein zu schießen.

Direkt unter ihr rief jemand »Hey!«.

Sie fuhr herum.

Von der Lichtung erklang gleichzeitig das scharfe Rattern von Automatik-Waffen.

57

»Verreckt, Scheiß-Itaker!«, schrie Revan Rizla und stieß die Faust in die Luft.

Fausi fuhr herum und starrte den toten Dr. Lamb fassungslos an. Er war stehen geblieben und schien zu überrascht, um weiterzugehen.

»Beeil dich, Fausi!«, brüllte Rizla.

»Du bist ein Arschloch, Rizla!«, brüllte Antonino zurück. Er hatte seine Überraschung überwunden; und nun packte er das Geschenk aus, das er für Revan Rizla vorbereitet hatte.

Er hatte nicht im Traum daran gedacht, sich an den Deal mit den Libanesen zu halten. Auch wenn das Treffen keine Falle gewesen wäre, hätte er nach erfolgtem Geiselaustausch nicht anders gehandelt. Seine wütende Beschimpfung war in Wirklichkeit ein Code und seine scheinbare zahlenmäßige Unterlegenheit ein Trick. Die Seitentür des Mercedes-Van schwang auf, vier seiner Männer kamen heraus, Automatik-Waffen im Anschlag. Antonino duckte sich. Seine Männer rannten zwischen den Fahrzeugen heraus und eröffneten das Feuer. Einer lief bei Antonino vorbei und ließ wie verabredet eine Waffe neben ihm fallen. Die anderen drei versorgten ebenfalls waffenlose Kameraden mit mitgebrachten Knarren.

Antonino hob die Waffe auf. Dort, wo die Rizla-Leute gestanden hatten, herrschte ein wüstes, panisches Gedrängel zu den Fahrzeugen. Mehrere reglose Körper lagen bereits am Boden. Voller Schadenfreude erkannte Antonino, dass die Rizla-Leute – zumindest die, die sich hier aufgebaut hatten – tatsächlich keine Waffen getragen hatten, so wie er und Revan Rizla es vereinbart hatten.

Stattdessen hatte Rizla einen Schützen irgendwo im Wald versteckt, um Antonino und seine Leute unter Feuer zu nehmen! Verlogener Dreckskerl!

Antonino rannte los, auf die andere Seite des Wendeplatzes zu, betrunken vor Wut und Triumph.

Zwischen den Fronten lagen der Leichnam von Dr. Lamb und Fausi Rizla, der sich auf die Erde geworfen hatte und die Arme schützend über den Kopf hielt.

Antonino blieb bei ihm stehen.

58

Der Knall des Schusses und das kurze Aufblitzen des Mündungsfeuers im Geäst des großen Baums hatte Parceval gezeigt, dass er mit seiner Vermutung richtiggelegen hatte. Erst jetzt erkannte er im Licht, das vom Wendeplatz her durch das Laub fiel, die Umrisse der Gestalt, die sich dort oben, in etwa fünf Metern Höhe, angeschnallt hatte. Hätte sie sich still verhalten und nicht geschossen, hätte er sie niemals entdeckt. Wer immer dort oben war, hätte ihn ohne Probleme abknallen können, und er hätte nicht einmal gewusst, wie ihm geschah. So aber war die Position verraten – das Problem jedes Scharfschützen, der sich noch so gut verstecken konnte, aber irgendwann einmal abdrücken musste.

Abgesehen davon wusste Parceval genau, wer der Scharfschütze dort oben war.

Ginger.

Inga.

Wie auch immer sie hieß.

Er hob die Jarygin, zielte, erkannte, dass die Schützin ein neues Ziel anvisierte, und rief: »Hey!«

Sie reagierte so schnell, dass Parceval froh war, die Waffe bereits gehoben zu haben. Inga warf sich herum, der Gewehrlauf folgte ihrer Bewegung und suchte als neues Ziel Parceval.

Parceval drückte ab. Drei, vier, fünf Schuss. So schnell hintereinander, wie er konnte, und so methodisch, wie er es gelernt hatte. Die Jarygin tendierte dazu, beim Rückstoß nach links auszubrechen, aber er stabilisierte die rechte Hand mit der Linken.

Bang. Bang. Bang. Bang. Bang.

Holzsplitter rieselten auf ihn herab. Er hörte die Kugeln nicht einschlagen, weil der Knall der Schüsse zu laut war und weil draußen auf dem Wendeplatz im gleichen Moment das Geknatter von automatischen Waffen begonnen hatte – und das wüste Gebrüll von Männern, die sich plötzlich unter Feuer sahen.

Den Holzsplittern folgte etwas Größeres, das auf ein paar niedrigere Äste aufschlug und dann neben Parceval auf den Waldboden fiel. Es war ein Scharfschützengewehr.

Parceval ließ die Pistole sinken. Draußen auf dem Wendeplatz herrschte Chaos, als finde eine Schlacht in einem Krieg statt. Er hob das Gewehr auf, legte die Pistole auf den Boden, nahm das Gewehr an die Schulter und spähte durch das Zielfernrohr nach oben. Die Nachtsicht war ausgeschaltet – sinnvoll bei einem Ziel, das im Scheinwerferlicht von einem Dutzend Autos stand. Er schaltete sie ein. Das Zielfernrohr arbeitete mit einem Infrarotstrahler, der den Sichtkreis in scharfe Schwarz-Weiß-Kontraste zerlegte. Parceval erkannte das Gesicht Ingas, als würde er neben ihr stehen, strahlend weiß, weil ihr Körper noch die Wärme eines Lebenden besaß. Aber sie war tot. Ihr Kopf hing leblos nach vorne, ihre Augen waren offen und starrten an Parceval vorbei ins Leere. Blut tropfte aus ihrem Mund.

Parceval warf sich das Gewehr über die Schulter, nahm die Pistole vom Boden auf und rannte auf dem gleichen Weg zurück, auf dem er hergekommen war. Das Laufen tat gut, weil das Adrenalin ihn sonst hätte zittern lassen.

59

Antonino gab Fausi einen Fußtritt. Einer seiner Leute lief an ihm vorbei und wollte ihn mitziehen, aber Antonino schüttelte ihn ab.

»Die Libanesen holen ihre Knarren!«, rief der Mann.

»Dann knallt sie vorher ab!«, schrie Antonino. Er fühlte sich noch betrunkener als zuvor, nur dass die Wut sich fast gelegt hatte und Triumphgefühl gewichen war. Und nahezu unendlicher Überlegenheit.

Sein Mann lief weiter. Antonino blickte ihm nach. Er sah ein, zwei Handgemenge zwischen seinen Leuten und Rizla-Anhängern. Er sah, dass die meisten von Rizlas überlebenden Männern die Türen ihrer Autos aufrissen und im Wageninneren abtauchten. Er sah Glassplitter durch die Luft fliegen, den Dampf, der von zerschossenen Scheinwerfern aufstieg, und Staub, aufgewirbelt von Fliehenden und Verfolgern. Es erinnerte ihn an den Überfall auf den Konvoi seiner Nichte. Die Attacke wurde nun doppelt und dreifach vergolten. Mit jedem getroffenen Scheinwerfer wurde es dunkler auf dem Platz, doch Antonino sah immer noch genug. Es war ein Gefecht. Nie hatte er für möglich gehalten, dass so etwas im braven, stillen Deutschland passieren konnte; und doch passierte es, und er war der Dirigent. Es war wie in guten Zeiten gleich nach dem Krieg in Sizilien. Es war wie bei Salvatore Giuliano!

Er sah die bullige Gestalt Revan Rizlas, gedeckt durch drei seiner Männer, wie ein Präsident von seinen Bodyguards. Sie drängten ihn zur größten der aufgefahrenen Limousinen. Antonino hob nicht einmal die Waffe, um auf die Gruppe zu schießen. Er sah, wie die Reifen eines der Audi unter dem Beschuss platzten und der Wagen einen Satz machte, bevor er auf die Felgen sackte; er sah einen der Rizla-Männer auf seine Motorhaube fallen und daran herunterrutschen, an den noch immer leuchtenden Scheinwerfern vorbei, über die er eine rote Schmierspur zog.

Er atmete tief ein und aus. Ihm war schwindlig, aber es war ein guter Schwindel.

Er sah einen seiner Männer – es war Vito – bei einem der Audis in Deckung gehen, und lachte über Vitos ungeschickte Bewegungen, bis er erkannte, dass Vito getroffen worden war, weil Rizlas Leute jetzt zurückschossen. Vito kam auf dem Bauch zum Liegen. Seine Füße zuckten, aber sonst bewegte er sich nicht mehr.

Rizlas Bodyguards schoben ihren Boss in seine Limousine und tauchten bewaffnet wieder daraus auf, um sich an der Schießerei zu beteiligen.

Antonino hatte das Gefühl, er könnte hier noch ewig stehen, im Licht der noch funktionierenden Scheinwerfer, und alle könnten auf ihn schießen, solange die Munition reichte: Ihn würde keine Kugel treffen. Tatsache war, dass niemand auf ihn feuerte. Der Kampf fand zwischen den Fahrzeugen des Rizla-Clans statt; Antonino und Fausi befanden sich mittlerweile an der Peripherie des Gefechts.

Er blickte auf Fausi hinunter, der sich auf den Rücken gedreht hatte und zu ihm hochblinzelte. Er hatte die Hände gehoben, aber er wirkte nicht panisch.

»Dein alter Herr ist ein Arschloch«, sagte Antonino im Konversationston.

»Ich wusste nichts davon«, sagte Fausi. »Es tut mir leid, dass der Rechtsanwalt erschossen wurde. Ich hätte so etwas nie angeordnet. Man kann auch der Stärkere sein, wenn man mit dem Gegner redet, anstatt ihn zu vernichten. Lass uns miteinander reden. Du hast ja jetzt das Sagen bei deiner Familie. Nach dem hier werde ich meinen Vater dazu bringen, mir auch mehr Verantwortung zu übergeben. Wir sind die junge Generation. Wir können die Dinge anders klären als die Alten.«

»Weißt du was?«, fragte Antonino. »Du bist echt ein noch größeres Arschloch als dein Vater.«

Er drückte den Abzug seiner Schnellfeuerwaffe durch und leerte das ganze Magazin in Fausi Rizlas Oberkörper. Die Waffe war eine kompakte Scorpion EVO3, ein tschechisches Fabrikat, das man auch mit einer Hand abfeuern konnte. Mit ihr ließen sich theoretisch tausendeinhundertfünfzig Kugeln pro Minute verschießen. Antoninos Magazin fasste zwanzig Kugeln. Sie waren innerhalb einer Sekunde abgefeuert und verwandten Fausi Rizlas Kopf und Brustbereich in etwas, das aussah, als hätte ein Gärtner mit der Hacke in Wassermelonen herumgewütet.

Antonino stierte den Leichnam an. Dann betrachtete er seine Waffe und seine rechte Faust. Beide waren rot besprenkelt von hochgespritztem Blut. Antoninos Magen drehte sich um. Er bekämpfte den Brechreiz und sah hoch. Er erfasste gleichzeitig …

… die Männer, die einander aus ihrer Deckung heraus beschossen wie in einem Kriegsfilm;

… die reglosen Körper auf dem Boden;

… das Stöhnen von Verwundeten;

… den Geruch von ausgelaufenem Benzin und von Blut;

… die Schussgeräusche, seltener jetzt, seit sich das Gefecht in einen Stellungskampf verwandelt hatte;

… von fern das Rauschen der Autobahn.

Und er, Antonino Palechiaro, der neue Salvatore Giuliano, allein mitten auf dem Wendeplatz, neben sich zwei Tote, von denen einer übler aussah als der andere, ein Rechtsanwalt und ein libanesisches Clanmitglied, ein Feigling und ein Feind; einer das Opfer der Machenschaften Revan Rizlas und einer das Opfer, das Revan Rizla dafür hatte bringen müssen.

Der Motor der Limousine, in die die Bodyguards Revan Rizla verfrachtet hatten, heulte plötzlich auf. Der schwere A8 fuhr mit durchdrehenden Rädern rückwärts aus der Phalanx hinaus, verlor dabei einen seiner Seitenspiegel und kratzte die Flanke eines neben ihm stehenden Wagens auf. Staub wallte auf wie bei einer Explosion. Der Wagen hatte nur noch einen Scheinwerfer, und die Windschutzscheibe war ein Spinnennetz aus Sprüngen, die von mehreren Kugeleinschlägen herrührten.

Antonino hob die Waffe und zielte auf den A8, bis ihm einfiel, dass sein Magazin leer war. Von den Rizla-

Leuten hatten sich zwei mit Sprüngen in Sicherheit gebracht, als der Wagen ihres Anführers ohne Rücksicht auf Verluste rückwärts davonstob, mit blockierenden Rädern um hundertachtzig Grad herumschleuderte und dann die Forststraße entlang in die Dunkelheit raste, eine Staub- und Dreckfahne hinter sich herziehend.

Antonino ließ die Waffe sinken.

Das Schießen hatte aufgehört. Hinter einem der Audis flog eine Pistole in hohem Bogen auf den Wendeplatz, begleitet von einer Stimme: »Aufhören! Wir geben auf!«

Antonino holte tief Atem und nickte. »Feuer einstellen!«, rief er dann. »Die Kanaken haben genug.«

60

Kurz nach 23 Uhr begann Karin Feldmann sich zu fragen, warum bislang weder ein Aufklärer von Rizla noch von Palechiaro aufgetaucht war, der die Lage sondierte. Konnten beide Fraktionen so leichtsinnig sein, einfach so beim Übergabeort zu erscheinen? Parceval hatte ihr geraten, die Polizisten so früh wie möglich in Stellung zu bringen. Er hatte genauso wie sie erwartet, dass Rizla oder Antonino oder beide ein Vorauskommando schicken würden. Eigentlich hatte sie auch erwartet, dass Parceval schon vor dem Übergabetermin hier erschien. Sie hatte alle ihre Beamten angewiesen, ihn erst zu ergreifen, wenn sich beide feindliche Lager vollzählig versammelt hatten. Eine Verhaftung vorab verbot sich, denn wer wusste schon, ob Parceval nicht mit ihnen irgendein Signal vereinbart hatte, dass die Luft rein war? Ihr war klar, dass Innenminister Tommasi erwartete, Parceval würde beim ersten Sichtkontakt sofort ergriffen werden. Tommasi interessierten weder die Rizlas noch die Palechiaros. Er wollte, dass Parceval aus dem Verkehr gezogen wurde, und er wollte – seinem anderslautenden Gewäsch am Telefon zum Trotz – den Ruhm dafür allein einheimsen. Wenn Karin für sich und das

Präsidium Mannheim aus dem Bruch ihres Versprechens einen Vorteil ziehen wollte, dann musste sie beide Clans ausschalten. Und das ging nur, wenn Parceval so lange wie möglich im Spiel blieb.

Der Einsatzleiter sah plötzlich mit großen Augen auf. Er presste sich unwillkürlich einen der Ohrstöpsel tiefer ins Ohr. Dann ließ er das Gerät sinken, ohne wie mehrere Male vorher leise murmelnd den Empfang der Meldung zu bestätigen. Seine Überraschung musste groß sein.

»Das Basislager meldet, dass Anrufe in der Einsatzzentrale eingegangen seien, denen zufolge es im Wald beim Hockenheimring eine Schießerei gibt.«

»Was?«, stieß Karin hervor, genauso überrascht. Sie riss sich zusammen. »Geben Sie mir das Funkgerät.« Sie drückte die Gesprächstaste und schob sich gleichzeitig einen der körperwarmen Lautsprecherstöpsel des Einsatzleiters ins Ohr. »Basislager, bestätigen Sie bitte – Schusswechsel in der Nähe des Hockenheimrings?«

»Im Waldgebiet Schwetzinger Hardt«, bestätigte der Beamte am anderen Ende. »Alles andere ist noch unklar. Die Meldungen kamen von der Raststätte Ost. Zuständig ist das Revier Schwetzingen, aber …«

»… die haben noch niemanden dorthin geschickt, weil fast alle Schwetzinger Beamten hier im Wald versammelt sind«, unterbrach Karin. »Verdammt. Was ist mit den Posten in Ketsch und Walldorf?«

»Noch keine Meldung zu Ketsch. Die Walldorfer Kollegen sind mit zwei Streifen bei einem Verkehrsunfall bei Kronau gebunden. Eine Streife bricht in den nächsten Minuten von dort auf.«

»Halten Sie mich auf dem Laufenden!«, befahl Karin und gab das Funkgerät zurück. Ihre Hände fühlten sich taub an. Sie begegnete dem Blick des Einsatzleiters. Er musste nichts sagen. Sie konnte ihm an der Stirn ablesen, dass er das Gleiche dachte wie sie.

»Parceval hat uns reingelegt«, sagte sie. »Wir sind am falschen Ort.«

»Das würde auch erklären, warum außer uns noch niemand zu diesem Picknick erschienen ist«, sagte der Einsatzleiter. »Wollen Sie abbrechen?«

Und wenn es nur ein Zufall war? Irgendwelche Idioten, die im Wald herumballerten? Reichsbürger, die gerne mit Knarren herumfuchtelten und so taten, als bestünde das Deutsche Reich noch und der Zweite Weltkrieg wäre nicht verloren, gab es auch in Baden-Württemberg genug. Mannheim hatte seinen gerechten Anteil daran. Die Behörden hatten vor Kurzem einen Versuch unternommen, sie alle zu entwaffnen, aber ob er hundertprozentig erfolgreich gewesen war?

Wenn sie jetzt falsch entschied und ihre Einsatzkräfte hier abzog, und die beiden Clans tauchten unterdessen doch noch hier auf, dann konnte sich die Blamage auch noch in ein Gemetzel verwandeln!

Was sollte sie tun?

Parceval hatte sie in diese Lage gebracht. Es konnte nicht anders sein. Er hatte ihr versichert, er allein organisiere den Geiselaustausch. Er hatte ihr den falschen Ort genannt, um den Großteil der Polizeikräfte der Umgebung hier zu binden und die Übergabe für die beiden Clans so sicher wie möglich zu gestalten. Sie hatte ihm vertraut! Er hatte sie hereingelegt! Und sie hatte sich auch noch Gewissensbisse gemacht, dass sie ihr Versprechen ihm gegenüber brechen musste!

Parceval war geliefert. Ab jetzt war es nicht mehr nur der Befehl des Innenministers, der sie dazu zwang – ab jetzt wollte sie selbst ihn in Handschellen sehen und die Resignation in seinen Augen, wenn er zurück in den Bau wanderte, wissend, dass er nun überhaupt keine Chance mehr hatte, jemals entlassen zu werden.

»Wir brechen ab«, sagte sie. »Alles zurück zum Basislager – und Einsatzfahrt zum Schwetzinger Hardt.«

61

Revan Rizla drohte nicht, dass er nur gegen den nächsten Baum zu fahren brauche, um seinen Gegner auszuschalten. Er wusste genau, dass der Mann hinter ihm auf der Rückbank, der ihm den Lauf einer Pistole in die rechte Seite drückte, trotzdem vorher noch Zeit hatte abzudrücken. Außerdem war der Mann im Fond angeschnallt und er, Rizla, nicht. Der Mann hatte dafür gesorgt, als er Rizla gezwungen hatte, sich ans Steuer zu setzen und mit dem A8 zu verschwinden.

Der Mann auf der Rückbank war Ralf Parceval, und er schätzte Revan Rizla zumindest dafür, dass er sich darauf konzentrierte, den A8 trotz der fehlenden Scheinwerferbeleuchtung auf der Forststraße zu halten. Nach etwa zweihundertfünfzig Metern erreichten sie eine Kreuzung. Rizla hielt an.

»Wo ist die Bundesstraße?«, fragte Parceval.

»Links«, brummte Rizla.

»Sind Sie von dort gekommen?«

»Ja.«

»Gut, dann fahren Sie nach links.«

Rizla folgte dem Befehl. »Ich hätte Sie kaltmachen sollen, als Sie bei mir waren.«

»Da waren Sie aber viel zu beschäftigt, mir die Hand zu schütteln wegen des Deals mit dem Rechtsanwalt und Ihrem Sohn.«

»Ich habe mir die Hand nachher gewaschen«, sagte Rizla mit Nachdruck.

»War sicher das erste Mal seit Tagen«, erwiderte Parceval.

Rizla bebte sichtbar vor Wut. Der A8 schlingerte.

»Konzentrieren Sie sich aufs Fahren, wenn Sie nicht wollen, dass ich abdrücke«, erklärte Parceval. »Bei direktem Kontakt so wie jetzt kommt eine 9-Millimeter-Kugel vorne bei Ihrer Plauze wieder raus und nimmt die Hälfte Ihrer Eingeweide mit. Sie wollen keine Darmgirlande auf Ihrem Lenkrad.«

»Was passiert am Übergabeort?«, fragte Rizla.

»Die Verantwortung dafür haben Sie sozusagen abgegeben«, sagte Parceval. »Belasten Sie sich nicht mehr damit.«

Rizla fluchte.

»Wer ist auf die Idee gekommen, einen anderen Treffpunkt vorzuschlagen?«, fragte Parceval. »Sagen Sie nichts, ich kann's mir denken. Sie waren das. Weil es Ihnen die Chance gab, Antonino eine Falle zu stellen.«

Rizla lachte verächtlich. »Die Falle hätte ich so oder so gestellt. Sie wissen gar nichts, Parceval. Es war Antoninos Idee. Und wollen Sie auch wissen, warum? Weil er damit seinen Bruder umgehen konnte! Sie wollten Enzio retten, Sie Vollidiot, indem Sie nur ihm den Treffpunkt verrieten, sodass Antonino auf ihn angewiesen war. Aber Sie haben Antonino unterschätzt. Er hat mich angerufen, und wir haben das Ganze unter uns geregelt.«

»Sie haben Antonino auch unterschätzt«, sagte Parceval, der sich bemühte, sich nichts anmerken zu lassen. Offensichtlich war sein Plan schiefgegangen. Was bedeutete das für Enzio Palechiaro? Parceval ahnte, dass es darauf nur eine Antwort gab. »Er hat sich und seine Leute nicht einfach von Ihrer Scharfschützin abknallen lassen. Wenn Sie die Dame nicht im Baum platziert hätten, hätten sich ausschließlich Ihre Leute eine Kugel eingefangen.«

»Ich hatte *zwei* Schützen eingeteilt«, sagte Rizla.

»Alle beide sind jetzt mit ihrem dritten Kollegen vereint«, sagte Parceval.

Rizla schwieg einen Moment. »Waren Sie das?«

»Natürlich.«

»Was das Weibsstück angeht, möchte ich Ihnen fast danken.«

Rizla lenkte den A8 um eine scharfe Linkskurve. Durch die Bäume hindurch erkannte Parceval, dass die Forststraße jetzt parallel zu einer größeren Straße verlief, wahrscheinlich die Bundesstraße.

»Das ist die B291«, bestätigte Rizla.

»Führt dieser Weg auf die Straße hinaus?«

»Hundert Meter weiter vorne.«

»Gut. Fahren Sie rückwärts und wenden Sie bei der Kurve. Vorhin habe ich eine Abzweigung gesehen, die nach Norden führt. Die nehmen Sie.«

Nach ein paar Minuten sagte Parceval: »Und jetzt biegen Sie da vorne rechts ab und schalten Sie den Motor aus.«

Rizla tat es und lehnte sich danach im Fahrersitz zurück. »Was geschieht jetzt?«, fragte er.

»Wir sind weit genug weg und genügend Abzweigungen gefahren. Selbst wenn jemand von Ihren oder Palechiaros Leuten Sie suchen würde, würde er Sie nicht finden.«

»Legen Sie mich jetzt um?«

»Das Leben ist leider kein Wunschkonzert«, sagte Parceval. »Aber ich kann Ihnen verraten, dass das, was mit Ihnen geschieht, von Ihren nächsten Antworten abhängt. Wo ist Emre Kaveci?«

»Der Türke? Ziehen Sie das hier etwa seinetwegen durch?«

»Wo ist er?«

»In Heilbronn. In meiner Firma.«

»Ist ihm was passiert?«

»Nein.«

»Wer passt auf ihn auf? Oder ist er allein?«

»Er wird von ein paar Männern bewacht.«

»Rufen Sie diese Männer an.«

»Ich habe kein Telefon bei mir.«

»Falsche Antwort, Rizla«, sagte Parceval. »Wir machen jetzt einen Deal. Jede falsche Antwort wird mit einer Kugel belohnt. Sie haben zwei Kniescheiben, zwei Ellbogengelenke und jede Menge Platz an Ihrem Körper für Fleischwunden. Suchen Sie sich also aus, wie viele falsche Antworten Sie geben wollen. Und denken Sie auch daran: Sollte Ihre Antwort, dass Emre nichts passiert ist, falsch gewesen sein, tritt der Deal rückwirkend in Kraft.«

»Das Handy ist im Handschuhfach«, sagte Rizla widerwillig.

»Bedienen Sie sich, aber schalten Sie es auf Lautsprecher.«

Rizla holte das Telefon heraus und tippte eine Nummer ein. »Ja, Boss?«, erklang es aus dem Handy.

»Der Türke«, sagte Rizla.

»Was ist mit ihm, Boss?«

Rizla warf Parceval einen fragenden Blick zu. Parceval machte eine Bewegung, mit der er signalisierte: nur weiter so.

»Ist der Türke okay?«, fragte Rizla.

»Ja, Boss. Warum? Sollen wir ihm die Fresse polieren?«

»Nein«, stieß Rizla hastig hervor.

»Sagen Sie, dass Sie mit ihm sprechen wollen«, flüsterte Parceval.

»Gib ihn mir mal«, sagte Rizla zu seinem Gesprächspartner.

Falls der Mann am anderen Ende erstaunt war, ließ er es nicht erkennen. Parceval hörte Schritte und das Geräusch, wie eine Tür aufgesperrt wurde.

»Was soll ich mit ihm reden?«, murmelte Rizla.

»Denken Sie sich was aus. Irgendwas, was mit Kompensation zu tun hat für Angst, Freiheitsberaubung, widerrechtliches Eindringen in eine Privatwohnung, Zerstörung von Einrichtungsgegenständen in einem Lokal … lassen Sie einfach Ihr großzügiges Herz sprechen.«

»Der Boss will dich«, hörte Parceval den Mann am anderen Ende der Leitung. Es folgte etwas Geraschel, dann Emres unsichere Stimme: »Ja?«

Rizla schwieg.

»Hallo?«, fragte Emre.

Parceval stupste Rizla mit dem Pistolenlauf in die Seite.

»Es war alles ein Missverständnis«, sagte Rizla heiser. »Ich komme für die entstandenen Schäden auf.«

»Wie bitte?«, sagte Emre fassungslos.

»Wie wäre es mit konkreten Zahlen?«, flüsterte Parceval.

»Was halten Sie von fünftausend Euro?«, fragte Rizla.

Parceval stieß ihm den Pistolenlauf grob in die Seite.

»Zehntausend«, beeilte sich Rizla.

»Ich fange mit der rechten Kniescheibe an …«, sagte Parceval.

»Fünfzigtausend!«

»Ich …«, stotterte Emre. »Aber … ich …«

Parceval stieß Rizla erneut mit der Waffe.

»Ich freue mich, dass wir uns einig sind«, brachte Rizla hervor.

»Und jetzt«, flüsterte Parceval, »der Taxiservice.«

Rizla sah aus, als würde er einen Herzinfarkt bekommen. Aber er wies seinen Mitarbeiter am anderen Ende an, ein Taxi zu rufen, den Fahrpreis für eine Fahrt nach Mannheim im Voraus zu entrichten und Emre mit dem Taxi nach Hause zu schicken. Dann nahm Parceval das Telefon an sich.

»War das alles, was Sie wollten?«, fragte Rizla heiser.

»Es war ein guter Anfang«, lobte Parceval. »Ich steige jetzt aus, Sie bleiben sitzen. Denken Sie daran, dass ich auf jeden Fall schneller bin als Sie, falls Sie die Situation ausnutzen wollen.«

Rizla blieb ruhig sitzen, bis Parceval ausgestiegen war und ihn dann selbst zum Aussteigen aufforderte.

»Ziehen Sie sich aus, bis auf Unterhemd und Socken. Die Hose können Sie anbehalten.«

»Ich lasse mich nicht noch weiter von Ihnen demütigen«, erwiderte Rizla.

Parceval wedelte mit der Jarygin. »Ich bin der Stärkere. Der Stärkere tut, was er will, und der Schwächere muss es erdulden. Kommt Ihnen das nicht bekannt vor?«

Rizla zog Schuhe, Sakko, Weste und Hemd aus, das Gesicht starr vor Wut. Parceval zwang ihn dazu, sich mit dem Gesicht voran an einen dünnen Baum zu setzen, die Beine links und rechts des Stamms ausgestreckt. Er steckte Rizlas Füße durch die Armlöcher der Weste und knöpfte sie dann über den Knien des Libanesen zu; seine Fußknöchel fesselte er mit dem Hemd. Dann zog er ihm die Arme auf den Rücken und schlang die Krawatte um die Handgelenke.

»Wenn Sie wollen, können Sie sich hinlegen«, erklärte Parceval. »Das hier ist eine Fixierung, keine Folter. Ich lasse Sie für 'ne Weile allein und erspare Ihnen den Knebel. Sie können gern um Hilfe brüllen. Bedenken Sie aber, dass, wer immer Sie findet, vor einem halbnackten Kerl mit Schmerbauch steht, der seine Weste um die Knie trägt, mit seinen eigenen Klamotten gefesselt wurde und der leicht als der große, starke Revan Rizla zu identifizieren ist, weil ich Ihre Jacke mit Ihrer Geldbörse darin hier an diesen Ast hänge. Bis später.«

»Glauben Sie vielleicht, Sie kommen damit durch?«, schrie Rizla, nun völlig außer sich. »Was passiert wohl, wenn Sie weg sind? Ich weiß, wo der Scheißtürke wohnt. Ich knöpfe mir seine Familie vor und lasse ihn dabei zusehen! Wenn er Söhne hat, kastriere ich sie, und wenn er Töchter hat, reiche ich sie durch alle meine Männer, bevor ich ihnen die Gurgeln durchschneide! Und dann knöpfe ich mir ihn vor, und jedes Mal, wenn er vor Schmerzen schreit, wird er erfahren, dass Sie dafür verantwortlich sind!«

Parceval hob die Waffe und zielte auf Rizla.

»Sie erschießen mich nicht!«, höhnte Rizla. »Sie brauchen mich noch für irgendwas, sonst hätten Sie mich nicht gefesselt. Sie jagen mir keine Angst ein. Sie haben Ihren Vorteil verspielt, Parceval. Der Stärkere bin wieder ich!«

Parceval drehte sich wortlos um und stieg in den A8. Es war jetzt nach dreiundzwanzig Uhr. Er nahm an, dass Antoninos Männer die Oberhand behalten hatten und nach ihrem Sieg darangegangen waren, die Rizla-Fraktion zu entwaffnen und auszuplündern. Wahrscheinlich würden die Libanesen die nähere Umgebung nach Revan Rizla absuchen, aber dann würden sie nach Hause fahren. Antoninos Sieg über den Rizla-Clan war umfassend, trotzdem konnte er sich nicht auf seinen Lorbeeren ausruhen. Er musste jeden einzelnen seiner Männer, der bei der Aktion dabei gewesen war, eingeschlossen er selbst, sofort außer Landes schaffen und dem Zugriff der deutschen Polizeibehörden entziehen. Die Geschäfte der Palechiaro-Familie würden ein paar Tage oder auch Wochen brachliegen, dann würde Ersatz eintreffen, Clanmitglieder, die in Deutschland völlig unbeschriebene Blätter waren. Antonino würde derweil in Agrigento untertauchen, von einem Fahndungs- und Auslieferungsersuchen der deutschen Polizei an ihre sizilianischen Kollegen nur mäßig beeindruckt, und sich als Held feiern lassen.

Rizla hatte recht. Parceval brauchte ihn noch für etwas. Und wenn er das, was er vorhatte, verbockte, dann würden Rizlas Drohungen, Emre und seine Familie betreffend, zur Realität werden.

Parceval hatte daher keine Zeit zu verlieren. Er fuhr, so schnell er konnte, zur Bundesstraße und von dort auf die A5 Richtung Norden.

62

Gute dreißig Minuten später erreichte er Palechiaros Anwesen und brachte den A8 mit blockierenden Reifen im Innenhof zum Stehen, dass Staub, Dreck und Kieselsteine aufspritzten und gegen die Hauswand prasselten. Er riss die Fahrertür auf, sprang nach draußen und lehnte sich gegen den Wagen – die Arme ausgestreckt auf dem Dach und die Jarygin in beiden Händen.

Angesichts der Mannschaftsstärke, mit der Antonino zum Geiselaustausch aufgekreuzt war, konnte er nur wenige Leute beim Anwesen zurückgelassen haben. Parceval rechnete mit allerhöchstens drei. Es waren nur zwei, und sie rannten hintereinander mit gezückten Automatikwaffen zur Haustür heraus.

Parceval traf den Ersten ins Bein und den anderen in die Schulter. Zwei Schuss, hintereinander abgefeuert, den Umstand ausnutzend, dass der Erste sofort zu Boden fiel und die Sicht auf den Zweiten freimachte, der die Kugel in die Schulter bekam. Parceval hatte jetzt sieben Mal abgedrückt, elf Schuss waren noch im Lauf. Ein besserer Saldo, als er selbst gedacht hatte. Er rannte hinter dem demolierten A8 hervor und auf die beiden Männer zu, die sich, stumm vor Schock, auf dem Boden wanden. Er griff sich ihre Waffen, musterte ihre Wunden und stellte fest, dass sie keine sofortige ärztliche Hilfe benötigten. Dann schob er die Jarygin in den Hosenbund und lief ins Haus, aus Leibeskräften nach Enzio brüllend.

Er bekam keine Antwort. Der Wohnsaal, der Essbereich mit der riesigen Tafel, die Küche – alles menschenleer. Auf dem Tisch standen zwei benutzte Teller mit den Überresten von Pasta und zwei Gläsern Rotwein. Eine angebrochene Rotweinflasche stand daneben. Offenbar das Abendessen der beiden Männer, die Parceval niedergeschossen hatte. Parceval erinnerte sich, in welchem Raum er und Enzio eingeschlossen worden waren. Er rannte die Treppe hinunter in den Keller. Die Tür war verschlossen. Er schlug dagegen, als er glaubte, ein Geräusch zu vernehmen, und trat gegen die Tür, doch sie hielt stand. Er feuerte mit einer der erbeuteten Waffen auf die Tür und zerstörte damit das Schloss. Diesmal gab die Tür unter seinem Tritt nach und flog auf. Parceval folgte ihr mit der Waffe im Anschlag und einer Halbkreisdrehung, mit der er den ganzen Raum umfasste.

Es befanden sich keine Bewacher im Keller, also ließ Parceval die Waffe sinken. Das Gerümpel stand immer noch darin – die Kartons mit dem Geschirr, die zugedeckten Stühle im Hintergrund und die zwei Sitzgelegenheiten, die sich Parceval und Enzio herausgezogen hatten.

Auf einem der Stühle saß Robertinna Palechiaro, die Hände im Schoß gefaltet, und stierte Parceval an. Über ihr sonst so perfekt geschminktes Gesicht zogen sich

Tränenstreifen, ihre Augen waren verheult, aber ihre Frisur war noch immer makellos.

Enzio Palechiaro lag vor ihr, mit dem Gesicht auf dem Boden, die Arme links und rechts am Körper ausgestreckt. Unter seinem Kopf war eine Blutlache, eine nicht sehr große, weil sein Herz sofort aufgehört haben musste zu schlagen.

Sie mussten Enzio gezwungen haben niederzuknien, dann war jemand hinter ihn getreten und hatte ihm in den Hinterkopf geschossen. Parceval konnte die Eintrittswunde sehen. Er war froh, dass er die Austrittswunde im Gesicht nicht sah.

Er hängte sich die Waffe an ihrem Gurt über die Schulter, zu der anderen, die er erbeutet hatte. Was er befürchtet hatte, seit Revan Rizla ihm erklärt hatte, wie die Verlegung des Treffpunkts zustande gekommen war, war nun Gewissheit. Vielleicht hatte sogar Parcevals Versuch, Enzio zu helfen und ihn so vor seinem Schicksal zu bewahren, seine Hinrichtung beschleunigt.

»Antonino?«, fragte Parceval sanft.

Robertinna nickte. Erneut liefen Tränen aus ihren Augen. Dann zuckte sie mit den Schultern. Sie stand vollkommen neben sich.

»Sie wissen es nicht?«

»Er lag schon da, als sie mich hier einsperrten«, flüsterte Robertinna. »Antonino hat mich aus meinem Zimmer holen und hier einschließen lassen.«

»Ist Ihnen etwas angetan worden?«

Robertinna schüttelte den Kopf, doch dann besann sie sich. »Sie haben meinen Enzio umgebracht!«, heulte sie.

Parceval konnte nicht sagen, dass er Trauer um Enzio empfunden hätte. Es war eher ein Gefühl der Sinnlosigkeit angesichts seines Todes. Er hatte ihn retten wollen, weil Enzio bei all seinen Vergehen Ehre im Leib gehabt hatte. Mitleid mit seiner Witwe zu empfinden gelang ihm hingegen nicht.

»Sie haben sich auf Antoninos Seite geschlagen«, sagte er. »Wenn Sie Enzio treu geblieben wären, hätte Antonino nie alle Ihre Leute auf seine Seite ziehen können. Die Meuterei wäre im Keim erstickt worden. Ihr Mann hat ernten müssen, was Sie gesät haben.«

»Ich wollte das doch nicht!«, heulte Robertinna. »Ich wusste doch nicht, dass es so ausgeht! Ich dachte, Antonino würde Enzio einfach nur nach Hause schicken, und dann hätte ich mit ihm gehen können – zurück nach Hause! Weg von hier! Enzio … er war so stur, er liebte dieses Land und diese Stadt! Es hat ihn nie geschert, dass ich hier nicht leben wollte. Aber ich wollte doch nicht, dass sie meinen Enzio umbringen!« Was immer es sonst noch war, das mit wildem Schluchzen und gerungenen Händen aus ihr herausbrach, Parceval verstand kein Wort davon. Es war alles auf Sizilianisch. Er trat zu Robertinna und hielt ihre Hände fest.

»Robertinna, hören Sie mir zu!«, sagte er.

Sie starrte ihn tränenblind an und sprudelte weiter unverständliche Wortketten heraus.

»Robertinna!« Er musste schreien, um zu ihr durchzudringen. »Robertinna!«

Sie zuckte zusammen und blinzelte. Aus ihrem Mundwinkel hing ein langer Spuckefaden. Sie schluckte, schloss den Mund und begann zu zittern.

»Robertinna, wo ist Nasrin?«

»Wer?«

»Nasrin! Das Hausmädchen. Die Afghanin!«

»Wer?«

Parceval zog Robertinna an den Handgelenken in die Höhe. Sie war schwer, weil sie nicht mithalf, und plumpste auf den Stuhl zurück, als er sie losließ. Er zerrte sie ein zweites Mal in die Höhe und mit sich zur Tür. Diesmal hielt sie sich auf den Beinen und stolperte hinter ihm her.

»Wo ist Nasrin?«

»Ich«, stammelte Robertinna. »Ich … keine Ahnung …«

»Was hat Antonino mit ihr gemacht? Ist sie noch im Haus? Ist sie weggelaufen? Ist sie irgendwo eingesperrt? In ihrem Zimmer?«

»Was?«

Parceval brachte sein Gesicht dicht an ihres und schrie: »Hat sie überhaupt ein Zimmer?«

Robertinna schüttelte den Kopf. »Mein Enzio«, stöhnte sie. »Mein Enzio!«

Parceval zerrte sie hinter sich her. Er öffnete einen Kellerraum nach dem anderen, dabei Nasrins Namen rufend. Dann erklomm er das Erdgeschoss und danach den ersten Stock. Wieder riss er eine Tür nach der anderen auf. Ein Schlafzimmer, säuberlich zusammengeräumt und das Doppelbett gemacht – anscheinend Enzios und Robertinnas Raum. Daneben ein Zimmer, in dem es nach Parfüm duftete, mit Regalen voller Schuhe an den Wänden und einer Seitentür, die zu einem begehbaren Kleiderschrank führte. Neben einem Fenster stand ein Schminktisch, daneben eine Chaiselongue, auf der Illustrierte aus Italien ausgebreitet lagen.

Robertinnas Zimmer.

Auch hier keine Spur von Nasrin, so wenig wie im gemeinsamen Schlafzimmer der Palechiaros.

Ein Arbeitszimmer folgte, eingerichtet mit nüchternem Büromobiliar, wie es sich in jedem Versicherungsbüro finden ließ.

Enzios Büro.

Ein Raum mit dunkler Holzverkleidung und einem wuchtigen Chippendale-Schreibtisch, dahinter ein Ledersessel, wie man ihn bei einem Filmmogul erwartet hätte, und davor ein Zweier-Sofa mit hoher Lehne. Bilder an den Wänden von einer süditalienischen Landschaft, von einer Gruppe würdevoller älterer Herren, dazwischen Stadtansichten von Mannheim und vom Rhein.

Enzios offizielles Empfangszimmer für wichtige Gespräche, das sein Bemühen demonstrierte, die alte und die neue Heimat miteinander zu verknüpfen.

Robertinna stolperte durch jedes Zimmer hinter Parceval her, schluchzend, aber ohne sich zu sträuben.

Er fand Nasrin im vorletzten Zimmer. Er musste die Tür aufbrechen, weil sie verschlossen war. Das Zimmer war wie ein kleines Appartement in einen Wohn- und einen Schlafbereich aufgeteilt. Es war so unpersönlich wie ein Hotelzimmer, als hätte sein Bewohner sich keinerlei Mühe damit gegeben.

Antoninos Zimmer.

Nasrin starrte Parceval mit ihren unfassbar grünen Augen stumm an. Unter ihrer Nase befand sich ein getrockneter Blutstreifen. Ihr Haar war zerzaust, eine Wange geschwollen, ihre Hausmädchenuniform in Fetzen, der Rock bis zur Hüfte aufgerissen. Sie war barfuß.

Sie hing an einer Kordel, dessen Ende sie um einen der Haken geschlungen hatte, die die schweren Vorhangstangen hielten, direkt vor einem der hohen Sprossenfenster und einem prächtigen Vorhang, der überhaupt nicht in das leblose Zimmer passte. Sie hatte sich selbst erhängt. Vor ihren Füßen, deren Zehenspitzen den Boden hauchzart berührten, lag ein umgeworfener Stuhl.

Parcevals erster Impuls war, ihre Beine zu umfassen und sie hochzuheben, den Druck der Kordel um ihren Hals zu mildern, sie vor dem Ersticken zu bewahren. Er ließ Robertinna los und rannte zu Nasrin, Robertinna blieb schwankend zurück und glotzte verständnislos.

Parceval hob Nasrin hoch, doch er wusste sofort, dass es zu spät war. Die Fallhöhe hatte ausgereicht. Ihr Genick war gebrochen. Hätte sie sich mit der Kordel selbst stranguliert, hätte ihr Gesicht anders ausgesehen. Die Schwellung auf ihrer Wange und das Blut unter der Nase stammten von Schlägen. Warum sie ihr verabreicht worden waren, brauchte angesichts des zerrissenen Kleids keine weitere Erklärung.

Antoninos Zimmer.

Antonino.

Draußen geisterten plötzlich die Lichtfinger von Scheinwerfern in den Hof. Der erste Wagen, der hereinfuhr, war der Van. Er bremste scharf, als der Fahrer den demolierten A8 und die beiden Männer entdeckte, die vor der Haustür lagen.

Parceval hatte den Zeitpunkt verpasst, unbehelligt wieder von hier zu verschwinden.

Er ließ Nasrins Leiche sanft zurück in die Schlinge um ihren Hals sinken. Dann wandte er sich Robertinna zu. Sie schaute in sein Gesicht und wich unwillkürlich zurück, bis sie an den Türrahmen stieß.

»Antonino wird Sie auch umbringen«, sagte Parceval. »Er kann es nur nicht so öffentlich tun wie mit Enzio, weil Sie eine Frau sind und weil Sie sich auf seine Seite gestellt haben. Aber er kann Sie nicht brauchen. Sie sind nur eine Gefahr für ihn. Er kann Sie auch nicht nach Sizilien mit zurücknehmen, weil er niemals sicher sein kann, was Sie dort über ihn erzählen, wenn er gerade nicht anwesend ist. Er wird Sie über die Grenze bringen und so tun, als wäre alles wunderbar, aber Sie werden Agrigento nicht erreichen. Irgendwo in einem Waldstück, wahrscheinlich zwischen Bologna und Rom, werden die Carabinieri in ein paar Tagen Ihre Leiche finden und den falschen Schluss ziehen, dass Sie ein zufälliges Opfer wurden – mitsamt dem richtigen Schluss, dass Sie vor Ihrem Tod brutal vergewaltigt wurden.«

Robertinna starrte ihn an. Ihre Augen waren weit und ihr Blick panisch.

Parceval zog die Jarygin heraus, spannte sie und richtete sie auf Robertinnas Stirn. »Ich kann Sie vor diesem Schicksal bewahren«, sagte er und legte den Finger auf den Abzug.

63

Antonino hatte sich mit seinem Dodge in der Mitte des Konvois gehalten, in dem er und seine Männer nach Hause zurückgekehrt waren. Als sich vor der Zufahrt zum Anwesen alles plötzlich staute, dachte er, es sei nur der Ungeschicklichkeit der Fahrer vor ihm zu verdanken. Doch dann sah er schon einen der Männer aus dem vorausfahrenden Van hastig auf sich zulaufen.

Er fuhr die Seitenscheibe herunter.

»Du musst kommen«, keuchte der Mann. »Es ist 'ne Riesensauerei!«

Schockiert erblickte Antonino den A8 mitten auf seinem Hof. Noch schockierter sah er, dass seine Leute sich um die zwei Leute kümmern mussten, die er auf dem Anwesen als Wache zurückgelassen hatte. Einer hatte einen Schulterschuss und war ohnmächtig geworden, der andere biss sich vor Schmerzen auf die Zähne und wälzte sich auf dem Boden. Erst da wurde Antonino klar, dass er und seine Leute hier zwischen den Autos standen wie auf dem Präsentierteller. Wenn jemand aus den Fenstern im oberen Stockwerk auf sie schoss, waren sie geliefert.

»Schnell, weg hier!«, rief er. »Nehmt die beiden mit!«

Außerhalb der Sicht- und Reichweite des Hauses versuchte der immer noch schockierte Antonino, seine Gedanken zu sammeln. Der Übergang vom triumphalen Heimkehrer zum Mann, der nicht in sein Haus konnte, weil der Feind darin saß, war zu rasch gekommen. Er dachte an die zwei Toten im Van: Vito und Dr. Lamb. Es waren die einzigen Verluste, die seine Seite eingefahren hatte, seine restlichen Leute hatten nicht mal einen Kratzer abbekommen – bis jetzt. Und wie viele Tote und Verletzte hatten die Rizlas in ihre Autos geladen und weggebracht? Er war der unbestreitbare Sieger in dieser Auseinandersetzung, in jeder Beziehung. Nicht einmal Enzio konnte ihm mehr gefährlich werden, und Robertinna würde ihrem Mann nachfolgen, sobald er sie entbehren konnte. Wieso kauerte er dann wie ein Idiot zwischen Autos außerhalb seiner Hofeinfahrt? Er hätte verhindern sollen, dass der A8 entkommen konnte! Aber wie hätte er damit rechnen können, dass Rizla etwas anderes vorhatte, als sein Heil in der Flucht zu suchen?

Er musste etwas unternehmen. Seine Leute warteten auf eine Entscheidung. Er drängte sich durch die Männer, die sich um die beiden Angeschossenen kümmerten. »Wie viele Männer sind im Haus?«, herrschte er ihn an. »Drei? Vier? Ist Rizla unter ihnen?«

»Es ist nur einer«, stöhnte der Mann mit dem verletzten Bein. »Der Neue.«

»Welcher Neue?«, fragte Antonino begriffsstutzig.

»Der, den Enzio geholt hat. Wegener oder wie der heißt.«

Antonino starrte den Verwundeten fassungslos an.

Parceval? Parceval hatte sich im Haus verbarrikadiert? Warum um alles in der Welt war er ausgerechnet hierhergekommen? Antonino hatte den Ex-Bullen in den letzten Stunden aus seinen Gedanken verdrängt und angenommen, ihn mit der Verlegung des Treffpunks ausmanövriert zu haben. Aber der Wahnsinnige war hierhergekommen! Und hatte sich den Weg ins Haus freigeschossen! Was wollte er hier? Rache nehmen dafür, dass Antonino ihn besiegt hatte? Er allein gegen die gesamte Palechiaro-Familie?

Antoninos Gedanken wurden von einer Stimme unterbrochen, die vom Haus zu ihm herüberschallte. Die Stimme verwandelte seine Fassungslosigkeit in Weißglut.

»Antonino, Ragazzo! Wo bleibst du denn die ganze Zeit? Die Nudeln werden kalt!«

Blind vor Wut sprang Antonino auf und wollte in den Hof rennen. Seine Männer hielten ihn zurück. Er wehrte sich, aber sie ließen ihn nicht los. »Er knallt dich ab, sobald du in die Einfahrt läufst!«, rief einer von ihnen.

»He, Antonino!«, erklang Parcevals Stimme. »Lass uns reden. Komm in den Hof und nimm zwei von deinen Männern mit. Unbewaffnet.«

»Glaubst du, ich könnte nicht allein gegen dich antreten?«, brüllte Antonino zurück und bäumte sich auf vor Wut.

»Du musst nicht gegen mich antreten. Wir müssen nur reden.«

»Ich komme allein!«, schrie Antonino.

»Sei nicht verrückt!«, zischte einer der Männer. »Zwei

von uns kommen mit. Wir verstecken die Knarren hinten im Hosenbund. Du kannst ihm zeigen, dass du unbewaffnet bist. Und im nächsten Moment verpassen wir ihm ein paar Kugeln.«

Antonino wehrte sich noch einen Augenblick, dann wurde er ruhiger. »Lasst mich los«, sagte er. Er schüttelte sich. »Gut, so machen wir's. Turi und Gianni, ihr begleitet mich.«

»Hallo?«, rief Parcevals Stimme. »Erde an Antonino? Bist du noch da?«

»Wir kommen jetzt!«, schrie Antonino, in dem die Wut erneut aufflammte.

Als er zusammen mit Turi und Gianni in die Hofeinfahrt trat und Parceval erblickte, der in der geöffneten Eingangstür stand, wurde ihm klar, dass er in seiner Wut nicht richtig nachgedacht hatte. Er hatte vergessen, dass er nicht nur die zwei Wachposten im Haus zurückgelassen hatte, sondern auch seine Schwägerin.

So wie Antonino war auch Parceval nicht allein. Er hielt Robertinna vor sich wie einen Schild, einen Arm um ihren Hals geschlungen. In der freien Hand hatte er eine Pistole, deren Mündung er gegen Robertinnas Schläfe presste. Der Zeigefinger ruhte auf dem Bügel, aber er konnte den Abzug innerhalb eines Sekundenbruchteils erreichen. Robertinna schluchzte, ihr Gesicht war voller Tränen und Rotz. Wenn jemals eine Geisel kurz vor dem Nervenzusammenbruch gestanden hatte, dann war es Robertinna.

»Es sieht so aus«, erklärte Parceval. »Ihr lasst mich gehen, oder ich töte Robertinna – und deine zwei Clowns gleich mit, Antonino. Sie sind nicht schnell genug, ihre versteckten Knarren zu ziehen. Dich lasse ich am Leben, damit du deinem Onkel in Agrigento erklären kannst, wie du deine Geisel verloren und deinen Rechtsanwalt nur als Leiche zurückbekommen hast. Und wie es geschehen konnte, dass du trotz einer Übermacht an bewaffneten Männern deine Schwägerin nicht gerettet hast.«

Antonino war zum zweiten Mal innerhalb weniger Minuten so fassungslos, dass er nicht sofort reagieren konnte. Robertinnas Leben war ihm keinen Pfifferling wert. Im Gegenteil, sie konnte ihm schaden, und wenn Parceval sie abknallte, war er eine Sorge los. Aber er konnte sie nicht vor aller Augen sterben lassen, und schon gar nicht durch die Hand des Ex-Bullen. Auch wenn er Parceval danach persönlich erschoss, würde ihm dieser Makel für immer anhängen. Es war genauso, wie Parceval gesagt hatte: Nach dem Tod Enzios galt seine Witwe als Schutzbefohlene, umso mehr, da Robertinna sich offen auf seine Seite gestellt hatte. Nicht einmal bei der schlimmsten Fehde zwischen zwei Mafia-Clans gerieten die Frauen jemals ins Visier. Salvatore Giuliano hatte es das Genick gebrochen, dass er auf Frauen und Kinder hatte schießen lassen.

Offensichtlich wusste Parceval genau, dass Antonino Robertinna um jeden Preis schützen musste; ihr durfte in aller Öffentlichkeit nichts zustoßen, und es durfte nicht so aussehen, als hätte Antonino nichts zu ihrem Schutz unternommen.

Aber wusste Parceval auch, dass er eigentlich nichts in der Hand hatte? Dass sein Auftritt ein einziger, riesiger Bluff war?

Und wenn er es wusste – war ihm klar, dass Antonino seinen Bluff nicht aufdecken konnte? Beinahe schien es Antonino so, als würde er genau diesen scheinbaren Widerspruch in Parcevals unbewegter Miene lesen können. Ihm wurde schwindlig, als ihm klar wurde, wie wenig es brauchte, um Parceval unschädlich zu machen – und dass er es nicht tun durfte.

Turi und Gianni warteten darauf, dass Antonino ein Zeichen gab, doch er brachte keinen Ton heraus. Er war nicht sicher, ob er sich nicht übergeben würde, wenn er Luft holte und den Mund aufmachte. Sein Puls hämmerte in seinen Schläfen.

»Ihr lasst mich fahren und gebt mir eine Viertelstunde Vorsprung«, sagte Parceval. »Ich lasse deine Schwägerin an der nächsten Raststelle frei. Und ich schlage vor, dass wir das Ganze schnell hinter uns bringen, denn du bist im Zeitdruck.«

»Wieso bin ich im Zeitdruck?«, brachte Antonino hervor.

»Weil ich von hier aus die Polizei angerufen habe und sie, wenn sie eintrifft, ein paar Dinge finden wird, von denen du nicht möchtest, dass sie sie finden. Zwei, um genau zu sein. Eines im Keller, eines in deinem Zimmer.«

»In meinem ...?«, fragte Antonino und verstummte wieder.

»Du hättest sie dir nicht für einen zweiten Gang aufheben sollen«, erklärte Parceval. »Wäre besser gewesen, du hättest nach dem ersten Gang kurzen Prozess gemacht. Ich weiß, was sie der Polizei erzählen wird, weil sie es vorhin mir erzählt hat. Den Mord an Enzio übernimmt vielleicht einer der Leute für dich; aber was du Nasrin angetan hast, bleibt auf dir lasten.«

»Wovon redet er?«, fragte Turi.

»Halt den Mund«, sagte Antonino. Turi blinzelte überrascht.

»Befiehl deinen Leuten, sie sollen in den Innenhof kommen. Alle.«

»Leck mich!«, rief Antonino.

Parceval tat so, als würde er auf eine imaginäre Armbanduhr schauen. »Ich schätze, dass die Polizei in allerspätestens zehn Minuten hier ist.«

»Was hast du denen erzählt?« Antoninos Kehle schmerzte mit jedem Wort.

»Dass ich einer von deinen Leuten bin, der gegen Kronzeugenstatus alles ausplaudert, was heute vorgefallen ist. Und dass sie sich beeilen sollen, mich hier abzuholen, bevor du zurück bist.«

Antonino musste schreien, weil sich plötzlich alles in ihm aufbäumte. »Das ist ein Bluff!«, brüllte er. »Wenn sie kommen, kriegen sie dich auch! Du willst nicht wieder in den Knast!«

»Ich gehe auch nicht wieder in den Knast«, sagte Parceval. »Weil du nämlich tun wirst, was ich verlange. Andernfalls blüht nicht nur dir, sondern deiner ganzen Bande hier das Gefängnis. Heute hat sich jeder mit Blut bekleckert. Die Gerichtsprozesse werden Geschichte schreiben. Und alle werden einzeln auf Gefängnisse in Deutschland aufgeteilt werden, wo ein Haufen Libanesen einsitzen und über die Presse mitbekommen haben, dass der jeweilige Neuankömmling ihre Landsleute in einem Blutbad niedergemetzelt hat.«

»Verdammt, Antonino«, sagte Turi.

Antonino fuhr zu ihm herum. »Nenn mich nicht Antonino!«, schrie er. »Sag gefälligst *Dottore* und erweise mir Respekt!«

Turis Wangenmuskeln zuckten. »Verdammt, Dottore«, sagte er dann.

»Schick deine Leute rein«, sagte Parceval. »Und sag ihnen, dass sie die Autoschlüssel auf die Dächer legen sollen. Deine Schwägerin und ich leihen uns eine Karre.«

Antonino hatte das Gefühl, dass im nächsten Moment sein Schädel vor Wut platzen musste. Er starrte Parceval in die Augen. Dann seiner Schwägerin. Dann blickte er auf den Boden. Schließlich gab er nach. Es war die einzige Möglichkeit. Er erteilte den Befehl. Innerhalb kurzer Zeit füllte eine teils schweigende, teils murrende Menge von knapp zwanzig Männern den Innenhof. Parceval bewegte sich seitwärts zur Hofeinfahrt.

»Und jetzt husch-husch ins Körbchen. Alle rein ins Haus.«

»Tut, was er sagt«, knurrte Antonino. Er machte den Abschluss, blieb aber vor der offenen Tür stehen. »Hier bleibe ich«, sagte er. »Ins Haus bekommst du mich nicht. Lieber soll hier alles hochgehen.«

»Na gut«, sagte Parceval. »Dann steh dir hier die Füße platt. Aber wenn du auch nur die Nase aus der Einfahrt streckst, bist du ein toter Mann, und an der Situation ändert sich trotzdem nichts.«

Antonino sah ihm hilflos zu, wie er rückwärts aus der Einfahrt stapfte und dabei Robertinna immer noch wie einen Schild vor sich hielt, die Pistole an ihrer Schläfe. Robertinna hatte wieder angefangen zu schluchzen. Sie sagte kein Wort und flehte Antonino auch nicht um Beistand an. Entweder war sie zu eingeschüchtert, oder sie hatte mehr Stolz, als Antonino ihr zugetraut hatte.

Er hörte zwei Autotüren zuschlagen, einen startenden Motor und dann das Knirschen und Prasseln von schnell drehenden Rädern auf dem Kies.

Turi kam aus dem Haus gestürzt. »Hinterher?«, fragte er.

»Nein«, sagte Antonino. »Hast du nicht gehört, was er gesagt hat? Dass er die Polizei angerufen hat? Wir müssen alle hier schleunigst weg.«

»Und wenn das ein Bluff war?«

»Bring mir das Telefon.«

Turi rannte ins Haus und kam mit dem Mobilteil des Festnetztelefons wieder. Antonino drückte die Wahlwiederholung. Die Nummer des Polizeinotrufs erschien auf dem kleinen Display.

»Verdammt«, sagte Turi.

»Ja, verdammt. Alle sollen sofort losfahren. Wir lassen hier alles stehen und liegen. Das Ziel ist Agrigento. Dort treffen wir uns alle – aber wir fahren getrennt, am besten über Frankreich. Bis die Fahndung nach uns auch dort eingeleitet ist, genießen wir schon den Ausblick aufs Ligurische Meer.«

Turi lief ins Haus zurück, um Antoninos Befehle weiterzugeben. Antonino stand noch ein paar Sekunden da, dann trat er beiseite und sah dem Abzug seiner Männer zu. Er war auf ganzer Linie geschlagen, und das Einzige, was er zu seiner Ehrenrettung tun konnte: Ausharren, wie ein Kapitän auf dem sinkenden Schiff, bis alle anderen von Bord waren.

Als vor dem Haus nur noch der Van und der Audi von Revan Rizla standen sowie sein Dodge, drehte Antonino sich um und lief in das menschenleere Haus. Er hatte noch etwas zu erledigen hier. Er wollte nicht mit einer Anklage wegen Vergewaltigung von der deutschen Polizei gesucht werden. Er würde die verdammte Afghanin erschießen und die unregistrierte Waffe, die er sich von einem seiner Männer hatte aushändigen lassen, im A8 deponieren. Jetzt erwies es sich als Segen, dass Parceval den Audi zurückgelassen hatte. Auf diese Weise konnte er mit etwas Glück die Leichen der Afghanin und Enzio den Libanesen in die Schuhe schieben. Zumindest würde es die Justizbehörden erst einmal verwirren und die Beweislage undurchsichtiger machen.

Er spannte die Waffe und rannte die Treppe hinauf zu seinem Zimmer. Er hatte Nasrin mit einer Kordel ans Bett gefesselt, als er zur Geiselübergabe aufgebrochen war. Er nahm nicht an, dass Parceval Zeit gehabt hatte, sie zu befreien, sonst hätte er sie mitgenommen. Und warum hätte er sie auch befreien sollen; für ihn war allein bedeutsam, dass sie der Polizei erzählte, was Antonino mit ihr gemacht hatte. Als Mensch konnte sie ihm völlig gleichgültig sein und war es wohl auch. Der Augenschein bewies es – und Parcevals Geschichte. Er hatte damals fünfzehn Afghanen kaltblütig abgeknallt. Diese Kanaken konnten ihm nicht wichtig sein.

Die Tür war eingetreten. Antonino rannte mit vorgehaltener Waffe in den Schlafbereich seines Zimmers, die Waffe vorgestreckt. Er hatte keine Zeit zu verlieren.

Die Afghanin lag auf dem Bett, als würde sie schlafen. Ihre Hände waren vor der Brust zusammengelegt, ihr Haar aus dem Gesicht gestrichen, die Augen geschlossen. Was zum …? Hatte Parceval sie doch losgemacht? Aber warum war sie dann noch hier? Hatte sie oder der idiotische Ex-Bulle gedacht, Antonino würde sie verschonen?

Er hätte beinahe abgedrückt, da wurde ihm bewusst, dass die Kugel Verschwendung gewesen wäre. Die Afghanin war tot. Er ging mit zögernden Schritten auf sie zu, als könne er es nicht glauben. Aus der Nähe sah er die blutunterlaufenen Striemen um ihren Hals. Woher …? Er hatte sie geschlagen, aber nicht gewürgt …

Erst jetzt fiel ihm auf, dass die Kordel fehlte, mit dem er sie an das schwere Bett gefesselt hatte. Er blickte sich suchend um.

Als er sie im Wohnbereich fand, von der Vorhangstange hängend mitsamt dem umgefallenen Stuhl davor, wurde ihm alles klar. Die Afghanin hatte es geschafft, sich selbst zu befreien und sich daraufhin erhängt. Parceval hatte sie abgenommen und aufs Bett gelegt. Was bedeutete, dass sie schon tot gewesen war, als er hier ankam. Was weiterhin bedeutete, dass er geblufft hatte, was die Afghanin betraf.

Antonino war nun sicher, dass auch die Geiselnahme Robertinnas ein Bluff gewesen war. Parceval hatte genau gewusst, dass Antonino seine Schwägerin am liebsten tot gesehen hätte. Er hatte lediglich Antoninos Zwangslage erkannt und sie ausgenutzt.

Antonino stand ein paar Sekunden stocksteif im Raum, dann warf er den Kopf zurück und begann zu brüllen wie ein Tier. Erst als seine Kehle schmerzte und sein Gebrüll sich heiser anhörte, riss er sich zusammen. Er steckte die Pistole ein und rannte hinunter. Wie viel Zeit hatte Parceval veranschlagt, bis die Polizei kam? Zehn Minuten? Er hatte mindestens acht davon verplempert.

Der Dodge war grau vor Staub. Egal. Antonino riss die Fahrertür auf und warf sich auf den Fahrersitz. Er startete den Motor und machte die Scheibenwischer an. Das automatische Licht des Dodge blühte auf und erhellte die Einfahrt. Er drückte den Hebel des Automatikgetriebes auf R und wendete den Wagen mit durchdrehenden Reifen. Dann schoss er hinaus auf die Straße, die durch den Wald führte. Von welcher Seite würde die Polizei kommen? Von Südwesten, aus Richtung Lampertheim! Von dort gelangten sie am einfachsten zum Gut. Also fuhr er nach Nordosten, in Richtung Lorsch. Dort konnte er auf die Autobahn gelangen, und dann war er so gut wie in Sicherheit.

Er spürte eine Bewegung hinter sich, bevor er sie im Rückspiegel wahrnahm und bevor sich der Lauf einer Pistole in seine Seite drückte.

»Robertinna ist schon mal vorausgefahren«, sagte Parceval. »Ich dachte, ich leiste dir ein bisschen Gesellschaft. Wirf die Pistole zu mir nach hinten und pass auf, dass du nicht gegen einen Baum fährst.«

64

Revan Rizla war noch da, als Parceval mit Antonino bei ihm eintraf. Parceval zwang Antonino zum Aussteigen und trieb ihn mit der Waffe vor sich her. Rizla hatte sich irgendwann auf den Rücken gelegt und konnte sich jetzt aufgrund seines Bauchumfangs nicht mehr aufrichten. Der Libanese blinzelte im Scheinwerferlicht des Dodge von einem zum anderen, sagte aber nichts.

Parceval trat einen Schritt zurück.

»Bind ihn los«, sagte er zu Antonino.

»Mach es selbst«, sagte Antonino.

»Antonino, Ragazzo«, sagte Parceval liebenswürdig, »glaubst du wirklich, es macht für mich einen Unterschied, ob du ihn unversehrt losbindest oder mit einer zerschossenen Kniescheibe? Aber glaub mir – in den nächsten Minuten wirst du um eine funktionierende Kniescheibe noch verdammt froh sein.«

Antonino bückte sich und löste die improvisierten Fesseln. Rizla rollte sich ungeschickt herum.

»Hilf ihm auf!«

»Er soll mich nicht anfassen«, grollte Rizla. Er kam wie ein verletzter Elefant auf die Beine und stand dann schwankend da.

»Ziehen Sie Ihre Schuhe an«, sagte Parceval. Rizla raffte auch sein Hemd auf und schlüpfte hinein, Parceval ließ es geschehen. Er hatte die Jarygin wieder aufgenommen und zielte zwischen den beiden Männern hindurch, sodass ihnen bewusst war, dass er jeden von ihnen mit einer winzigen Bewegung seines Handgelenks erschießen konnte.

»Ich war lange in Afghanistan«, sagte Parceval. »Da gibt es immer noch Stammesfehden wie im Mittelalter. Die werden heute mit den Waffen ausgetragen, die die Mudschaheddin den Russen abgenommen haben oder die die Amerikaner über den israelischen Geheimdienst ins Land schmuggeln ließen, damit die Mudschaheddin die Russen bekämpfen konnten. Im Mittelalter war das anders, da war den Stammesältesten bewusst, dass ein zu hoher Blutzoll unter den jungen Kämpfern die Zukunft des Dorfs gefährdete. Deshalb kämpften manchmal zwei Champions gegeneinander. Nicht die Dorfältesten, die an dem ganzen Debakel schuld waren; so schlau waren die Bonzen schon im Mittelalter, sich aus dem Ganzen rauszuhalten.«

Er deutete mit der Waffe zuerst auf Rizla, dann auf Antonino.

»Wir hier in der Wildnis des baden-württembergischen Waldes«, erklärte er weiter, »machen das wiederum ganz anders. Bei uns tragen es die Bonzen untereinander aus. Ich werde jetzt mit dem Dodge wegfahren und ihn etwas entfernt abstellen. Ich lasse die Waffe im Wagen liegen. Eure Aufgabe ist, den Dodge zu erreichen. Ihr könnt euch dabei helfen oder euch bekriegen. Ihr könnt mit dem Dodge gemeinsam flüchten oder derjenige, der den Wagen als Erster erreicht, erschießt den anderen. Es ist eure Entscheidung. Zu deiner Motivation, Antonino: Die Schützen, die während der Übergabe zu ballern anfingen und Dr. Lamb erschossen, hat Rizla dort vorher postiert. Es waren dieselben, die auch den Hochzeitskonvoi deiner Nichte unter Feuer genommen haben. Und für Sie, Rizla, habe ich folgende Information: Ihr Sohn Fausi ist tot. Antonino hat ihn auf dem Übergabeplatz erschossen, obwohl er unbewaffnet war und – soweit ich das überblicken konnte – die Hände erhoben hatte. Leben Sie wohl, meine Herren.«

Er stieg in den Dodge und setzte so schnell wie möglich rückwärts. Die Windschutzscheibe gewährte einen letzten Blick auf zwei Kampfhähne, die ineinander verkrallt über den Waldboden rollten.

65

Parceval parkte den Dodge zweihundert Meter entfernt mitten auf dem Forstweg, kurz vor der Linkskurve, die den Weg parallel zur Bundesstraße brachte. Er ließ den Motor laufen und öffnete die Fahrertür, die Jarygin legte er auf den Fahrersitz.

Er trat einen Schritt zurück und betrachtete den Dodge, dessen Scheinwerfer Lichtkegel durch den aufgewirbelten Staub warfen, wie ein gelandetes Raumschiff. Parceval dachte nach, dann bückte er sich in den Wagen und schaltete das Radio ein. Diesmal wischte er die Kontaktflächen, die er berührt hatte, nicht ab.

Im Radio endete gerade ein Lied, und das nächste begann – Mitternachtsmoderation beim Sender, mit einem DJ, der wusste, dass seine Zuhörer keinen großen Wert auf Sprücheklopfereien legten. Der nächste Song stammte von den Söhnen Mannheims: *Was wird mich erwarten?* Parceval drehte die Lautstärke auf.

Dann zog er sich in die Schatten zwischen den Bäumen zurück, an eine Stelle, die er vorher schon ausgekundschaftet hatte, und wartete.

66

Es dauerte so lange wie das Lied, bis er das Keuchen eines Mannes hörte und das Krachen und Knacken von Ästen, durch die sich jemand ohne Rücksicht auf Verluste drängte. Rizla war der Erste. Er war älter und beleibter als Antonino, aber der unbedingte Wille zu beweisen, dass er der Stärkere war, verlieh ihm wohl zusätzliche Kräfte. Antonino keuchte hinter ihm her. Beiden lief Blut aus der Nase, ihr Haar war zerzaust, ihre Gesichter blutig zerkratzt. Sie hatten sich nichts geschenkt, bis einer von ihnen endlich aufgesprungen war und sich auf den Weg zum Wagen gemacht hatte, dessen Scheinwerferlicht von fern durch die Bäume zu ihnen drang.

Rizla erreichte den Dodge mit einem Schritt Vorsprung. Antonino sprang ihn von hinten an. Der Libanese stieß sich den Kopf an der Dachkante und fiel über die Vordersitze, aber er blieb bei Bewusstsein und warf sich herum. Er hatte die Jarygin in der Hand. Antonino wich zurück.

Rizla wuchtete sich aus dem Wagen. Über seine Stirn verlief eine Platzwunde, aus der Blut quoll. Er wischte es weg. Er stand nicht ganz sicher auf den Beinen, doch er lehnte sich gegen den Wagen und zielte mit beiden Händen auf Antonino. Antonino starrte ihn an.

»Lauf, Itaker«, keuchte Rizla. »Ich will einem Feigling in den Rücken schießen.«

Antonino hob die Hände. »Du hast verspielt, Rizla«, sagte er. »Wir haben beide alles verloren. Es ist Parcevals Schuld. Warum tun wir uns nicht zusammen und machen ihn fertig? Er kann noch nicht weit sein.«

Rizla schien überhaupt nicht zugehört zu haben. »Ich werde dich Stück für Stück abknallen«, sagte er. Er hob die Waffe kurz, um zu prüfen, wie viele Patronen noch im Magazin waren. »Mit den Kugeln, die schon weiter oben sind, müssen hier noch mindestens zehn Schuss drin sein. Ich werde dir erst mit dem letzten das Licht ausblasen. Bis dahin möchte ich dir zuhören, wie du schreist.«

Er senkte den Lauf der Jarygin, um Antonino in den Bauch zu schießen, und drückte ab.

Die Waffe gab ein Klickgeräusch von sich.

Antonino, der mit verzerrtem Gesicht zusammengezuckt war, blinzelte überrascht auf. Rizla tat es ihm gleich. Er lud die Pistole hastig durch und drückte noch einmal ab, noch während die ausgestoßene Patronenhülse durch die Luft flog.

KLICK.

Antonino war heran und schlug ihm die Jarygin aus der Hand. Er stieß die Waffe mit dem Fuß beiseite und krallte seine Hände um Rizlas Hals. Mit seinem Körper drückte er den Libanesen gegen den Dodge. Dann schlug er ihn mit dem Hinterkopf gegen die Dachkante, wie ein Rasender, immer und immer wieder, knurrend und geifernd wie ein Wahnsinniger. Blut spritzte über das Dach des Wagens und über die Sitze. Rizla sackte zusammen, aber Antonino hielt ihn mit der Kraft des Irrsinns hoch und fuhr fort, seinen Hinterkopf gegen die Kante zu hämmern. Schließlich verließen ihn seine Kräfte, und er sank zusammen mit Rizla auf den Boden. Rizla sackte nach vorn, bis sein Bauch ihn aufhielt, und fiel dann zur Seite. Sein Hinterkopf war eingeschlagen, in seinem Haar hingen blutige Klumpen. Seine Augen waren offen und blicklos.

Antonino lehnte sich gegen den Wagen und holte krampfhaft Luft. Sein Atmen hörte sich an wie Schluchzen. Parceval kam aus seinem Versteck und bückte sich nach der Waffe. Antonino starrte zu ihm hinauf. Seine Lippen bewegten sich. Von seinem Kinn zog sich ein Spuckefaden bis auf seine Brust. Er versuchte, etwas zu sagen, aber er brachte nichts heraus.

Parceval bückte sich in den Innenraum des Dodge und schaltete den Motor aus. Er nahm den Schlüssel, den er aufs Armaturenbrett gelegt hatte, an sich. Nachdem das Motorengeräusch verstummt war, schien es totenstill im Wald zu sein.

Parceval lud die Jarygin durch. Eine leere Patronenhülse wurde ausgestoßen. Parceval richtete die Waffe auf den Boden und drückte ab.

KLICK.

Er lud erneut durch. Eine dritte Patronenhülse, ebenfalls leer, flog heraus.

»Rizla hat gut geschätzt«, sagte er. »Es waren tatsächlich zehn Patronen im Magazin. Nur, dass die obersten drei leergeschossen waren. Ich wollte eigentlich ein komplett leeres Magazin einlegen, aber das hätte man am Gewicht gemerkt. Oder nicht, in der Hektik? Egal. Jetzt ist jedenfalls wieder eine scharfe Patrone in der Kammer.«

Er trat beiseite und wandte sich der stämmigen Frau zu, die hinter ihm aus dem Wald gekommen war. Antonino bewegte sich und versuchte, auf die Beine zu gelangen, aber er war zu ausgepumpt. Er gab ein kraftloses Geräusch von sich.

Parceval überreichte der Frau die Waffe. »Tun Sie, was Sie sich vorgenommen haben, Robertinna. Und geben Sie mir die Schlüssel zu dem Fahrzeug, mit dem Sie gekommen sind. Sie können den Dodge nehmen, um zu fliehen.«

Er nahm die Schlüssel in Empfang und ging ohne Eile weg. Hinter sich hörte er Antoninos vom Brüllen heisere Stimme, die sagte: »Robertinna, mach keinen Blödsinn.« Eine Sekunde später hörte er dieselbe Stimme flehen: »Bitte!«

Dem ersten Schuss folgte nicht sofort ein zweiter. Dem zweiten folgten dann jedoch in rascher Folge fünf weitere, bis das Magazin leer war. Sie peitschten durch den stillen Wald.

67

Der Wendeplatz bei der Weihnachtsbaumplantage war taghell erleuchtet – ein Mekka für die Spurensicherung. Der Boden war übersät mit Markern, die Blitzlichter der Polizeifotografen flackerten wie bei einem Gewitter. Karin Feldmann stand unter einer hohen Buche und starrte hinauf, wo in etwa fünf Metern Höhe die Leiche einer Frau hing, gehalten durch einen Gurt um den Baumstamm, einen Fuß noch im Steigbügel einer sattelähnlichen Vorrichtung. Zwei Spurensicherer machten sich eben daran, zu ihr hinaufzuklettern.

»Eines können wir jedenfalls mit Sicherheit sagen«, brummte der Einsatzleiter. »Hier hat jemand den Zweiten Weltkrieg nachgespielt – mit scharfer Munition.«

»Ich glaube, es war eher Vietnam«, sagte Karin.

»Warum Vietnam?«

»Weil keine Seite wirklich gesiegt hat.«

»Was erzählen Sie dem Innenminister?«, fragte der Einsatzleiter. »Ich schätze, er wird spätestens um sieben Uhr hier eintreffen.«

»Ich werde ihm empfehlen aufzupassen, wo er hintritt, damit er sich die Schuhe nicht blutig macht. Und ich werde ihn fragen, wer der Maulwurf ist.«

Der Einsatzleiter starrte sie verständnislos an. »Wie bitte?«

»Vergessen Sie's.« Karin blickte wieder hinauf zu der Frauenleiche. Irgendwie ahnte sie, dass sie die Schützin vom Friedrichsplatz vor sich hatte – die Frau aus dem Trio, das den Hochzeitskonvoi angegriffen hatte und von der die Zeugen gesprochen hatten, ohne dass sie sie auch nur halbwegs hätten beschreiben können. Sie war zurückgeblieben auf diesem Kampfplatz, genauso wie der Tote am Steuer des Q3, den die Kollegen einige Hundert Meter entfernt gefunden hatten. Seine Identität war unbekannt, aber schon überlegte sie, ob es sein konnte, dass er auch zu dem Trio gehört hatte. Und wenn nicht, ob sie es trotzdem gegenüber dem Innenminister und der Presse behaupten konnte. Dann hätte sie wenigstens behaupten können, dass von den Attentätern keine Gefahr mehr ausging.

Aber in ihrem Herzen wusste sie, dass in den Augen des Innenministers nur eine einzige Sache ihre Karriere retten konnte: die Verhaftung Ralf Parcevals.

Sie schwor sich, dass sie ihn kriegen würde. Er hatte sie in die Irre geführt, verraten und für dumm verkauft.

Das würde Ralf Parceval noch bereuen.

68

Parceval fand den Wagen, mit dem Robertinna gekommen war. Er stieg ein, ließ den Motor an und fuhr davon. Weit würde er damit nicht kommen, weil das Fahrzeug wahrscheinlich innerhalb kurzer Zeit zur Fahndung ausgeschrieben würde, aber das war ihm egal. Er brauchte es nur, um ein paar Kilometer zwischen sich und den Tatort zu bringen.

Auf der Bundesstraße nahm er Tempo auf. Er erinnerte sich daran, wie Robertinna mit Nasrin umgesprungen war und wie sie Enzio verraten hatte. Er fuhr die Seitenscheibe herunter und warf den Schlüssel des Dodge bei voller Fahrt in den Straßengraben.

Dann aktivierte er den Tempomaten, stellte ihn auf neunzig Stundenkilometer und lehnte sich im Fahrersitz zurück. Die Straße war so gut wie leer, es brauchte nicht viel Konzentration.

Er dachte an Birgit und Miray. Er dachte an ein Dorf in den afghanischen Bergen, in dem entführten Kindern Grundkenntnisse in Deutsch, Englisch und Französisch beigebracht wurden, damit sie sich teurer verkaufen ließen.

Er hatte eine neue Spur.

Cooler, gnadenloser Thrillerstoff mit einem Protagonisten, der keine Regeln kennt.

400 Seiten. ISBN 978-3-7341-0589-0

Ralf Parceval sitzt lebenslänglich ein. Er hat fünfzehn Menschenleben auf dem Gewissen. Nach deutscher Rechtsauffassung ist er ein Mörder. Nach seiner eigenen Rechtsauffassung ist er ein Versager. Denn er hat die falschen Männer erwischt.

In Berlin wird die Tochter eines reichen Unternehmers entführt. Der Täter wird bei der Geldübergabe geschnappt, doch die Polizei bekommt kein Wort aus ihm heraus. Die Zeit für das Mädchen wird knapp, und der Chef der Berliner Kripo greift zu verzweifelten Mitteln: Er holt Ralf Parceval aus dem Knast …

Lesen Sie mehr unter: **www.blanvalet.de**

Er fängt sie. Er filmt sie. Er foltert sie. Er ist der Meister des Todes.

512 Seiten, ISBN 978-3-7341-0414-5

An der Oberbaumbrücke wird die Leiche eines jungen Mädchens angespült. Der Körper weist grausame Folter- und Missbrauchsspuren auf. Es handelt sich um die Nichte des Berliner Justizsenators, und sie scheint nicht das einzige Opfer zu sein: Im Internet tauchen Videos auf, in denen junge Frauen auf perverse Weise zu Tode gequält werden. Viktor von Puppe, frisch aus dem Innenministerium zum Berliner LKA gewechselt, und seine Kollegen stehen unter Druck, doch in höheren Kreisen scheint nicht jeder an einer Aufklärung interessiert zu sein …

Lesen Sie mehr unter: **www.blanvalet.de**